Nino Filastò
Forza Maggiore

Nino Filastò

Forza Maggiore

Ein Avvocato Scalzi Roman

Aus dem Italienischen
von Esther Hansen

Aufbau-Verlag

Titel der Originalausgabe
Forza Maggiore

Die Dante-Zitate im Roman folgen der Ausgabe der
»Göttlichen Komödie« in der Übersetzung von
Hermann Gmelin (Stuttgart, 1972) sowie der »Gedichte«
in der Übersetzung von Hertha Federmann (Köln, 1964).

ISBN 3-351-02911-X

1. Auflage 2001
© Aufbau-Verlag GmbH, Berlin 2001
Forza Maggiore © 2000 Nino Filastò
Einbandgestaltung Torsten Lemme
Druck und Binden GGP Media, Pößneck
Printed in Germany

www.aufbau-verlag.de

Erster Teil

1

Neujahrsnacht 1971

Giuseppe Malsito glaubte die Umrisse eines Hundes zu erkennen, der versuchte, die Straße zu überqueren. Er nahm
den Fuß vom Gaspedal; der Porsche gab ein schnurrendes
Geräusch von sich und zog dann wieder kräftig an. Das
Licht der Straßenlaternen, die unter den heftigen Wind-
stößen schwankten, warf helle Flecken auf den dunklen
Asphalt. Es war vier Uhr morgens, und der 1. Januar 1971
versprach ein stürmischer Tag zu werden. Die Strandpro-
menade war menschenleer. Niemand bemerkte den über-
müdeten jungen Mann im Smoking am Steuer seines blit-
zenden Porsche, die Fliege gelockert über dem offenen
Hemdkragen, eine Zigarette zwischen Zeigefinger und Mit-
telfinger der linken Hand, mit der er nachlässig das Lenkrad hielt, an seiner Seite die schlafende, in ihren Nerzman-
tel gekuschelte Gattin.

Die Feiertage waren so gut wie vorüber. Die Silvester-
party im »La Bussola« am Strand von Camaiore hatte ihn
zu Tode gelangweilt. Wenig Publikum, mäßige Show. Nini il
Rosso an seiner Trompete war wie immer hervorragend gewesen, aber allein hatte er die Gala auch nicht heraus-
reißen können. Die Sängerin Caterina Caselli, allgemein
bekannt als »Goldschopf«, hatte kurzfristig abgesagt. Wenn
man pro Person 50 000 Lire Eintritt zahlte, Essen und
Getränke extra, sollte man doch eigentlich erwarten dürfen, über eine Änderung des Abendprogramms rechtzeitig
informiert zu werden. An Stelle von Caterina war ein junger französischer Sänger aufgetreten, an dessen Namen er
sich beim besten Willen nicht erinnern konnte. Von den

7

Liedern hatte Giuseppe vor allem eines der langsameren gefallen, »Après l'amour«, dem Moment nach der Liebe gewidmet, wenn man sich entspannt eine Zigarette anzündet. Als eine Rockband aus sehr jungen Musikern die Bühne betrat – allesamt in Jeanshosen, und das am Silvesterabend! –, waren Giuseppe und seine Frau ein Stockwerk höher geflüchtet, in den »Bussolotto«, um dort dem Cool Jazz Romano Mussolinis zu lauschen, Sohn des berühmten Verblichenen, der im Profil genauso aussah wie sein Vater in jungen Jahren, so daß man an eine Erscheinung glauben konnte. Giuseppe, der Rockmusik verabscheute, hatte auch für Cool Jazz nicht viel übrig, diesen Intellektuellenkram. Doch zumindest litten die Ohren in dem etwas kleineren Saal des »Bussolotto« weniger unter der Lautstärke, und man konnte bei einem Drink in aller Ruhe seinen Gedanken nachhängen, außerdem gab es dort keine Jugendlichen, die sich ab einem bestimmten Zeitpunkt völlig vergaßen, sich die Hemden vom Leib rissen, nach Schweiß stanken und zu den hämmernden Beats unanständige Bewegungen vollführten. Diese jungen Wilden schienen in letzter Zeit in Mode gekommen zu sein. Giuseppe hatte bereits eine Kostprobe von ihnen erhalten, die ihm voll und ganz genügt hatte, zwei Jahre zuvor auf der Party zum Jahreswechsel 1968 auf 1969, als eine erhitzte Menge ihm und anderen »Kapitalistenschweinen« nachts vor dem Ausgang der »Bussola« aufgelauert und sie mit Abfällen und Beleidigungen beworfen hatte.

Versunken in die Betrachtung des römischen Profils des Jazzers, hatte Giuseppe fast auf eine Wiederholung des Vorfalls gehofft. Noch einmal die Schreie, die Sprachchöre, die rhythmisch skandierten Beschimpfungen, die Tomaten und faulen Eier, das Eingreifen der Polizei, das Tränengas, die Sirenen der Einsatzwagen, die Flucht im Porsche, der sich unter bedrohlichem Aufheulen durch die Menge schob. Er hätte nichts dagegen gehabt, die Langeweile des

Abends mit einer Neuauflage der »Bussola '68«, wie die Zeitungen das Spektakel damals getauft hatten, zu vertreiben. Das im übrigen damit geendet hatte, daß einer der Aufrührer, getroffen von einer Tränengaspatrone, mit gebrochener Wirbelsäule auf der Straße liegenblieb. Selbst schuld, dachte Giuseppe, wäre er mal lieber tanzen gegangen, oder in einer Trattoria frittierten Aal essen, oder an den Strand, um dort in einer Umkleidekabine im Stehen zu bumsen, dann wäre er jetzt nicht querschnittsgelähmt. Auf jeden Fall war der diesjährige Silvesterabend derartig öde verlaufen, daß Malsito ihnen geradezu dankbar gewesen wäre, diesen Hungerleidern und ihren Mädchen, die aussahen, als würden sie nicht lange fackeln, bevor sie einen ranließen, dankbar, wenn sie wieder vor dem Eingang gestanden hätten. Die Nachtlokale der Versilia waren im Winter sterbenslangweilig. Ein Zusammenstoß wie jener im Jahr 68 hingegen erinnerte an die USA, als auf den Campus der amerikanischen Universitäten das allgemeine Chaos ausbrach. Dann hatte es auf Paris übergegriffen. In der Lichterstadt dasselbe Bild: Ströme von schlecht gekleideten Jugendlichen besetzten Straßen und Plätze, errichteten brennende Barrikaden auf den Boulevards, zündeten Autos an, schlugen Schaufenster ein und verwüsteten Geschäfte.

In jener Neujahrsnacht vor zwei Jahren war die Versilia einmal zum Mittelpunkt des Weltgeschehens geworden, wie Paris oder New York. Zumindest hatte Giuseppe sich so gefühlt, als er damals die »Bussola« verlassen hatte und, einen Arm schützend um die Schultern seiner Frau gelegt, mit dem anderen die herabprasselnden Geschosse abwehrend, durch den von Polizisten gebildeten Korridor geeilt war, alles junge Kerle, die ungefähr im gleichen Alter wie die Angreifer sein mußten, aber unter ihren Helmen älter aussahen. Im Mittelpunkt des Weltgeschehens.

Der dumpfe Schlag zerbarst in ein wildes Knattern wie von einem Maschinengewehr. Der Blitz entlud seine Energie in die metallene Brüstung, die den Strand säumte. Elektrische Schlangen züngelten bläulich auf und ließen einen hellen Flammenschein vor dem Gesichtsfeld zurück. Die Apuanischen Alpen zeichneten sich in ihrer ganzen Majestät gegen den Himmel ab, als würden hinter der Bergkette Kanonen abgefeuert. Der Donner grollte noch immer in der Ferne, als die Scheinwerfer auf die hundertjährigen Linden fielen, die die Abfahrt nach Viareggio säumten. Das Gewitter entlud sich. Die Baumkronen bogen sich unter heftigen Böen, und mit den ersten Tropfen klatschten kleine Zweige auf die Windschutzscheibe und verfingen sich in den Scheibenwischern. Das Meer kam wieder in Sichtweite, Blitze erleuchteten die weißen Schaumkronen der Sturzwellen, die sich in der Mündung des Flusses auftürmten und den Fischerhütten auf beiden Ufern bedrohlich nahe kamen. Giuseppe kurbelte das Fenster herunter, und ein eisiger Regen traf seine linke Gesichtshälfte. Während er es wieder schloß, atmete er tief den Geruch von Harz, Wasser und Ozon ein. Er mochte solches Wetter, das fahle Licht, das nun hinter den schneebedeckten Höhen der Berge aufschimmerte. Bald würden sie das Sommerhaus erreichen, wo er und Giovanna die letzten Tage der Weihnachtsferien verbringen wollten, in der Stille der Pinienhaine, abgeschirmt von der Außenwelt, das Telefon ausgestöpselt, weit genug von der Stadt entfernt, um Abstand von den Angelegenheiten ihrer drei Geschäfte zu bekommen, und doch nah genug, um innerhalb einer halben Stunde zurück zu sein, falls sie sich zu sehr langweilen sollten. Er würde sich die Zähne putzen und den sauren Whiskygeschmack aus dem Mund spülen; er würde eine heiße Dusche nehmen und danach in dem Zimmer schlafen, durch dessen Fenster man über das intensive Grün der Pinien hinweg aufs Meer sehen konnte, in der Nase den

Duft nach frischen Leinenlaken. Er freute sich darauf, draußen den Sturm toben zu hören und sich vom Tosen der Brandung und dem leisen Knistern des über den Sand zurückströmenden Wassers in den Schlaf wiegen zu lassen. Das neue Jahr brauste auf einem kräftigen Südwestwind heran. Es hatte aufgehört zu regnen, aber noch immer trieben dunkle Wolkenmassen mit hoher Geschwindigkeit auf die Küste zu.

Giovanna neben ihm schlief. Nur sie brachte es fertig, einen solchen Tagesanbruch zu verschlafen. Eine wirklich schöne Frau, Giovanna, außer wenn sie schlief. Ihr Gesicht nahm dann einen etwas angewiderten Ausdruck an, als ob ein lästiges Geräusch oder ein unangenehmer Geruch sie störe.

Giuseppe fiel ein, daß er bei diesem Wetter nicht auf der Küstenstraße weiterfahren konnte. Denn nun begann jener Abschnitt, in dem das Meer wanderte, sich vom Land zurückzog, dann wieder alles verschlingend herankam, vor und zurück seit Jahrhunderten. Wo früher Jugendstilvillen dicht am Strand gestanden hatten, bemühte sich nun eine lange Reihe künstlicher Felsen aus Stahlbeton, häßlicher grauer Quader wie riesenhafte Bauklötze, die Straße vor den Wellen zu schützen. Sie hatten keine Zukunft, die heruntergekommenen Gärtchen mit ihren vom Brackwasser vergilbten Tamarisken vor den kleinen Villen, die selbst im Brackwasser verfaulten und, vom näherrückenden Meer bedroht, im Winter verlassen dalagen und im Sommer von Urlaubern ohne Klasse bewohnt wurden.

Der Libeccio blies stärker. Sturzwellen sprangen über die Felsen, brachen sich an den Mäuerchen am Straßenrand, liefen über den Asphalt und leckten an den Gittertoren der Gärten. Beim Zurücklaufen hinterließen sie tiefe, breite Pfützen, in denen sich das schwankende Licht der Laternen spiegelte.

Giuseppe hielt an: Wenn er in dieser Richtung weiterfuhr, riskierte er, von einer Welle überrollt zu werden. Er bog in eine Straße ein, die ins Ortsinnere führte, um den Weg durch das Dorf zu nehmen. Kurz hinter der Abzweigung weckte auf der anderen Straßenseite etwas seine Aufmerksamkeit. Aus den Maschen des Eisengitters vor einem Geschäft stieg ein feiner Streifen Rauch auf.

»Da brennt es doch«, sagte er. Giovanna schüttelte sich leicht und blinzelte ihn an.

»Warum hältst du an?«

»Da brennt was.«

»Laß uns nach Hause fahren. Wieviel Uhr ist es?«

»Fast fünf. Da drinnen in dem Geschäft ist ein Brandherd. Ein Kurzschluß vielleicht, oder der Blitz ...«

Giuseppe nahm den Kamelhaarmantel von der Rückbank, legte ihn sich um die Schultern und öffnete die Wagentür. Der Wind zerzauste Giovannas Haar.

»Bleib hier«, sagte Giovanna, nun etwas wacher, »ich will nach Hause.«

Aber Giuseppe überquerte bereits die Straße. Im schwachen Licht der Straßenlaterne hielt er den Blick starr auf die zusammengerollte Zeitung gerichtet, die zwischen dem Gitter und dem Schaufenster steckte und von der ein Faden dichten, gelblichen Rauchs aufstieg. Er legte eine Hand an das Gitter und drehte sich um, um etwas zu Giovanna zu sagen, die ihn mit ahnungsvoller Sorge beobachtete.

Giovanna sah das Auflodern, den Kamelhaarmantel, der wie von einem Windstoß ergriffen hochflog, und die Gestalt ihres Mannes, der heftig nach hinten gerissen wurde. Der dumpfe Ton, wie von einem Gesenkhammer, der auf Straßenpflaster niedergeht, hallte in ihren Ohren wider. Sie barg den Kopf schützend in den Händen. Ein Regen aus Metallteilen prasselte auf das Dach des Porsche nieder. Mit vor Schreck aufgerissenen Augen verharrte sie kurz, dann stieg sie aus dem Wagen. Ihr Mann lag rücklings ausgestreckt auf dem Bürgersteig, die Beine ragten auf den Asphalt der Straße. Er schien zu zittern. Sie ging einige Schritte näher heran, sah das Blut. Sein Gesicht war völlig blutverschmiert, auch das Hemd und seine rechte Hand, die er auf der Brust verkrampft hatte. Er gab keinen Schmerzenslaut von sich. Als sie an seiner Seite niederkniete, hörte sie ein tonloses Gurgeln, wie von einem Waschbecken, aus dem das Wasser abläuft. In drei oder vier umliegenden Fenstern ging das Licht an. Jemand schaute heraus.

»Hilfe!« schrie Giovanna. »Einen Krankenwagen!«

Es begann wieder in Strömen zu regnen. Giuseppe hatte aufgehört zu zittern, die dunkle Pfütze unter seinem Körper wurde immer größer. Nach über einer halben Stunde kam ein Krankenwagen. Giovanna kniete völlig durchnäßt neben ihrem Mann. In dem Pelzmantel, auf dem sich die roten Lichter der Ambulanz spiegelten, sah sie aus wie eine riesige Kanalratte.

2

Der Schmetterlingsjäger

»Den sollte man aus der Mannschaft ausschließen«, sagte Terzani. »Von wegen Marathonläufer, von wegen Athlet und so. Er ist schlicht und einfach unentschlossen und sät Panik in der eigenen Abwehr.«

Die Diskussion hatte in der Bar begonnen.

In der kleinen, verschlafenen Stadt leerten sich die Bars um elf Uhr, selbst diejenigen, die bis nachts geöffnet hatten. Um Mitternacht schaute der Besitzer von seiner Zeitung auf, betrachtete die beiden Jugendlichen, die Bier tranken und über Fußball stritten – über einen gewissen Partalino, um genau zu sein, der dem an Fußball völlig uninteressierten Mann kein Begriff war –, und beschloß, daß er nun nicht länger zu warten brauchte. Er kassierte ab und setzte die beiden vor die Tür.

Die zwei schlenderten durch das um diese Zeit menschenleere Stadtzentrum und führten ihre Unterhaltung fort. Auf einem Platz angekommen, ließen sie sich auf dem Rand eines Brunnens nieder.

»Du hast ja keine Ahnung von Fußball«, sagte Filippeschi. »Partalino ist unersetzlich in der Mannschaft. Wenn er nicht den Angriff organisiert, macht es keiner. Ein Spieler, der das ganze Feld abläuft, ist eine echte Rarität in unserer Liga. Das Problem sind die anderen in der Mannschaft, die ihm nicht folgen.«

»Weil sie ihn mit dem Schiedsrichter verwechseln«, erwiderte Terzani. »Klar, laufen kann er, aber in die falsche Richtung. Er macht einfach nicht mit beim Pressing. Es sieht viel eher so aus, als wolle er das Spiel kontrollieren, wie ein Schiedsrichter. Und wenn ihm zufällig der Ball zwischen die Beine gerät, gibt er ihn direkt an den nächsten Mitspieler ab, ganz egal, ob der gedeckt ist oder nicht. Und das sogar im Strafraum. Wie viele dieser unüberlegten Ballabgaben im dicksten Strafraum hab ich den schon machen sehen ... Ein Libero, der so im Strafraum spielt, ist wie ...«

Terzani suchte krampfhaft nach einem passenden Vergleich, aber ihm fiel keiner ein. Er ließ die Beine baumeln und starrte mit offenem Mund auf das Pflaster.

»Wie was?« fragte Filippeschi.

Die Theaterkulisse des hell erleuchteten Platzes nahm Terzanis Aufmerksamkeit nun voll und ganz in Anspruch.

»Was?«

»Partalino. Er ist wie was?«

»Was interessiert mich Partalino. Er spielt bei Florenz, ich bin sowieso für Juve.«

»Was soll dann das ganze Gerede? Seit zwei Stunden liegst du mir mit diesem Partalino in den Ohren. Du solltest froh sein, daß er für die Fiorentina spielt, um so besser für Juve.«

Die Uhr am Palazzo gegenüber schlug eins. Als das Echo verklungen war, hörte man in der Stille das Plätschern des Brunnens. Terzani setzte seine Brille ab, rieb sich die Augen und schaute zu der Uhr hoch.

»Der Platz stammt aus der Renaissance. Früher standen hier dicht an dicht die Bruchbuden eines Elendsviertels.«

»Wann, früher?«

»Im Mittelalter. Diese Gegend hier war voll von dreckigen Spelunken. Sie war so etwas wie ein Sündenbabel im Schatten des Turms.«

»Von was für einem Turm?«

»Dafür, daß du auf einem humanistischen Gymnasium warst, weißt du ziemlich wenig«, stellte Terzani fest. Die beiden Jungen, die in Marradi geboren und aufgewachsen waren, studierten Architektur und teilten sich eine kleine möblierte Wohnung in einem der ärmeren Viertel.

»Der Turm, Dantes Hungerturm. Weißt du, warum er Hungerturm genannt wurde?«

Terzani rühmte sich einer entfernten Verwandtschaft mit dem Dichter Dino Campana, und er liebte die Poesie.

Filippeschi schüttelte den Kopf.

»In diesem Turm, ›der nach mir nur der Hungerturm wird heißen‹, wurde der Graf Ugolino mit seinen Kindern und Neffen eingeschlossen, um Hungers zu sterben. ›Dann war der Hunger stärker als die Trauer.‹ Er aß sie auf, nährte sich von seinen Neffen und Söhnen, der gute Ugolino. Ich glaube, er fing mit den Neffen an, obwohl Dante meinte, daß die vier Gefangenen allesamt Kinder des Conte waren.«

Filippeschi sprang mit einem Satz aufs Pflaster.

»Völliger Unsinn! Das ist nur die gängige Interpretation. Korrekt ist hingegen, daß Ugolino starb – der Hunger war stärker als die Trauer: er brachte ihn um.«

»Daran sieht man, wie weit die kleinbürgerliche Prüderie reicht, die ihre wohlgepflegte Anständigkeit sogar in die *Göttliche Komödie* hineininterpretieren möchte! Dabei ist Dantes Poem auch ein erstklassiger Horrorroman ...«

Terzanis jugendliches Gesicht war mit Sommersprossen übersät. Er trug eine Brille mit sehr dicken Gläsern, und wenn sich sein Gesicht in der Hitze der Diskussion rötete, sahen seine Augen aus wie Eier in Tomatensauce.

»Der Dichter berichtet nur, was sich von einem gewissen Zeitpunkt an tatsächlich in dem Hungerturm abgespielt hat. Der arme Kerl ernährte sich von den Toten, um irgendwie zu überleben. Das ist es, was Dante erzählt. Denk doch mal nach, verflucht! Der gesamte 33. Gesang der Hölle ist voll von der grausamen Atmosphäre des Kannibalismus! ›Der Sünder hob von seinem wilden Fraße / Den Mund empor ...‹. Was macht der Conte Ugolino am Anfang des Gesangs? Und am Ende? ›Nach diesem Wort griff er, die Augen rollend, / Den armen Schädel wieder mit den Zähnen /

und nagte kräftig, wie ein Hund den Knochen.‹ Er verspeist den Kopf des Erzbischofs, oder etwa nicht?«

»Ich geh jetzt schlafen«, meinte Filippeschi.

Noch so eine Diskussion hielt er nicht aus. Fußball interessierte ihn wenigsten noch, aber die *Göttliche Komödie* … Um ein Uhr nachts!

»Schlafen? Bist du krank, oder warum willst du so früh ins Bett? Morgen ist Feiertag, der 1. Mai. Keine Uni, statt dessen geht's auf zu Tamara. ›Tamara, dein Mund hat die Güte einer Lotusblüte …‹«, summte Terzani leise und blinzelte fröhlich hinter seinen Brillengläsern, die so dick waren wie Flaschenböden.

Tamara ging auf den Bahnhofsstrich und machte annehmbare Preise.

»Nicht einmal, wenn sie mich dafür bezahlen würde«, lehnte Filippeschi trocken ab.

»Hast du Angst, dir was einzufangen? Keine Sorge: Tamara ist sauber. Alles eine Frage der Professionalität.«

»Das ist es nicht«, unterbrach ihn Filippeschi, »ich gehe einfach nicht gern zu Huren, okay?«

Die flaschenbodendicken Brillengläser verstärkten noch die Unzufriedenheit in Terzanis Blick. Er litt unter Schlaflosigkeit. Deswegen brach er gerne, vor allem nachts, Wortgefechte über alle erdenklichen Themen vom Zaun (außer über Politik, er haßte Politik): über Literatur, Fußball, Musik, Frauen, Kino. Aus diesem Grund wurde er von vielen gemieden und hatte immer weniger Freunde. Er legte den Kopf in den Nacken und sah zum Himmel empor.

»Was für eine Sternenpracht. Das Wetter ist ideal. Da werde ich wohl auf den Monte Merlato gehen und ein paar Nachtfalter jagen. Willst du nicht mitkommen?«

»Nein.«

Francesco Terzani sammelte in seiner Freizeit Schmetterlinge, eine Leidenschaft, die er voller Stolz mit Nabokov teilte.

Die beiden überquerten die Brücke, die über den Fluß zu ihrem Viertel führte. Das magere Bächlein verströmte einen säuerlichen Verwesungsgeruch.

»Wenn du die Nachtfalter im Dunkeln anstrahlst, öffnen sie ihre Flügel und zeigen Käuzchenaugen oder das Geäder eines Blattes«, sagte Terzani. »Aber die Falter aus der Familie der Schwärmer, der Sphingidae, tragen ein ganz besonders abschreckendes Zeichen, das sie vor Vögeln schützen soll. Sie haben einen breiten und plumpen Körper, den die Natur mit einem Symbol des Todes schmückt. Der Acherontia Atropos trägt zum Beispiel einen Totenkopf. Eine ziemlich merkwürdige Sache eigentlich, weil man damit zwar einen Menschen abschrecken könnte, aber einen Vogel? Denn wie sollten Vögel in der Lage sein, das Symbol für Gift zu verstehen, das Zeichen für Hochspannung und Lebensgefahr? Unglaublich, was?«

Filippeschi gähnte vernehmlich und sichtlich gelangweilt.

»Müde?«

»Ich geh schlafen.«

Terzani machte einen letzten Versuch, den Freund zu überzeugen: »Ich wecke dich doch sowieso auf, wenn ich vom Merlato zurückkomme. Da könntest du lieber gleich ...«

»Nein.«

»Den Totenkopfschwärmer findet man nur noch sehr selten in Europa. Wegen der Unkrautvernichtungsmittel. Vielleicht fange ich ja heute nacht einen auf dem Merlato ...«

»Was wünscht man einem Schmetterlingsfanatiker, der auf die Jagd geht? Tod der Küchenschabe?«

»Du kannst mich mal.«

»Du mich auch.«

Um zwei Uhr in der Nacht erreichte Terzani mit seinem Fiat Campagnola die Häuser des ersten Ortes hinter der Stadt. Der alte Fiat hätte eine Inspektion dringend nötig gehabt, der Auspuff war kaputt, und der Dieselmotor dröhnte laut in den engen Gassen des schlafenden Dorfes. Er bog von der Straße ab, der ohrenbetäubende Lärm zerriß die Stille des Feldwegs, der nicht mehr benutzt wurde, seit die Zeit der Ochsenkarren vorüber war. Trotz der frischen nächtlichen Brise beschlugen Terzanis Brillengläser vom Schweiß, während er angestrengt versuchte, den Schlaglöchern, vereinzelten Macchia-Büschen und vom Berg herabgestürzten Felsbrocken auszuweichen. Wie immer hatte er sich zur Schmetterlingsjagd umgezogen: er trug eine von Brombeersträuchern zerrissene Hose aus Barchent, einen alten, ausgeleierten Wollpullover, einen zerlumpten Leinenhut. Neben ihm klapperte seine Jagdausrüstung, eine Metallschachtel mit durchlöchertem Deckel, die der Beute noch so lange zu atmen erlaubte, bis die Nadel ihr die Nervenbahnen lähmte, sowie eine selbstgebastelte Falle, ebenfalls aus Blech und mit demselben weichen Material ausgeschlagen, das auch zum Transport von Eiern verwendet wird. Eine geniale Konstruktion: Die Quecksilberdampflampe lockte die Insekten in eine Art Trichter, aus dem sie nicht mehr herausfanden. Terzani betrachtete den Merlato als sein privates Jagdgebiet. In dieser Gegend gibt es nicht das kleinste Bächlein, der karstige Boden saugt den Regen auf wie ein Schwamm, nichts wächst hier richtig, und wo es keine Bauern gibt, gibt es auch keine Unkrautbekämpfungsmittel; ab April beginnen die wildwachsenden Pflanzen zu blühen und ziehen die Insekten an.

Terzani legte den Kopf in den Nacken und wischte sich die Stirn trocken.

Vor ihm tauchte die halbverfallene Einfriedung vom Hof des »Polen« auf.

Seinerzeit hatte der Pole versucht, einige hundert Hektar abschüssigen Terrains urbar zu machen. Er hatte sein Geld in Polen verdient, sein wahrer Name war in Vergessenheit geraten. Den Leuten aus der Stadt hätte der Pole am liebsten ins Gesicht gespuckt, so verächtlich schauten sie auf ihn herab, wenn er als fliegender Zitronenhändler durch die Straßen zog. Die Villa hatte er auf einem Felsvorsprung erbauen lassen, der weit über die Ebene emporragte. Doch seine Versuche, das Land fruchtbar zu machen, und die sinnlose und kostspielige Suche nach einer Wasserquelle, die ihm ein schlitzohriger Wünschelrutengänger in Aussicht gestellt hatte, hatten ihn ruiniert. So war der Pole von einem Tag auf den anderen fortgegangen und hatte die Villa und das Gehöft dem Verfall anheimgegeben. Die Karstwüste hatte sich alles zurückgeholt und das Feld den wilden Kräutern, den Krähen und Ottern überlassen.

Terzani wollte die Falle an einem ganz bestimmten Ort aufstellen, den nur er kannte, in ein von Winden durchflochtenes Brombeergebüsch. Vor den Trichter würde er ein weißes Tuch hängen, um die Lichtbrechung zu erhöhen. Dann hieß es Geduld haben. Vor Tagesanbruch mußte er die Falle abbauen, damit nicht die Raben die Beute fraßen. Die Vögel konnten ihre Schnäbel in die Falle stecken und die Schmetterlinge, in Stücke gerissen, herausziehen.

Hinter einer Kurve tauchten das Bauernhaus und ihm gegenüber die Scheune auf. Auf der engen Straße dazwischen stand mit ausgeschalteten Scheinwerfern ein Auto. Terzani bemerkte es erst hinter der Biegung und mußte heftig bremsen. Sein Wagen stellte sich auf der steinigen Straße quer, der Motor ging aus. Der Schmetterlingsjäger putzte seine Brillengläser. Er war knapp vor dem anderen Auto zum Stehen gekommen, nur ein paar Zentimeter weiter, und er wäre mit ihm zusammengestoßen. Hinten war dem Campagnola durch die Hauswand der Weg abgeschnitten. Er war so unglücklich eingezwängt, daß er weder vor- noch zurücksetzen konnte.

Terzani startete den Motor neu, blinkte mit den Scheinwerfern und stemmte sich mit beiden Händen auf die Hupe. Der Ton gellte wie ein Schrei durch die Nacht. Ein schwarzer Schatten huschte an der Hauswand entlang und wurde sofort von einem der dunklen Fensterlöcher verschluckt. Wütend betätigte Terzani noch einmal die Hupe. Er legte den Rückwärtsgang ein, setzte den Wagen ein wenig zurück, wo jedoch sofort die Mauer aufleuchtete, während vorn noch immer zu wenig Spielraum war. Wieder dröhnte das stotternde Quäken der Hupe durch die Stille. Da tauchten seitlich des anderen Wagens, eines Fiat 1100, die weißen Umrisse eines Gesichts auf. Terzani beugte sich aus dem Fenster.

»Ist das eine Art, sein Auto abzustellen?« rief er.

Der Mann starrte ihn mit offenem Mund an, er keuchte und schien nach Atem zu ringen.

»He!« rief Terzani wieder, »ich rede mit Ihnen! Aufwachen! Fahren Sie Ihre Karre da weg.«

Der Mann bewegte sich nicht. Ein anderer saß bereits auf dem Fahrersitz. Der Mann, der neben dem Auto stand, sagte: »Machen Sie bitte die Scheinwerfer aus. Sehen Sie denn nicht, daß das blendet?«

Er redete mit monotoner Stimme und zog dabei die Silben in die Länge. Terzani gehorchte, und der Wagen setzte ein Stück vor, bis er neben dem Hühnerstall zum Stehen kam. Terzani dachte, daß es keinen Grund gab, den Fiat 1100 nicht gleich dort am Hühnerstall abzustellen. Anscheinend hatten sie ihn extra so geparkt, um die Straße zu versperren. Jetzt war der Durchgang frei. Als er an dem Wagen vorüberfuhr, sah er dem Fahrer ins Gesicht. Es war ein kleiner, untersetzter Mann, dem ein Haarbüschel tief in die Stirn hing und ihn wie einen Jugendlichen aussehen ließ, obwohl er um die Dreißig sein mochte. Der andere schien größer und älter zu sein, mit einem langgezogenen Gesicht und Geheimratsecken. Der Kleine saß über das Lenkrad gebeugt, eine Hand in seine linke Seite gepreßt, der andere, der sich ebenfalls die Seite hielt, stieg jetzt ein. Beide keuchten, sicherlich waren sie gerannt, und auch der am Lenkrad rang mit aufgerissenem Mund nach Atem.

Während er weiter den Berg hinauffuhr, sah Terzani im Rückspiegel, daß der Fiat ihm mit ausgeschalteten Scheinwerfern folgte. Auf dem Paß angekommen, verwandelte der Feldweg sich in ein schmales Sträßchen, das in Serpentinen steil bergab führte. Terzani stellte sein Auto rechter Hand auf einer kleinen Lichtung ab, damit die anderen vorbeifahren konnten, wenn sie wollten. Doch der Fiat hielt, noch immer mit ausgeschalteten Scheinwerfern, etwa fünfzig Meter hinter ihm an.

Der Schmetterlingsjäger stieg aus.

»Was zum Teufel wollt ihr?« rief er.

Die beiden schienen in eine Diskussion vertieft und reagierten nicht, der Kleine gestikulierte wild mit den Händen. Terzani hatte den Autoschlüssel noch nicht abgezogen. Im schwachen Schein des Standlichts bemerkte er, daß die zwei Männer mit besorgten Mienen zu ihm herübersahen. Während er nun den Schlüssel aus dem Schloß zog und nach der Falle griff, alle Türknöpfchen herunterdrückte und überprüfte, ob die Fenster richtig geschlossen waren, ging ihm durch den Kopf, daß er die beiden Unbekannten wohl bei irgend etwas gestört haben mußte.

Er erklomm den steilen Pfad, der auf die Spitze des Merlato führte. Auf dem Bergrücken wuchsen Brombeerbüsche zu Füßen der aufgereihten Felsen, deren Ähnlichkeit mit Zinnen dem Berg seinen Namen gab: *il merlato*, der »Zinnengekrönte«. Der Weg war mit Disteln, Ginster und dichten Bodenranken bedeckt, die ihn beim Gehen behinderten und ihre dornigen Zweige um seine Knöchel schlangen. Terzani kannte die Gegend wie seine Westentasche. Er befand sich bei den »Höhlenbauen« oder auch »Feenhöhlen«.

Früher hatten die Einheimischen diese dunklen Löcher,

die auf der einen Seite des Berges klafften, Höhlenbaue genannt, weil sie sie für Schlupfwinkel von Wildschweinen und Füchsen hielten. Doch Kinder, die sich einen Spaß daraus machten, Steine hineinzuwerfen, hatten berichtet, daß man keinen Aufprall hörte. In jüngerer Zeit bestätigten dann Höhlenforscher, daß es sich um äußerst tiefe Einschnitte handelte, die den karstigen Grund des Merlato durchzogen und sich irgendwo in seinem Inneren verloren. Niemandem war es jemals gelungen, ihre Tiefe genau zu bestimmen. Seitdem nannten die Menschen sie Feenhöhlen, während nur die Alten noch den ursprünglichen Namen benutzten. Ganz unerwartet taten sie sich vor einem auf, einige von ihnen so eng wie Abzugslöcher, andere etwas weiter.

In mondlosen Nächten wie dieser konnte man leicht in eines der größeren Löcher hineinfallen. Der Schmetterlingsjäger knipste seine Taschenlampe an. Er erreichte den Fuß der Felsen. An einer halbwegs zugänglichen, windgeschützten Stelle baute er die Falle auf und spannte den weißen Stoff davor. Dann entzündete er die Quecksilberlampe. Ihr grünlicher Schein drang durch das Pflanzendickicht. Die angestrahlten Blätter verbreiteten die festliche Stimmung eines Weihnachtsbaums. Terzani entfernte sich einige Schritte. Als er an all die prachtvollen Schmetterlinge dachte, die er nun fangen würde, spürte er eine freudige Erregung in sich aufsteigen. Er zündete sich eine Zigarette an, ließ sich auf einem Felsabsatz nieder und betrachtete den paradiesischen Sternenhimmel. Von hier oben aus gesehen wirkten die Sterne größer und heller als sonst. Doch der Schmetterlingsjäger war unruhig. Konnte es sein, daß die beiden Nervensägen immer noch da waren und ihm am Fuß des Berges auflauerten? Er kletterte auf den Felsen und schaute hinab. Weiter unten sah er Scheinwerfer über die Büsche flitzen, hinter einer Kurve verschwinden, dann wieder auftauchen. Der Fiat 1100 entfernte sich rasch den Berg hinab. Die nächtlich feuchte Brise trug das

Geräusch des gedrosselten Motors zu ihm herauf, das rauhe Kratzen des gewaltsam eingelegten niedrigeren Ganges vor den Biegungen. In einem Wahnsinnstempo nahm der Wagen der beiden Unbekannten die schmalen Serpentinen.

Die schaffen es noch, sich umzubringen, die Idioten, dachte Terzani.

Er würde lieber nicht hier oben warten, bis er die Beute holen konnte, denn die Feuchtigkeit kroch ihm schon jetzt durch den alten, mottenzerfressenen Pulli bis in die Knochen. Er sah bereits drei oder vier braune Falter an der Öffnung der Falle herumflattern. Besser, er würde im Auto ein Nickerchen halten. Er machte sich an den steilen Abstieg.

Als der Schmetterlingsjäger erwachte, verfärbte sich der Himmel bereits. Er hatte von einem Totenkopfschwärmer von der Größe eines Hundes geträumt. Das riesige Insekt, das er aus einer entsprechend riesigen Falle gezogen hatte, war ihm auf die Brust gesprungen und hatte ihm die Beinchen um den Hals gelegt. Terzani hatte es an sich herangezogen und die Hände in den weichen, seidigen Härchen des Tierleibes vergraben. Im Traum hatten die Augenhöhlen des Totenschädels irgendwie sinnlich gezwinkert, als hielte er statt des Schwärmers die süße Tamara in den Armen. Terzani fühlte etwas Feuchtes, Klebriges am Unterleib, die geträumte Umarmung hatte ihm einen Samenerguß beschert.

Er stieg aus und machte sich auf den Weg zur Bergspitze. Den Traum interpretierte er als ein gutes Omen. Vielleicht würde er dieses Mal einen Sphingidae Acherontia Atropos fangen. Bevor er die Falle erreichte, stolperte er über einen Stuhl, der nur wenige Meter von einer Feenhöhle entfernt verlassen dalag.

3

7. Mai 1971

Tombino hielt inne. Artig drehte er den Kopf zu seinem Herrn hin, ohne ihn jedoch anzuschauen. Bonturo Buti stützte sich mit der Hand an einem Felsblock ab und rang mit gesenktem Kopf nach Atem. Er hustete, spuckte aus und stieg weiter den Berg hinauf. Tombino wedelte kurz mit dem Schwanz und folgte ihm. Der Morgen des 7. Mai war klar und frisch, und über dem Gipfel des Monte Merlato zeigten sich die ersten Sonnenstrahlen.

Bonturo Buti, genannt Massengrab, arbeitete auf dem Friedhof. Die Gemeindeverwaltung zahlte ihm einen spärlichen Lohn dafür, daß er den Friedhof des Ortes am Fuß des Monte Merlato pflegte und dem Totengräber bei der Arbeit half. Der geringe Verdienst allein reichte ihm nicht zum Leben, weshalb sich Bonturo auf eigene Faust noch etwas hinzuverdiente. Die wohlhabenden Toten waren den Beerdigungsunternehmen der Stadt vorbehalten, die sie sofort in Beschlag nahmen. Wer jedoch ohne trauernde Angehörige verstarb, um den kümmerte sich die *Pia Assistenza*: die wohltätige Einrichtung sorgte für einen Sarg aus Tannenholz, der mit Walnuß-Imitat lasiert war, sowie ein Holzkreuz, auf dem unter einem schützenden Plastikschildchen der Namen des Verstorbenen geschrieben stand. Wenn das Grab wieder zugeschüttet war, legte der Totengräber einen Kranz mit metallenen, entfernt an Lorbeer erinnernden Blättern auf den Erdhügel, immer denselben verrosteten Kranz, von dem schon der Lack abblätterte und der am Tag nach dem eiligen Begräbnis wieder in den Friedhofsschuppen wanderte.

Es gab aber auch jene Toten, die zwar nicht genug zurückließen, als daß davon die feierliche Zeremonie eines Beerdigungsunternehmens bezahlt werden konnte, aber dennoch den einen oder anderen knauserigen Verwandten hatten. Für sie war Bonturo zuständig, und gegen eine kleine Pauschale kümmerte er sich um alles. Er wertete den von der Wohlfahrt gespendeten Sarg mit einer dünnen Harzschicht auf, band eigenhändig ein paar Kränze aus Immergrün, besorgte Kerzen, mietete einen Leichenwagen, und wer bereit war, noch etwas draufzulegen, dem organisierte er bei einem befreundeten alten Steinmetz einen echten Grabstein, dem auch das Oval für ein Foto und die bronzene Schale für das Grablicht nicht fehlten.

In der Leichenhalle des Friedhofs von Asciano wartete schon seit zwei Tagen die sterbliche Hülle eines mittellosen Alten, am nächsten Tag sollte die Beerdigung sein. Die Angehörigen hatten sich reichlich spät an Bonturo gewandt. Den Tannensarg hatte er bereits überstrichen, aber die Kränze fehlten noch. Da ihm das Immergrün ausgegangen war, mußte er auf den Monte Merlato steigen, um dort Bärenklau zu sammeln, eine wildwachsende Pflanze mit leicht dornigen, aber in Form und Äderung sehr dekorativen Blättern.

Leider war er nicht mehr der Jüngste, über Sechzig, und die fünf Kilometer den steinigen Weg bergauf machten sich in Lunge und Beinen bemerkbar. Doch der Wein wollte bezahlt sein, und auch die zwanzig Toscani pro Woche – ein verfluchtes Laster, diese Zigarren – und der Kaffee in der Bar der Casa del Popolo, der die abendlichen Partien Tressette begleitete. Mit dem, was mit der Einkleidung der Leiche, den Kränzen, den Kerzen und der Anzahlung auf den Grabstein für ihn heraussprang, hätte er für den nächsten Monat ausgesorgt.

Vom Friedhof schlug er den Weg dorfauswärts ein. Nachdem er seinen dreirädrigen Piaggio bei der kleinen Bar der

Steinbrucharbeiter abgestellt hatte, folgte er zu Fuß dem Feldweg. Völlig unmöglich, mit dem Auto weiterzufahren, das hätte den sicheren Achsenbruch bedeutet. Bonturo trug Gummistiefel und seinen alten Jagdrock aus braunem Cord, der so abgenutzt war, daß er schon ins Grün tendierte; er hatte einen Korb dabei für den Fall, daß er auf eßbare Pilze stoßen würde, und in der Tasche seiner Jagdjoppe ein Stück Schnur, um damit das Bündel Bärenklau zusammenzubinden. Bevor er auf dem Berggipfel anlangte, passierte er den Engpaß zwischen Bauernhaus und Heuschober vom Hof des Polen, die beide verlassen dalagen, ebenso wie die Villa, vor deren Fensterlöchern vereinzelte Läden schief in den Angeln hingen, zu marode, um noch gestohlen zu werden. Massengrab atmete schwer und das, obwohl das steilste Stück noch vor ihm lag. Die Bärenklaustauden wuchsen auf der nordöstlichen Seite des Berges, ein Stück hinter den Höhlenbauen.

Tombino gab ein kurzes Bellen von sich. Er schien nervös, schnüffelte mit der Nase am Boden herum, lief dann plötzlich weiter und verschwand in einem großen Gebüsch. (Eigentlich hatte er bei seiner Geburt den ungleich schöneren Namen Fido erhalten, der Treue, aber weil er stank und sein Fell mit den Jahren immer schlammfarbener geworden war, hieß er nur noch Tombino, Gullydeckel.)

Bonturo hielt sich an einem Ginsterstrauch fest, widerstand der Versuchung, sich eine halbe Toscano anzuzünden, und pfiff nach dem Hund, der sich entfernt hatte und nun bei den Höhlenbauen herumschnüffelte. Was suchte er nur da? Wollte er in eines der Löcher fallen? Tombino antwortete wieder mit einem Bellen, blieb aber hinter einem Dickicht Mohrenhirse verborgen.

»Tombino, alter Stinker! Komm her!« rief Bonturo. Diesmal antwortete der Hund mit einem wolfsähnlichen Geheul. Zwei pechschwarze Krähen stoben aus dem Gebüsch auf und stießen dann zielstrebig erneut hinab.

»Was stellst du bloß mit den Krähen an, he? Laß sie in Ruhe! Hierher!«

Doch es konnten eigentlich kaum die Krähen sein, dachte Bonturo. Tombino hatte unter Anwendung von Fußtritten gelernt, daß er die schwarzen Vögel besser in Ruhe ließ, weil es Unglück brachte, sie zu töten. Unter mißmutigem Schnauben verließ Bonturo den Bergpfad. Bei dem Busch angelangt, sah er, daß der Hund etwas starr fixierte, vor Anspannung zitternd und mit gesträubtem Fell. Tombino mußte ihn gehört haben, doch er drehte noch nicht einmal den Kopf, sondern verharrte regungslos und leise winselnd. Zuerst dachte Bonturo an ein Nest mit Rebhühnern, doch dann nahm er den süßlichen Geruch wahr, den er nur zu gut kannte. Hinter der Mohrenhirse, unterhalb der schwarzen Öffnung eines der Höhlenbaue, brummten die Fliegen. Der Friedhofswärter machte zwei weitere Schritte, zog dann ein schmieriges Taschentuch aus der Hose und hielt es sich vor die Nase. Dann schob er die rotbraun blühenden Hirserispen zur Seite und sah sie.

Die Leiche lag auf dem Bauch, Arme und Beine von sich gestreckt wie ein Brustschwimmer. Hemd und Pullover waren bis zum Hals hochgeschoben und entblößten den Rükken. Das Hemd war blau, und auch der Körper hatte eine schmutzigblaue Farbe, während die Arme und Hände bleicher waren, fast weiß. Er mußte schon eine ganze Weile tot sein, der Typ, wahrscheinlich hatte er dieses Jammertal schon vor mindestens einer Woche verlassen. Massengrab steckte das Taschentuch wieder in die Hosentasche und zog sich statt dessen den Kragen seines Jagdrocks vor die Nase. Nun hatte er die Hände frei. Er kniete nieder, packte den leblosen Körper an den Schultern und rollte ihn, das abschüssige Gelände nutzend, auf den Rücken. Schlapp wie eine Polenta, die aus dem Topf auf den Küchentisch gestürzt wird, machte der Körper eine halbe Drehung. Die fetten blauen Fliegen erhoben sich einen Moment lang in die Luft und fielen dann wie eine Handvoll Kieselsteine wieder auf ihn herab. Aus den Augenwinkeln sah Bonturo gerade noch, wie unter dem Körper eine dicke Feldratte hervorschoß und sich in einen Steinhaufen flüchtete. Einige Schritte entfernt hockten die beiden Krähen auf einem Felsen und beobachteten die Szene, eine drehte ihren Kopf zur Seite, um sich den Schnabel zu reiben. Obwohl Bonturo den Umgang mit Leichen gewöhnt war, stieg ihm beim Anblick des Gesichts des Toten der Anisgeschmack des Sambuca wieder auf, den er vorhin in Form eines *caffè corretto* in der »Bar delle Cave« eilig in sich hineingeschüttet hatte. Die Augen des Toten quollen aus den Höhlen wie Glaskugeln. Das blaufleckige Gesicht sah aus, als müsse es jeden Moment platzen, so aufgedunsen war es, zwischen den dick geblähten Lippen erahnte man ein Stückchen Zunge.

»Zur Hölle noch mal!« entfuhr es Bonturo, der nicht daran dachte, daß dieser Mann vermutlich schon dort angekommen war.

Anstatt sich zu bekreuzigen, wie es sich gehörte, stieß er einen jener langen, ausgearbeiteten und detailreichen Flüche aus, wie man sie noch von Billardspielern hört, wenn ihnen aus Versehen die Queue, nachdem sie die Kugel berührt hat, über das grüne Tuch rutscht und es zu zerreißen droht.

Massengrab hatte schon eine Menge Ertrunkener gesehen, und den einen oder anderen hatte er auch in den Sarg gebettet. Aber auf dem Merlato zu ertrinken, wo das Meer einige Kilometer entfernt und Wasser für alles Gold der Welt nicht zu finden war, stellte doch eine gewisse Leistung dar. Der war also wohl erwürgt worden, bevor man ihn hier heraufgeschleppt hatte. Vielleicht hatten sie ihm auch direkt vor Ort die Gurgel umgedreht, wer wußte das schon.

Und ausgerechnet er mußte über diese arme Seele stolpern, während unten, auf dem Marmortisch in der Leichenhalle von Asciano der andere Tote auf ihn wartete, der, nebenbei bemerkt, an Altersschwäche gestorben war. Doch nun hieß es ein Telefon finden, die Carabinieri rufen, warten, bis sie kamen, und sie auf den Berg zu der Leiche führen. Und all die Fragen, die sie ihm stellen würden! Bonturo wußte nur zu gut, wie kleinlich der Maresciallo des Ortes in bestimmten Situationen sein konnte: der würde alles haargenau erklärt haben wollen ... Und anschließend würde er vor dem Richter der Stadt aussagen müssen ... Und wer wußte, was ihm noch alles bevorstand ... Das bedeutete: keine Kränze für den Alten, die Angehörigen erbost, der Verdienst futsch ...

Er trat mit dem Fuß nach Tombino, der immer noch wie versteinert dastand und an einem Bein des Toten schnüffelte. Gottverfluchter Unglückshund, ohne ihn wäre er seelenruhig an dem vermaledeiten Störenfried vorbeigelaufen, ohne ihn zu bemerken, schön versteckt hinter seinen Stauden, wie er da lag. Tombino winselte, sah mit traurigem Blick zu ihm auf und hockte sich nieder, um sich das Bein zu lecken, wo ihn der Tritt getroffen hatte.

Massengrab sah sich um. Keiner da. Wer sollte sich auch hier oben herumtreiben, um halb sechs in der Früh? Er könnte natürlich einfach zurückgehen, dachte er, und so tun, als sei nichts gewesen. Aber das konnte er eben nicht, verflucht noch mal! Schon weil er auf dem Friedhof arbeitete und von der Gemeinde bezahlt wurde. Letztlich war er ja eine Amtsperson und trug eine gewisse Verantwortung für das Gemeinwohl. Und wenn bekannt würde, daß er den Ermordeten entdeckt und seinen Fund geheimgehalten hatte, dann war er seine Arbeit los, ganz zu schweigen davon, grundgütiger Himmel, daß er der Mitwisserschaft angeklagt werden würde.

Schlecht gelaunt begann Bonturo den Abstieg, als er schon nach wenigen Schritten über etwas stolperte. Er stieß noch einen Fluch aus, beugte sich hinab und hob einen

Stuhl auf, besser gesagt ein mit rotem Plastikband be-
spanntes Metallgestell, an dem die Beine fehlten. Er fragte
sich nicht, was ein Barstuhl ohne Beine hier auf dem Merlato verloren hatte. An diesem unglückseligen Morgen
hatte er wahrlich schon genug Überraschungen erlebt, es
reichte ihm langsam. Voller Wut schleuderte er den Stuhl
ins Gebüsch.

4

Die Zeit des Anwalts

Sie sahen aus, als wären sie einem jener neorealistischen Filme der Nachkriegszeit entsprungen. Und in gewisser Hinsicht waren sie das auch. Der Mann war dürr, die Wangen eingefallen, er trug einen zerschlissenen Anzug, viel zu warm für die Jahreszeit, das weiße Hemd am Hals aufgeknöpft und über den Kragen des Jacketts geschlagen, im Knopfloch das Abzeichen der Vereinigung der Widerstandskämpfer, der »Associazione Nazionale Partigiani«. Die Frau hatte ihr Sonntagskleid aus großblumig bedruckter Seide an, der Rock reichte ihr bis zu den Waden, der weiße Lackledergürtel schlang sich eng um die Taille. Sie war füllig, hatte sanfte Augen und rabenschwarzes, nur von wenigen weißen Strähnen durchzogenes Haar, das im Nacken zu einem dicken Knoten gesteckt war. Ihre herzförmigen Lippen leuchteten rot. Wenn man nachrechnete, mußte der Mann bereits über Fünfzig sein, obwohl er jünger aussah, wie jemand, an dem die Jahre im Gefängnis keine Spuren hinterlassen hatten.

Nach dem 8. September 1943 hatte sich der Mann den Partisanen im Chianti zwischen Florenz und Siena angeschlossen. In dem aufgewühlten Klima der Monate nach der Befreiung, als Abrechnungen noch eine moralische Verpflichtung zu sein schienen, hatte er den faschistischen Dorfgeistlichen umgebracht, der während der Besatzung für die Deutschen spioniert hatte: der Priester war schuld daran gewesen, daß die Soldaten der Italienischen Sozialrepublik Mussolinis einen Freund von ihm hingerichtet hatten. Drei Schüsse aus einer 9-kalibrigen Beretta am Ausgang der Kirche, als der Priester gerade die Karfreitagsprozession anführen wollte. Das schwere Kreuz, das er trug, hinderte ihn an der Flucht und begrub ihn unter sich. Ein berühmter Schriftsteller hatte den Vorfall und den sich anschließenden Prozeß zu einem Roman verarbeitet.

Corrado Scalzi hatte den Roman gelesen. Das Buch hatte als Vorlage für einen mittelmäßigen Film gedient, in dem die romantische Liebesgeschichte der beiden Verlobten, die noch während der Haft des Mannes heirateten, hoffnungslos verkitscht worden war. Die Namen waren im Film nur wenig abgeändert worden. Das Drehbuch hatte dem Mann seinen Decknamen aus dem Partisanenkrieg gelassen, ja er war sogar im Titel des Films aufgetaucht. Als er wieder in Freiheit war, hatte das Paar wiederholt Anrufe von Leuten bekommen, die sich erkundigten, wie es dem »dreckigen Mörderschwein und seiner Hure« ginge. Die anonymen Anrufer waren keineswegs ausschließlich politische Gegner, vielmehr glaubte die Ehefrau auch Stimmen von Dorfbewohnern wiederzuerkennen, die ihnen den Filmruhm und das wenige Geld, das sie aus der Produktion bekommen hatten, mißgönnten, wie sie vermutete. Daher hatten sie beschlossen, die Filmemacher wegen übler Nachrede zu verklagen.

Es bedrückte sie, daß die zurückliegenden Ereignisse kein Ende fanden, wie eine sich immer weiter windende Schlange. Die Justiz hatte sich 1948 des Mörders bemächtigt, als der Priester schon seit drei Jahren tot und begraben war. Ein übereifriger Staatsanwalt war der Ansicht gewesen, daß es sich bei dem Mord nicht um eine Kriegsepisode handelte, sondern um einen Akt der Rache und der persönlichen Vergeltung. Das Schwurgericht hatte in erster Instanz die Amnestie nach dem sogenannten Togliatti-Gesetz zur Anwendung gebracht. Der Staatsanwalt war daraufhin in Berufung gegangen. Und da sich in der Zwischenzeit das politische Klima im Land verändert hatte, ließ nun der Umstand, daß ausgerechnet ein Priester ermordet worden war, die Tat noch ruchloser erscheinen. So war der ehemalige Partisan wieder ins Gefängnis gewandert, verurteilt zu dreißig Jahren Haft. Aufhebung durch den Obersten Gerichtshof aufgrund eines Verfahrensfehlers. Erste Wiederaufnahme des Verfahrens, erneuter Ausschluß von der Amnestie. Die Verhandlungsführung wurde mit der Zeit immer spitzfindiger, nachvollziehbar nur noch für Eingeweihte, für die Betroffenen jedoch voll undurchschaubarer Formulierungen. Neue Instanz der Kassation, erneute Aufhebung. Das zweite Berufungsverfahren bestätigte das Urteil: die Gefängnistore öffneten sich wieder. Dann noch einmal das Kassationsgericht ... Acht Instanzen! Und er immer rein und raus, ein ewiges Hin und Her, eine Liebe, die sich von Besuchstermin zu Besuchstermin verzehrte, das Mädchen diesseits, der Mann jenseits der großen Marmortische in den schmuddeligen Besucherzellen, verstohlene Küsse unter den Blicken der Wärter in der ehemaligen Festung von Volterra, in den Klöstern des Schwesternordens »Le Murate« von Florenz und San Gimignano. Zu jener Zeit waren die Gefängnisse schmutziger als heute; vielleicht weniger unpersönlich, aber nur für jene, denen es gelang, der Haft einen romantischen Aspekt abzugewinnen. Nicht jedoch für sie beide, die einfache Menschen waren und nur unter der Düsternis der Gefängnismauern litten. Die Wechselbäder aus Verurteilung und Urteilsaufhebung lasteten auf ihr noch schwerer als auf ihm, das Warten auf den erhofften Straferlaß, das Gewicht der frischen Wäsche und der zusätzlichen Mahlzeiten, die sie ihm in die verschiedenen Gefängnisse brachte, immer darum bemüht, in seiner Anwesenheit zu lächeln, damit er nichts von den Mühen und Demütigungen erfuhr, unter denen sie lebte.

Eines schönen Tages dann schien alles ein Ende zu haben: Der Straferlaß war rechtskräftig, die Freiheit in greifbare Nähe gerückt. Doch mit dem Film kroch die Schlange wieder aus dem Unterholz, wenn auch ihr Kopf hinter all den Windungen schon längst außer Sichtweite war, absurde zwei Jahrzehnte entfernt.

Daß sie sich irgendwie wehren wollten, jetzt, nachdem endlich alle Ressentiments, alle Hoffnungen und Ängste vergessen schienen, zusammen mit der Jugend, die für immer dahin war – bis es dann plötzlich wieder losging mit den Zeitungsartikeln, den bösen Blicken und, schlimmer noch, den feindseligen Anrufen von Dorfbewohnern mit hartnäckigem Erinnerungsvermögen –, das verstand Scalzi nur zu gut. Doch daß sie deshalb einen Anwalt aufsuchten, sich freiwillig mit der Justiz einlassen und den ganzen Gerichtsapparat erneut in Gang setzen wollten, dieses Mal allerdings auf Seiten derer, denen Unrecht geschehen war – das erschien ihm weniger heroisch als vielmehr bizarr.

Die Frau wirkte entschlossener als der Mann. Vielleicht, weil sie den dämmrigen Fluren nachtrauerte, den steilen Treppen der Gerichtsgebäude, vielleicht in Erinnerung an die seltenen Momente des Entgegenkommens von Richtern und Justizbeamten, die sich doch meist verschlossen und abweisend gezeigt hatten im Namen komplizierter und undurchschaubarer Gesetze, vielleicht eine Art Stockholm-Syndrom, dachte Scalzi.

Natürlich hätte er versuchen können, den Film beschlagnahmen zu lassen, aber er fühlte sich schon vor Prozeßbeginn entwaffnet. Er ahnte, daß auch auf dem neuen Verfahren, ähnlich wie auf dem mittlerweile abgeschlossenen, die Trägheit der italienischen Justiz lasten würde. Er sah es kommen, wie sich auch der nächste Prozeß im langsamen Rhythmus eines indischen Mantras hinziehen würde, verschleppt von einer langen Folge von Tönen, die mit dem eigentlichen musikalischen Thema nichts mehr zu tun hatten.

Scalzi versuchte, die beiden davon zu überzeugen, sich gegen Zahlung einer bescheidenen Abfindung mit einer außergerichtlichen Einigung zufriedenzugeben.

Versunken betrachtete er die Fliegen, die um den Lampenschirm kreisten und den Beginn des Sommers ankündigten. Zu welchem Zweck diese kleinen Tierchen ihre endlosen, konzentrischen Kreise um die Lampe beschrieben, würde wohl für immer ein Geheimnis bleiben. Das Messing und die geschliffenen Gläser gaben nichts Eßbares her, und da das Licht nicht eingeschaltet war, konnten sie sich nicht einmal daran wärmen. Scalzi vermutete eine Art rituellen Tanz. Auf jeden Fall war gegen sie kein Kraut gewachsen. Weder nützte es, das Zimmer im Dunkeln zu lassen, noch, die Luft mit Insektiziden zu verpesten, die Fliegen verschwanden für eine Stunde und kehrten dann wie magisch angezogen zurück, als sei der Raum eine Dorfmetzgerei.

Der Vorschlag einer gütlichen Einigung – auf der man im Falle einer Ablehnung nicht weiter bestanden hätte – wurde von den beiden Mandanten, die lieber wieder vor Gericht ziehen wollten, negativ aufgenommen.

Und so begann ein Freitag nachmittag unter der hartnäckigen Belagerung durch Klienten und Fliegen mit verbalen Bemühungen, die zwei Nachtfalter zur Vernunft zu bringen, die sich nicht davon abbringen ließen, um die glühende Lichtquelle zu flattern, obwohl sie sich schon einmal daran verbrannt hatten. In solchen Momenten fühlte Scalzi die unerträglich langsam verrinnende Zeit seines Berufs auf sich lasten wie die beklemmende Enge eines Käfigs.

Verstohlen blickte er auf die Uhr, fast drei, die Sekretärin war noch nicht aus der Mittagspause zurück. Das Telefon läutete.

Avvocato Barbarinis rauhe Zigarrenraucherstimme klang zögerlich, fast als schäme er sich.

»Viel zu tun zur Zeit?«

»Es geht so, eher nicht.«

»Möchtest du morgen zu mir kommen? Ich lade dich zum Mittagessen ein.«

Scalzi zögerte kurz. Achtzig Kilometer waren nicht die Welt, aber es wurde schon recht warm um diese Jahreszeit. Für den kommenden Tag, den Samstag, waren keine Termine angesetzt, weder Gefängnisbesuche noch Verhandlungen. Er hatte eigentlich zwei Ferientage eingeplant: spät aufstehen und nach dem Mittagessen ins Kino. *American Graffiti* von George Lucas müsse man unbedingt gesehen haben, meinte Olimpia. Sie hatte gelesen, daß der Film die Generation der Studentenunruhen in Amerika beschrieb und von dem Punkt handelte, an dem die Welt begonnen hatte, sich unaufhaltsam zu verändern. Ihr zufolge zeigte der Film, »wie wir damals waren«, nächtliche Autorennen à la James Dean und so, all das, was nach der Ermordung Kennedys und dem Vietnamkrieg dem Untergang geweiht war ... und vieles mehr. Fast zuviel für Scalzis Geschmack, aber wie hätte er ihr klarmachen sollen, daß er sich eigentlich viel lieber noch einmal *Das Ding aus einer anderen Welt* in einem Programmkino ansehen würde, das eine Reihe von Science-fiction-Filmen aus den fünfziger Jahren zeigte. Er hätte sich die übliche Strafpredigt über seinen Filmgeschmack eines Pubertierenden anhören müssen, und vielleicht hätte sie sogar mit ihm geschmollt, wie letzte Woche, als er ihr gestanden hatte, daß ihn *Alice in den Städten* von Wim Wenders fürchterlich gelangweilt habe.

Barbarini unterbrach das Schweigen: »Bice hat gesagt, wenn du kommst, kocht sie dir eine ihrer Spezialitäten.«

Beatrice, Barbarinis Frau, kochte außergewöhnlich gut und einfallsreich.

»Etwas typisch Toskanisches«, insistierte Barbarini, »Bice hat ein neues Kochbuch und experimentiert gerade mit der Florentiner Renaissanceküche.«

»Es ist nur, daß ...«

»Olimpia bringst du natürlich mit. Vielleicht könntest du, na ja ...« Barbarini schien verlegen nach Worten zu suchen. »Du könntest sie bitten ... also ... daß sie nicht ... Bice ist nicht mehr die Jüngste, sie hat nun mal gewisse Vorstellungen von ...«

»Daß sie ihre Zunge im Zaum hält? Ist es das, was du sagen willst?«

»Genau. Als sie sich das letztemal gesehen haben, hat Olimpia sie eine ›angeschimmelte Paranoikerin‹ genannt.«

»Ich kann mich nicht erinnern, das gehört zu haben.«

»Na ja, irgendwas mit Schimmel und Paranoia war auf jeden Fall dabei. Sie mögen sich nicht besonders, die beiden. Vielleicht der Altersunterschied.«

»Wobei es immer deine Frau ist, die als erste angreift. Ohne Olimpia in Schutz nehmen zu wollen, aber ich selbst finde die ewigen Tiraden über die jungen Leute von heute auch ziemlich nervtötend.«

»Ich werde Bice bitten, nur über Rezepte zu reden, einverstanden? Also, kommst du? Es ist ziemlich wichtig: eine dringende berufliche Angelegenheit.«

»Kannst du mir das denn nicht jetzt sagen?«

»Nein, nicht am Telefon«, wehrte Barbarini brüsk ab.

»Also gut«, lenkte Scalzi ein, »dann bis morgen. Sag Bice schon mal im voraus vielen Dank für das Essen, und sie soll sich nicht zuviel Arbeit machen, ich ziehe die leichte Küche vor, und Olimpia ißt sowieso fast ausschließlich Salat.«

5

Wenn aufgrund ...

Um elf Uhr am Morgen des ersten Julisamstags »loderte die Sonne«, wie die Florentiner sagen. Sie verließen die Stadt in Olimpias R4, Olimpia fuhr. Sie hatte eine ockerfarbene indische Tunika aus leichtem Baumwollstoff an, die bei normalem Licht absolut seriös aussah, mit hübschem silbernem Paillettenbesatz rund um den Halsausschnitt, die Ärmelränder und den Saum des bis zu den Füßen reichenden Rocks. Im Gegenlicht jedoch gab ihr schon gebräunter Körper unter der durchscheinenden Kombination all seine Geheimnisse preis. Dieselben Pailletten schmückten ihr Stirnband und klirrten leise bei jeder Kopfbewegung. Sie sah mindestens zwanzig Jahre jünger aus als Scalzi. Scalzi haßte die mißgünstigen Kellner, die sich in den Restaurants ganz bewußt an ihn wandten, um die Bestellungen entgegenzunehmen, als sei sie seine Tochter. Und Olimpia, die in Wahrheit nur zehn Jahre jünger war als er, machte es mitunter Spaß, ihn damit aufzuziehen, indem sie den kindlichen Einschlag ihrer etwas heiseren Stimme noch betonte und, ganz das verwöhnte Mädchen, mit angeekelter Miene die vom Kellner vorgeschlagenen Speisen ablehnte. (In einem Restaurant in Livorno hatte einmal ein Kellner zu ihr gesagt: »Und dir bringe ich einen Kit-Kat-Schokoriegel, einverstanden?«)

Sie fuhren von der Autobahn ab und folgten nun der Landstraße.
»>Wenn aufgrund ...<«
Scalzi konnte im Vorbeifahren nur die ersten Worte er-

39

kennen, die in weißer Schrift auf dem blauen Straßenschild standen. Als das Auto in den Tunnel hineinfuhr, der unter dem Berg durchführte, hatte er das Gefühl, in einen Brunnenschacht zu stürzen. Das plötzliche Dunkel in der unbeleuchteten Röhre machte seine von der hochstehenden Sonne geblendeten Augen blind. Er glaubte zu schweben, fühlte keine Bewegung mehr, nur einen leichten Schwindel. Er sah zu Olimpia hinüber. Im Dunkel des Innenraums erkannte er undeutlich ihre Silhouette, die so weit nach vorne gebeugt war, daß ihre Nase fast die Windschutzscheibe berührte, und er hörte sie brummeln: »Hoffentlich gibt's hier keine Kurven ...«

»Halt an!« rief Scalzi. »Wenn du nichts siehst, dann halt an!«

Plötzlich erschien der Halbmond des Ausgangs, der Wagen war auf die linke Spur geraten, doch zum Glück kam ihnen keiner entgegen.

Die Ebene erstreckte sich unter dem vor Helligkeit blaßblauen Himmel. Ein Lastzug mühte sich in entgegengesetzter Richtung den Berghang hinauf, der Renault fuhr immer noch links. Olimpia sah auf ihre Füße.

»Hey!« schrie Scalzi, »paß auf!«

Olimpia hob den Blick und zog nach rechts herüber. Der Lkw fuhr dicht an ihnen vorbei und ließ ein gewaltiges Hupen ertönen. Scalzi hatte schweißnasse Hände. Olimpia schüttelte den rechten Fuß, und Scalzi fiel etwas zwischen die Füße. Dann hielt sie am Straßenrand.

»Das ist ja noch mal gutgegangen«, sagte sie und beugte sich hinab, um etwas aufzuheben. »Diese verfluchte Sandale. Ein Riemchen hat sich im Gaspedal verhakt, ich konnte einfach nicht auf die Bremse treten.«

»Steig aus«, befahl Scalzi, »ich fahre.«

Olimpia hatte den Fuß auf den Sitz gehoben und zog sich die hauchdünne Sandale wieder an. Die Pailletten klirrten leise, als sie den Kopf schüttelte.

»Nein, ich trau deinem Fahrstil nicht.«

Sie fuhren weiter.

»Aufgrund von was meinen die denn?« fragte Olimpia.

»Wie?«

»Na, das Schild vor dem Tunnel: ›WENN AUFGRUND ...‹«

Scalzi trocknete sich mit einem Taschentuch die Stirn.

»Bist du angespannt, Corrado?«

»Nur ein bißchen nervös, weil du dich als indische Tänzerin verkleidet hast.«

»Meine Kleidung hat nichts damit zu tun. Du schwitzt vor Angst oder aber *aufgrund* des Cholesterins und der Blutfette. Dir steht ein harter Tag bevor. Versuch dich beim Essen zurückzuhalten, du hast zugenommen.«

Im Schatten der hundertjährigen Platanen reckte Scalzi den Hals und betrachtete sich im Spiegel. Man sah ihm seine einundvierzig Jahre voll und ganz an, die Wangen senkten sich bereits, und unter den Augen bildeten sich erste Tränensäcke. Alles *aufgrund* der Trinkerei. Sie hingegen, die nie einen Tropfen Alkohol anrührte, war ganz das süße Blumenkind, mit dem klingenden metallenen Kränzchen. ›Um eines Kranzes willen, ach, welchen ich gesehen, seufz' ich bei jeder Blume ...‹, summte er im Geiste. Und welchen Grund hatte er schon zu seufzen?

»WENN AUFGRUND ...« Die geheimnisvolle Nachricht am Straßenrand ging ihm durch den Kopf, wie eine lästige Melodie, die man nicht mehr los wird.

6

Beatrices Mittagessen

Das vornehme Viertel, in dem die Barbarinis wohnen, besteht aus rechtwinklig angelegten Straßenzügen, in deren
quadratischen Zwischenräumen kleine Einfamilienhäuser
stehen. Ein Erdwall, eine weite Grünfläche und eine sehr
hohe Mauer, an der Schilder mit der Aufschrift »Sperr-
gebiet – betreten strengstens verboten« angebracht
sind und hinter der sich eine Kaserne verbirgt, trennen es
von der Staatsstraße. Die Straßen des Viertels sind nach
Kriegshelden benannt. Jede Villa ist von einem Garten umgeben, und in jedem Garten gibt es mindestens zwei
Hunde, manchmal drei. Die Wege, Villen und Gärten sehen sich sehr ähnlich, die Häuser sind alle niedrig gebaut,
mit höchstens zwei Stockwerken.

Nachdem sie eine Weile orientierungslos herumgefah-
ren waren, stellten Scalzi und Olimpia den Wagen ab und
machten sich zu Fuß auf die Suche nach dem Haus der
Barbarinis. Sie hatten die Hausnummer vergessen und
glaubten, daß sie es schon an seinem grünen Holztor erkennen würden, aber es gab viele grüne Tore aus Holz,
und die Straße war ziemlich lang. Das permanente Gebell
der Hunde an den Zäunen und Toren entlang des Weges
zerrte an ihren Nerven, sie fühlten sich, als würden sie in
feindliches Gebiet vordringen.

Scalzi erkannte das Haus schließlich an den Azaleentöp-
fen auf der Gartenmauer. Er klingelte, in dem großen Tor
öffnete sich eine kleinere Tür, und die wuchtige Gestalt von
Beatrice Barbarini erschien auf der Schwelle. Die Signora
hatte mit zunehmendem Alter die Dickleibigkeit der ehe-

mals Dünnen angenommen, doch ihr Gesicht bewahrte noch die scharfen Konturen der Intellektuellen, die es gewohnt war, ihrer Meinung Gehör zu verschaffen.

»Noch fünf Minuten, und wir hätten mit dem Essen angefangen.«

»Hoffentlich gibt's zur Strafe nichts mit der Rute«, murmelte Olimpia.

Vor der Pensionierung hatte die Signora an der Oberschule Latein und Griechisch unterrichtet. Und obwohl Olimpias Auseinandersetzungen mit der Einrichtung Schule der Vergangenheit angehörten, hegte sie noch immer eine irrationale Abneigung gegen Leute, die aus diesem Umfeld kamen; vom ersten Treffen an hatte sie sich der Professoressa Barbarini gegenüber feindselig gezeigt.

»Olimpia, bitte«, flüsterte Scalzi, »fang nicht schon wieder an ...«

»Anfangen womit?« fragte Beatrice, während die beiden sich an ihrer ausladenden Hüfte vorbei ins Haus drängten.

»Nichts, nichts«, wehrte Scalzi ab.

Avvocato Barbarini erwartete sie im Halbdunkel des Flurs. Aus der Küche kamen zwei kleine Hunde gestürzt, ein gelber mit einer verbundenen Pfote und ein schwarzer. Schwanzwedelnd und winselnd beschnüffelten sie Scalzis Hosenbeine und die Pailletten am Saum von Olimpias Rock.

»Wie geht's, Alterchen mit der Zigarre?« Olimpia drückte dem Anwalt einen Kuß auf die Wange. Als sie vier Jahre zuvor von Polizisten der Anti-Terror-Einheit bei dem Versuch festgenommen worden war, sich von einer Demonstration gegen den Vietnamkrieg zu verdrücken, hatte Barbarini ihre Verteidigung übernommen. Olimpia hatte in dem Prozeß eine besondere Rolle gespielt. Ihr vergleichsweise frühes Geburtsjahr verbot es, ihr Engagement als studentische Laune abzutun, und der Umstand, daß sie aus einer anderen Stadt angereist war, um die ortsansässigen Volksverhetzer zu unterstützen, ließ sie noch verdächtiger erscheinen. Neben dem Vergehen, an einer aufrührerischen Versammlung teilgenommen zu haben, beschuldigte man sie sogar der Organisation derselben. Bei der Anhörung hatte sie sich geschickt herausgeredet und das unschuldige Rotkäppchen gespielt, das sich plötzlich im Rachen des Wolfs wiedergefunden habe, obwohl es doch nur der Großmutter einen Apfelkuchen bringen wollte. Aber ein Polizist schwor, daß ihre Hände nach Benzin gestunken hätten und sie vor ihrer Festnahme eine Handtasche in den Fluß geworfen habe, die »aller Wahrscheinlichkeit nach randvoll mit Molotowcocktails« gewesen sei. Barbarini gelang es, den jungen Polizeibeamten in Widersprüche zu verwickeln. Olimpia hatte sehr überzeugend und mit besonderer Liebe zum Detail – das seriöse Kostüm, die niedrigen Absätze, die weißen Strümpfe, die gepflegte Aussprache, der wohlerzogen naive Gesichtsausdruck – die Unschuldige gespielt, kurz, die Richter hatten sie freigesprochen. Seitdem waren Anwalt und Mandantin Freunde. Olimpia nannte Barbarini das »Alterchen mit der Zigarre«, weil er behauptete, daß alle Zigarren, die er in seinem wahrlich nicht kurzen Leben geraucht hatte, hintereinander gelegt von dieser Stadt bis zur nächsten reichen würden. Barbarini schien das genau ausgerechnet zu haben. Andererseits mußte man ihm allein deshalb glauben, weil er ununterbrochen eine halbe brennende Toscano zwischen den Zähnen hielt, während die andere Hälfte nur darauf wartete, aus der ausgebeulten Jackentasche gezogen zu werden.

»Was ist denn mit dem Hündchen passiert?« fragte Olimpia und tätschelte liebevoll die Schnauze des Hundes mit der verbundenen Pfote.

»Er ist unter die Räder gekommen«, antwortete Barbarini. »Ihm fehlt jeglicher Orientierungssinn, als Welpe war er in einer Familie voller gewalttätiger Kinder, die ihn ordentlich malträtiert haben. Davon ist er bis heute traumatisiert. Er weiß, daß er den Garten nicht verlassen darf, aber manchmal folgt er einfach seiner Nase und verirrt sich. Ich habe ihn mit gebrochener Pfote am Fluß wiedergefunden.«

Der gelbe Hund winselte leise, während Olimpia ihn streichelte. Unter einem Sessel schoß ein merkwürdiges, schief hoppelndes wildes Kaninchen hervor. Die Tiere, die im Hause Barbarini strandeten, hatten alle schmerzliche Erfahrungen hinter sich, das Kaninchen war wie durch ein Wunder den Gewehrkugeln eines Jägers entkommen. Weniger mitgenommen, aber älter sah das Huhn aus. Es hockte auf dem Küchentisch, hoch aufgerichtet und streng wie eine Harpyie. Leise kollernd folgte es mit dem Kopf den Herrschaften und ihren Gästen, die sich nun in Richtung Speisesaal entfernten.

Durch das offene Fenster schien, gefiltert durch die Blätter der Gartenlaube, die Sonne herein. Auf der Tafel glitzerten Kristallgläser und Silberbesteck. Beatrice hatte sich nicht lumpen lassen: bestickte Servietten und in der Mitte des Tisches ein Strauß bunter Anemonen. Als Olimpia sich auf ihrem Platz niederließ, stieß sie eines der Kristallgläser um, das zum Glück auf eine Serviette fiel und keinen Schaden nahm. Beatrice warf ihr einen scharfen Blick zu.

»Wußtest du, meine Liebe, daß der Großfürst Cosimo, der Sohn des berüchtigten Söldnerführers Giovanni dalle Bande Nere, in dieser Stadt unter der Anleitung der besten Glasbläser von Murano die Kristallfabrikation begründet hat?«

Mit dem Zeigefinger entlockte sie ihrem Glas einen schwingenden Ton.

»Diese Kelche stammen noch aus jener alten Manufaktur, sie sind mindestens zweihundert Jahre alt.«

»Entschuldigen Sie, wenn Sie möchten, stelle ich mich zur Strafe in die Ecke«, sagte Olimpia mit übertriebener Reue.

45

»Wenn du möchtest, bitte«, Beatrices Ton war nur vordergründig scherzhaft, sie hätte sie wirklich am liebsten in die Ecke geschickt. »Du mußt nämlich wissen, meine Liebe, daß der Großfürst Cosimo beim Volk nicht sonderlich beliebt war, obwohl er ein ganz außergewöhnliches verwalterisches Talent besaß. Den Florentinern paßten die Lanzi nicht, die deutschen Söldner der persönlichen Leibwache Cosimos: ›Lanze trinche, trinche Lanze / queste stare buone usanze ...‹* Es scheint, als seien die großfürstlichen Söldner häufig betrunken gewesen. Ich möchte euch bitten, diesen etwas lieblichen Weißwein zu probieren.«

Beatrice reichte eine hohe, schlanke Flasche herum.

»Ein Picolit aus dem Friaul. Gar nicht leicht zu finden, denn die Picolit-Rebe ist rar. Er hat einen samtigen Geschmack, der selbst den Vergleich mit einem Château d'Yquem nicht zu scheuen braucht.«

»Danke, nein.« Olimpia schob den Flaschenhals weg, den die Barbarini an ihr Glas hielt. »Ich trinke keinen Alkohol.«

»Mißtraue dem, der einen guten Wein nicht zu schätzen weiß«, sagte Beatrice.

»So ist es. Mir ist auch nicht zu trauen«, stimmte Olimpia zufrieden zu.

Beatrice trug aus der Küche eine Suppenschüssel herein.

»Wißt ihr eigentlich, wer die *panzanella* erfunden hat? Es war Bronzino, der Maler natürlich. Er und Pontormo waren enge Freunde. Pontormo, der dem guten Essen krankhaft verfallen war, ging häufig zum Dinieren zu Bronzino, einem hervorragenden Koch: In der Küche liegt im Einfachen die wahre Raffinesse. Die Panzanella sieht ganz unkompliziert aus, doch es braucht nur wenig, um ihre Harmonie zu zerstören. Das Brot muß nur ein wenig zu kurz oder zu lang im Wasser gequollen sein, man braucht nur mit dem Basilikum

---

* Was im gebrochenen Italienisch der deutschen Landsknechte soviel hieß wie: »Trinken, Landsknechte, trinken / das sein gute Brauch ...« Tatsächlich ist das italienische *trincare* – saufen – ein deutsches Lehnwort.

zu übertreiben oder den Portulak zu vergessen. Bronzinos Rezept kann variiert werden, indem man Tomaten hinzufügt. Die konnte der Maler freilich nicht verwenden, da sie im 16. Jahrhundert noch nicht von Amerika nach Italien gekommen waren. Das Geheimnis aber liegt in dem mit einer steinernen Ölmühle kalt gepreßten Olivenöl, das in einer Tasse zusammen mit Salz, Pfeffer und einigen Löffeln Essig ordentlich aufgeschlagen wird.«

Sie verspeisten die Panzanella. Bevor Beatrice wieder in der Küche verschwand, ermahnte sie die Tischgenossen:

»Beim Essen wird nicht über die Arbeit gesprochen, habt ihr gehört?«

Als seine Frau draußen war, seufzte Avvocato Barbarini und zündete sich eine Toscano an. Er schien in Gedanken versunken. Beinahe sofort kam Beatrice wieder herein, diesmal mit einem dampfenden Tontopf und einer Flasche Rotwein. Sie warf ihrem Gatten einen strafenden Blick zu.

»Die Signorina Olimpia hat ganz recht, wenn sie dich ›Alterchen‹ nennt! Du weißt genau, daß ich es nicht mag, wenn du bei Tisch rauchst. Gaumen, Zunge, Geschmacksnerven – alles, was zivilisierte Leute dazu benutzen, die Nahrung zu schmecken, werden gefühllos wie Pergament durch die Qualmerei. ›Alterchen mit der Zigarre‹ ... das trifft es wirklich!«

Beatrice stellte den Topf auf dem dazu passenden dreibeinigen Untersetzer aus Silber ab.

»Auch dieses Gericht stammt aus der Florentiner Renaissance.«

Sie verteilte das farblich ins Grau tendierende Gemisch.

»Die Florentiner waren die ersten, die Hühnerklein in der Küche verwendeten: Kamm, Leber und die sogenannten Böhnchen, also die Nieren. Die Speise nennt sich *cibreo*. Und nur als Beispiel, wie sehr den Florentinern das Essen am Herzen liegt: ein mißlungener Cibreo soll die Ursache für ein Verbrechen gewesen sein, das Anfang unseres Jahrhunderts in Florenz begangen wurde. Ein Ehemann soll seine Frau umgebracht haben, weil sie ihm einen Cibreo servierte, der säuerlich schmeckte. Wie schmeckt euch dieser?«

»Phantastisch«, sagte Scalzi.

Beatrice verschwand erneut in der Küche und kam mit dem Hauptgericht zurück. Sie entkorkte eine weitere Flasche Rotwein. Barbarini verharrte in seinem Schweigen, mürrisch und in dunkle Gedanken versunken. Obwohl die Signora sichtlich bemüht war, die durch die schlechte Laune ihres Mannes zu Eis erstarrte Atmosphäre bei Tisch etwas aufzulockern, verschlimmerte sie alles noch durch ihren belehrenden Ton:

»Ein 56er Sassicaia, ein ganz außergewöhnlicher Jahrgang. Ein Schluck genügt, um den Gaumen auf dieses Gericht einzustimmen, ›magnifica e reale, da far morir di gola / l'astinenza e leccarsi le dita a Carnovale*‹«, rezitierte sie. »So formuliert es der Florentiner Remigio de' Nannini in dem Kapitel, das er dem Wildschwein widmet. Das Tier muß mindestens zwei Tage in Weißwein und Kräuter eingelegt werden, damit es nicht mehr nach Wild schmeckt. Ich warne euch, es ist ziemlich mächtig.«

»Das kann man wohl sagen!« entfuhr es Olimpia.

Beatrice betrachtete sie mit hochgezogenen Augenbrauen.

»Es schmeckt wunderbar, aber ... nach dem Cipreo ...«

»Cibreo, meine Liebe.«

»Cibreo, tut mir leid. Ich kenne mich mit so ungewöhnlichen Speisen nicht gut aus.«

»Das glaube ich gern. Ihr Jungen wißt doch eine gute Küche gar nicht mehr zu schätzen. Ihr ernährt euch, wie es euch gerade unterkommt. Ihr fallt in die Barbarei zurück, beim Essen ebenso wie in allem anderen. Meiner Meinung nach seid ihr im Begriff, ganz fürchterliche Dinge zu tun.«

* Großartig und königlich, daß die Abstinenz vor Appetit vergeht und man sich zu Karneval die Finger danach leckt.

Olimpia ließ die Gabel auf ihren Teller sinken.

»Was für Dinge, Signora?«

»Ich weiß nicht«, Beatrice legte die Handflächen aneinander. »Ihr macht mir angst. Ihr seid anders als die jungen Leute zu meiner Zeit. Ich glaube, daß ihr ganz schreckliche Sachen im Sinn habt.«

»Schrecklicher als zwei Weltkriege, Signora?«

»Ja, die ...« Signora Barbarini schlug einen ernsten Tonfall an. »Ihr könnt den älteren Generationen eine Menge vorwerfen, das will ich gar nicht bestreiten. Aber sieh mal, zu Beginn des Faschismus – da warst du noch gar nicht geboren, zu deinem Glück – waren die Jugendlichen euch gar nicht so unähnlich, sie lehnten dieselben Dinge ab, hatten dieselben unausgegorenen Ideen, und auch sie wollten die Welt verändern. Sie kamen gar nicht auf den Gedanken, daß die Welt nicht die Absicht haben könnte, sich von ihnen verändern zu lassen. Das interessierte sie einfach nicht. ›Mir doch egal‹, hatten sie auf ihre Fahnen geschrieben.«

»Ich glaube nicht, daß die Faschisten die Welt verändern wollten«, meinte Olimpia mit unterdrückter Wut, »sie wollten vielmehr, daß alles beim alten bleibt.«

»Ich spreche von den jungen Menschen, die es gut meinten. Die gab es durchaus, und in größerer Zahl, als du vielleicht glauben magst. Wie sagt ihr noch? Der Ausdruck erinnert an einen Leitsatz der Futuristen: ›den Zustand der gegenwärtigen Dinge verändern‹ oder ›den gegenwärtigen Zustand der Dinge verändern‹, ich weiß es nicht mehr ... Als ob das so einfach wäre ...«

»Niemand behauptet, daß es einfach ist, aber man kann es immerhin versuchen.«

»Die Sprache deiner Altersgenossen«, fuhr Beatrice fort, »ist oft künstlich und unverständlich. Was an sich schon ein Widerspruch ist, findest du nicht?«

»In welcher Hinsicht?«

»Müßte die Sprache der Politik nicht transparent und leicht zu verstehen sein?«

»Das würde ich nicht sagen«, wandte Olimpia ein, »die Sprache der Politik ist nun mal komplex und trägt viele verschiedene Bedeutungen.«

»Glaubst du? Politik sollte doch mit Aktion zu tun haben; nur Romantiker spüren nicht die Notwendigkeit, verstanden zu werden. Deine Freunde behaupten, sich an die Massen wenden und sie zum Handeln auffordern zu wollen. Doch mit dieser Sprache? Romantischer als die Romantiker selbst? Noch kryptischer als die Hermetiker in ihren Gedichten?«

»Bice«, mischte sich Barbarini ein, der nicht mit ansehen wollte, wie sich die Diskussion erhitzte, »bring uns doch bitte das Dessert. Dann ziehen Corrado und ich uns ins Büro zurück. Wir haben geschäftliche Dinge zu bereden.«

Beatrice erhob sich von der Tafel und kam mit silbernen Schälchen zurück, in denen kleine Wackelpuddings schimmerten.

»Bitte schön«, sagte sie, während sie die Schälchen verteilte, »schlichte *bavaresi al caffè*.«

»Ganz vorzüglich«, sagte Olimpia nach dem ersten Löffel.

»Ach, Bavaresi magst du also? Milch, Eier, Kaffeelikör, ein bißchen Gelatine, Gianduia-Aroma. Ich empfehle dir, einen Malvasia dazu zu trinken ... ach, natürlich, du trinkst ja nicht ... das tut mir leid für dich. Wir Paranoikerinnen hingegen trinken gern ein gutes Gläschen Wein. Apropos verschimmelte Paranoikerinnen ...«

»Ich brauche einen Anwalt«, sagt Barbarini. »Und in diesem Fall brauche ich genau dich.«

In dem Büro riecht es wie im Zimmer eines Pfarrers, männlich und staubig, irgendwie abgestanden, schlecht gelüftet. Es ist nur verständlich, daß das Alterchen sich hierhin zurückzieht, um Beatrices Redefluß zu entfliehen. Man betritt den Raum durch das Speisezimmer über eine kleine Stufe, das helle Holz an den Wänden umgibt ihn wie die Schale einer Muschel. Er hat nur ein einziges Fenster, das in den Garten, auf einen gelben Mauerfleck und die Weinreben der Laube hinausgeht. An den Wänden Bücherregale bis unter die Decke, doch nichts Juristisches darunter, dafür alte Leopardiausgaben, die Werke der großen Erzähler des 19. und 20. Jahrhunderts. Einen Ehrenplatz nehmen die Schriftsteller ein, die zu dem Kreis um das Kaffeehaus »Le Giubbe Rosse« in Florenz gehörten: Landolfi, Soffici, Palazzeschi, Papini, Cicognani, Gadda, alles Autoren, die Barbarini in jungen Jahren kennengelernt hatte. Die eigentliche Leidenschaft des Alterchens ist die Literatur, schon als kaum Zwanzigjähriger hatte er sich im Umfeld der Zeitschrift *La Voce* bewegt. Doch Barbarini hatte festgestellt, daß er zu prosaisch veranlagt war, unfähig, sich irgendeinem Diktat zu beugen und die lyrische Begeisterung zu teilen, von der sich die damalige Literatur nährte. Es war eine freie und wohlüberlegte Entscheidung gewesen, als das Alterchen sich dem rauhen Verismus der Strafprozesse zuwandte. Aus jenen Jahren stammen die Bücher, fein säuberlich in der Bibliothek aufgereiht, und ein dunkles Bild mit stark akzentuierten Linien, ein strenger Rosai jener Zeit. Es nimmt seinen späteren Rückzug in die ländliche Sphäre vorweg, die Landschaften der Livorneser Postmacchiaioli – rote Karren und weiße Ochsen, windgebogene Pinien an der Küste, Heuschober. In einer Ecke hängt ein in schnörkeliger Handschrift beschriebenes Pergament, auf dem die Angehörigen der bei einer Gasexplosion in der Mine von Ribolla umgekommenen achtzehn Bergleute dem Avvocato Giovanni Barbarini für »das Wissen und die Kraft« danken, mit denen er sich für die Waisen und Witwen gegen das übermächtige Industrieunternehmen, dem die »Mördergrube« gehörte, eingesetzt hat. Dies ist der einzige Hinweis auf seinen Beruf, abgesehen von einem Aktenbündel auf dem Schreibtisch, hinter dem ein hoher, hölzerner Lehnstuhl wie aus einem Chorgestühl steht.

Barbarini macht es sich mit ausgestreckten Beinen darauf bequem, zündet sich eine Zigarre an und atmet mit geschlossenen Augen tief ein. Er schiebt Scalzi die Aktenmappe hin, in der sich eine Fülle von Zeitungsausschnitten befindet.

»Du kannst schon mal einen Blick hineinwerfen, wir sprechen sofort darüber, sobald ich Bices Essen verdaut habe.«

Er lehnt den Kopf an. Die Zigarre hängt lose zwischen seinen Lippen, als müsse sie gleich herunterfallen. Der Aschenbecher ist übervoll mit Asche und Zigarrenstummeln. In der unbewegten, trockenen Luft mischt sich der Duft der Toscano mit dem staubigen Papiergeruch. Vor dem Fenster legt sich der Sommernachmittag auf die reglosen Blätter der Laube. Aus dem angrenzenden Zimmer sind die Stimmen der beiden Frauen zu hören, die jedoch nicht mehr zu streiten scheinen; Beatrice redet leise, unterbrochen von kurzen Fragen, die Olimpia an sie richtet, beide klingen ruhig.

Scalzi legt die Aktenmappe auf seine Knie. Die Lider werden ihm schwer. Barbarinis Zigarre ist erloschen, hängt aber noch immer an der Unterlippe im halbgeöffneten Mund, das Alterchen macht tatsächlich ein Nickerchen. Er schnarcht leise und sieht dabei noch etwas älter aus. Die Kraft seiner blauen Augen bleibt unter den unzähligen Fältchen seiner Lider verborgen. Fünfundsiebzig Jahre sind zuviel, um die erbitterten Gefechte eines solchen Strafprozesses noch auf sich zu nehmen. Komplizierter Fall, den Überschriften nach zu urteilen: zwei Morde. Scalzi hat davon gehört, obwohl die nationale Presse sich nur flüchtig mit der Angelegenheit beschäftigt und sie praktisch der lokalen Berichterstattung überlassen hat. Er überfliegt die Schlagzeilen, schließt die Augen. Auf dem Gaumen schmeckt er noch die Wärme des Sassicaia. Die Zeit steht still.

7

Der Betrüger

»Schläfst du, Corrado?«

»Nein«, log Scalzi, »ich habe nur einen Moment die Augen zugemacht.«

»Versteh ich gut.« Die gelbe Flamme des Feuerzeugs erleuchtete Barbarinis Gesicht. »Wenn Bice sich anstrengt, kann sie ein ganzes Bataillon außer Gefecht setzen.« Er deutete auf die Mappe. »Hast du mal reingeschaut?«

Scalzi bückte sich und hob das heruntergefallene Bündel vom Teppich auf. Während er so tat, als brächte er die Artikel in die richtige Reihenfolge, überflog er schnell die Überschriften, die häufig mit einem Fragezeichen schlossen: »Ermittlungen in Extremistenkreisen. ›Mosche‹-Wirt ermordet, weil er von TNT wußte?«; »Sprengstoffanschlag in Marina: Verdächtiger festgenommen«; »Baluardi-Witwe will aussagen«; »Politik oder Sex? Gibt es einen Zusammenhang zwischen den beiden Fällen? Staatsanwalt zweifelt«; »Ist Anwalt Kopf der Bande? Verschlußsache, so der Staatsanwalt«; »Zwei Tonnen TNT von Extremist Seminara?«

»Ich habe davon gehört«, sagte Scalzi. »Wen verteidigst du?«

»Niemanden. Nicht mehr. Ich gehöre zu den Angeklagten. Gegen mich wird ermittelt.«

»Angeklagt, du?«

»Wenn das auf dem Mist eines dieser bürokratischen Staatsanwälte gewachsen wäre, gegen die ich mein Leben lang gekämpft habe, wäre mir wohler. Doch die Untersuchung wird von Canfailla geleitet, einem ehemaligen

Schüler von Bice, der auch häufig zu Besuch kam. Ich will nicht sagen, daß wir befreundet waren – normalerweise meide ich engere Verbindungen zur Richterschaft –, aber immerhin kennt er mich gut und weiß, aus welchem Holz ich geschnitzt bin. Und ausgerechnet er stellt mich unter Anklage. Wobei man erwähnen muß, daß der Junge nicht besonders intelligent ist. War wohl schon in der Schule nicht der Hellste, als Bice versuchte, ihm die Consecutio temporum einzurichtern.«

»Was wird dir vorgeworfen?«

»Organisation einer verbrecherischen Vereinigung.«

»Soll das ein Witz sein?«

»Nein.«

Barbarini zeigte auf die Schlagzeile, die als möglichen Kopf der Bande einen Anwalt nannte:

»Dieser Anwalt bin ich, laut Anklage.«

»Und Kopf wovon?«

»Von einer Verbrecherbande.«

Barbarini, ganz Strafverteidiger, lieferte eine Kurzfassung der Geschehnisse: Zwei Jahre zuvor, am 1. Januar 1971, explodiert in einer Metzgerei in Marina ein Sprengsatz. Ein Passant kommt dabei ums Leben. Die Nachforschungen führen die Polizei zu subversiven Kreisen rund um eine Trattoria in der Via della Madonnina, im Zentrum der Stadt. Der heruntergekommene Laden – von der Bevölkerung nur »Le Mosche«, die Fliegen, genannt – wird von Studenten und Arbeitern frequentiert, die anarchistisch-revolutionärem Gedankengut anhängen, die meisten nicht mehr ganz jung, aber fast alle bereit, einen über den Durst zu heben. Der schon etwas ältere Wirt, Giuliano Baluardi, ein unverbesserlicher Trinker mit Leberzirrhose, versorgt die anderen Revoluzzer mit Essen und Trinken. Er kann mit Sprengstoff umgehen, da er früher in einem Marmorbruch in den Apuanischen Alpen gearbeitet hat. Fünf Monate später, am 7. Mai desselben Jahres, findet ein Friedhofswärter auf dem Monte Merlato Giuliano Baluardis Leiche. Es bleibt unklar, wie er ermordet wurde: als er gefunden wird, ist er bereits seit einer Woche tot, die Untersuchung der Leiche bringt keine Erkenntnisse, da der Körper sich bereits in einem fortgeschrittenen Stadium der Verwesung befindet und von Mäusen, Insekten und Krähen angenagt ist. In der Zwischenzeit lassen die Polizisten, die dem Sprengstoffanschlag nachgehen, das Büro eines Stammgastes der »Mosche« durchsuchen, eines städtischen Angestellten, der als Intellektueller gilt, eine Art Ideologe der lokalen extremistischen Szene, und finden in einem Aktenschrank ein Stück TNT. Es ist der gleiche Sprengstoff, der in Marina benutzt wurde. Massimo Seminara, so der Name des Beamten, wird festgenommen. Barbarini übernimmt seine Verteidigung.

»Und an diesem Punkt«, seufzte das Alterchen mit der Zigarre, »kommt Pasqualino Lipari ins Spiel.«

»Der Name ist mir nicht unbekannt«, sagte Scalzi.

»Das wundert mich nicht. Pasqualino ist ein Meister des Betrugs, ihn kennt wahrscheinlich jeder Strafverteidiger der Toskana. Ich erzähle dir nur seine letzte Unternehmung, weil sie mit dem Fall zu tun hat. Juwelendiebstahl im Wert von hundert Millionen Lire. Pasqualino geht zu einem Juwelier, der es nicht so genau nimmt und der bekannt dafür ist, daß er mit gestohlenem Schmuck handelt. Er zeigt ihm den Zeitungsbericht über den Diebstahl. Er, Lipari, sei im Besitz der Ware und bereit, sie für die Hälfte des Werts in bar zu tauschen, in der einen Hand das Geld, in der anderen den Schmuck. Um die Sache weniger riskant zu machen, schlägt Pasqualino dem Hehler vor, den Austausch direkt an dem Ort vorzunehmen, wo die Juwelen versteckt sind. Ganz offensichtlich vertraut er dem Juwelier nicht und weiß genau, daß es diesem umgekehrt genauso geht. Deshalb wollen sie gemeinsam auf die Insel Elba fahren. Der Hehler muß einen Taucheranzug und ein

Sauerstoffgerät beschaffen und das Geld in einer wasserdichten Tasche mitbringen. In Portoferraio besteigen sie
die Fähre; sie sind mit dem Auto des Juweliers unterwegs.
Sie erreichen eine einsame Bucht, die rundum von Felsen
eingeschlossen ist. Der Schmuck soll in einer Unterwasser-
höhle versteckt sein. Pasqualino steigt in den Taucheranzug und springt ins Meer. Die wasserdichte Tasche mit dem
Geld nimmt er mit. Der Hehler wartet, daß er wieder auftaucht. Er weiß nicht, daß es die Grotte zwar tatsächlich
gibt, ganz im Gegensatz zu den Juwelen, daß sie aber unter
dem Felsen durchführt und außer Sichtweite, in einer angrenzenden Bucht, durch eine weitere Öffnung wieder an
die Wasseroberfläche führt. Pasqualino also taucht durch
die Höhle und geht in der anderen Bucht, in der er am Tag
zuvor sein Auto abgestellt hat, wieder an Land. Der Hehler
harrt einige Stunden auf den harten Felsen aus, bevor er
dem Hafenamt den wahrscheinlichen Tod durch Ertrinken
eines Tauchers meldet. Welch letzterer jedoch bereits seit
längerem das Festland erreicht hat – mitsamt den fünfzig
Millionen in bar. Damit aber nicht genug. Einige Monate
später durchsucht die Polizei das Haus eines bekannten
Langfingers, findet und beschlagnahmt die gestohlenen
Schmuckstücke und nimmt den Dieb fest. Der Schmuck
landet im Tresor des Sachverständigen, der vom Gericht
beauftragt ist, seinen Wert zu schätzen, ehe er dem recht-
mäßigen Eigentümer zurückgegeben wird. Pasqualinos Genialität liegt unter anderem darin, niemals aufzugeben. Er
geht zu dem Sachverständigen und gibt sich als Angestell-
ter der Abteilung für sichergestelltes Beweismaterial aus.
Als Beleg präsentiert er ihm ein Dokument mit der Unter-
schrift des Untersuchungsrichters in besagtem Prozeß, eine
perfekte Fälschung, in dem der Sachverständige aufgefordert wird, dem Überbringer der Nachricht das Diebesgut
zu übergeben. So landen die Schmuckstücke schließlich
tatsächlich in Pasqualinos Händen. An diesem Punkt aber

geht der künstlerische Ehrgeiz mit ihm durch. Pasqualino begeht den Fehler, den Juwelier anzurufen, den er schon einmal betrogen hat. Wieder bietet er ihm den Schmuck zum Verkauf an, diesmal im Ernst, für ein Viertel seines Wertes, fünfundzwanzig Millionen Lire, so daß der Hehler seinen Verlust vom letzten Mal wettmachen und noch daran verdienen kann. Natürlich hat er vor, ihn erneut zu hintergehen, wobei das System, das er sich diesmal ausgedacht hat, sein Geheimnis bleibt. Denn Pasqualino hat nicht mit dem Zorn des Hehlers gerechnet, der lieber auf das Geschäft verzichtet, um ihn dafür ins Gefängnis zu bringen. Als der Schurke mit derselben wasserdichten Tasche des Juweliers auftaucht, die schon bei dem Trick mit der Grotte herhalten mußte – man beachte die Liebe zum Detail –, erwarten ihn ein paar Polizisten und ein Satz Handschellen. Die Schmuckstücke hat er natürlich nicht bei sich. Das Ganze ist ein Jahr her. Im Gefängnis wird Pasqualino Lipari bald zum Informanten für die Sicherheitsdienste des Innenministeriums. Er reist von einer Haftanstalt zur anderen und schließt Freundschaft mit politischen Gefangenen. Offenbar hat er den Beruf gewechselt, er ist jetzt Spitzel und Agent provocateur. In dieser Funktion kommt er in das Gefängnis der Stadt.«

Barbarini unterbrach seine Erzählung, um die Zigarre wieder anzuzünden, die ihm während des Redens ausgegangen war.

»Ich verstehe immer noch nicht, was du mit der ganzen Sache zu tun hast«, meinte Scalzi. »Verteidigst du Lipari?«

»Nein. Ich habe Seminara verteidigt, den Kommunalbeamten, der für die Bombe in der Metzgerei verantwortlich gemacht wird und der schon seit einigen Monaten im Gefängnis sitzt, als Pasqualino dort hinkommt. Der Stand der Untersuchungen ist zu diesem Zeitpunkt folgender: Im Prozeß um den Anschlag in Marina, den Canfailla leitet, verloren sich die Nachforschungen in Hunderten von Hausdurchsuchungen, doch außer dem TNT im Aktenschrank von Seminaras Büro war noch kein wirklicher Beweis für seine Beteiligung aufgetaucht. Die Untersuchungen im Fall der Ermordung des Wirts waren mittlerweile abgekoppelt und wurden von einem anderen Richter geleitet, einem gewissen Morgiacchi. Bei der Ermordung Baluardis konzentrierten sich die Ermittlungen auf zwei Kellner der Trattoria sowie die Frau und die Tochter des Wirts. In der Via della Madonnina brodeln die Gerüchte: Der Vater soll krankhaft eifersüchtig über die Tochter gewacht haben und voller Groll gegen seine Frau gewesen sein, die angeblich die Tochter mit einem der beiden Kellner verkuppeln wollte. Die beiden Frauen sollen gefürchtet haben, daß der Mann, den Verstand vom vielen Alkohol benebelt, sich zu einer jener Handlungen hinreißen lassen würde, wie sie manchmal in zerrütteten Familien vorkommen. Jemand will gehört haben, wie der Wirt gedroht hat, das Haus in die Luft zu sprengen; schließlich wußte Baluardi mit Sprengstoff umzugehen. Aus diesem Motiv heraus, also aus purer Angst, sollen Frau und Tochter das Verbrechen in Auftrag gegeben haben, das von den beiden Kellnern ausgeführt wurde. Soweit die Hypothese der Anklage. Auch die beiden Frauen von Baluardi, bis heute auf freiem Fuß, bitten mich um Rechtsbeistand. Ich beschäftige mich also mit beiden Morden: auf der einen Seite verteidige ich Seminara, den Kommunalbeamten, in dessen Aktenschrank das TNT gefunden wurde und der Stein und Bein schwört, nichts von dem Sprengstoff gewußt zu haben, mit dem ihm jemand eine Falle gestellt habe. Auf der anderen Seite berate ich Frau und Tochter des Wirts, gegen die noch nicht offiziell ermittelt wird, denen aber schon der Gefängnisgeruch nach Desinfektionsmittel in der Nase liegt. Ich mache mir also von beiden Fällen ein Bild und gelange zu der Überzeugung, daß sie zusammenhängen, daß der Wirt ermordet wurde, weil er die Urheber des Anschlags auf die Metzgerei gekannt und damit gedroht hat, dem Richter ihre Namen zu verraten. Ich beantrage also, daß die beiden Ermittlungsverfahren zusammengelegt werden. Ich bringe eine Erklärung ein, in der ich Seminaras Unschuld vertrete. Ein junger Mann voll verdrehter Ideen, aber wozu sollte er eine Metzgerei in die Luft jagen? Sieht so etwa ein politischer Anschlag aus? Und auch in der Verteidigung der Frauen bin ich aktiv. Was die Gerüchte besagen und die Anklage vermutet, kommt mir doch sehr unwahrscheinlich vor. Auch wenn er noch so oft betrunken war – sollte Baluardi wirklich die Absicht gehabt haben, im eigenen Haus ein Blutbad anzurichten, weil die Tochter mit jemandem ins Bett ging? Siebzehn Jahre ist zu jung, um sich zügellos der fleischlichen Lust hinzugeben, aber die Jugend von heute läßt ja bekanntermaßen nichts anbrennen, vor allem, was Sex angeht, und Baluardi war bestimmt kein strenger und hart durchgreifender Vater. Gerbina wiederum, seine Frau, hat einen starken Charakter, sie hält Haus und Herd zusammen. Also eine Frau der alten Schule. Sie möchte die Familie vor Schaden bewahren, deren Oberhaupt im guten wie im schlechten nun mal ihr Giuliano ist. Ach ja, ihr Giuliano: natürlich liebt sie ihn trotz allem, immerhin leben sie seit dreißig Jahren zusammen. Nicht immer ein Herz und eine Seele, doch der häufigste Streitpunkt ist Baluardis Trinkerei, Gerbina hätte gern, daß er damit aufhört, weil der Wein ihn sonst noch ins Grab bringt. Und sie soll mit diesen Tölpeln gemeinsame Sache gemacht haben, um ihn umzubringen? Da könnte sie ebensogut ein, höchstens zwei Jahre warten, bis die Leberzirrhose im Endstadium angelangt ist. Aus Angst soll sie der Zeit vorgegriffen haben? Angst vor was? Baluardi ist nie gewalttätig geworden, weder ihr noch der Tochter gegenüber. Ich spreche also mit beiden Richtern. Aus demjenigen, der mit dem Mord an dem Wirt befaßt ist, bekomme ich nichts heraus. Der junge Morgiacchi hält sich für einen genialen Ermittler. Mit Canfailla verstehe ich mich besser, und es gelingt mir, ihn zu überzeugen, Seminara vorläufig auf freien Fuß zu setzen. Letzterer wiederum hat mir versprochen, daß er mir, wenn ich ihn freibekomme, im Fall des ermordeten Wirts mit seinen intimen Kenntnissen der Szene weiterhilft; die eine oder andere Information hat er mir schon in der Besuchszelle im Don-Bosco-Gefängnis gegeben.«

»Mir ist aber noch immer nicht klar, was der berühmte Lipari damit zu tun hat, den hast du unterwegs verloren«, bemerkte Scalzi.

»Noch ein Momentchen Geduld, er ist gleich dran. Also: die Sprechzelle im Don Bosco. Ich gehe zu Seminara, um ihm die Nachricht von seiner baldigen Freilassung zu überbringen. Seminara erscheint völlig verstört zum Gespräch, im schmuddeligen, vom müßigen Gefängnisalltag zerknitterten Pyjama. Ich rechne natürlich mit großer Freude seinerseits, doch er sagt kühl zu mir, er wisse längst Bescheid, Pasqualino Lipari habe ihm bereits angekündigt, daß er bald freikommen werde. Die beiden teilen eine Zelle und haben sich angefreundet. Dann steckt Seminara die Hand in seine Pyjamatasche und zieht einen Zettel hervor. Er schiebt ihn mir über den Tisch, ohne daß der Wachbeamte es bemerkt. Auf dem Zettel steht eine Reihe von Nummern. Seminara sagt, die Notiz habe Lipari ihm gegeben, als er erfahren habe, daß er, Seminara, mich treffen würde. Die Ziffern bezögen sich auf die Karatzahl der berühmten Schmuckstücke, derer Pasqualino sich zweimal für seine Betrügereien bedient hatte. Der Zettel sei ein Erkennungszeichen. Sobald Seminara wieder auf freiem Fuß sei, solle er ihn einem Komplizen dort draußen zeigen, der den Schmuck aufbewahre. Der Komplize würde ihm Geld vorstrecken, rund zehn Millionen Lire, wovon Seminara die Hälfte dem Betrüger im Gefängnis zukommen lassen solle, und die andere dürfe er selbst behalten. Seminara bittet mich, den Zettel für ihn aufzubewahren, er würde ihn ab-

60

holen, sobald er draußen sei. Ich frage ihn, ob er schon getrunken habe, so früh am Morgen. Das Liebesbriefchen solle er mal lieber verbrennen, sage ich ihm, oder es den Vollzugsbeamten aushändigen. Er steckt den Zettel wieder in seine Tasche. Als wir aus der Unterredung kommen, bringen sie uns beide in das Büro des Direktors. Hier erwartet uns eine Truppe von der Mordkommission mit einem von Richter Canfailla unterschriebenen Durchsuchungsbefehl. Sie filzen mich und beschlagnahmen jedes Fitzelchen Papier, sogar die Prozeßnotizen, ohne sich um das Dienstgeheimnis zu scheren. Als Liparis Zettel in Seminaras Tasche gefunden wird, habe ich das Gefühl, daß der Kommissar irgendwie enttäuscht ist, als hätte er ihn lieber bei mir gefunden. Es vergehen drei Tage, dann erhalte ich die richterliche Mitteilung: Ich stehe im Verdacht, der Kopf einer Verbrecherorganisation zu sein, die in der Toskana aktiv ist, ich soll einen Verteidiger benennen, und so weiter und so fort. Kannst du mir folgen? Findest du dich noch zurecht in dem Labyrinth?«

»Mehr oder weniger. Obwohl die Geschichte klingt, als sei sie aus der Feder eines Krimiautors geflossen, dem seine Glaubwürdigkeit beim Leser nahezu gleichgültig ist.«

»So was kommt öfter vor«, bestätigt Barbarini, »vor allem in letzter Zeit. Wir segeln vor dräuendem Sturm. Aus der Ferne gesehen, lassen der Wind und das sturmgepeitschte Meer die Konturen verschwimmen, alles wirkt nahezu irreal ...«

Barbarini bemerkte Scalzis ironischen Blick.

»Du mußt nachsichtig mit mir sein. Wir Strafverteidiger der alten Garde lieben nun mal die metaphernreiche Sprache. Aber meinst du nicht auch, daß sich da etwas Übles zusammenbraut? Doch zurück zu uns. An diesem Punkt besuche ich den Richter in seinem Büro.«

»Canfailla? Beatrices Schüler?«

»Genau den. Der gute Junge bläst sich kräftig auf: Nur

weil ich es sei ... Um mir einen Gefallen zu tun ... Amts-
mißbrauch ... Seine Karriere stehe auf dem Spiel ... Kurz,
er teilt mir mit, daß auf dem Zettel eine verschlüsselte
Nachricht steht.«

»Verschlüsselt?«

»Von Schülern, die Geheimdienst spielen: der Zahl 1 ent-
spricht der Buchstabe Z, der 2 der Buchstabe Y, der 3 das
X und so fort bis zum A, das die höchste Zahl hat. Klar, wie
der Code dieser äußerst gefährlichen subversiven Bande
funktioniert? Übersetzt soll also auf dem Zettel gestanden
haben: ›Niemals etwas entscheiden, ohne vorher Avvocato
Barbarini zu fragen. Alle Koordinaten an Barbarini.‹«

»Welche Koordinaten?«

»Jetzt kommt das Beste. Die Notiz enthält nämlich auch
die Wegbeschreibung zu einer Hütte auf dem Monte Pania
in den Apuanischen Alpen, das habe ich später in der Zeitung gelesen, der Richter hat es mir verschwiegen. Die Anti-
subversive Einheit der Polizei durchsucht die Hütte, und
was findet sie? Du hast es gelesen, nicht wahr?« Barbarini
zeigt auf einen der Zeitungsausschnitte.

»Nein.«

»Also bist du doch eingeschlafen. Sie finden zwei Zentner TNT, 1000 Meter langsambrennende Zündschnur, ungefähr 50 Zündapparate, Sprengkapseln, Kneifzangen. Sie
finden eine komplette Erste-Hilfe-Ausrüstung, alles, was
man braucht, um auf einem Schlachtfeld chirurgische Ein-
griffe durchzuführen; außerdem detaillierte Landkarten
der näheren Umgebung; Ausweise, einige echt, andere gestohlen, wieder andere gefälscht; Blankoverträge von Ver-
sicherungen. Und stell dir vor: Im Heuschober stand ein
Flugzeug, eine Piper, behauptet eine Zeitung, die ihre Informationen direkt aus dem Polizeipräsidium bezieht –
zwar in ihre Einzelteile zerlegt, aber vollkommen flugtaug-
lich, wenn man die Teile wieder zusammenfügt. Keinerlei
politische Aussagen, keine Manifeste, Aufrufe oder ähn-

liches. Obwohl doch die Nachricht, so die Übersetzung des stupiden Codes phantasieloser Jugendlicher, auf eine weitverzweigte subversive Organisation hindeuten soll, so weit verzweigt, daß außer mir – als dem Kopf der städtischen Gruppe – noch ein Anwalt aus Genua darin verwickelt sein soll sowie ein Wortführer der Kommunistischen Partei, dessen Namen ich nicht weiß, der aber ein Funktionär der höchsten Ebene zu sein scheint. Seminara bleibt natürlich hinter Gittern und wird weiterer Straftaten angeklagt, so daß er, wenn man ihn verurteilt, für einige Jahrzehnte die Sonne nur noch kariert sehen wird. Als ich das in der Zeitung lese, gehe ich wieder zu dem Richter und versuche ihn zur Vernunft zu bringen. Ich soll diesen Zettel Seminara zugeschoben haben, lautet so die Anklage? Mit welcher Absicht? Um ihn über Dinge zu informieren, die er, wenn er Teil der Organisation ist, sowieso schon weiß? Damit er jemand anderen informiert? Wenn ja, wen, wo Seminara doch im Knast sitzt? Aber vor allem: Ich wußte, daß Seminara bald freigelassen werden sollte – dabei mochte es sich um eine Falle handeln, über die ich allerdings nicht informiert war, ich habe die Freilassung, über die er, der Untersuchungsrichter, mich höchstpersönlich in Kenntnis gesetzt hat, für bare Münze genommen. Angenommen nun, das Ziel sei gewesen, Seminara Dinge mitzuteilen, von denen er nichts wußte, warum hätte ich ihm den Zettel in der bestens bewachten Besuchszelle des Gefängnisses zuschieben sollen, wo ich ihm doch nur wenige Tagen später in meinem Büro alles persönlich hätte sagen können, entspannt und ganz ohne Risiko? Und auf welche Art kam die Durchsuchung im Anschluß an das Gespräch zustande? Von wem war der Hinweis gekommen? Und der geheimnisvolle Code? Was war das für ein lächerlicher Code, wenn man nur das Alphabet kennen mußte, um ihn zu dechiffrieren? Kurz, eine erbärmliche Szene. Ich bemühte mich, ihm verständlich zu machen, daß alles eine einzige

Provokation war, die der Intrigant Lipari eingefädelt hatte, dieser Meisterbetrüger, der von irgendwem beauftragt war, mich als Verteidiger in beiden Prozessen auszuschalten und dadurch etwas weitaus Größeres zu vertuschen. Und daß es sich um etwas Größeres handeln muß, läßt sich an all den guten Gaben ablesen, die auf dem Monte Pania gefunden wurden: zwei Zentner TNT! Das Flugzeug! ... Darauf sollte Canfailla sich konzentrieren, wem dieses ganze Zeug gehörte, sollte er herausfinden! Dann würde er auch wissen, wer hinter dem Schwindel steckte. Sicher handelte es sich um Leute, die über ausreichende Mittel verfügten und sich nicht scheuten, jeden gnadenlos zu beseitigen, der sich ihnen in den Weg stellte. Und wahrscheinlich würde er sogar auf den Schlüssel zum Mord an dem Wirt stoßen ... Ich muß zugeben, daß es naiv von mir war, so zu reden. Ich sah immer noch Bices Schüler vor mir sitzen, ohne zu bedenken, daß er ja inzwischen Richter war. Er wartet also eine Weile, bis ich mich abreagiert habe, dann sagt er kühl, wenn ich in Anwesenheit meines Verteidigers aussagen wolle, sei er bereit, es zu Protokoll zu nehmen. Und daß er mich aus Gründen der Unvereinbarkeit nicht länger als Seminaras Verteidiger betrachten könne. Daß ich meine Worte lieber mit Bedacht wählen solle, zwischen ihm und mir dürfe es keine Vertraulichkeiten geben, alles, was ich sagte, könne gegen mich verwandt werden. Genau wie in einem amerikanischen Film. Bice hat auf jeden Fall gut daran getan, ihm eine Fünf in Latein zu geben. Das ist die ganze Geschichte. Es stimmt, daß ich in der Komödie nicht zwei Rollen gleichzeitig spielen kann – Angeklagter und Verteidiger –, in dem Punkt gebe ich Dottor Canfailla recht. Darum sind nun aber vier Menschen ohne Verteidiger: die beiden Frauen, Seminara und ich.«

Scalzi wedelte mit einer Hand nach der Rauchwolke und sagte dann zögernd:

»Warum?«

»Warum was?«

»Warum gerade ich?«

»Aus welchem Grund ich dich bitte, diese heiße Kartoffel in die Hand zu nehmen?«

»Das sieht weniger nach einer Kartoffel als nach einem Stück glühender Lava aus.«

»Da hast du nicht ganz unrecht. Ich könnte es verstehen, wenn du ablehnen würdest. Wir haben früher hin und wieder zusammengearbeitet, und einige Male mit Erfolg. Ich weiß, daß du dich nicht mit dem halbgaren Zeug zufriedengibst, das die Beamten der Kriminalpolizei und die Richter zusammenkochen: das ist der eine Grund. Aber entscheidend ist ein anderer. Heutzutage beruht Freundschaft mehr auf gemeinsamer Ablehnung als auf Zuneigung. Leute fühlen sich einander nah, weil sie die gleichen Sachen verabscheuen. Du magst keine Geheimniskrämerei, genau wie ich. Nichtsnutzige Alchimisten, die mit vorgeschobenen Mysterien die wahren Schweinereien verschleiern wollen, treiben dir das Blut in den Kopf, genau wie mir. Du würdest denen doch auch gern das Handwerk legen, gib es ruhig zu.«

Scalzi wollte nur einen kurzen Blick auf die Stelle werfen, an der Baluardi gefunden worden war, und dann nach Florenz zurückkehren. Doch Barbarini überredete ihn, am nächsten Tag mit ihm zusammen zur Trattoria »Le Mosche« zu fahren, um die beiden Frauen kennenzulernen und offiziell das Verteidigungsmandat zu übernehmen.

»Besser so, als sie in die Kanzlei zu bestellen, so kannst du dir eher ein Bild von den Leuten machen und gleichzeitig ein bißchen dort herumschnüffeln, in ihrer Trattoria fühlen sie sich freier.«

»Warum heißt das Lokal eigentlich ›Le Mosche‹?« fragte Scalzi, »Die Fliegen, das klingt nicht gerade appetitanregend.«

»Renato Fucini hat sich von dieser Spelunke zu einem Sonett inspirieren lassen, das zeigt, daß es im 19. Jahrhundert nicht weniger schäbig war«, erwiderte Barbarini. »›Fammi un po' il conto / tre mosche, du' capelli / 'nsenza velli che ho mangiato ... / Gnamo, gnamo, nun facci più 'l Cancelli / l'ha mangiati du' piatti di stufato? / Se 'un vol pagar le mosche, paghi velli.‹* Ich warne dich: Es hat sich seitdem nicht viel verändert. Auf dem Schild steht allerdings ein einladenderer Name: ›Il Portichetto‹, kleiner Säulengang.«

* Woll'n mal sehen, drei Fliegen, zwei Haare, was hab ich sonst noch verzehrt? ... Nun kommt, und werdet nicht kleinlich, Ihr habt zwei Teller Geschmortes gegessen? Wollt Ihr die Fliegen nicht bezahlen, so zahlt zumindest jene.

8

Detektivische Nachlese

»Wolltest du mit dem Auto bis ganz nach oben fahren?«

»Warum nicht?« fragte Scalzi.

»Weil es mein Auto ist. Guck dir nur diese Steine und die Schlaglöcher an, ich habe keine Lust auf einen Achsenbruch.«

Olimpia machte den Motor aus und öffnete die Wagentür.

»Los, aussteigen.«

»Aber das sind mindestens noch fünf Kilometer ...«

»Die Sonne scheint, und wir sind jung. So verbrennst du wenigstens die Freßorgie der Lateinlehrerin und trainierst dir ein bißchen Speck ab.«

Olimpia streckte die Hand aus und versetzte Scalzis hervorstehendem Bauch einen leichten Klaps.

»Wenn der Kürbis reif ist, ist der Stiel vertrocknet.«

Scalzi marschierte unter der noch immer hoch stehenden Sonne hinter Olimpia her, die mit gerafftem Rock vorauslief. Je nachdem, wie in den Windungen des Weges die Sonne auf sie fiel, sah es aus, als sei sie nackt oder stehe in Flammen. Hin und wieder hielt sie inne, wie um etwas aufzuheben, doch in Wirklichkeit wartete sie auf ihn. Scalzi keuchte, und sein Kopf war schwer von quälenden Gedanken. Barbarini hatte recht: Es war das Gefühl der Ablehnung, das sie miteinander verband, mehr als das der Freundschaft. In ein paar Jahren würde auch er ein grantiger alter Mann sein, verbittert von einem Beruf, in dem Neid und Mißgunst an der Tagesordnung waren. Am Ende der Unterredung hatte Barbarini ihm erzählt, daß es neben seinem Büro, unter dem Säulengang gegenüber dem Ponte di Mezzo, einen Zeitungskiosk gab. In Verhandlungspausen, wenn das Wetter es zuließ, hatte das Alterchen sich dort gern auf einen Stuhl gesetzt, den der Zeitungsverkäufer eigens für ihn neben dem Kiosk aufgestellt hatte. Eine halbe Stunde lang hatte er so in aller Ruhe die Zeitungen durchgeblättert und genußvoll eine Zigarre geraucht. Einige Monate zuvor, genau einen Tag, nachdem das Lokalblatt die Nachricht über den Verbrecher-Anwalt veröffentlicht hatte, war der Stuhl neben dem Kiosk plötzlich verschwunden, der Zeitungsmann hatte ihn weggenommen – und das, obwohl sie sich von Kindesbeinen an kannten. Mit feuchten Augen hatte Barbarini hinzugefügt, daß in der ganzen unglaublichen Geschichte dieser fehlende Stuhl und der abgewandte Blick des Verkäufers ihn am schwersten getroffen hätten.

Scalzi ließ sich verdrossen auf einem Felsblock nieder. Olimpia setzte sich neben ihn. Sie lächelte, vielleicht tat ihr der grobe Witz von vorhin leid. Sie hielt ihm einen kleinen Bund Kräuter unter die Nase.

»Weißt du, was das ist?«

»Nein.«

»Falsche Bibernelle. Im Mittelalter benutzten die Leute es zum Blutstillen, wenn sie sich hier auf den Hügeln über Lucca und Pisa die Schädel mit ihren Streitäxten eingeschlagen hatten. Das hat mir Gertrud erzählt.«

Gertrud, die deutsche Freundin von Olimpia, hatte einen kleinen Laden, in dem sie Heilkräuter verkaufte.

»Riech mal.«

Doch Scalzi nahm nur den Duft wahr, der zwischen ihren Brüsten aufstieg. Erhitzt von der Anstrengung, hatte Olimpia die oberen Knöpfe ihrer Tunika geöffnet. Scalzi schaute sich um, weit und breit kein Mensch zu sehen. Er legte die Arme um sie und versuchte, ihren Rock hochzuschieben.

Olimpia sprang auf, entfernte sich ein Stück den Abhang hinab und sagte mit einem ironischen Lächeln auf den Lippen:

»Aber Herr Anwalt, wir sind doch zum Arbeiten hier.«

»Ich will dir nur beweisen, daß der Stiel noch nicht vertrocknet ist.« Scalzi atmete schwer vor Anstrengung und Erregung.

»Dazu hast du heute abend noch genug Zeit. Außerdem sind wir nicht allein. Hörst du das Zwitschern? Ich wette, daß uns ein Rotkehlchen beobachtet.«

Scalzi hörte nur das Pfeifen in seinen Ohren.

»Komm mal hierher«, rief Olimpia ihm zu, »das müssen die Feenhöhlen sein.«

Sie zeigte auf die Spalten, die sich zwischen den niedrigen Büschen und den vom Wind glattgeschliffenen Felsen auftaten. Als Scalzi herankam, kauerte Olimpia bereits am Rand der größten Öffnung. Im Umkreis waren weitere, kleinere Löcher zu sehen.

Der Merlato ist ein kahler Berg ohne Bäume, nur vereinzelt wachsen Büsche von Ginster und Mohrenhirse auf dem ausgetrockneten Gelände. Die Sonne brannte vom Himmel. Scalzis Kopf fühlte sich leicht und etwas schwindelig an.

»Was wollen wir eigentlich hier oben?«

Aus dem Inneren der Höhle ertönte ein Rauschen.

»Wie das Meeresrauschen in einer Muschel«, meinte Olimpia. »Es war deine Idee, hier oben ein paar Nachforschungen anzustellen.«

Sie hob ein Steinchen auf und warf es hinein.

»Wie tief das wohl ist, ich habe gar keinen Aufschlag gehört.«

»In dieser kargen Gegend gibt es wenig zu erforschen.«

»Das stimmt nicht«, widersprach Olimpia. »Zum Beispiel: das größte von diesen Löchern hat einen Durchmesser von mindestens sechzig Zentimetern. Breit genug, daß ein menschlicher Körper hindurchpaßt. Das Alterchen mit der Zigarre hatte recht: Hier sollte der Wirt begraben werden. Wie hieß der Tote noch gleich?«

»Baluardi. Was weißt du über den Mord?«

»So gut wie alles. Beatrice hat es mir erzählt: von dem ermordeten Wirt, den beiden verdächtigten Frauen, daß Barbarini unter Anklage steht ... alles eben. Jemand muß den Leichnam hier herauftransportiert haben, um ihn in eines der Löcher zu werfen. Aber dann hat er seinen Plan aufgegeben.«

Olimpia legte sich auf den Boden und steckte den Kopf bis zu den Schultern in die Öffnung der Höhle.

»Paß auf«, warnte Scalzi, »das Erdreich ist ziemlich locker.«

»Komisch«, murmelte Olimpia. Mit dem Kopf in der Höhle bekam ihre Stimme einen dumpfen Klang.

»Was ist komisch?«

»Leg dich hin und schau selbst.«

Scalzi ließ sich bäuchlings neben ihr nieder und steckte den Kopf in die Öffnung. Er konnte nichts erkennen, außer daß der Schacht hinter dem Eingang etwas breiter wurde; dann verschwand alles in schwindelerregender Dunkelheit.

»Also? Da ist nichts.«

»Wart ab, bis deine Augen sich an die Dunkelheit gewöhnt haben«, riet ihm Olimpia. »Dann sieh dir den Felsblock da an.«

Kurz vor der Stelle, an der der Fels in die Tiefe stürzte, ragte ein breiter und flacher Vorsprung in die Dunkelheit, auf dem deutlich ein heller Fleck zu erkennen war.

»Was ist das bloß?« Olimpia streckte die Hand aus und brach ein Stück von der hellen Masse ab.

»Gib acht, daß du nicht fällst«, sagte Scalzi und schlang einen Arm um ihre Beine.

»Wachs«, stellte Olimpia fest. »Eine Kerze. Bei dem Wind

muß sie schnell heruntergebrannt sein. Siehst du die Spritzer von geschmolzenem Wachs an den Wänden ringsum?« Olimpia erhob sich: »Merkwürdig, nicht wahr? Hier draußen hat auch noch eine Kerze gebrannt. Schau, der Fleck auf dem Felsen hier.«

Sie kletterte einige Meter den Berghang hinab.

»He! Hier ist noch einer ... und noch einer, schau nur! Und hier unten wieder ... Die Kerzenreihe führt genau zu der Öffnung der Höhle.«

Scalzi beobachtete, wie Olimpia mit einer Hand die Augen abschirmte. Die Sonne begann nun allmählich zu sinken, auf der Seite, wo man das Meer zwar nicht sehen, aber am helleren Schein des Himmels hinter der Stadt erahnen konnte.

Olimpia warf noch einen Stein in das Loch.

»Es läuft einem kalt den Rücken runter, an diesem Ort.«

Unterhalb der Höhle blieb sie neben einem Gebüsch stehen.

»Was ist das denn?«

Scalzi kam heran.

»Hast du was gefunden?«

»Hier in den Brombeeren liegt was.«

»Die Polizei hat die Gegend sorgfältig durchkämmt. Du kannst sicher sein, daß sie alles, was irgendwie von Bedeutung sein könnte, mitgenommen haben.«

»Und warum sind wir dann hier hochgestiegen? Du sagst doch immer, daß die Polizei gerne mal etwas Wichtiges übersieht. Wir haben ja auch die Kerzen gefunden. Die riechen nach Hexenkult.«

»Baluardi wurde aber bestimmt nicht von Hexen ermordet.«

Olimpia bog vorsichtig einen dornigen Ast zur Seite.

»Sieht aus wie ein Stuhl. Zieh ihn raus, ich halte das Gestrüpp weg.«

Scalzi steckte den Arm in den Busch. Er brachte ein

Metallgestell zum Vorschein, das mit rotem Plastikband bezogen war, ein typischer Barstuhl.

»Da fehlen ja die Beine«, stellte Olimpia fest.

Scalzi untersuchte die Sitzfläche des Stuhls.

»Wenn wir nur wüßten, wo genau die Leiche gelegen hat.«

»Hat das Alterchen dir das nicht gesagt?«

»Nur, daß sie wenige Meter von den Feenhöhlen entfernt gefunden wurde. Ich wüßte aber gern die exakte Stelle.«

Scalzi beschrieb einen Kreis und suchte dabei aufmerksam den Boden ab.

»Vielleicht finden wir ja sonst noch was. In dem Buch *Hsi Yuan Lu*, dem unseres Wissens ersten gerichtsmedizinischen Traktat ...«

»Willst du jetzt etwa Beatrice Konkurrenz machen?«

»... erschienen 1248 in China, wahrscheinlich auf altchinesisch, der Sprache der Mandarine. Im *Hsi Yuan Lu* wird jedenfalls empfohlen, jede Spur vor Ort mit größter Sorgfalt zu untersuchen.«

»Gerade hast du noch gefragt, warum wir hergekommen sind.«

»Das war, bevor du die Wachsreste und den Stuhl ohne Beine entdeckt hast.«

»Hier liegt ein Zigarettenfilter.« Olimpia bückte sich und hob ein kleines Papierröllchen auf. »Sieht schon älter aus, der Regen hat den Rest der Kippe bereits aufgelöst.«

Scalzi kniete sich auf den Boden: »Hier ist noch einer. Und noch einer. Schlußfolgerung?«

»Tote rauchen nicht, Polizisten schon.«

»Aber nicht nur Polizisten. Das hier ist sogar noch interessanter.« Scalzi klaubte ein zerknittertes Stück Papier vom Boden auf. Er hielt es an die Nase.

»Riecht nach Formalin. Ein formalingetränktes Taschentuch: Der Gerichtsmediziner wollte sich vor dem Verwesungsgestank schützen.«

Scalzi hob ein verfilztes, schlammiges Etwas hoch, ließ

es wieder fallen und wischte sich die Hände am Taschentuch ab.

»Igitt«, sagte Olimpia.

»In dem altchinesischen Buch steht, daß die Haaranalyse entscheidend sein kann. Das hier müssen nicht unbedingt die Haare des Wirtes sein, aber wenn man Zigarettenkippen, Taschentuch und die Haare zusammennimmt, kann man, glaube ich, mit großer Wahrscheinlichkeit davon ausgehen, daß der Leichnam an dieser Stelle gelegen hat. Von hier bis zu der großen Höhlenöffnung sind es zehn Schritte. Der Stuhl ohne Beine lag in dem Gebüsch dort, also ungefähr vier oder fünf Meter entfernt.«

Scalzi drehte den Stuhl an den Armlehnen hin und her und betrachtete ihn. Er hatte eine altmodische Form, an den Armlehnen verzweigten sich die Röhren, so daß eine breitere Fläche entstand, und die Plastikbespannung an der Rückenlehne bildete ein Blütenmotiv. An der Stelle, an der Sitzfläche und Füße ursprünglich aneinandergeschweißt waren, wies die Schweißnaht winzige Zacken auf, als seien die beiden Teile mit Gewalt auseinandergerissen worden. Mit dem Taschenmesser kratzte Scalzi eine angetrocknete schwarze Substanz von der Sitzfläche.

»Blut, würde man meinen, aber Barbarini hat gesagt, daß der Körper Baluardis keine Verletzungen aufwies. Hast du eine Tüte oder so was?«

Olimpia kramte in ihrer Tasche, zog einen Lippenstift hervor, nahm die Kappe ab und reichte sie Scalzi zusammen mit einem Wattebausch.

»Nur das hier.«

Scalzi gab, was er abgeschabt hatte, in die Kappe des Lippenstifts, verschloß sie mit der Watte und reichte sie Olimpia, die alles wieder in ihrer Tasche verstaute.

»Der Stuhl liegt vielleicht noch nicht so lange hier. Seit der Leichnam entdeckt wurde, sind immerhin zwei Jahre vergangen. Oder er liegt hier schon wer weiß wie lange, das

Modell ist ziemlich altmodisch, aus den fünfziger Jahren, Stühle dieser Art sieht man heute nicht mehr so häufig.

»Wir können ja den Totengräber fragen«, schlug Olimpia vor.

»Von dem weißt du also auch?«

Bald würde die Sonne untergehen, in der Ferne trübte bereits der erste Dunst das Blau des Himmels. Auf dem Rückweg kamen sie an der Villa des Polen vorbei, die auf einem rund hundert Meter hohen Felsvorsprung kauerte. Ein Flügel des äußeren Laubengangs war zusammengebrochen. Zu beiden Seiten des Eingangs standen zwei vertrocknete Palmen, gelb wie Stroh, bis auf einen kleinen grünen Federbusch an der Spitze der einen.

9

Der Totengräber

Einen halben Kilometer hinter dem Ort, an der Straße in Richtung Stadt, liegt der Friedhof. Schlanke Zypressen und die Dächer einiger Grabkapellen überragen die ihn umschließende Mauer. Das Häuschen des Wärters steht direkt hinter dem Tor.

Scalzi zog ruppig an der dünnen Metallkette. Die Glocke ließ einen erstickten Ton hören. Er mußte mehrmals läuten, bevor ein Mann herankam.

»Der Friedhof ist geschlossen.« Der Mann blieb in einiger Entfernung stehen und hielt den Blick auf die Felder hinter Scalzi und Olimpia gerichtet.

»Sind Sie Bonturo Buti?« fragte Scalzi.

»Was woll'n Sie von ihm?«

»Nur eine Information.«

Der Mann hantierte mit einigen Zangen, einem Eisendraht und einem Bund Immergrün.

»Buti bin ich. Aber der Friedhof ist geschlossen. Besuche nur vormittags, zwischen zehn und zwölf.«

»Wir wollen nicht auf den Friedhof. Nur eine Information«, wiederholte Scalzi.

Der Mann kam nun bis an das Gittertor heran, ohne jedoch Anstalten zu machen, es zu öffnen.

»Was für eine Information?«

Verlegen suchte Scalzi nach Worten:

»Es handelt sich um eine Leiche ...«

»Sind Sie Angehörige?«

Scalzi wollte das gerade verneinen, als Olimpia ihn am Arm faßte.

»Könnten Sie uns nicht aufmachen, bitte?« Sie rüttelte leicht am Gitter. »Nur für einen Moment.«

Der Mann kniff, zack! den Draht entzwei, wickelte die beiden Enden auf und verstaute sie in der Tasche, klemmte sich die Zweige unter den Arm und schob auch die Zangen in die Tasche. Dann zog er einen Schlüssel hervor, steckte ihn ins Schloß, zögerte jedoch mit dem Umdrehen und wandte sich an Olimpia.

»Wie heißt der Verstorbene?«

»Giuliano Baluardi«, sagte Olimpia.

»Wer?«

»Der Wirt vom ›Le Mosche‹«, erklärte Scalzi. »Sie haben ihn doch gefunden, damals vor zwei Jahren auf dem Monte Merlato, nicht wahr?«

Eilig zog der Mann den Schlüssel wieder aus dem Schloß und trat zurück. Mit mißtrauischem Gesichtsausdruck sagte er:

»Es hat keinen Sinn, hab Ihnen schon gesagt, daß ich nichts weiß. Wie oft soll ich das denn noch wiederholen, he? Sie haben doch schon alles gefragt.«

»Wir sind nicht von der Polizei«, sagte Scalzi.

»Ich hab zu tun, jawohl!« Buti wandte sich ab. »Tombino, alter Stinker, hierher!«

Der Hund hatte mit angelegten Ohren und eingeklemmtem Schwanz den Kopf durch die Gitterstäbe des Tores geschoben. Er knurrte leise und fletschte die Zähne.

»Ich bin Anwalt, und die Signorina ist meine Sekretärin.«

»Laß uns gehen«, sagte Olimpia, »sollen die Carabinieri sich um ihn kümmern.«

»Die Carabinieri haben mich schon lang genug in der Mangel gehabt, als hätte ich ihn getötet, den Unglücksraben.« Buti trat wieder an das Tor. »Was ich auf dem Berg gesucht hab ... Ob ich den Wirt gekannt hab ... Ob ich die Frau vom Wirt gekannt hab ... Ob ich seine wunderschöne, umwerfende Tochter gekannt hab ... Ich weiß überhaupt nichts, kapiert ihr das endlich? Jawohl, ich hab ihn gefunden und basta! War schon 'ne Weile tot, mehr weiß ich nicht.«

»Ich möchte nur wissen, ob in der Nähe des Leichnams ein Stuhl gelegen hat. Sonst nichts«, sagte Scalzi.

»Ein Stuhl?«

»So ein Stuhl ohne Beine, aus einer Bar.«

Buti kratzte sich am Kinn: »Bin wohl über 'nen Stuhl ohne Beine gestolpert, als ich runterging.«

»In der Nähe der Leiche?«

»Jaja, zwei Schritte davon entfernt.«

»Wir haben ihn in einem Gebüsch gefunden.«

»Weil ich ihn da reingeworfen hab. Ich bin über ihn gestolpert, daß ich fast hingefallen wär. Da hab ich ihn ins Gebüsch geworfen.«

»Haben Sie das der Polizei erzählt?«

»Was?«

»Das mit dem Stuhl?«

»Nein. Danach haben die nicht gefragt. Wollten eine Menge Sachen wissen, aber nach dem Stuhl hat mich keiner gefragt. Hab auch gar nicht mehr drangedacht, nachdem ich das Gesicht gesehen hatte ...«

»Das Gesicht?«

»Jawohl! Von dem Toten! Dem Ermordeten ... Signorina, rühren Sie den Hund nicht an, der beißt.«

Olimpia zog gerade noch rechtzeitig ihre Hand zurück, die sie durch die Gitterstäbe gestreckt hatte, um den Hund zu streicheln. Deutlich hörbar klackten Tombinos Kiefer aufeinander.

»Sehen Sie?« sagte Bonturo. »Wenn er wen nicht kennt, schnappt er zu.«

»Was war denn mit dem Gesicht?« Olimpia wischte sich einen Tropfen Speichel von der Hand.

»Was damit war? Es war eklig, das war es. Ich hab schon einige gesehen, die ertrunken sind, aber der ...«

»Ertrunken?«

»Jawohl, Signora«, Bonturo zuckte die Achseln. »Wie's so heißt: Luft weggeblieben, erstickt halt. Sie haben ihm die Luft abgedrückt. Seine Zunge hing draußen, und die Nase war ganz krumm. Wollen Sie sonst noch was wissen?«

10

Einfach nur Betty

Sie griff nach dem Radiowecker und schaltete den Summer aus. Die Anzeige leuchtete im Dunkel hinter den geschlossenen Fensterläden, halb elf. Sie tastete nach dem Kassettenrecorder auf der Kommode und schaltete ihn ein. Die Sängerin Caterina Caselli gab ihr jeden Morgen die Kraft aufzustehen. In ihrem Herzen hatte Caterina Minas Stelle eingenommen. Nicht, daß sie Mina nicht mehr mochte, aber irgendwie war ihr seit einiger Zeit Caterina einfach lieber, vielleicht weil sie ihr ähnlich sah, vor allem jetzt, seit sie sich die Haare wasserstoffblond gefärbt und kürzer geschnitten hatte.

Elisabetta wollte von allen Betty genannt werden. Bei ihrer Mutter war da nichts zu machen, die nannte sie einfach immer Betta und sagte, das y am Ende würde nach einem reichen, verwöhnten Ding klingen, und sie solle sich lieber damit abfinden, in der Trattoria der Via della Madonnina die Tische zu decken und die Teller zu spülen, und sich die Grillen aus dem Kopf schlagen. Aber sie wußte, daß sie mit diesem Namen berühmt werden würde, trotz ihres unseligen Schicksals. Betty. Einfach nur Betty. Nicht wie der Sänger Bobby Solo, der vor seiner ersten Plattenaufnahme seinen Agenten anrief, damit er ihm bei der Wahl des Künstlernamens half, und der Agent sagte: »Bobby.« »Bobby wie?«, fragte der zurück, darauf der Agent: »Bobby solo*.« Und meinte damit »einfach nur Bobby«. Aber der Sänger hatte ihn mißverstanden, und so war er zu diesem irgendwie traurigen Nachnamen gekommen.

* nur, einfach, allein

Stivi, Steve Mitchell, hatte ihr als Künstlernamen Betty Ballard vorgeschlagen. Aber sie war nicht ganz überzeugt davon. Eine italienische Sängerin durfte ja ruhig ein bißchen mit ihrem Namen spielen, damit er irgendwie englisch wirkte, aber zuviel schadete nur, das Ganze mußte doch immer noch vertraut und italienisch klingen. Und wenn man schon unbedingt einen Nachnamen brauchte, obwohl sie das nicht so richtig glauben wollte, konnte sie immer noch ihren eigenen so umformen, daß er anders klang, und kürzer: Bai, zum Beispiel. Betty Bai wäre nicht schlecht, da mußte sie noch mal drüber nachdenken. Das Wichtigste war, daß er nicht an diese blöde Geschichte erinnerte. Die Tochter von dem ermordeten Wirt: Adieu, ihr Träume vom Ruhm.

In Steve Mitchell, den Sohn eines amerikanischen Unteroffiziers in Camp Derby, hatte sie sich vor drei Jahren verliebt, bevor all diese schrecklichen Dinge passiert waren. Stivi war ein bißchen wie sie, er sah super aus, war groß, viel größer als sie, blond, Amerikaner und vom Pech verfolgt (wenn auch nicht so sehr wie sie). Er sprach nie von seiner Mutter, als sei sie tot, weil die Mutter die Familie verlassen hatte. Deshalb mußte Stivis Vater ihn mit in das fremde Land nehmen, bei allen sich daraus ergebenden Problemen: der fremden Sprache, dem neuen Umfeld, der Schule, die schwieriger war als zu Hause. Stivi ging schon eine ganze Weile nicht mehr zur Schule, genau wie sie.

»Bring mich hier weg«, hatte Betty zu Stivi gesagt, »nimm mich mit nach Amerika.« Doch dann war die Welt über ihr zusammengebrochen, als sie gerade siebzehn geworden war. Jetzt war sie fast zwanzig. Und dann sagen sie, daß die Siebzehn kein Unglück bringt. Sie hatte gerade erst Geburtstag gefeiert, im Januar, Steinbock wie Stivi. Ihr achtzehntes Lebensjahr, das Unglücksjahr, hatte super angefangen; abends waren sie im »Piper« in Viareggio gewesen, wo kein Geringerer als der Entertainer Mike Buongiorno den

Abend der »Voci Nuove« moderierte und viele ganz junge Sängerinnen und Sänger vorstellte. Mike hatte sie dem Publikum mit ihrem richtigen Vor- und Nachnamen präsentiert: »Und nun Elisabetta Baluardi!« Sie hatte das Lied *Keiner darf über mich urteilen* gesungen. Spitzenmäßig! hatten alle zu ihr gesagt, selbst die zwei, drei eifersüchtigen Freundinnen, die sie mitgenommen hatte, damit sie Stimmung machten.

»Sie ist einfach toooll, unsere Elisabettaaa ...«, hatte Mike am Ende der Darbietung gesagt. »Aber mach nur schön die Schule zu Ende, höööörst du ...«

Einen Monat später: die Übelkeit. Nur noch sterben wollen! Mama hatte sie zu einer Frau auf der anderen Seite des Flusses gebracht, die Adresse hatte eine Freundin von Mama besorgt. Ein Schmerz, daß dir die Luft wegbleibt, sieben Tage im Bett, ohne sich zu rühren. Grippe, hatte Mama gesagt. Aber Papa hatte gemerkt, daß sie immerzu Blut verlor, und das obwohl er fast immer sternhagelvoll war. Ja, Papa hatte irgendwas geahnt, war ständig um ihr Kopfkissen herumgeschlichen und hatte versucht, den Mut zu finden, sie zur Rede zu stellen. Im Mai war dann diese Sache passiert. Der Papa da oben tot aufgefunden, an diesem Abhang, seitdem konnte sie nicht mehr den Blick über die Stadt auf den kahlen, im Sommer ganz gelben Berg richten, ohne daß ihr schlecht wurde.

Jetzt konnte sie nicht mehr von zu Hause weg. Mit Stivi hatte sie in der Zeit davor alles genau geplant, sie hatten sogar Geld zur Seite gelegt: 2000 Dollar von Stivi, der auf dem amerikanischen Markt in Livorno ein paar Sachen verkauft hatte, die er aus den Lagern von Camp Derby mitgehen ließ (das machten alle, also durfte er es auch); und sie wollte die Brosche mit den Smaragden versetzen, die sie von Papa zum sechzehnten Geburtstag bekommen hatte, zusammen fast drei Millionen Lire; sie wollten sich in Livorno auf einem Frachter nach Südamerika einschiffen.

Dort hätte sie als Sängerin in einem Nachtclub gearbeitet, mit ihrer Stimme und ihrer Ausstrahlung wäre es bestimmt kein Problem gewesen, einen Job in einem der Lokale von Rio de Janeiro zu finden. Und Stivi wäre ihr Manager geworden.

Aber jetzt konnte sie nicht mehr weg. Erstens wurde sie bewacht – seit einiger Zeit sah sie immer dieselben Typen in der Nähe der Trattoria herumhängen –, und zweitens konnte sie Mama mit diesen Lästermäulern einfach nicht allein lassen; durch ihre Flucht hätte sie sich doch nur noch verdächtiger gemacht. Aber wenn sich erst alles wieder beruhigt hätte, sobald sich der Würgegriff um sie wieder lockern würde, dann: Freiheit! Luft! Weg vom Gestank nach heißem Öl in der Trattoria, der ihr den ganzen Tag in Haaren und Kleidern hing, bis zur Dusche vor dem Schlafengehen, den wurde man einfach nicht los, es war zum Verrücktwerden, da konnte sie soviel Kölnisch Wasser auflegen, wie sie wollte.

Betty wälzte sich noch eine Weile im Bett und grübelte über ihr Schicksal nach – sie tat sich selbst leid, so jung, so schön, so voller Hoffnung und dabei so vom Pech verfolgt! –, dann stand sie auf, es war schon Viertel vor elf. Sie streifte ihr Babydoll aus Organsin ab und stand nackt im Zimmer, das Fenster mit dem gedämpften Straßenlärm dahinter war geschlossen. Da waren die Tratschweiber der Via della Madonnina schon wieder unterwegs, die alles mögliche über sie und ihre Mutter erfanden. Alle beide, auch die Mama, die Arme, sollten sie etwas mit den Kellnern gehabt haben, und einer der beiden, der jüngere, Eraldo, sollte sie geschwängert haben, und sie mußte abtreiben. Sie wollte sie gar nicht sehen, all die bösen Gesichter, aber es war unvermeidlich, wenn sie das Stück Weg vom Haus zur Trattoria über die Via della Madonnina ging.

Von wem das Kind gewesen war, wußte nur sie allein, und niemals würde sie es jemandem verraten! Niemals! Sie hatte es noch nicht einmal der Mama gesagt, als sie zu dieser Frau gegangen waren. Niemand durfte wissen, wer es gewesen war. Selbst unter der Folter würde sie es nicht sagen, sollten doch alle denken, was sie wollten. Es war ihr Geheimnis, und das würde es für immer bleiben.

Elisabetta wusch sich, kämmte sorgfältig ihr kurzes Haar so, daß es ihr Gesicht einrahmte wie ein Helm, fixierte es mit Haarspray, legte ein leicht rosafarbenes Make-up auf, dazu violette Mascara, umrandete die Augen schwarz und zog die Brauen mit dunkelbraunem Kajal nach. Sie zog eine taubengraue Kombination aus Hose und Bolero an, die Hosen eng anliegend und das kurze Oberteil fast bis zum Bauchnabel ausgeschnitten. In der Trattoria würde es mit Mama die übliche Diskussion geben, und Gerbina würde sie dazu zwingen, die Kittelschürze überzuziehen. Aber auf der Straße bis zur Trattoria mußte sie einfach blenden: sexy, angriffslustig, eine Herausforderung für die bösen Zungen, mir doch egal, zerreißt euch ruhig die Mäuler, eine Betty kriegt ihr niemals unter.

11

Gerbina

Auch am Sonntag begann Gerbinas Arbeitstag um sechs in der Frühe, rein aus Gewohnheit, denn notwendig war es nicht, da ihr die Fahrt zum Markt sonntags erspart blieb. Die ganze Verantwortung lastete auf ihren Schultern, nicht nur für die Küche. Als erstes mußte der getrocknete Stockfisch eingeweicht werden, für die Spezialität des Hauses, Stockfisch mit Kartoffeln und Oliven, das Gericht, das ihr am besten gelang. Als noch alles in Ordnung war, standen die Leute hier Schlange, kamen von weit her, um ihren Fisch zu essen, jetzt war sie schon zufrieden, wenn sie fünf oder sechs Gedecke auflegen konnte, gerade soviel, daß sie kein Minus machte.

Sie öffnete die Tür, die auf den Innenhof hinausging, und ließ frische Luft herein. Sie nahm Schrubber und Lappen und wischte kurz durch das Lokal. Dann räumte sie die Küche auf und spülte die großen Schüsseln und Pfannen. Eigentlich war das die Aufgabe von Eraldo oder Betta, aber Betta kam schon werktags nie vor halb zwölf in die Trattoria, geschweige denn sonntags. Und Eraldo machte seit dem Unglück sowieso nur noch, was er wollte, abends ging er einfach und ließ alles im Spülbecken liegen, und tagsüber konnte man schon froh sein, wenn er rechtzeitig kam, um die Gäste zu bedienen. Mit Teclo brauchte man gar nicht zu rechnen, dieser Tunichtgut blieb ganze Tage spurlos verschwunden. Aber um so besser: Je weniger Gerbina ihn sehen mußte, desto lieber war es ihr.

Nach dem Saubermachen setzte Gerbina eine Tomaten- und eine Fleischsauce auf, putzte das Suppengemüse und kochte die Bohnen. Den Schmorbraten würde sie als letztes in den Herd schieben, wenn ihr Herz ihr sagte, daß jemand kommen würde, der ein bißchen mehr ausgeben konnte und wollte: Fleisch war teuer. Sie schaltete das Neonschild an, IL PORTICHETTO, HAUSGEMACHTE KÜCHE, denn die Sonne schien nicht, ansonsten wäre es auch reine Stromverschwendung.

Seit dem Unglück ging es mit dem Lokal bergab. Die Stammgäste blieben aus: der Professore, Signorina Flavia, der Uhrmacher Marbelli. Seminara, dieser Angestellte der Stadtverwaltung, saß hinter Gittern. Cozzi kam noch, mit der ihm eigenen Hartnäckigkeit, der Rentner, der einmal im Monat zahlte, Reis zu Mittag und zu Abend, mittags zusätzlich eine Scheibe Rindfleisch und Salat, nein, an Cozzi war wahrhaftig kein Vermögen zu verdienen.

Nachdem sie das Lokal vor fünfzehn Jahren völlig heruntergekommen von ihrem Vorgänger übernommen hatten, der einen Mittagstisch für mittellose Studenten angeboten hatte, die so ausgehungert waren, daß sie sich mit dem übelsten, ranzigsten Essen zufriedengaben, hatten sie und Giuliano ein so nettes Restaurant daraus gemacht, daß es den Neid der mißgünstigen Nachbarschaft in der Via della Madonnina auf sich zog. Gut geführt und mit mehr als anständigen Preisen, boten sie genau das, worauf jeder ein Recht hat: ein sauberes, freundliches und bodenständiges Lokal. Traditionelle, volkstümliche Küche. *Seppia in inzimino*, Tintenfisch, mit Gemüse in Wein geschmort, wie es ihn noch nicht mal im »Antico Moro« in Livorno gab; den berühmten Stockfisch; Spaghetti und Tagliatelle *al ragù*, für welches das Hackfleisch die ganze Nacht in Tomatensauce köchelte; *ribollita*, die toskanische Bohnen-Grünkohl-Suppe; und für den anspruchsvolleren Gaumen Spaghetti mit Meeresfrüchten und eine gemischte Grillplatte. Ihre gesamten Ersparnisse steckten in dem Lokal, ebenso Giulianos Abfindung vom Steinbruch auf dem Pania. Sie waren

fast noch Kinder gewesen, als sie geheiratet hatten, und
Giuliano arbeitete als Bergmann in den Marmorbrüchen.
Nach ihrer Hochzeit waren sie dann in ein kleines Haus
oberhalb von Stazzema gezogen. Sie hatte es kaum glauben
können, als sie die Steinbrüche endlich verließen, um in
die Stadt zu gehen oder besser gesagt zurückzukehren, da
sie in der Stadt aufgewachsen waren. Sie hatten sich zur
Zeit der amerikanischen Besatzung bei einer Tanzveran-
staltung kennengelernt. In einem Rahmen auf der Kommode stand noch ein Foto, das sie beide als Verlobte auf
der Piazza dei Miracoli in Pisa zeigte, er hatte einen Arm
um ihre Schultern gelegt, den anderen erhoben, als wäre er
ein Riese, der den Schiefen Turm vor dem Umfallen bewahrte; im Hintergrund patrouillierte ein Jeep der Military
Police. Zu all diesen anarchistischen Ideen, verflucht sei die
Politik und wer sie im Hause hat, war Giuliano erst später
gekommen: in Stazzema, bei der Arbeit im Marmorbruch
und in der Gesellschaft der anderen Bergarbeiter. Giulianos bester Freund war mit dem Gesicht in einem Haufen
Marmorsplitter gestorben, zerrissen von einem zu früh ex-
plodierten Sprengstab. Gerbina erinnerte sich noch gut an
die anarchistische Beerdigung in den Bergen, die Dorfka-
pelle spielte »Addio, Lugano bella«, an die Totentrommeln,
die roten und schwarzen Fahnen, die geschlossenen Fäuste
der Genossen auf dem Sarg. Der Tod des Freundes und die
Staublunge, die er sich bei der Arbeit geholt hatte, brach-
ten Giuliano schließlich dazu, den Dreck und die Gefahren
der Grube hinter sich zu lassen. Zu spät, denn seine Lungen waren bereits geschädigt, und der Wein war schon
Herr über ihn geworden. Was hätte er auch anderes tun
sollen, nachdem er acht Stunden den Marmorstaub einge-
atmet hatte, als sich in einer Osteria zu verkriechen? Das
Schönste an seiner Rolle als *padrone* des »Portichetto« war
für Giuliano, daß er seinen Wein nun nicht mehr bezahlen
mußte. Gleichzeitig fühlte er sich aber auch schuldig, daß

er nun selbst Eigentümer geworden war. Manche Menschen sind eben so, der Wohlstand nagt an ihnen. Giuliano hatte sich nicht eher zufriedengegeben, als bis er nicht seinen Laden mit Dummköpfen gefüllt hatte, die auf Raten bezahlten – wenn sie überhaupt bezahlten –, Leute, die tönten, sie würden der Welt den Arsch aufreißen, gewalttätige Trinker. Gerbina ging gewöhnlich um Mitternacht ins Bett, aber »die Genossen« schlossen die Fensterläden, schütteten den Wein in sich hinein, diskutierten und schwangen große Reden. Dabei konnte man niemals wissen, wer alles mithörte, wenn sie ihre Heldentaten planten. Und Amerika, und Vietnam, die Mörder-Imperialisten, die Kapitalisten, die Ausbeutung des Proletariats, und die Revolution ... Revolution: Andauernd führten sie dieses Wort im Munde, und Gerbina wußte, daß es auf die eine oder andere Weise ein schlimmes Ende nehmen würde. Zuerst die Ereignisse von 1969, die Demonstration, nach der ein junger Anarchist im Gefängnis gestorben war. Niemand hatte bemerkt, daß die Polizei ihn hart am Kopf getroffen hatte, drei Tage litt er zwischen seiner Pritsche und dem Raum für »Richter und Anwälte«, wo sie vorgaben, ihn zu verhören, dann starb er. Oh, da gingen sie alle auf die Straße, als bekannt wurde, daß er tot war. Und wohin flüchteten die Demonstranten vor den Angriffen der Polizei? Sie liefen am Fluß entlang und landeten in der Via della Madonnina, wo die Polizisten ihr blaues Wunder erlebten. Mit eingezogenen Schwänzen mußten die schließlich klein beigeben, so heftig war der Beschuß aus den Fenstern der Häuser, sogar siedendes Öl wurde hinabgeschüttet, wie bei einer mittelalterlichen Belagerung. Das Zentrum des Aufruhrs war natürlich »Il Portichetto«, bekannt als »Le Mosche«, die Fliegen. Leiter der Aktionen des »Widerstands«, wie sie sagten, war Giuliano, der bei der Gelegenheit den Beinamen »Colonnello« bekam, ein Spitzname, der an ihm hängenblieb. Seitdem, seit jenem »Tag des Triumphs für das Proletariat«, wie sie ihn nannten, war alles anders geworden. Neue Gesichter tauchten im »Portichetto« auf, Leute, die mit fester und ruhiger Stimme redeten. Wenn Giuliano mit einem von ihnen sprach, machte er ein ernstes Gesicht, zerknirscht und respektvoll, und schenkte ihnen Punch nach Livorneser Art aus. Damals stieß auch der zweite Kellner zu ihnen, Teclo. Sie brauchten ihn nicht, die zwanzig Plätze, die sie hatten, hätte Eraldo leicht allein bewältigt, wenn er mal weniger tief ins Glas geschaut hätte. Aber Teclo suchte Arbeit, Teclo hatte Stil, Teclo war gut fürs Geschäft, Teclo war »Genosse«. Und mit Teclo begannen auch die geheimnisvollen Ausflüge. Giuliano und sein neuer Kellner stiegen ins Auto und verschwanden für ganze Tage. Wenn Giuliano zurückkam, schien er die Taschen voller Geld zu haben, und er hatte immer ein Geschenk für Betta dabei, teure Sachen: den Kassettenrecorder, den Kaschmirpullover, den Schmuck. Giuliano liebte Betta abgöttisch. Schon als sie klein war, war das so gewesen, aber jetzt, da sie sich zu einem hübschen jungen Ding gemausert hatte, zu einer Knospe, die gerade aufbrach, oder besser gesagt schon voll am Erblühen war, hatte Giuliano nur noch Augen für sie. »Wer meine Betta anrührt«, sagte er, »kriegt einen Stromschlag von hunderttausend Volt.« All ihre Grillen hatte er ihr in den Kopf gesetzt. Die Geschichte mit der Singerei, zum Beispiel, daß sie eine wunderschöne Stimme habe. Er schenkte ihr eine Gitarre, er bezahlte ihr die Stunden, damit sie spielen lernte, er ließ sie in der Trattoria auftreten und bis spät abends singen, so daß das Kind am nächsten Morgen nicht aus dem Bett kam, um in die Schule zu gehen. Die Lieder von San Remo, von Mina ... Und das ganze Repertoire an anarchistischen Liedern, das unweigerlich mit dem Chor der Verdammten endet: »Und wenn ein Pfaffe stirbt, singen sie das Miserere, doch ich find daran Gefallen, wieder ein Priester weggefallen. Und wenn ich mal sterbe, will ich keinen Jesus Christ, sondern nur die Fahne, die rot und schwarz ist ...«. Und wer hatte ihr in den Kopf gesetzt, daß sie der Caselli ähnelte, dem »Goldschopf«: Nur, daß du besser singst als sie, du hast die schönere Stimme. Und wer hatte ihr gesagt, daß die Schule reine Zeitverschwendung sei, daß ihre Zukunft in der Musik liege?

Bis dann schließlich ... Junge Männer eben, die können sich nicht zügeln, das kennt man ja ... Die haben seine Betta angefaßt, aber gleich richtig, von wegen Stromschlag! Und haben ihr obendrein noch eine kleine Erinnerung hinterlassen. Von dem Augenblick an, als sie, Gerbina, sich einmischen mußte – denn wenn es Probleme gibt, kommen alle zu ihrer Mama gerannt, damit sie es wieder in Ordnung bringt –, begann alles zu bröckeln, ein Wirrwarr aus lauter fürchterlichen und absurden Dingen. Der Mord an Giuliano, die Verdächtigungen, die Verhöre ... Und man selbst versteht plötzlich überhaupt nichts mehr!

Aber von vorne: Wer hatte ihrem Kind bloß dieses Malheur angehängt? Betta wollte es einfach nicht sagen, und vielleicht wollte Gerbina es auch gar nicht wissen, obwohl sie diesen Drückeberger von Eraldo im Verdacht hatte, weil sie die beiden einmal in der Küche beim Küssen ertappt hatte.

Drei Monate später geschah das große Unglück. Gerbina mochte gar nicht mehr daran denken, dazu hatten sie Polizei und Richter schon genug gezwungen, indem sie sie wer weiß wie oft verhörten. Hatte sie wirklich niemanden im Verdacht? Und nicht die geringste Ahnung, wer der Mörder sein könnte? Und das Tatmotiv? Aus welchem Grund könnte man Giuliano ermordet haben?

Aber wie hätte sie denn etwas mitbekommen sollen, wo sie doch immer in der Küche stand und schuftete? Und abends, wenn in den dunklen Ecken große Reden geschwungen und kühne Pläne geschmiedet wurden, war ihr der Kopf schwer vor Müdigkeit, und mehr als einmal war sie über einem der kleinen Tische eingeschlafen, bis Betta sie wachgerüttelt und nach Hause geschickt hatte. Die anderen aber blieben bis in den frühen Morgen, die Tochter, der liebende Vater und die übrigen weinseligen Gestalten.

Der Richter wollte einfach nicht glauben, daß ihre Gedanken woanders waren: bei ihrem Kind, das Gefahr lief, auf die schiefe Bahn zu geraten, bei der Trattoria, die weitergeführt werden mußte ... Als der Untersuchungsrichter sie zum Verhör bat, gab sie einsilbige Antworten und befingerte dabei das Medaillon mit Giulianos Foto, das um ihren Hals hing. Sie trug es als Zeichen der Trauer, denn Geld für ein schwarzes Kleid hatte sie nicht.

Der Richter hatte zu ihr gesagt: »Signora, ich habe das Medaillon mit dem Bild Ihres toten Mannes zur Kenntnis genommen. Seien Sie versichert, daß ich es zur Kenntnis genommen habe. Sie brauchen es also nicht mehr so auffällig zur Schau zu stellen.«

12

Die Fliegen

Der Mann lehnte am Türpfosten. Er hatte ein langes Gesicht, war groß und dünn und säuberte sich mit einem Zahnstocher das Gebiß. Ein Hund mit langhaarigem Fell, grau und schwarz meliert, fast wie das einer Bracke, und mit den traurigen Augen eines Cockerspaniels, lag lang ausgestreckt über der Schwelle. Der Mann trat einen Schritt zur Seite und gab dem Hund einen leichten Schubs.

»Verzieh dich, Dyck! Wollt ihr essen?« fragte er. Dann erkannte er Barbarini. »Ah, der Herr Anwalt. Setzen Sie sich doch.« In den Raum hinein rief er: »Der Avvocato Barbarini ist da!«

Der Hund trottete langsam in die Trattoria und legte sich vor einen der Tische; bevor er den zotteligen Kopf auf die Pfoten sinken ließ, stieß er einen Seufzer aus.

Die Trattoria ist ein langgestreckter, dunkler Schlauch und mündet auf einen engen Hof, der von den Mauern eines Mietshauses umgeben ist; vor der Türöffnung am Ende des Schlauches flattert zum Trocknen aufgehängte Wäsche. Wenn man das Lokal von der Via della Madonnina aus betritt, verstellt der mit weißen Kacheln verkleidete Tresen fast vollständig den Durchgang zum vorderen Raum. Der dahinterliegende kleinere Raum ist dunkler und kürzer, und zwischen beiden verbirgt sich hinter einer Trennwand aus Spanplatten die Küche in einem Bogengang, der ursprünglich die Vorratskammer beherbergte. Die massigen Steine des Bogens bilden eine Rundung, die in das Kreuzkappengewölbe der Decke übergeht und bis zum Hoffenster reicht.

Nur eine Deckenlampe in der Mitte brennt, die fünf Tische im ersten Raum sind eingedeckt, während im zweiten Raum die Stühle umgedreht auf den Tischen stehen. Vor der Durchreiche zur Küche prunkt eine riesige verzierte Anrichte; die darauf dargestellten Jagdszenen sehen aus, als seien sie mit der Axt in das Holz geschlagen: der Fasan auf dem Aufsatz könnte auch ein chinesischer Drache sein, die Vögel auf den beiden Türen sehen aus wie riesige Zwiebeln. In der Anrichte stehen ein buntes Tonservice, Brotkörbe, eine Lade mit Besteck und eine Reihe Gläser. Auf den Regalen an den Wänden verstauben außer Weinflaschen mit vergilbten Etiketten bauchige Strohflaschen und hinter Plastik die Fotografie eines Gitarre spielenden Mädchens.

An einem Tisch in der Nähe des Tresens saß ein Anstreicher in Hemdsärmeln und bis in die Haare mit weißer Farbe beschmiert, was ihn wie einen Greis aussehen ließ. Während er mit einem Stück Brot seinen Teller auswischte, beäugte er die drei am Nebentisch, bis sein Blick schließlich auf Olimpias Hinterteil verweilte.

Das rote, glänzende Gesicht Gerbinas erschien in der Durchreiche. Ihre Kuhaugen blieben an Barbarini hängen, sie sah aus wie Pulcinellas Gegenspieler, der gerade eine Tracht Prügel abbekommen hat.

»Avvocato! Was machen Sie denn hier?«

»Hallo«, antwortete Barbarini, »wir möchten etwas essen. Geht das?«

»Aber natürlich geht das ... Nur ... Sie hier in den ›Fliegen‹! Am Sonntag! Ist was passiert?«

»Es ist nichts passiert, keine Sorge. Aber vielleicht könnten wir nach dem Essen kurz mit Elisabetta reden. Der Herr hier ist Avvocato Scalzi. Ich wollte Sie nur miteinander bekannt machen. Die Signorina ist seine Sekretärin.«

»Aber natürlich! Sofort! Betta, deck den Herrschaften den Tisch.«

Das Gesicht verschwand. Eine Herdflamme, die aufge-
dreht wurde, erleuchtete flackernd die Öffnung. Der gelbgeblümte Vorhang vor dem Bogendurchgang bewegte sich,
und ein stark geschminktes Mädchen, dessen grellblondes
Haar ihr Gesicht wie ein Helm umrahmte, kam heran, zog
eine Kittelschürze aus und warf sie über einen Stuhl; ihr
taubengraues Oberteil erlaubte einen großzügigen Blick
auf ihre spitzen Brüste.

»So viele Anwälte auf einmal hat man ja noch nie gesehen im ›Le Mosche‹«, sagte Betta. »Aber heute gibt's keine
Fliegen, die servieren wir nur an mageren Tagen.«

»Ciao, Betta«, sagte Barbarini mit einem freundlichen
Lächeln.

»Was für Wein möchtet ihr trinken, weißen oder roten?«

»Wie ist denn der Rotwein des Hauses?« fragte Scalzi.

Betta wiegte den Kopf: »Na ja ...«

»Eine Flasche roten Chianti, den besten, den ihr habt«,
entschied Barbarini.

»Für mich ein Wasser«, sagte Olimpia.

Gelangweilt leierte Betta die Tageskarte herunter. Sie be-
stellten den Stockfisch mit Kartoffeln und Oliven und
penne strascicate, ein toskanisches Nudelgericht mit Kanin-
chen- oder Rindfleischsauce.

Der Kerl mit dem langen Gesicht, der am Eingang gestanden hatte, war verschwunden. Der Anstreicher hatte
eine Sportzeitung vor sich auf den Tisch gelegt, auf die er
mit trübem Blick starrte; er schien kurz vor dem Einschlafen zu sein.

Während des Essens herrschte eine unnatürliche Stille.
Mit mehr Gästen und dem üblichen Stimmengewirr hätte
die Trattoria sicher einen weniger tristen Eindruck gemacht.
Scalzi fühlte sich irgendwie beleidigt, als seien die Tischdecke aus billigem gelbem Papier, das Foto von Betta vor seinen Augen und die grüne Papierserviette, die er aus dem
Glas zog, bevor er sich den Wein einschenkte, Ausdruck

mangelnden Respekts. Aus der Küche drang der Geruch von ranzigem Fett, wenngleich die Speisen besser schmeckten, als Scalzi erwartet hätte, der Stockfisch zumindest war so, wie er sein mußte.

Während Elisabetta eine Schale mit roten Pflaumen auf den Tisch stellte, die säuerlich aussahen, kam Gerbina und setzte sich zu ihnen. Die Pflaumen rührte niemand an, Betty schwirrte um sie herum, machte aber keine Anstalten, den Tisch abzuräumen. Der Anstreicher hatte seine Rechnung bezahlt und war gegangen, so daß sie unter sich waren.

Barbarini ließ die beiden Frauen das Verteidigungsmandat für Scalzi unterschreiben. In der Vollmacht wurde keinerlei Bezug auf die bereits laufende Untersuchung genommen, sondern lediglich der neue Anwalt mit dem Fall betraut sowie gegebenenfalls mit der privaten Klage gegen denjenigen, der für den Mord verantwortlich war.

»Eßt ihr hier zusammen zu Abend, wenn ihr schließt, die Familie und die Kellner?« fragte Scalzi.

»Als Giuliano noch lebte, schon«, antwortete Gerbina. »Aber seit er nicht mehr da ist, machen wir die Fensterläden zu und gehen nach Hause, sobald der letzte Gast gegangen ist. Ich und Betty essen zu Hause die Reste. Wo die Kellner essen, weiß ich nicht, ab einer gewissen Uhrzeit will ich im ›Portichetto‹ niemanden mehr sehen. Mit dem Leben meines Mannes haben auch die Saufgelage bis morgens früh ein Ende genommen. So hat jedes Übel auch sein Gutes.«

»Gerbina«, sagte Barbarini, »schildere dem Avvocato Scalzi doch mal den letzten Abend, den ihr mit Giuliano verbracht habt, hier und zu Hause: all das, was du auch dem Richter erzählt hast.«

»Ich hab Giuliano das Abendessen gebracht, wie immer. Er hat wenig gegessen, wie immer. Er hatte es an der Leber, hat fast nichts mehr gegessen, war ja nur noch Haut und Knochen. Der Richter hat mich das schon hundertmal ge-

94

fragt, aber ich weiß einfach nicht mehr, was er gegessen hat. Nach dem Essen hat er sich, glaube ich, von Teclo eine Spritze geben lassen. Teclo war mal Krankenpfleger, der weiß, wie das geht. Manchmal ließ sich Giuliano auch was zum Schlafen spritzen, weil er sonst so unruhig war, daß er die ganze Nacht wachlag. Dann sind wir nach Hause gegangen.«

»Zusammen?« fragte Scalzi.

»Ja. Wir haben die Trattoria zusammen verlassen, ich, Giuliano, Betty und die Kellner. Und der letzte Gast, das weiß ich noch, weil er mir geholfen hat, das Gitter runterzuziehen. Ein gewisser Manfredi, Arbeiter in der Glashütte Saint-Gobain, ein Freund von Giuliano.«

»Und ihr seid nach Hause gegangen.«

»Natürlich, wohin sonst?«

»Erzähl, was zu Hause passiert ist«, drängte Barbarini.

Gerbina holte tief Luft:

»Wir haben uns ins Bett gelegt, was sonst? Wir in unserem Zimmer, Betta in ihrem. Dann hat Giuliano angefangen zu zanken. Wegen Betta, soweit ich mich erinnere, obwohl er gar keinen Anlaß brauchte zum Schreien: wenn er getrunken hatte, war er immer äußerst reizbar. Und an jenem Abend hatte er auch getrunken. Nicht viel, um die Wahrheit zu sagen, aber er war schon an dem Punkt angelangt, an dem ein weiteres Glas genügte, damit er rot sah. Man weiß ja, wie das geht, nicht wahr? Wir haben gestritten, er ist aufgestanden, hat sich wieder angezogen, hat das Geld aus der Kommodenschublade genommen und ist gegangen.«

»Welches Geld?« fragte Scalzi.

»Die Einnahmen der letzten zwei, drei Tage: etwa dreihunderttausend Lire, mit denen ich eigentlich am nächsten Morgen den Wocheneinkauf machen wollte, die hat er genommen, wofür, weiß ich nicht.«

»Und sag dem Avvocato auch, wie es zur Zeit um uns steht«, mischte Elisabetta sich ein.

»Du redest, wenn du gefragt wirst, verstanden? Er hat das Geld genommen, weil er jemanden treffen sollte, der ihm ein Schmuckstück verkaufen wollte, nicht ganz legal, aber ...«

»Was heißt nicht ganz legal?«

Gerbina knetete ihre Finger, blickte in die Runde und sagte dann mit gesenkter Stimme:

»Seit dieser Teclo in der Trattoria angefangen hat, machte Giuliano Geschäfte mit nicht sehr anständigen Leuten, er kaufte und verkaufte gestohlenes Zeug, und noch andere nicht ganz saubere Geschichten. Mehr weiß ich darüber nicht, er hat mir nie was erzählt, weil er wußte, daß ich dagegen war. Er behauptete ja, er mache das nur für einen guten Zweck, weil er mich und Betta nicht ganz mittellos zurücklassen wolle. Er wußte, daß er bald sterben würde. So, jetzt wissen Sie alles.«

»Erzähl ihm das mit der Uhr«, mischte sich Betta wieder ein.

»Was für einer Uhr?«

»Der Uhr vom Marbelli.«

»Das ist doch nicht wichtig ...«

»Und ob das wichtig ist. Wenn es nicht wichtig wäre, warum sollte der Richter dann andauernd auf dem Zeitablauf herumreiten?«

»Erzähl du es doch«, schnaubte Gerbina.

»Ich bin auch aufgestanden«, sagte Betta, »bei dem Geschrei konnte ja eh keiner schlafen. Ich bin in ihr Zimmer gegangen. Als Papa weg war, stand Mama am Fenster, und ich hab mich neben sie gestellt und durch die Läden hinausgeschaut.«

»Ich wollte nur sehen, ob Giuliano auf der Straße war, verstehen sie? So wackelig, wie er auf den Beinen war, hätte er leicht die Treppen runterfallen können. Das ist schon einmal passiert, daß er hingefallen ist. Ich habe ihn mit eigenen Augen aus der Tür kommen und aufs Auto zugehen sehen. Betta hat ihn auch gesehen, stimmt's?«

»Ich habe ihn zum Auto gehen sehen«, bestätigte Betta.
»Das machte er manchmal, wenn er nicht schlafen konnte.
Er fuhr mit dem Wagen an den Fluß, schlief dort bis zum
Morgengrauen und machte dann wer weiß was. Ich und
Mama haben auf die Uhr vom Marbelli geschaut, es war
kurz nach zwei. Das weiß ich noch ganz genau.«

»Wo ist diese Uhr?« fragte Scalzi.

»Gegenüber von unserem Haus, auf der anderen Straßenseite, wir konnten deutlich sehen, daß es schon nach zwei
war, nicht wahr, Betta? Aber der Richter will das einfach
nicht glauben. Ich weiß nicht, warum. Ich weiß nicht, wie
oft er gefragt hat, ob wir uns da ganz sicher seien. Um die
Wahrheit zu sagen, kam mir das schon ein bißchen sehr
spät vor. Aber was soll ich dem Richter sagen, soll ich lügen? Wir haben jedenfalls genau diese Uhrzeit auf der Uhr
vom Marbelli gesehen.«

Scalzi war aufgefallen, daß es in dem Lokal nur gefloch-
tene Holzstühle gab, er hatte keinen der üblichen Barstühle gesehen. Er fragte, ob die Trattoria nur aus diesen
beiden Räumen bestünde. Gerbina sagte ja, das sei alles.

»Haben Sie jemals diese Stühle aus Metallrohr gesehen,
die mit Plastikband bespannt sind, solche Stühle, wie man
sie im Sommer draußen vor den Bars stehen sieht? Bei sich
zu Hause oder vielleicht anderswo?« fragte Scalzi.

»Wie sie vor den Bars stehen?«

»Was für Barstühle sollen das denn sein, Avvocato?«

Der Ton war aufdringlich, die Stimme zog die Silben in
die Länge, als sei sie völlig erschöpft. Und dennoch hatte
Scalzi den Eindruck, daß in dem augenscheinlich gelang-
weilten Tonfall eine gewisse Besorgnis mitschwang. Der
Kellner mit dem länglichen Gesicht war geräuschlos wieder
hereingekommen, begleitet von einer korpulenten Frau
mit dichtem grauem Haar; sie hatten sich an einen Tisch
im Halbdunkel gesetzt. Scalzi bemerkte sie erst, als der
Mann sich in ihr Gespräch einmischte.

»Was wollen Sie«, fuhr Gerbina ihn an, »wer hat Sie denn gefragt?«

»Das ist Teclo Scarselli«, flüsterte Barbarini, »der zweite Kellner.«

»Es betrifft mich schließlich auch, meinen Sie nicht?« Diesmal gab es keinen Zweifel: unter der scheinbaren Gleichgültigkeit klang die Aufregung durch. »Giulianos Tod betrifft uns alle.«

»Wenn er Sie auch betrifft, dann suchen Sie sich gefälligst Ihren eigenen Anwalt, verstanden?« brauste Gerbina auf.

Teclo kam an den Tisch und begann ihn abzuräumen, um seiner Anwesenheit irgendeine Berechtigung zu geben.

»Immerhin arbeite ich hier.«

»Aber nur, wenn es Ihnen gerade paßt«, erwiderte Gerbina wütend, »ich würde liebend gern auf Sie verzichten. Und was heißt schon arbeiten? In einem Restaurant, wo man sowieso nicht mehr als fünf Gedecke aufzulegen braucht, was heißt da schon arbeiten?«

»Na dann«, sagte Teclo, während er Teller und Gläser einsammelte, »dann geben Sie mir einfach, was mir zusteht, Kündigung, Abfindung und so weiter, und ich gehe. Aber bis ich nicht meinen gerechten Lohn bekommen habe, bleibe ich hier.«

Bei dem Wort Lohn sah er Scalzi an und bleckte seine langen, schiefen, gelblichen Zähne.

Die dicke Frau mit den grauen Haaren an dem Tisch im Halbdunkel kniff die Augen zusammen, faltete die Hände über der üppigen Brust und stieß einen tiefen Seufzer aus.

»Aber, Gerbina, müßt ihr denn immerzu streiten?« fragte sie. »Ihr solltet viel lieber zusammenhalten. Ihr sitzt doch alle im selben Boot. Wenn ihr untergeht, geht ihr alle zusammen unter, wenn ihr überlebt, überleben alle.«

»Und die da?« wandte Scalzi sich leise fragend an Barbarini.

»Sag ich dir später«, flüsterte Barbarini.

Teclo verschwand hinter dem Vorhang, der die Küche verbarg.

»Vielleicht hast du ja recht, Emanuela«, sagte Gerbina zerknirscht, »aber er geht mir einfach auf die Nerven. Kaum, daß ich ihn sehe, rege ich mich auf, ich kann nichts dagegen tun.«

»Noch eine letzte Frage«, sagte Scalzi. »Nach dem Unglück, sind Sie da jemals auf den Monte Merlato gegangen, zu der Stelle, wo der Körper Ihres Mannes gefunden wurde?«

»Ich? Auf den Monte Merlato?«

»Was hätte sie denn da oben tun sollen, auf dem Merlato, die arme Gerbina?« mischte sich die Grauhaarige wieder ein.

»Entschuldigen Sie«, sagte Scalzi schroff, »aber ich habe Signora Baluardi gefragt. Ich weiß nicht mal, wer Sie sind.«

»Emanuela Torrini«, lächelte die Frau, »eine Freundin der Familie.«

»Eine Freundin, von mir aus, aber ich bin ihr Anwalt, und wir sprechen hier über eine höchst delikate Angelegenheit«, erwiderte Scalzi.

»Sie haben recht«, sagte die Frau und machte Anstalten, sich zu erheben. »Ich gehe besser.«

Gerbina trat an ihren Tisch und nahm ihre Hand, um sie aufzuhalten.

»Nein, geh nicht. Avvocato, Emanuela ist die einzige Freundin, die mir geblieben ist. Alle anderen haben sich von mir abgewandt, sie behandeln uns, mich und Betty, als seien wir Aussätzige. Emanuela ist doch unser einziger Halt.«

13

... HÖHERER GEWALT ...

Es begann schon zu dämmern. Nach einem kurzen Zwischenstop im Hause Barbarini fuhren sie nun in entgegengesetzter Richtung die Straße entlang, auf der sie am Tage zuvor gekommen waren.

»Wer mich am wenigsten überzeugt«, sagte Scalzi, »ist diese Frau, die mit dem Kellner hereingekommen ist; ich hab ihren Namen vergessen.«

»Emanuela Torrini«, sagte Olimpia. »Aber Teclo kam mir auch nicht ganz sauber vor.«

»Und der Stuhl ohne Beine stammt anscheinend nicht aus dem ›Portichetto‹.«

»Da wär ich mal nicht so sicher«, entgegnete Olimpia. »Ich hatte den Eindruck, daß Gerbina nicht ganz die Wahrheit gesagt hat, als sie behauptete, noch niemals so einen Stuhl gesehen zu haben.«

»Hat sie ja gar nicht: Noch bevor sie antworten konnte, hat Teclo sich eingemischt.«

»Und als du Gerbina gefragt hast, ob sie auf dem Merlato gewesen sei, ist diese Hexe dazwischengegangen.«

Das Alterchen mit der Zigarre hatte ihnen erzählt, daß die dicke Frau, Emanuela Torrini, im Ruf stand, eine Magierin zu sein, die Tarotkarten legte und mit den Toten sprach. Seit Giulianos Tod war sie Stammgast im »Portichetto«, und Gerbina fragte sie regelmäßig um Rat. Menschen wie Emanuela, hatte Barbarini gesagt, ziehen geheimnisvolle und blutige Ereignisse an wie ein Magnet, manchmal sogar, noch bevor sie geschehen sind, so daß man nicht weiß, ob sie sie vorhersehen oder heraufbeschwören. Ähnlich wie manche Schriftsteller, hatte das Alterchen hinzugefügt, von denen niemand sagen könne, ob sie über prophetische Fähigkeiten verfügten oder selbst am Entstehen gewisser Realitäten beteiligt seien. Diese Emanuela Torrini war auf jeden Fall nicht zum erstenmal in die Ermittlungen um einen Mordfall verstrickt. Bei einer anderen Gelegenheit hatte sie die Ermordung eines schwerreichen Bürgers durch einen vom Liebhaber seiner Frau gedungenen Killer »vorhergesehen«. Nachdem der Mord tatsächlich begangen war, hatte die Polizei diese Spur verfolgt und den Fall mit Unterstützung der »Magierin« aufgeklärt. Seitdem war die Torrini bekannt. Barbarini hatte sie im Verdacht, für die Polizei zu spitzeln. Es sei durchaus nichts Ungewöhnliches, so der alte Anwalt, daß die Polizei sich Menschen zunutze machte, die etwas mit Magie, Hellseherei oder Geisterbeschwörung zu tun hatten. Bei einer anderen Ermittlung, an der er beteiligt gewesen sei, habe der Untersuchungsrichter sogar eine spiritistische Sitzung zu Protokoll genommen und aktenkundig gemacht. Und schließlich habe selbst der Begründer der modernen Kriminologie, der Kriminalanthropologe Cesare Lombroso, sein Leben kurioserweise zwischen Medien, klopfenden Tischen, Erscheinungen und Automatischem Schreiben ausgehaucht.

»Ist dir aufgefallen, daß Betta von dem Moment an, als die beiden aufgetaucht sind, keine einzige Frage mehr beantwortet hat? Ich glaube, daß Teclo diese Frau geholt hat, um uns mit ihr zusammen zu belauschen«, sagte Olimpia. »Eine Magierin ... Da hätte ich drauf wetten können. Hab ich es dir nicht gesagt, von wegen Kerzen und Hexerei? Was hast du eigentlich mit dem Zeug vor, das du von dem Stuhl ohne Beine abgekratzt hast?«

»Ich werde es von Evelina im Labor der Specola in Florenz analysieren lassen.«

»Von der Freundin des Richters Lembi? Wirst du sie

besuchen?« fragte Olimpia mit mißtrauischem Unterton in der Stimme.

»Selbstverständlich«, nickte Scalzi, »hast du was dagegen?«

»Ich? Nein ... Ich hege nur keine große Sympathie für Richter, und ebensowenig für die Freundinnen von Richtern ... Da wären wir! Jetzt wird's wieder finster.«

Der Wagen fuhr in den Tunnel hinein, und wie beim letzten Mal hatte Scalzi das ungute Gefühl, in einen Brunnenschacht zu stürzen. Olimpia bremste ab, fuhr im Schritttempo weiter und seufzte erleichtert auf, als sie auf der anderen Seite wieder herauskamen.

»Der Grund ist also höhere Gewalt«, sagte Olimpia.

»Was?«

»Das Schild auf dieser Seite des Tunnels, genau wie auf der anderen: ›WENN AUFGRUND HÖHERER GEWALT ...‹«

»Was soll das bedeuten?«

»Was weiß ich, mehr konnte ich in der Kürze auch nicht erkennen.«

14

Mein lieber Eraldo

Der Hund lag unter dem Tisch und schlief. Hin und wieder reckte er eine Pfote und jaulte leise.

»Was hat der Hund nur?« fragte Emanuela. »Da wird einem ja ganz anders, wenn man das hört.«

»Der träumt von seinem Herrchen«, antwortete Gerbina. »Er hing sehr an ihm. Seit Giuliano nicht mehr ist, tut er nichts außer schlafen und winseln.«

»Wenn du es wirklich willst«, sagte Emanuela, »dann laß es uns gleich machen, du mußt ja bald wieder in die Küche, das Abendessen vorbereiten.«

Gerbina wischte sich mit der Schürze über die schweißnasse Stirn. Obwohl die Eingangstür weit offenstand, herrschte drückende Schwüle in der Trattoria. Von der nahen Uferböschung zog ein Geruch von fauligem Wasser aus dem ausgetrockneten Flußbett herüber, ab und zu fuhr ein Auto vorbei und verdunkelte den Eingang, und die enge Straße leitete den Gestank der Abgase zu ihnen hinein.

»Uff«, seufzte Gerbina, »hier drinnen erstickt man ja.«

»Also, laß uns anfangen.« Emanuela schob die Espressotasse und die Flasche Brandy zur Seite. »Ich spüre, daß wir heute etwas Interessantes erfahren werden.«

»Nicht schon wieder diesen Kinderkram, das kann einem echt auf die Eier gehen«, schnaubte Betta, die an einem Nebentisch in einer Zeitschrift blätterte.

»Wenn man mal welche hätte.« Teclos monotone Stimme ertönte aus der Küche, begleitet vom Klappern der Töpfe. »Dann wäre das Leben manchmal viel einfacher, nicht wahr?«

»Seien Sie bloß still!« schrie Betty als Antwort. »Wenn dieser bekloppte Tellerwäscher sich nicht endlich um seinen eigenen Mist kümmert, polier ich ihm die Fresse.«

»Wenn Betta nicht mitmachen will«, sagte Emanuela, »ist das nicht so schlimm. Teclo kann ja für sie einspringen, nicht wahr, Teclo?«

Der gelbgeblümte Vorhang bewegte sich, und Teclos langes Gesicht kam zum Vorschein.

»Sobald der Kaffee fertig ist.«

»Ich hau ab«, sagte Betty und erhob sich.

»Wohin gehst du?« fragte Gerbina.

»Wohin ich will.«

»Du sollst nicht so mit deiner Mutter reden«, Emanuela schüttelte den Kopf. »Ein Mädchen in deinem Alter ... Deine Mutter hat das Recht zu erfahren, wo du hingehst.«

»Sie sollten sich auch um Ihren eigenen Mist kümmern. Es ist Sonntag, ich gehe ins Kino, okay?«

»Ins Kino?« fragte Gerbina. »Und wenn Stivi vorbeikommt?«

»Wenn diese Nervensäge von Stivi kommt, sag ihm, er soll warten, wenn er will. Und wenn nicht, soll er bleiben, wo der Pfeffer wächst.«

Die Lade der Registrierkasse fuhr mit einem lauten Klingeln heraus.

»He, immer langsam«, ermahnte sie Gerbina.

»Das Kino muß ich ja wohl irgendwie bezahlen, oder?« Betta ließ einen Geldschein in der Hosentasche verschwinden. »An mir gehst du schon nicht pleite, keine Sorge.«

Auf der Türschwelle hielt sie einen Moment inne, um sich bewundern zu lassen: die Nase in die Höhe gereckt, die Hände in den Taschen, um die Rundung des Hinterns zu betonen, dann verschwand sie in Richtung Fluß.

»Meine Güte, dieses Kind«, seufzte Gerbina, »wer wird mit der noch fertig?«

104

»Deine eigene Schuld«, sagte Emanuela. »Ein paar Ohrfeigen hin und wieder würden nicht schaden.«

»Schuld ihres Vaters, als er noch lebte«, entgegnete Gerbina.

»Ihr seid beide schuld. Und nur wegen Betta sitzt du jetzt in der Klemme«, schloß Emanuela.

Aus der Schublade des Tisches zog sie eine große Tafel mit kreisförmig angeordneten Nummern und Buchstaben hervor und legte sie auf den Tisch. Teclo kam näher und ließ den Löffel in der Tasse klirren. Er nippte an seinem Kaffee und setzte sich an den Tisch. Emanuela goß ein wenig Brandy in ihre Tasse, trank, wischte die Tasse mit der Papiertischdecke aus und blies hinein, um die schwachen und widrigen Geister zu vertreiben. Dann stellte sie die Tasse umgedreht auf den Kreis in der Mitte der Tafel und legte den Zeigefinger darauf. Mit einer Bewegung des Kopfes forderte sie die anderen auf, es ihr gleichzutun. So verharrten alle drei, die Finger auf dem Tassenboden.

»Macht sie ganz leicht, eure Finger, als wäre die Tasse eine empfindliche Blüte«, murmelte Emanuela mit halbgeschlossenen Augen. Dann rief sie den Leitgeist.

Die Tasse begann sich langsam über die Tafel zu bewegen, die gewachst und daher glatt war.

»Onkel Gilberto, bist du es?« fragte Emanuela.

Die Tasse bewegte sich mit zunehmender Geschwindigkeit einige Male nach rechts und nach links; ein schwacher Ton erklang, wie ein fernes Klagen. Über den Buchstaben J und A hielt die Tasse kurz inne.

»Wie geht es dir, Onkel?« fragte Emanuela.

Die Tasse schlingerte unentschlossen nach rechts und nach links.

»So la, la«, erklärte Emanuela. »Onkel, ist Giuliano dort bei dir?«

Wieder bedeckte die Tasse zur Bestätigung die beiden Buchstaben.

»Frag den Onkel, ob Giuliano kommt, um mit uns zu reden«, flüsterte Gerbina.

Die Tasse rutschte auf die Buchstaben N, E, I und N.

»Er sagt, daß er nicht kommen möchte«, teilte Emanuela ihnen mit.

»Warum nicht?«

Die Tasse bewegte sich wild auf der Tafel hin und her, sie schien von einem eigenen Willen gelenkt, und die Ratsuchenden hatten Mühe, ihr mit den Fingern zu folgen.

»Was hat er gesagt?« fragte Gerbina angstvoll.

»Er sagt, daß Giuliano verärgert ist«, antwortete die Magierin flüsternd, »weil er den Weg nicht gefunden hat.«

»Aber wieso hat er ihn nicht gefunden? Ich habe genau das gemacht, was du mir gesagt hast, ich bin bis obenhin gegangen, mit den Kerzen und allem und trotz der Gefahr, irgendwelche Polizisten zu treffen. Was hätte ich denn sagen sollen, wenn mich jemand gesehen hätte? Daß ich einem Toten den Weg weisen muß? Ich war ganz außer Atem vor Anstrengung, die Dornen haben mir die Beine zerkratzt ... Und die Angst erst, die Angst, entdeckt zu werden ...«

»Aber ich hatte dir aufgetragen, jedes Hindernis aus dem Weg zu räumen, und statt dessen hast du den Stuhl da mitten auf dem Weg liegenlassen, wo er nicht an ihm vorbeikommt.«

»Was denn für einen Stuhl, ich hab keinen gesehen, wirklich.«

»Der Anwalt hat ihn aber gesehen. Hast du denn nicht zugehört, eben?«

Die Tasse rückte auf weitere Buchstaben.

»Onkel Gilberto sagt, daß Giuliano nicht mit dir reden will. Giuliano will mit Eraldo sprechen, sagt er.«

»Eraldo ist nicht da«, entgegnete Teclo, »aber ich bin da, das ist genausogut.«

»Allerdings ist dieser Drückeberger nicht da.« Gerbina

nahm den Finger von der Tasse. »Schon seit zwei Tagen hat er sich nicht mehr in der Trattoria blicken lassen. Sie müßten doch am besten wissen, wo Ihr Freund abgeblieben ist ... Warum hält er es denn nicht mehr für notwendig, zur Arbeit zu kommen?«

Auch Teclo nahm den Finger von der Tasse.

»Er ist in sein Dorf zurückgekehrt, nach Montignoso. Er hat Angst, in der Stadt zu bleiben.«

»Angst vor was?«

»Tja, vor was wohl? Sie fragen mich, vor was, Signora? Er hat dieselbe Angst wie wir alle: im Knast zu landen.«

»Unterbrecht den Kontakt nicht«, ermahnte Emanuela.

»Sie haben vielleicht Angst vor dem Knast!« Die Wut schnürte Gerbina die Stimme ab. »Ich nicht! Warum sollte ich auch Angst davor haben?«

»Und ich? Warum sollte ich?«

»Das wissen Sie selbst wohl am besten, warum! Mit Ihnen ist er ja immer unterwegs gewesen, der arme Giuliano, um was weiß ich für Sachen zu machen ... Ich hab ja keine Ahnung von euren schmutzigen Geschäften ...«

»Was für Geschäfte, gute Frau? Was für schmutzige Geschäfte meinen Sie, ohne einen blassen Schimmer von allem zu haben, verehrte Frau Wirtin? Passen Sie lieber mal auf, was Sie sagen. Sonst kann ich nämlich auch die eine oder andere Geschichte erzählen: von Ihnen, von Ihrem Flittchen von Tochter, und davon, wie viele sie schon gesehen hat, das gute Kind, große, kleine, fremde und einheimische, mehr als ein Pissoir hat sie gesehen, scheint auf der Flöte besser zu sein als auf der Gitarre, die liebe Kleine.«

Gerbina sprang mit hochrotem Kopf auf.

»Elender Hund! Dreckskerl! Du und der andere! Ihr Dreckskerle, alle beide! Ins Gefängnis! Da gehört ihr hin, ins Gefängnis!«

»Hört auf damit!« griff die Magierin ein. »Wenn ihr es

richtig anstellt, muß niemand ins Gefängnis. Aber wenn ihr euch vor Angst in die Hosen macht wie Eraldo, der den Schwanz eingezogen hat und abgehauen ist, landet ihr alle dort! Ihr müßt zusammenhalten, versteht ihr das denn nicht? Ihr müßt aufhören, aufeinander rumzuhacken wie Truthähne, die in einen Lastwagen gesperrt sind und sich von Käfig zu Käfig bis aufs Blut bekämpfen. Wobei die Truthähne nicht wissen, was sie erwartet ... Jetzt stellt den Kontakt wieder her!«

Teclo und Gerbina tauschten wütende Blicke und legten ihre Finger wieder auf die Tasse.

»Onkel Gilberto«, sagte Emanuela, »frag Giuliano, ob er mit mir reden will.«

Die Tasse rutschte auf J und A.

»Sehr gut. Dann stelle ich also die Fragen. Und ihr beide seid still, verstanden? Wie geht es Ihnen, Signor Baluardi?«

Die Tasse bewegte sich flink und hielt nur kurz auf den Buchstaben an, die das Wort »Füße« ergaben.

»Der Arme, er sagt, ihm tun die Füße weh«, flüsterte die Magierin.

»Warum tun ihm denn die Füße weh?« fragte Gerbina mit feuchten Augen.

»Am Anfang haben alle wehe Füße, die Armen«, erklärte Emanuela.

»Frag ihn, wie es passiert ist. Wer es war«, sagte Gerbina.

»Das hast du ihn doch schon beim letzten Mal gefragt, meine Liebe«, sagte Emanuela, »du weißt doch, daß er auf diese Frage nicht antworten will.«

»Frag ihn halt noch mal.« Gerbina ließ nicht locker. »Vielleicht antwortet er heute.«

»Signor Baluardi«, sagte Emanuela mit gelangweilter Stimme. »Ihre trauernde Gattin möchte wissen, wer es getan hat.«

Langsam und kläglich knirschte die Tasse über die Tafel.

»Die übliche Antwort: ›Böse Menschen‹.«

»Hm, böse Menschen ... Gute ganz bestimmt nicht! Böse, ja, Betrüger und Mörder! Möge unser lieber Herr Jesus Christus sie im Höllenfeuer schmoren lassen, Amen. Aber wer, verflixt! Wer?«

Die Tasse verharrte unbeweglich auf der Tafel.

»Es hat keinen Sinn«, sagte Emanuela. »Er will es nicht sagen, nichts zu machen ... Fragen wir ihn lieber was anderes: Signor Baluardi, Ihre teure Frau möchte wissen, was sie nun tun soll.«

Erneut rutschte die Tasse hektisch herum.

»Er will unbedingt mit Eraldo sprechen«, sagte Emanuela.

»Dann sag ihm halt, daß er nicht da ist, dieser Dummkopf!«

»Signor Baluardi, Eraldo ist nicht hier, er ist in sein Dorf zurückgekehrt.«

Die Tasse bewegte sich ruckartig, ohne auf einzelnen Buchstaben innezuhalten. Dann schoß sie plötzlich über den Rand der Tafel hinaus.

»Heilige Muttergottes! Habt ihr gesehen, wie wütend er geworden ist? Er wird noch die Tasse kaputtmachen. Ich habe noch nie einen so unruhigen Geist gesehen. Er leidet. Er will, daß Eraldo zurückkommt.«

»Aber wie soll ich ihn denn zurückholen? Soll ich ihn an den Haaren packen und herschleifen?« rief Gerbina verzweifelt aus.

Die Magierin stellte die Tasse wieder in die Mitte der Tafel.

»Fragen wir ihn. Signor Baluardi, was soll Gerbina denn tun, damit Eraldo zurückkommt?«

Die Tasse rutschte auf der Tafel hin und her.

»Giuliano wünscht, daß du ihm einen Brief schreibst«, übersetzte Emanuela.

Teclo war gegangen. In der Trattoria war es mittlerweile fast dunkel, die Sonne war hinter den Häusern der Gasse verschwunden. Gerbina und die Magierin saßen am Tisch; vor Gerbina lag ein weißes Blatt Papier.

»Versuch, ein bißchen herzlich zu sein«, sagte Emanuela.

»Herzlich? Zu diesem Gauner, der vielleicht meine Tochter geschwängert hat?«

»Also gut«, sagte Emanuela, »wenn du nicht freundlich sein kannst, dann diktier ich dir den Brief. Los, schreib: ›Mein lieber Eraldo ...‹«

»›Mein lieber Eraldo‹ an diesen verlogenen Heimlichtuer, mit seiner Haarsträhne, die ihm über das halbe Gesicht hängt ... Was Betta an dem wohl gefunden hat, mir wird ganz anders, wenn ich nur daran denke ...«

»Dann mach, was du willst.« Emanuela schien vom Tisch aufstehen zu wollen. »Verstehst du denn nicht, daß du dich auf diese Weise völlig isolierst? Irgendwann steht ihr ganz allein da mit der Polizei und dem Richter, du und deine leichtsinnige Betta. Und ihr werdet euch ununterbrochen streiten, wie du es mit Teclo machst, ihr hackt ja jetzt schon dauernd aufeinander herum. Ihr solltet viel lieber ein Herz und eine Seele sein, versteh das doch endlich! Ihr müßt eure Aussagen aufeinander abstimmen. Dadurch, daß Eraldo verschwunden ist, hat er sich verdächtig gemacht. Wenn sie erfahren, daß er weg ist und sich in Montignoso verkrochen hat, was wird der Richter wohl davon halten, was glaubst du?«

»Na gut«, sagte Gerbina, »diktier mir den Brief.«

»Himmel«, seufzte Emanuela. »Mit dir braucht man wirklich eine Engelsgeduld! Also, schreib: ›Mein lieber Eraldo ... Warum hast du uns verlassen? ... Unsere Lage, meine und Bettas, ist wirklich zum Verrücktwerden, keiner steht zu uns, und alle beleidigen uns‹ ... Hast du das? Weiter: ›Am Freitag waren neue Gäste in der Trattoria, die nun regelmäßig zum Essen in den *Portichetto* kommen wollten ...‹«

»Was denn für neue Gäste?«

»Vergiß es, das schreibst du nur, um ihm die Lage begreiflich zu machen, verstehst du? Um, wie soll ich sagen, um ihn zur Verantwortung zu ziehen. Schreib jetzt! Auch wenn's nicht die Wahrheit ist ... Um ihn weich zu stimmen, verstehst du? Also: ›... und sofort ging das böse Geschwätz wieder los ... Bis sie es sich schließlich wieder anders überlegt haben. So kann man einfach keinen Gewinn machen, nicht eine Lira, ja, ich zahle sogar noch drauf, alles ist gegen uns ...‹ Das müßte gehen, oder? Ist ja auch die Wahrheit. Schreib: ›Aber das einzig Wichtige ist, daß du uns noch magst und immer an uns denkst, so wie wir an dich denken. Du mußt wissen, daß du unser ein und alles bist. Wir geben die Hoffnung nicht auf, und das sollst du auch nicht tun ...‹«

»Wer soll unser ein und alles sein?« Gerbina setzte den Stift ab.

»Eraldo, ist doch so, oder?« Emanuela lächelte böse. »Und wenn nicht für dich, dann doch für Betta ... Zumindest muß er das mal gewesen sein, ihr ein und alles, als sie ihn rangelassen hat ...«

»Das von dir? Also denkst du genau wie alle anderen ...«, protestierte Gerbina. »Außerdem ist das überhaupt nicht sicher! Gestern noch hat Betta mir gesagt, wie froh sie ist, daß sie den nicht dauernd sehen muß, diesen Mistkerl!«

»Und was würdest du ihm also schreiben? Daß Betta ihn für einen Mistkerl hält, den sie nicht in ihrer Nähe haben will? Meinst du, damit holst du ihn zurück? Denk doch mal nach! Ach was, diskutier nicht, schreib jetzt, was ich dir sage: ›Mein lieber Eraldo, wenn du zurückkommst, werden wir eine große Familie sein, nicht wahr? Du brauchst vor nichts Angst zu haben bei uns, mach dir keine Sorgen, glaub nicht, was sie dir erzählen, damit du dich schlecht fühlst oder ihnen etwas verrätst ...‹«

»Was sollte er verraten?«

»Keine Ahnung. Wie soll ich wissen, welche Fallen ihm die Polizei stellen könnte? Also weiter: ›Ich schreibe dir

allein, du weißt ja, daß Betta zum Schreiben nicht zu ge-
brauchen ist ... Aber mach dir keine Sorgen, sie mag dich
gern, auch sie wartet auf dich. Ich umarme dich. Gerbina.‹
So, und jetzt fügst du unten noch in Druckbuchstaben
hinzu, damit man die Handschrift nicht erkennt: ›KÜSSE,
BETTY‹.«

15

Gehörnte

Die Bar des kleinen Viareggianer Hotels fasziniert durch ihren Dreißiger-Jahre-Look. Der Barmann serviert perfekt gemixte Negroni mit der gleichzeitig vertraulichen und respektvollen Haltung dessen, der seinen Gast seit langem kennt, ihn eigentlich auch duzen und mit einem Augenzwinkern seine neue Eroberung würdigen könnte (»Wirklich hübsch, die Kleine, hat Klasse!«), wenn seine Professionalität es ihm nicht verbieten würde. Danach ein üppiges Mahl im Restaurant »Il Garibaldino«: hervorragend die Meeresfrüchte als Vorspeise, wenn auch etwas schwer verdaulich, perfekt der in Folie gegrillte Seebarsch, prächtig die Languste alla Hawaii, stimmig das Zitronensorbet zwischen den beiden Gängen, um den Appetit und die Verdauung anzuregen, spitzenmäßig das Dessert. Südamerikanische Musik, Cha-Cha-Cha und Mambo, dargeboten von der kleinen Perez Prado Coverband (»... Adieu, meine kleine Señora ... Wir träumten vom Paradies ... Doch adieu zu sagen wag ich noch nicht ...«), nicht so erlesen wie die Originalband, aber durchaus angenehm mit dem typischen Sound jener Zeit. Und sie paßt zu den Paaren, die, fast alle in fortgeschrittenem Alter, ihre Launen auf distinguierte Art und Weise ausleben, mit genügend Platz für ein gepflegtes Tänzchen, anstatt zusammengepfercht auf der Tanzfläche wie die jungen Leute in ihren überfüllten Diskotheken. So tanzt die Generation von gestern, mit vorschriftsmäßigen Schritten, denn das soll Tanzen sein: anmutige Herausforderung und andeutungsreiche Vorwegnahme der vertraulicheren Intimitäten, die folgen werden

– so Gott will und so die Señora will, natürlich, wir sind ja schließlich nicht in Afrika. Weitere Cocktails – vielleicht zu viele –, und all das in der »Capannina« des hübschen Küstenorts Forte dei Marmi. Die Absichten des Dottor Tonietti, seines Zeichens Unternehmer in Herrenmode, ein Mann vorgerückten Alters und recht wohlhabend, sind nur allzu deutlich. Kulturbeflissen der Beginn des Abenteuers, raffiniert die Werbung. Der Manager hat sich an Adelinas Fersen geheftet, die sehr junge, alleinreisende Frau eines Anwalts aus Bologna; die Gelegenheit ergab sich in der zum Tai-Bad von Forte dei Marmi gehörenden Galerie, in der ein naiver Künstler ausstellt. Nach ein paar Kommentaren zu den Bildern ging der Dottore schnell zu persönlicheren Themen über: Die Signora reist allein? Jaja, die Ehemänner ... Das kennt man ... Die Männer bleiben in der Stadt, angeblich um zu arbeiten ... Ob sie sich nicht langweile, so ganz allein? Dieses Jahr stand der Juli an der Küste der Versilia ja noch ganz im Zeichen der Rentner und Mütter lymphkranker Kinder, die Saison würde diesmal wohl etwas später anfangen, alles Schuld der allgemeinen Krise, wahrscheinlich.

Nach der Bar soll das ziellose Umherfahren im langustenfarbenen Lamborghini mit offenem Verdeck, sollen der Fahrtwind und die Adrenalinstöße bei waghalsigen Beschleunigungsmanövern das Ihre tun, um das von den Cocktails dickflüssig gewordene Blut wieder in Schwung zu bringen. Adelina muß all ihre Kräfte aufbieten, um sich der Tentakel dieser Krake zu erwehren, in die Dottor Tonietti sich nach und nach verwandelt wie in einem zweitklassigen Horrorfilm, und ihn immer wieder zur Weiterfahrt zu bewegen, wenn er an diversen Macchia-Lichtungen zwischen Viareggio und Marina di Vecchiano haltmacht, um durch die Pinien hindurch den Mond zu betrachten, wie er sagt, während wenige Schritte weiter schamlose Nigerianerinnen in enganliegenden Hosen und knappen Tops ironisch zu ihnen herübergrinsen. Schließlich – der Morgen graut bereits – gibt Adelina ihren mittlerweile albern wirkenden Widerstand auf. Der Grund für ihre Widerspenstigkeit, den der eitle Signor Tonietti noch nicht einmal im entferntesten ahnt, ist gerade das angestrebte Ziel, nämlich die Jacht des Managers, die bei Marina vor Anker liegt. Wäre es bei dem kleinen Hotel in Viareggio geblieben, mit den Topfpalmen und den trüben Wandspiegeln, die man von der Bar aus sah, mit seinem anregenden und sündigen Duft nach Kaffee und Seife, wäre alles glattgegangen, durchaus auch gleich nach den Negroni. Im übrigen ist Tonietti gar nicht so übel, nur ein wenig Bauch unter dem zitronengelben, abgetragenen Lacoste-Hemd, das dem brandneuen cremefarbenen Cerruti-Anzug eine snobistisch-nachlässige Note verleiht. Aber er wollte ja nicht. Er mußte ja prunken: mit der schwindelerregenden Rechnung in Restaurant und Bar, mit dem Lamborghini, und natürlich mit der Jacht. Was er nicht weiß, und Adelina geniert sich, es ihm zu sagen, ist, daß sie Boote nicht mag, weil sie seekrank wird. Doch auch der impulsive und gleichwohl respektvolle Signor Tonietti kann einem ein bißchen leid tun, wie er ziemlich betrunken die Keiner-liebt-mich-ich-habe-keine-Freunde-Masche abspult, schüchtern und zugleich entschlossen, seine Beute nicht entkommen zu lassen. »Also gut, dann laß uns auf deinen schicken Kreuzer fahren, aber nur für ein Stündchen, schon gut, du böser Junge, nun mach nicht so ein enttäuschtes Gesicht, danach bringst du mich ins Hotel zurück.«

An der Mündung des Arno gibt es einen Jachthafen. In dem kleinen Motorboot, das sie bis zu Toniettis Schmuckstück bringt, schließt Adelina die Augen, um dem schmachtenden Blick des Dottore nicht mehr zu begegnen, in dem der Stolz des Siegers liegt und auch ein wenig Besorgnis: wie wird er das durchstehen, in seinem Alter und mit dem vielen Alkohol im Blut? Sie streift sich die Smaragdohrringe ab, steckt sie in die Handtasche, zieht die Beine auf den Sitz und tut, als würde sie einnicken. Aber das schräge Licht der Sonne, die hinter den Apuanischen Alpen aufgeht, zeichnet hypnotisierende Reflexe auf den Fluß, so daß sie wirklich einschläft. Als das Boot auf die Meeresbrandung trifft, macht es bei einer stärkeren Welle einen leichten Sprung. Tonietti reißt das Ruder des Außenbordmotors genau in die falsche Richtung. Die nachfolgende Welle erwischt das kleine Gefährt am Rumpf, es schwankt, gerät unter die nächste Welle und faßt Wasser. Tonietti verlagert zum Ausgleich das Gewicht seines Körpers, doch mit ihm verlagert sich auch das hereingelaufene Wasser. Die Nußschale neigt sich und Signor Tonietti geht über Bord.

Als Adelina aus dem Schlaf hochschreckt und sieht, wie ihr Kavalier keuchend versucht, sich am Bootsrand festzuhalten, bricht sie in lautes Gelächter aus. Doch dann bemerkt sie, daß sie sich selbst mit beiden Händen am Boot festklammert und die Tasche nicht mehr in ihrem Schoß liegt. Auf einen Schlag ist ihre Heiterkeit verflogen.

»Die Ohrringe!« kreischt sie und springt auf.

»Nein!« brüllt Tonietti, der sich mittlerweile wieder hochgezogen hat und nun mit einem Bein im Boot, mit dem anderen im Wasser hängt, »nicht aufstehen! Du mußt das Gegengewicht halten.«

»Ohrringe für zwanzig Millionen Lire!« schreit die Signora ganz außer sich. »Meine Smaragde!«

Mit einem dumpfen Schlag fällt sie auf die Sitzbank zurück, während das Boot von einer neuen Welle geschüttelt wird. Der Dottore ist tropfnaß und tief zerknirscht.

»Gehen wir auf die Jacht«, schlägt er vor. »Wir benachrichtigen per Funk die Hafenaufsicht und lassen einen Taucher kommen. Das Meer ist an dieser Stelle nicht sehr tief. Mach dir keine Sorgen, wir finden deine Ohrringe schon wieder.«

116

Viele Stunden später, unter einer sengenden Sonne, deren Strahlen sich glitzernd in den kleinen Wellen der Arnomündung brechen, verfolgen Adelina und Dottor Tonietti vom Steuerstand aus die Tauchgänge des Froschmanns, den sie für fünfzigtausend Lire die Stunde angeheuert haben. In der Sonne bilden sich Salzkrusten auf Adelinas leichtem Kleid, ein Modell von Valentino, nun leider hoffnungslos ruiniert, da sie sich beim Erklimmen der Jacht mit Öl beschmiert hat und kein Seidenstoff die Entfernung solcher Flecken übersteht.

»Weiter rechts!« Adelina fuchtelt mit den Armen, ihr ist fürchterlich schlecht vom Geschaukel des Bootes bei dem starken Wellengang in der Flußmündung, und die Augen brennen ihr vor Anstrengung, den Punkt auszumachen, wo ihr Schatz im Wasser versunken ist.

»Weiter links, wenn schon«, verbessert Tonietti sie, »ich habe mir einige Koordinaten gemerkt. Ich erinnere mich genau an die hohe Pinie da am Ufer!«

»Du kannst mich mal! Scheißkoordinaten ...«, flucht Adelina leise, die über dem Verlust ihrer Ohrringe alle Etikette vergißt und ihrer einfachen Herkunft nicht länger Gewalt antut. Sie fühlt sich schmutzig, müde und voll Reue.

Das geschieht ihr ganz recht, das ist die Strafe für die Sünde, die sie im Begriff war zu begehen. Wie soll sie nun ihrem Anwalt für Steuerrecht das Verschwinden der Ohrringe erklären, die er ihr erst vor kurzem zum ersten Hochzeitstag geschenkt hat? Soll sie sagen, daß sie sie verloren hat? Aber wie und wo?

Die Jacht fährt noch immer im Kreis. Der Taucher schreit bei jedem Tauchgang, sie sollen sich bloß fernhalten, da er die Schiffsschraube fürchtet. Dennoch wechselt Tonietti ununterbrochen die Fahrtrichtung, um ihm neue Stellen zu zeigen. Es ist bald Mittag, und der Froschmann taucht zum x-ten Mal unverrichteterdinge wieder auf. Unter dem Achterdeck zieht er mit müden Bewegungen die Maske und das Mundstück ab und wirft ihnen den blanken Schädel eines Ochsen vor die Füße, mit Hörnern, die wie ein alter Fahrradlenker gebogen sind. Der starke Verwesungsgeruch wühlt Adelinas mitgenommenen Magen noch mehr auf.

»Da unten ist ein ganzer Friedhof von diesem Zeug, Hörner und Hufe, soviel ihr wollt«, keucht der Taucher, »aber Smaragdohrringe: Fehlanzeige.«

16
Verschwörungstheorien

Der Aufzug fährt bis in den sechsten Stock. Als er anhält, befällt Scalzi eine kurze Panik, weil er keinen Griff entdecken kann, die Tür ist völlig undurchdringlich: eine nackte Metallfläche. Jemand öffnet sie. Im Dachgeschoß läßt sich der Aufzug nur von außen aufmachen, da er direkt in das Apartment führt.

Der Hausherr steht vor ihm, während Scalzi noch immer panisch nach der Türklinke sucht. Ivan empfängt ihn in Hemdsärmeln und mit etwas abwesendem, fragendem Blick. Um seine Beine streicht ein kleines Science-fiction-Monster. Scalzi hat selten einen häßlicheren Hund gesehen als diesen: schmutziggelb, einäugig, die leere Augenhöhle unnatürlich hoch im flachen Gesicht, während das dunkel glänzende gesunde Auge fast aus dem Kopf herauszuquillen scheint; das Tier erinnert an eine Zeichentrickmaus, die gerade aus der Schlacht gegen die böse Katze heimkehrt, sein Fell ist an vielen Stellen so ausgedünnt, daß die rosa Haut durchschimmert.

Ivan Del Rios Wohnung besteht aus einem großen Raum, der auf halber Höhe horizontal von einem L-förmig eingezogenen Zwischenboden geteilt wird, zu dem eine Wendeltreppe hinaufführt. Sie liegt im obersten Stockwerk eines Mehrfamilienhauses, am Ende einer Privatstraße in unmittelbarer Nähe des Bahnhofs Santa Maria Novella. Da oben, im sechsten Stock, ist die Luft trocken und riecht nach Metall, die Fenster gehen auf die Schienen hinaus, auf das Kommen und Gehen der Züge, und der Widerschein des hellerleuchteten Vorplatzes erfüllt den

Raum; ununterbrochen ertönen Pfiffe und Lautsprecheransagen.

Sie steigen die Wendeltreppe hinauf, gefolgt von dem Hündchen, dessen Pfoten ein kratzendes Geräusch auf den Holzstufen machen. Hier ist Ivans Archiv, der Dachboden ist so niedrig, daß Scalzi unter den Querbalken den Kopf einziehen muß.

Ivan ist ein kleiner Mann, der seine Kahlheit mit einem ungepflegten weißen Vollbart ausgleicht. Zum Zeitvertreib, denn er ist bereits in Rente, arbeitet er freiberuflich als Journalist, bezeichnet sich dabei selbst als »Verschwörungstheoretiker«, was in der Branche nicht unbedingt hoch angesehen ist. Er ist so zerstreut, daß er seinerzeit, als er noch voll berufstätig war, unter den Kollegen dafür verschrien war. Noch heute erzählt man sich, daß er einen Artikel in einem Zug herunterschreiben konnte, eine ganze Seite mit gesenktem Kopf, ohne zu merken, daß er vergessen hatte, ein Blatt Papier in die Schreibmaschine zu spannen.

Scalzi hat über einen Artikel zu Ivan Del Rio gefunden, veröffentlicht in einer Wochenzeitung, die keine hohe Auflage hat. Mehr noch, die Zeitung mit dem Namen *Abecedarium. Unabhängige Zeitschrift* steht kurz vor der Pleite. Olimpia hatte ihn darauf aufmerksam gemacht, die als überzeugte Achtundsechzigerin die Hochglanz-Magazine und das Psycho-Geschwätz der Frauenzeitschriften mit Verachtung straft, aber alles verschlingt, was ihr an wöchentlich erscheinenden, auf minderwertigem Papier gedruckten Nachrichtenblättern in die Hände fällt, Zeitungen, die in der Regel innerhalb kürzester Frist in einem Meer von Schulden versinken und bald wieder eingehen.

Der Artikel beruhte auf bloßen Mutmaßungen. Del Rio erging sich ausführlich in einer ziemlich banalen Metapher: Innerhalb weniger Monate würde die Handlung des Films

120

sich ändern, Regisseur und Akteure würden wechseln, nur die Produktionsgesellschaft bliebe dieselbe. Wer die geheimnisvollen Produzenten waren, sagte der Verschwörungstheoretiker nicht, schließlich war er nicht umsonst Verschwörungstheoretiker. Dem Artikel zufolge war auch das Drehbuch einer radikalen Veränderung unterworfen, die Erzählhaltung würde choraler, ein gewisser Universitätsprofessor würde Regisseur werden, und den Großteil der Schauspieler würde man direkt von der Straße holen. Die Zentren der Veränderung: die Universitätsstädte mit ihrem Potential an aufgebrachten Studenten, deren Wut seit den sechziger Jahren, als sie noch frisch aus Amerika importiert und naiver war, nicht nachgelassen hatte, sondern im Gegenteil immer noch wuchs und sich mehr und mehr auch gegen Dinge richtete, die näher lagen als der Vietnamkrieg. Dann leitete der Artikel zu zwei realen Ereignissen über. Der Anschlag in Marina sei ein wichtiger Anhaltspunkt für das Verständnis der neuen Filmhandlung. Der Mord an dem Wirt der Trattoria »Il Portichetto« mußte in enger Beziehung zu dem Anschlag auf die Metzgerei gesehen werden. An diesem Punkt wurde die Hypothese des Journalisten für Scalzi interessant. Aber genau hier, beim konkreten Fall, verlor der Artikel sich in Andeutungen, setzte der Autor Kenntnisse voraus, die er selbst sich vielleicht erworben hatte, die dem normalen Leser aber verborgen blieben. Aus diesem Grund hatte Scalzi um ein Treffen gebeten.

Ivan Del Rio lebt in Florenz, obwohl er aus der Versilia stammt, und hat ein Alter erreicht, in dem man eigentlich mit einem gewissen Abstand auf die Vergangenheit zurückschauen kann, ohne Bitterkeit und Groll. Del Rio aber hat sich den Zorn der Jugend bewahrt, in ihm schwelt noch der Haß des von den Faschisten verfolgten Intellektuellen. Als ganz junger Kerl, fast noch ein Kind, hat er die Schule der faschistischen Gefängnisse durchlaufen und ist den starken

Kontrasten und den klaren Trennungen jener Zeit treu geblieben, für ihn hat die Aktionspartei der Nachkriegszeit,
der er bis zu ihrer Auflösung angehörte, niemals aufgehört
zu existieren. So hat er sich in die Isolation manövriert,
mißtrauisch beäugt von der großen Mehrzahl derer, die in
der Grauzone der Gegenwart leben, wo die Farben des
Guten und des Bösen nicht klar voneinander zu trennen
sind, sondern im Halbschatten eines Einheitsbreis verschwimmen. Und obwohl er im Alter klein und dürr geworden ist, fast keine Haare mehr hat und bei Demonstra-
tionen nicht mehr schnell genug Fersengeld geben kann,
wenn es nötig wäre; und obwohl die Vergessenheit, in die
Menschen seines Schlages unvermeidlich geraten, ihn auf
ein mäßig dekoratives Element reduziert hat, das nur noch
bei Jahrestagen vorgeführt wird, wenn seine Anwesenheit –
mit dem verblichenen roten Halstüchlein, dem Parteiab-
zeichen im Knopfloch und der silbernen Medaille der Re-
sistenza am Revers – mit verhaltenem Mißmut toleriert
wird – trotz all dieser Widrigkeiten spürt Ivan noch immer
ein Feuer in sich, das darauf wartet, neu entfacht zu werden, ein Feuer, das nie ganz erloschen ist. Er, Ivan, ist noch
zäh wie ein Soldat im Schützengraben, für ihn ist der Krieg
nie zu Ende gegangen. Das zumindest war Scalzis Eindruck
bei der Lektüre seiner Artikel und früheren Veröffentlichungen, die Olimpia ihm gegeben hatte. Und genau deswegen war er ihm sympathisch. Doch nun, da ein Funke
der Sorge und des Mißtrauens die hellen Augen des Ver-
schwörungstheoretikers trübt, kommen Scalzi plötzlich Bedenken, daß der Altersunterschied zu groß sein und die
Kommunikation nicht funktionieren könnte, als Anwalt
weiß er, wie die Paranoia solchen Menschen den kritischen
Verstand rauben kann.

Das Gespräch kommt nur stockend in Gang. Ivan betont
als erstes, daß Anwälte ihm in der Regel nicht besonders
liegen und daß er die Taktiererei in den Gerichtssälen ver-

abscheut. Scalzi weicht dem Thema aus, das Hundemonster bietet ihm die Gelegenheit, ein neutrales Thema anzuschneiden. Das Tier habe zahlreiche Auszeichnungen erhalten, so Ivan, Häßlichkeitspreise auf irgendwelchen Hundeschauen. Es sei ein Findelkind, halbtot von der Straße aufgelesen. Diese besondere Tierliebe, Scalzi vertraut durch die ganz gleiche Neigung seines Freundes Barbarini, macht ihm den alten Mann nun wieder sympatisch. Wenn auch mühsam, beginnt das Gespräch sich nun doch in die gewünschte Richtung zu bewegen.

»An Mitteln fehlt es diesen Leuten nicht«, sagt Ivan Del Rio, »aber das Geld stammt nur zu einem geringen Teil aus Spenden politischer Sympathisanten. Das meiste beschaffen sie sich auf eigene Faust, wie die alten, nach Lateinamerika geflohenen Nazis. Drogen und andere Schiebereien, in Zusammenarbeit mit der internationalen Mafia. Diese Leute haben ein Händchen für schmutzige Geschäfte, das ist ein anderes Kaliber als die naiven und ahnungslosen jungen Kerle, die es mit ihnen aufnehmen wollen.« Für einige von ihnen, davon ist der Journalist überzeugt, sei die Politik lediglich ein Deckmantel, der Zweck solle die Mittel heiligen, doch in Wirklichkeit sei das Mittel selbst zum Zweck geworden.

»Wo habe ich nur die Notizen über die illegalen Schlachtungen hingetan, verflucht noch mal!«

Ivan wühlt in einem Karton, zieht einen Stapel Zettel hervor und überfliegt sie rasch. Es sind nicht die, die er sucht. Der Hund ist immer an seiner Seite und verfolgt alles mit einem tränenden Auge. Sein Rücken ist so platt, daß Ivan zerstreut einen Haufen aussortierter Papiere darauf ablegt: Der Hund hält still, als sei er ein Tisch, bewegt keinen Muskel, damit nichts herunterfällt. Schließlich findet Ivan die gesuchten Notizen.

»Wissen Sie, wie viele Metzgereien es in Marina gibt?«

Scalzi weiß es natürlich nicht, ebensowenig Olimpia, bis zu diesem Moment gehörten Metzgereien und Metzger nicht zu ihren speziellen Interessengebieten.

»Fünf«, sagt Del Rio. »Sind das nicht etwas viele für einen Ort, der im Winter sowieso halb verlassen ist? Und im Sommer ebenso: seit die Strände langsam vom Meer verschlungen werden, kommen immer weniger Gäste.«

Dann erzählt der Journalist die Geschichte einer Frau, die auf ehelichen Abwegen auf einem Boot in der Mündung des Arno saß, um auf die Jacht eines deutlich älteren Freundes zu gelangen, wobei ihr die Handtasche mit kostbaren Ohrringen ins Wasser fiel. Ein Froschmann, der sofort engagiert wurde, um den Schatz der Signora vom schlammigen Grund des Mündungstrichters zu bergen, fand zwar die Juwelen nicht, brachte dafür aber einen Ochsenschädel an die Oberfläche.

»Dem Taucher zufolge, mit dem ich persönlich gesprochen habe, befindet sich auf dem Grund der Arnomündung ein ganzer Friedhof von Rinderschädeln und -hufen, den Überresten eines wahren Gemetzels. Bringt Sie das nicht auf eine Idee, Avvocato?«

»Ich weiß nicht recht«, antwortet Scalzi.

»Illegale Schlachtungen. Die Köpfe von illegalem Vieh, kranke oder unter Umgehung des Zolls aus dem Ausland eingeführte Tiere, die in den Metzgereien der Umgebung geschlachtet wurden. Jetzt wechseln wir den Schauplatz. Wir begeben uns in den ›Portichetto‹. Haben sie von den Ereignissen des Jahres 1969 gehört?«

»Flüchtig«, sagt Scalzi, »aus den Zeitungen.«

»›Il Portichetto‹, Spitzname ›Die Fliegen‹, war die Zentrale der Bewegung. Nach jener Episode beginnt auch Michelangelo Bertini, im ›Portichetto‹ ein und aus zu gehen. Wissen Sie, wer das ist?«

»Nein.«

»Sie haben gut daran getan, zu mir zu kommen: Wenn

Sie nicht einmal wissen, wer Bertini ist, sind Sie in der Angelegenheit wirklich ein halber Analphabet.«

»Ich weiß, wer Bertini ist«, sagt Olimpia, »ein faschistischer Ideologe, Rassist, Literat und Dichter.«

»Dichter ...«, brummt Del Rio. »Er läßt sich den ›Barden der Versilia‹ nennen, weil ein kleiner Verlag ihm auf eigene Kosten seine wagnerianischen Heldenstücke druckt, die selbst damals unverdaulich gewesen wären, als die arische Rasse noch die Welt beherrschen wollte.«

Wieder kramt er in Bergen von Zeitungsausschnitten, die er in mit blauem Seidenpapier ausgeschlagenen Schuhkartons sortiert hat. Als er nicht findet, was er sucht, kippt er ärgerlich den gesamten Inhalt einer Schachtel auf den Boden. Der Hund springt zur Seite, um dem Blätterregen zu entgehen.

»Wenn ich in einem anderen Land leben würde ... in Amerika, zum Beispiel ... wäre ich längst ein reicher und berühmter Mann mit meinen Forschungen und Veröffentlichungen. Hier hingegen kann ich mir nicht mal eine Sekretärin leisten, die die Unterlagen in Ordnung hält. Ah, hier ist es ja!«

Er hebt einen Ausschnitt vom Boden auf und reicht ihn Scalzi, der ihn liest und an Olimpia weitergibt.

»Was finden Sie daran so interessant?« fragt Scalzi.

Die kurze Notiz berichtet über eine kuriose Begebenheit: In der Valtellina, in der Nähe von Bormio, wenige Kilometer von der Schweizer Grenze entfernt, war ein Lastwagen mit einer Ladung von zwölf Rindern von der Straße abgekommen, weil ein Tier in einer Art Raserei einen Leidensgefährten auf die Hörner genommen hatte und so die Ladung aus dem Gleichgewicht geraten war. Bestimmungsort der Tiere war laut Zollerklärung eine Metzgerei an der toskanischen Küste.

»Alles daran ist interessant«, sagt Del Rio, »vor allem die Valtellina. Nach den Plänen des Parteisekretärs der faschistisch-republikanischen Partei Mussolinis, Pavolini, sollte in der Valtellina die alpine Festung der Schwarzhemden entstehen, ein leicht zu verteidigendes Gebiet, in dem die Regierung der Repubblica Sociale Unterschlupf finden sollte. Dort verbarrikadierten sich die toskanischen Faschisten, die in den Norden geflohen waren, einige tausend, viele von ihnen aus Florenz, Livorno und Pisa. Nach der Befreiung haben in der Valtellina einige dieser Unbeugsamen einen anderen Namen angenommen und sind so der Säuberung entgangen. Es ist ja kein Zufall, daß sich gerade in jener Region in jüngster Zeit eine starke neofaschistische Keimzelle gebildet hat: Luca Torregallis berühmt-berüchtigtes Movimento d'Azione Rivoluzionaria. Bertini ist einer seiner Anführer, und man kann davon ausgehen, daß die unverbesserlichen toskanischen Schwarzhemden in der Versilia eine Art Feldschanze in engem Kontakt mit dem ›Großherzogtum Toskana‹ unterhalten, wie Mussolini den faschistischen Kern der Toskana nannte. Aber zurück zu den armen Tieren auf dem Lkw: zwölf Tiere für eine einzige Metzgerei! Da bleibt was übrig, meinen Sie nicht? Achten Sie auf das Datum des Artikels: Dezember 1970, einen Monat später kommt der junge Mann aus Lucca bei dem Sprengstoffanschlag ums Leben. Sie wissen, daß Baluardi Schlachter war?«

»War er nicht Bergarbeiter in den Marmorbrüchen, bevor er die Trattoria eröffnete?« fragt Scalzi.

»Das kam alles später. Als ganz junger Bursche lernte er in einer Schlachterei. Man sagt, er sei sehr talentiert gewesen, ein wahrer Künstler des *noccatoio*. Wissen Sie, was ein *noccatoio* ist? Ein kurzes, breites Messer, mit dem der Metzger die Tiere tötet: ein gezielter Stich in den Nacken, genau an der Stelle, kaum größer als eine Briefmarke, wo der Torero beim Stierkampf seine *espada* hineinsenkt. Sie haben Hemingway gelesen, nehme ich an. Es ist nicht einfach, auf diese Art einen Bullen zu töten, man braucht das

Augenmaß und die Kaltblütigkeit eines Toreros. Eine überholte Methode, mittlerweile erschießt man die Tiere einfach. Avvocato Scalzi, geht Ihnen langsam ein Licht auf?«

»Das kommt mir alles ziemlich verworren vor.«

»Ich habe herausgefunden, daß die ortsansässigen Metzger in der Nacht des Attentats von Marina nicht zu Bett gingen und daß es nicht das erstemal war, daß sie nachts aufblieben. Nicht so der Besitzer der Metzgerei, vor der die Bombe hochging, er war zu Hause, weil seine Frau krank war. Aber die anderen, mindestens zwei oder drei, wachten von Ladenschluß bis vier Uhr in der Früh in ihren hellerleuchteten Metzgereien. Einer von ihnen hat beobachtet, wie ein Wagen mit ausgeschalteten Scheinwerfern in Richtung der Metzgerei vorbeifuhr, die dann in die Luft ging, ganz langsam, im Schrittempo, als wolle er etwas auskundschaften, so hat mir der schlaflose Metzger berichtet. Die Polizei ermittelte in Richtung eines politischen Anschlags, in linksextremen Kreisen, wie zu hören war. Am Anfang waren sie einem betagten kommunistischen Aktivisten auf der Spur, der von der gemäßigteren Linie der Partei abgewichen war. Der alte Extremist soll einen Disput mit dem Gesellen des betroffenen Metzgers gehabt haben, der wohl entgegengesetzte politische Ansichten vertrat: der Geselle, wohlgemerkt, nicht der Besitzer, der, soviel ist sicher, nichts mit Politik am Hut hatte. Aber den Schaden – ganz abgesehen von dem Toten, der, auch das ist sicher, nicht eingeplant war – hatte der Besitzer, es sieht also ganz danach aus, als wäre der Anschlag gegen ihn gerichtet gewesen, nicht gegen den Gesellen. Das glaubten die ermittelnden Beamten aber erst, als der Aktivist ihnen beweisen konnte, daß er den besagten Abend zu Hause verbracht hatte, schön brav im Bett. Nach massiven Hausdurchsuchungen bei sämtlichen Sympathisanten der linksextremen Szene tauchte dann im Aktenschrank eines Kommunalbeamten das TNT auf ...«

Del Rio wühlt erneut in einem der Schuhkartons.

»Wie hieß der noch, verfluchtes Gedächtnis ...«

»Seminara«, sagt Scalzi.

»Genau, sehr gut, Seminara. Und der wandert ins Gefängnis, dieser Seminara. Dort ist er immer noch, mittlerweile ohne Strafverteidiger, weil irgendwann dieser Oberschurke Pasquale Lipari auf der Bildfläche erschienen ist. Bei der Durchsuchung einer Hütte in den Apuanischen Alpen entdeckte man dann noch ...«

»Den Rest kenne ich«, sagt Scalzi.

»Und das macht Sie nicht stutzig, all die Kostbarkeiten, die da gefunden wurden? Sogar ein Flugzeug, man stelle sich vor. In meinem Artikel steht nichts darüber, weil man die Hütte zu jenem Zeitpunkt noch nicht entdeckt hatte. Aber das bestätigt doch die ganze Theorie, finden Sie nicht?«

»Welche Theorie?« fragt Scalzi.

»Daß hinter beiden Vorfällen, der Bombe in der Metzgerei und dem Mord an dem Wirt, eine bestens ausgerüstete Organisation steckt, die über ausreichende Mittel und genügend Verbindungen verfügt ...«

»Verbindungen welcher Art?«

»Auf jeden Fall welche mit Macht, mit Einfluß. Das ist mir sehr bald klargeworden. Nachdem ich den Ihnen bekannten Artikel geschrieben hatte, in dem ich für alles ein kriminelles Netz verantwortlich mache, das mit illegalen Schlachtungen tonnenweise Geld scheffelt und in der Valtellina seine Zentrale unterhält, während die operative Basis in der Toskana ist – und das in Marina in perfekter Mafiamanier jemandem eine Lektion erteilt hat, der sich ihm irgendwie entgegengestellt hat –, nach diesem Artikel also hätte ich doch erwartet, daß die Polizei mir einen Besuch abstattet, um meine Quellen zu überprüfen und weitere Hinweise zu bekommen. Aber nichts dergleichen. Schweigen. Kein Hahn krähte danach. Natürlich hat diese Zeitung eine eher bescheidene Auflage, aber ich weiß genau, daß es

bestimmte Abteilungen bei der Polizei gibt, denen keine ge-
druckte Zeile entgeht, die auch nur im entferntesten mit
ihren Fällen zu tun hat. Und trotzdem sind Sie, Avvocato,
der einzige – nach über zwei Jahren! –, der kommt und um
Erklärungen bittet. Ganz offensichtlich betrachten die ermittelnden Beamten meine Theorie als bloße Mutmaßung.
Aber für die beiden Toten und das Waffenlager, das auf
dem Pania gefunden wurde, müßten sie doch eine schlüs-
sige Erklärung vorlegen, meinen Sie nicht? Und zwar eine,
die beide Delikte erklärt, denn daran, daß eine Verbindung
zwischen ihnen besteht, kann es überhaupt keinen Zweifel
geben. Wußten Sie, daß Bertini ab einem gewissen Zeitpunkt Stammgast im ›Portichetto‹ wurde? Sehr merkwürdig, angesichts des anarchistisch angehauchten Ambientes
der Trattoria. Baluardi und sein *noccatoio* sind ein weiteres
Verbindungsglied, glauben Sie nicht?«

»Alles, was Sie da sagen, sind reine Spekulationen«, entgegnet Scalzi. »Ihre Hypothese einer Verbindung zwischen
den beiden Verbrechen basiert ihrerseits auf Hypothesen,
auf zusammenhanglosen Ereignissen. Nichts, was man in
einem Prozeß verwenden könnte, nichts, was ernsthaft die
Beweislage verbessern würde. Es erscheint mir darum sehr
gewagt, von einem wie auch immer gearteten gemeinsamen Hintergrund der beiden Ereignisse auszugehen: die
Faschisten in der Valtellina, die Kontakte zur Toskana, das
Schmuggeln von Schlachtvieh ... Wo sind die Beweise?
Etwa ein dreißig Jahre zurückliegendes Ereignis? Außerdem waren Giuliano Baluardis politische Ansichten denen
Bertinis diametral entgegengesetzt.«

»Immer hübsch langsam. Es gibt ja noch ein Vorkomm-
nis, das zeitlich vor dem Anschlag in Marina liegt und einiges erklärt, wie ich finde. Ich verschweige es in dem Artikel, weil ich einen Freund aus dem Spiel lassen wollte. Sie
müssen mir deshalb auch absolute Verschwiegenheit versprechen.«

»Wenn es um Dinge geht, die den Frauen nützen könnten, die ich verteidige, kann ich leider gar nichts versprechen«, entgegnet Scalzi.

»Ich glaube nicht, daß sie ihnen nützen werden. Es handelt sich um eine Episode am Rande, die lediglich hilft, sich ein klareres Bild von der Gesamtsituation zu machen. Im übrigen betrifft meine Bitte um Verschwiegenheit auch nur die Informationsquelle. Die Sache an sich kann ruhig bekannt werden.«

»Dann verspreche ich Ihnen, über die Quelle zu schweigen«, sagt Scalzi.

»Ich bin mit einem der Köpfe der Studentenbewegung befreundet, äußerste Linke, selbstverständlich ... Mehr als befreundet: wir sind wie Brüder, trotz des Altersunterschiedes. Ich nenne den Namen nicht, Sie werden ihn sowieso erraten. Ich könnte sogar sagen, daß er einer ihrer obersten Anführer ist, wenn die jungen Leute nicht das Denken in Hierarchien ablehnen würden. Wir befinden uns Anfang des Jahres 1970, der Vorfall im ›La Bussola‹ liegt mehr als ein Jahr zurück, wenige Wochen zuvor hat die berühmte Auseinandersetzung zwischen Studenten, Bewohnern der Via della Madonnina und der Polizei stattgefunden. Zu diesem Zeitpunkt beginnen zwei sehr verschiedene Personen, die angesichts ihrer Freundeskreise, Lebensläufe, Ansichten und alles anderen auch eigentlich unversöhnliche Gegner sein müßten, gemeinsam, als Freunde sozusagen, in den Häusern der Intelligenzija der Linksextremen zu verkehren, an der Küste wie im Hinterland. Sie drehen immer dieselbe Runde, halten immer dieselben Reden, sind bei allen konspirativen Treffen mit von der Partie. Einer von ihnen ist Bertini, der sich mit seinem unverdienten Ansehen als Dichter überall Zutritt verschafft. Um es kurz zu machen, eines Abends betreten diese beiden unter viel Heimlichtuerei das Haus meines Freundes. Bertini ist der Wortführer: Damit es zur Revolution komme, sei es notwendig, daß sich die beiden Extreme, Rechte und Linke,

miteinander verbündeten. Obwohl auf verschiedenen ideo-
logischen Prämissen aufbauend, würden beide Bewegungen
doch von demselben ›Odem‹ am Leben erhalten. Meinem
Freund zufolge bedienen sich Leute wie Bertini in gewissen
Situationen gerne mal solcher Ausdrücke wie ›Odem‹ ... Nur
wenn man zusammenarbeite, sei die Revolution möglich, so
der Dichter. Einzeln aber wären die Bewegungen zur Kapitu-
lation gezwungen. Der Feind, das sogenannte demokratische
Bürgertum, wäre derselbe, man müsse die Kräfte bündeln,
wolle man irgendwelche Aussichten auf Erfolg haben, bla-
blabla ... Mein Freund hört sich das eine Weile an. Er kennt
sich gut aus in Geschichte. Er ist ein kluger Kopf, aber seine
Überzeugungen basieren auf ein paar ganz klaren Grundsät-
zen. Er glaubt, daß die grundlegende Entscheidung die ist,
ob man auf der Seite der Ausgebeuteten oder auf der Seite
der Ausbeuter stehen will, und daß sich hier ungeachtet aller
Komplexität und aller intellektueller Diskurse die Spreu vom
Weizen trennt; an einen Mittelweg glaubt er nicht. Um es
kurz zu machen, mein Freund sagt ganz unpolemisch, daß er
mit Faschisten nichts zu tun haben wolle, und wenn die beiden es noch einmal wagen sollten, ihn mit ähnlichen Provo-
kationen zu belästigen, so würden sie ihn nicht mehr so
zurückhaltend erleben, sondern im Gegenteil recht hand-
greiflich. Dann wirft er sie hinaus, ohne jedoch gewalttätig zu
werden, für dieses Mal. Nun, wer der Wortführer war, habe
ich Ihnen ja verraten: der Möchtegern-Dichter Bertini, aber
der andere: Wer war der andere?«

»Sagen Sie es mir«, fordert Scalzi ihn auf, »ich bin neugierig.«

»Der andere war Seminara, der Kommunalbeamte mit
dem Sprengstoff im Aktenschrank.«

Als Scalzi und Olimpia das Apartment von Ivan Del Rio
verlassen, ist es tiefe Nacht. Sie schlagen den Weg zu Olimpias Wohnung ein. Im Bett findet Scalzi keine Ruhe.

»Ich weiß, woran du denkst«, sagt Olimpia.

»Hmmm ...«

»Du denkst daran, daß du Seminara nun nicht mehr verteidigen kannst.«

»Vielleicht stimmt es ja«, sagt Scalzi, »daß zwei Menschen, die zusammenleben, irgendwann ihre Gedanken lesen können.«

»Leben wir denn zusammen?«

»Zumindest schlafen wir manchmal zusammen. Ich kann ja mal versuchen, an mehr Informationen heranzukommen. Morgen gehe ich ins Gefängnis zu Seminara. Ich werde ihn bitten, mir das Mandat wieder zu entziehen.«

»Sehr gut«, stimmt Olimpia zu, »so gefällst du mir besser, konzentrier dich auf die Verteidigung der beiden Frauen. Sie brauchen jemanden, der sich ihnen voll und ganz widmet. Sie sind den anderen nützlich, die beiden, sie sind das ideale Ablenkungsmanöver und wie geschaffen für diese Rolle: allein und mittellos, das Mädchen ein leichtsinniges junges Ding, das nur seine Träume von einer Gesangskarriere im Sinn hat, und die Mama sieht nichts anderes als den täglichen Überlebenskampf. Sie laufen ernsthaft Gefahr, in diesen Schlamassel hineingezogen zu werden.«

»Das wird sich kaum vermeiden lassen.«

»Aber sie haben ja einen guten Anwalt«, sagt Olimpia.

»Ach, Anwälte«, seufzt Scalzi, »die können nicht mehr viel ausrichten heutzutage ...«

17

... DER TUNNEL NICHT BELEUCHTET IST ...

Olimpia saß am Steuer. Scalzi entzifferte einen weiteren Satzfetzen auf dem Straßenschild am Eingang des Tunnels, der durch den Berg führte.

»›... DER TUNNEL NICHT BELEUCHTET IST ...‹ Dieses Schild kann einem wirklich auf die Nerven gehen«, sagte er.

Das Auto tauchte in die Dunkelheit ein. Olimpia bremste ab und beugte sich bis dicht an die Windschutzscheibe vor.

»Im Dunkeln läßt sich's gut munkeln ...«, kommentierte Scalzi. »WENN AUFGRUND HÖHERER GEWALT DER TUNNEL NICHT BELEUCHTET IST ...‹ Ja, was dann? Was soll man dann tun? Sich den versammelten Heiligen empfehlen? Umdrehen? Den Wagen stehen lassen und zu Fuß weitergehen? Mal ganz davon abgesehen, daß dieser verdammte Tunnel einfach nie erleuchtet ist.«

Olimpia stellte den R4 neben der kleinen Parkanlage vor dem Gefängnis ab. Das Gärtchen war menschenleer, die spärlich belaubten Bäume spendeten keinen Schatten. Olimpia zeigte auf die Bar auf der gegenüberliegenden Straßenseite.

»Ich warte dort drüben«, sagte sie. »Ich möchte was essen.«

Scalzi betrachtete die zwei Stühle aus grünblauem Kunststoff, die neben dem einzigen runden Tisch vor der Bar standen. Die gestreifte Markise war zu kurz, um Schatten auf den Bürgersteig zu werfen, und das Innere der Bar war kahl und trist, vielleicht um die Angehörigen der Gefangenen abzuschrecken, die zu Besuch kamen: ein grünlich verkleideter Tresen, eingeschweißte Sechserpackungen von schimmelgrünen Mineralwasserflaschen. Es war der erste Samstag im August – auf der Autobahn von Florenz Richtung Süden hatten sie eine Unmenge von Autos überholt, die den Kofferraum mit Strand- und Badesachen vollgeladen hatten. Es war das Wochenende, an dem die meisten Familien in den Urlaub aufbrachen, auf den Straßen der Stadt herrschte kaum noch Verkehr. Seit Monaten hatten er und Olimpia keinen Ausflug mehr gemacht, ohne in irgendwelchen Gefängnissen eine Pause einzulegen. In Florenz war es so warm, daß das von leichtbekleideten Touristen überfüllte historische Zentrum mit seinem Pizzageruch und seinem farbenfrohen Gedränge an die lebhafte Enge eines arabischen Souk erinnerte. Auch in diesem Jahr hatte Scalzi es versäumt, rechtzeitig einen Urlaub zu planen. Jetzt, da der Sommer schon weit fortgeschritten war, konnte man nur noch auf gut Glück losfahren, aber er fühlte sich zu müde, um eine Reise in Angriff zu nehmen.

»Du kannst dich ruhig ein bißchen umsehen, wenn du willst«, sagte er. »Eine Stunde werde ich schon brauchen.«

»Ich habe keine Lust, die Touristin zu spielen, dazu ist es zu heiß«, sagte Olimpia und entfernte sich in Richtung Bar.

Scalzi sah, wie sie sich an den Tisch setzte, den Stuhl ein wenig zurückschob, um wenigstens mit dem Kopf im Schatten zu sein, und die Zeitung auseinanderfaltete. Er dachte an das vor Fett triefende *panino*, das sie gleich zu sich nehmen würde. Er wußte aus eigener Erfahrung, daß sie in dieser Bar die belegten Brötchen geradezu in Mayonnaise ertränkten.

»Ich bin bald wieder da«, rief er ihr zu, ohne recht daran zu glauben.

Sie schenkte ihm ein skeptisches Lächeln.

Im Gefängnis wartete er einige Minuten auf dem Flur, bis der Raum für RICHTER UND ANWÄLTE frei wurde. Er fühlte sich beobachtet. Dann bemerkte er, daß er durch das Gitter, das Krankenstation und normalen Gefängnisbereich voneinander trennte, von einem Mann fixiert wurde, der in einem für seine Leibesfülle viel zu engen und zu kurzen schmutzigen Streifenpyjama steckte, so daß im Halbdunkel seine Schienbeine hell unter den Aufschlägen seiner Hose hervorschauten. Das unter einem schwarzen Bart verborgene Gesicht sah grau und eingefallen aus, die Augen lagen tief in den Höhlen. Scalzi kam er irgendwie bekannt vor. Der Mann lächelte mitleiderregend, trat an die Absperrung heran und umklammerte mit einer Hand die Gitterstäbe.

»Erkennst du mich nicht mehr, Scalzi? Damals ... hm ... das letzte Mal, als wir uns gesehen haben, sind wir uns ziemlich nahe gekommen ...«

»Tut mir leid, aber ...«

»Ich bin Beringhieri«, sagte der Mann leise, fast als sei es ihm peinlich.

Dann hatten sie ihn also doch endlich eingelocht, dachte Corrado Scalzi mit einem spontanen und nicht gerade großherzigen Gefühl der Befriedigung. Er betrachtete das gezeichnete Gesicht, den demütigen, fast flehenden Ausdruck, die hängenden Schultern. Ein durchdringender Geruch nach ungewaschenem Bettzeug, Exkrementen und Medizin umgab seine gespenstische Erscheinung. Der gestreifte Pyjama, den die Häftlinge der Krankenstation tragen mußten, und der zu alledem noch viel zu klein war, erniedrigte den berühmten Beringhieri, den unermüdlichen Kämpfer, den Vollblutanwalt Beringhieri, der nun aussah wie ein Geist aus dem Jenseits. Nicht daß es Scalzi viel ausgemacht hätte, wenn er tot gewesen wäre. Sie waren einmal in einem öffentlichen Gerichtssaal heftig aneinandergeraten, nur um Haaresbreite von einer Prügelei entfernt. Ein Kollege hatte sie getrennt, als schon fast die Fäuste flogen.

Während eines Prozesses vor dem Schwurgericht gegen eine Gruppe von Neofaschisten – er selbst vertrat dabei die Anklage, Beringhieri die Verteidigung – war Scalzi von einem der Beklagten, dem eine Frage nicht paßte, als »Schakal« beschimpft worden. Beringhieri hatte noch einen draufgesetzt und die Beleidigung in etwas ausgefeilterer Formulierung bekräftigt. In der Gefängnissprache bezeichnet »Schakal« einen Kerkermeister, der sich, unter Mißbrauch seiner Amtsgewalt, in mehr als niederträchtiger Weise von den sogenannten Leichen ernährt, also von Personen, die schon eine Weile einsitzen, mehrfach Lebenslängliche und andere hoffnungslose Fälle. Scalzi hatte daraufhin die Robe abgeworfen, um ihm an den Hals zu springen, wobei er insgeheim hoffte, daß jemand dazwischengehen würde, denn Beringhieri war doch um einiges kräftiger als er und hatte Hände wie Schaufeln. Und tatsächlich: der Kollege Astici, nebenbei bemerkt ein hervorragender Anwalt und darüber hinaus auch körperlich gut in Form, da in verschiedenen Sportarten trainiert, hatte Scalzis Arm gepackt und auf den Rücken gedreht, gleichzeitig mit der anderen Hand seinen Gegner zurückgestoßen und Scalzi so vor verschiedenen Komplikationen bewahrt, unter anderen vor einem ernsten Tadel durch die Kammer. Das Gericht hatte den Saal aus Protest gegen das unerfreuliche Spektakel verlassen, die Damen auf der Geschworenenbank waren zutiefst geschockt, die Angeklagten in Aufruhr.

Und jetzt stand er da und lächelte und schien Solidarität zu heischen, dieser Beringhieri, den ältere Kollegen auch »den Wilden Saladin« nannten, weil er mit seinem scheelen Blick und dem tiefschwarzen Spitzbart einem Figürchen aus dem viele Jahre zurückliegenden Gewinnspiel der Süßwarenfirma Perugina ähnelte.

Beringhieri, hieß es, nehme manches nicht allzu genau, und man verdächtigte ihn, das Haus des Liebhabers seiner Frau in Brand gesteckt zu haben.

»Ich bin der Mitwisserschaft in einem Entführungsfall beschuldigt«, klagte der ehemals wilde Saladin, »kannst du dir das vorstellen?«

Einem gewissen Oberstaatsanwalt zufolge waren die Beziehungen von Beringhieri zur sardischen Verbrecherorganisation »Anonima sarda« zu eng und nicht mehr mit rein professionellem Engagement zu rechtfertigen.

»Weißt du, wie lange sie mich schon hier festhalten?« Seine erbärmliche Erscheinung verlieh dem jammernden Tonfall Nachdruck.

»Nein.«

»Seit über einem Jahr. Ich bin krank. Es ging mir schon vorher schlecht. Der Blutdruck, das Herz, mein Magengeschwür ...«

»Tut mir leid«, log Salzi und bemühte sich um einen entsprechenden Gesichtsausdruck. Unter dem Brustbein fühlte er immer noch ein leises Kitzeln, obwohl er deswegen ein schlechtes Gewissen hatte. Immerhin handelte es sich um einen Kollegen, und ein solches Unglück konnte ihm in diesen Zeiten genausogut zustoßen, auch wenn er auf der anderen Seite stand.

In dem Augenblick erschien Seminara in Begleitung eines Beamten, und Scalzi verabschiedete sich von Beringhieri. Bevor er den Raum RICHTER UND ANWÄLTE betrat, glaubte er aus den Augenwinkeln ein Zeichen der Verständigung zwischen Beringhieri und Seminara zu bemerken.

Der Beamte postierte sich hinter der Scheibe, die in die Tür eingelassen war, Scalzi stellte seine Tasche auf den Tisch und setzte sich dahinter, Seminara nahm den vorderen Stuhl. Der Anwalt wies zum Flur.

»Sie kennen ihn?«

»Wen?«

»Den Mann, von dem ich mich gerade verabschiedet habe, Avvocato Beringhieri.«

»Ich? ... Nein.«

Scalzi war das kurze, verlegene Zögern nicht entgangen.

Seminara trug einen Bart, den er sich sorgfältig um das regelmäßige Gesicht zurechtgestutzt hatte. Nach Barbarinis Erzählungen hatte Scalzi etwas anderes erwartet, einen vom Gefängnis gezeichneten Menschen, der sich völlig gehenließ und auf der Pritsche vor sich hin vegetierte. Dieser Mann hingegen achtete auf sein Äußeres, das Hemd war sauber, die Hosen halbwegs gebügelt, er war leicht gebräunt, wenngleich es die blasse Bräune einer kranken Stadtsonne war, deren Strahlen er beim täglichen Hofgang abbekam. Der junge Mann reichte ihm die Hand und kniff dabei leicht die Augen zusammen, trotz der Jalousien, die den Raum vor der blendenden Helligkeit draußen schützten und einen angenehmen Halbschatten verbreiteten. Scalzi fühlte sich gemustert.

»Hier drin gibt es meines Wissens keine Rechtsverdreher«, sagte Seminara. »Zumindest kenne ich keinen, ich ziehe normalerweise anderen Umgang vor.«

Scalzi entging der anmaßende Tonfall nicht, den er sich in letzter Zeit öfter gefallen lassen mußte. Sie wurden immer zahlreicher und gerieten immer häufiger in Konflikt mit dem Gesetz, diese jungen Kerle, die sich selbst für die Retter der Welt hielten, die meinten, alles durchschaut zu haben, und dabei keinerlei Selbstzweifel hatten, als befänden sie sich in einer Art andauerndem Rauschzustand. Die meisten von ihnen, so schien es Scalzi, waren kindische und krankhafte Egoisten, Dogmatiker, die trotz der schlecht verdauten Marx-Lektüre nichts verstanden hatten; permanent führten sie den »Klassenkampf« im Mund, den »gegenwärtigen Stand der Dinge«, den man verändern müsse, »die Revolution«, die zum Sieg führen würde, und maßten sich an, »auf der Welle zu reiten«, Protagonisten zu sein. Ihre Gesichter waren immer dieselben, fand Scalzi, Jahr für Jahr; immer dieselben Ticks, im Fernsehen und in den Zeitschriften, immer dieselben aufgeblasenen Reden: der eine mit seinen ironischen Sprüchen, der andere mit seiner tiefen, ernsten Stimme, wieder einer mit der Gestik und Mimik eines Dorfpfarrers, dann der Aristokrat, der das *r* nicht rollen konnte ... Unsterblich, unvergänglich. Den jungen Kerlen in ihrem jugendlichen Ungestüm konnte man das noch irgendwie verzeihen. Sie hatten das Bewußtsein ihrer Hauptrolle bereits mit der Muttermilch aufgesogen und glaubten jetzt endlich an der Reihe zu sein und den Sprung nach vorne machen zu können, obwohl ihre einzige Aussicht die Arbeit als Schiffsjunge im Laderaum eines »Schiffs ohne Steuermann in großen Stürmen« war, wobei es an vorgeblichen Steuermännern keineswegs fehlte, im Gegenteil, es gab zu viele von ihnen.

Obwohl Seminara nicht mehr ganz jung war, schien er doch zur Gruppe der Schiffsjungen zu gehören, die nach Höherem strebten. Dieser Gedanke half Scalzi, mit der Art und Weise zurechtzukommen, in der sein neuer Mandant den Kopf reckte, die Schultern ein wenig nach vorne gezogen, und seinen hochmütigen und sarkastischen Blick zu ertragen.

Er beschloß, mit diesem Schnösel gleich Tacheles zu reden, denn er war verärgert und wollte ihm von Anfang an klarmachen, daß er keiner der üblichen Kleinbürger-Anwälte-und-Sklaven-des-Systems war. Er besaß einige Informationen über ihn, deren Richtigkeit er ohne langes Taktieren überprüfen wollte.

»Erklären Sie mir doch vor allem eins, Signor Seminara. Was haben ein Mensch mit Ihren Ansichten und ein Betrüger ersten Ranges miteinander zu schaffen?«

»Betrüger? Wer?«

»Pasqualino Lipari. Sie sind befreundet, habe ich mir sagen lassen.«

»Befreundet? Das würde ich nicht so sagen. Man hat uns in dieselbe Zelle gesteckt.«

»Immerhin haben Sie ihm einen Gefallen getan. Sie haben einen Zettel von ihm entgegengenommen, den Sie jemand anderem zukommen lassen sollten. Sie waren es doch, der versucht hat, Avvocato Barbarini diesen Zettel unterzuschieben. Auch wenn er dann bei Ihnen gefunden wurde. Zum Glück: Sonst würde mein Kollege Barbarini Ihnen heute hier Gesellschaft leisten. Wußten Sie, daß Barbarinis Name auf dem Zettel stand?«

»Avvocato, der Ton unserer Unterhaltung gefällt mir nicht. Woher hätte ich das wissen sollen? Auf dem Zettel standen nur Zahlen. Pasqualino behauptete, es seien die Karatzahlen des Schmucks ...«

»Aber Sie haben ihn doch gelesen, den Zettel, nicht wahr? Bevor Sie ihn Barbarini zuschoben, haben Sie die Zahlen gelesen. Ist Ihnen denn nicht aufgefallen, daß es sich gar nicht um Karatangaben handeln konnte? Es war ein Code. Ein äußerst banaler noch dazu. Ich nehme an, daß Sie das wußten.«

»Wollen Sie mich beschuldigen, Avvocato? Sind Sie hierher gekommen, um mich zu beschuldigen?«

»Welche Art von Beschuldigungen erwarten Sie denn von mir?«

Seminara starrte ihn eine Minute lang an, bevor er antwortete:

»Ich könnte mir denken, daß Sie mir vorwerfen, das Verfahren gegen Ihren Kollegen provoziert zu haben. Aber ich habe damit nichts zu tun. Dieser Zettel hat mich selbst viel tiefer reingeritten als den Avvocato Barbarini. Das beweist allein schon der Umstand, daß ich immer noch im Gefängnis bin.«

»Nun gut, dann will ich mal glauben, daß Sie von Pasqualino Lipari hinters Licht geführt wurden. Erzählen Sie mir was über Michelangelo Bertini.«

»Über wen?«

»Auch mit Bertini waren Sie befreundet. Das weiß ich

ganz sicher. Und zwar in Freiheit, ich meine, sie trafen sich regelmäßig und das nicht, weil Sie durch eine gemeinsame Zelle dazu gezwungen waren. Erzählen Sie mir von Ihrem Verhältnis zu unserem versilischen Barden.«

Seminara stand auf, fahl im Gesicht. Die Metallfüße des Stuhls machten ein kreischendes Geräusch auf dem Boden. Er gab dem Wärter hinter dem Sichtfenster ein Zeichen.

»Wache!«

»Was haben Sie vor?« fragte Scalzi.

»Ich kehre in meine Zelle zurück. Das Gespräch ist zu Ende. Hat mich gefreut, Scalzi, Ihre Bekanntschaft zu machen, wie man so schön sagt ... Man hatte mich bereits gewarnt, daß Sie eine Nervensäge sind.«

»Wer hat Sie gewarnt? Beringhieri?«

»Ich kenne keinen Berighieri. Wache!«

Der Beamte betrat den Raum.

»Ich möchte zurück in die Zelle«, sagte Seminara.

»Einen Moment noch«, sagte Scalzi mit erhobener Stimme.

»Also, was denn nun? Sie müssen sich schon entscheiden«, sagte der Wächter.

»Wir sind noch nicht fertig«, sagte Scalzi.

»Wir sind sehr wohl fertig.« Seminara machte einen Schritt auf die Tür zu.

»Setzen Sie sich wieder hin.«

Seminara zündete sich eine Zigarette an. Er nahm einen tiefen Zug, ließ sich leicht abgewandt und ein Stück vom Tisch entfernt nieder und grinste hämisch.

»In Ordnung. Gehen Sie nur, ich rufe Sie gleich wieder, nur eine Zigarettenlänge. Also, Avvocato, was haben Sie mir noch zu sagen?«

Der Beamte schnaubte und nahm dann seinen Platz hinter der Tür wieder ein. Scalzi wußte, daß er sich aus Antipathie zu einem Fehler hatte hinreißen lassen. Er hatte sein Gegenüber unterschätzt, Seminara war nicht so jung, wie

er am Anfang erschienen war, weit über Dreißig wahrscheinlich. Doch nun hatte er alle Brücken zu ihm ab-
gebrochen, verfluchtes Temperament. Mit versöhnlicher
Stimme versuchte er, die Dinge wieder einzurenken:

»Sie müssen mich verstehen, Seminara. Bevor ich an der
Stelle von Avvocato Barbarini Ihre Verteidigung über-
nehme, muß ich mir über einige Dinge im klaren sein. Ich
glaube, daß zwischen der Explosion in Marina und dem
Mord an Baluardi ein Zusammenhang besteht. Und da ich
auch mit diesem anderen Fall betraut bin, in welchem ich
die beiden Frauen verteidige, möchte ich nicht in Verlegenheit geraten.«

»In was für eine Verlegenheit?«

»Wegen einer eventuellen Unvereinbarkeit. Die Beziehung zwischen Anwalt und Mandant basiert auf gegenseiti-
gem Vertrauen. Vor allem muß ich Ihnen vertrauen können. Ich muß ausschließen können, daß Sie da irgendwie
mit drinstecken.«

»Wo soll ich drinstecken?«

»Sie waren häufig Gast im ›Portichetto‹ und gut bekannt
mit Baluardi. Sie müssen mir alles sagen, was sie über den
Mord wissen oder zu wissen glauben.«

»Was soll ich Ihnen da sagen?«

»Alles, was Sie wissen oder was Sie vermuten.«

»Das ist schnell gesagt: Ich weiß nichts, und ich vermute
nichts. Mit dem Mord an dem Wirt habe ich nichts zu tun,
basta. Ich dachte, Sie seien hier, damit wir über meinen Fall
sprechen, also den Anschlag in Marina, und über den
Sprengstoff in meinem Büroschrank. Deshalb sitze ich doch
im Knast. Was hat der Mord an Baluardi damit zu tun?«

»Ich glaube, daß es da eine Verbindung gibt.«

»Dann wissen Sie mehr als die Polizei.«

»Vielleicht.«

»Verbindung hin oder her, ich weiß jedenfalls nichts über
den Mord an Baluardi.«

»Sagen Sie mir zumindest eins: Kannte der Wirt Bertini? Haben Sie die beiden vielleicht miteinander bekannt gemacht?«

Seminaras arglistiges Grinsen wurde breiter. Er ließ die Kippe in eine aufgeschnittene und mit Wasser gefüllte Plastikflasche fallen, die als Aschenbecher diente und in der schon einige Zigaretten schwammen wie tote Fliegen. Er erhob sich. Wieder kreischten die Stuhlbeine über den Fußboden.

»Vorsteher!« Seminara bediente sich sarkastisch des Begriffs, mit dem die älteren Insassen die Wärter titulierten. »Bringen Sie mich in meine Zelle zurück.«

»Vergessen Sie nicht, mir das Mandat zu entziehen«, sagte Scalzi.

Der Wachhabende hielt die Tür auf. Seminara machte auf der Schwelle noch einmal kehrt, kam zum Tisch zurück, beugte seinen dürren Körper herüber und sagte mit leiser Stimme:

»Keine Sorge, das wird das erste sein, was ich tue. Ich kann mir Besseres vorstellen, als eine Art Polizisten zum Anwalt zu haben. Sie suchen nach der Wahrheit, Scalzi? Lassen Sie es bleiben. Oder genügt Ihnen nicht, was Barbarini passiert ist? Vergessen Sie nicht, daß Ihnen noch Schlimmeres zustoßen könnte. Nur eine einzige Vertraulichkeit, sozusagen als Ausgleich für die Mühe Ihres Besuchs: Die beiden Frauen kommen da nicht heil herraus, schon allein deshalb nicht, weil sie einen Träumer zum Anwalt haben. Wenn erst ... und das wird bald sein, da können Sie sich drauf verlassen, der Sturm steht kurz bevor ... Und die ersten, die es erwischen wird, sind solche Träumer wie Sie.«

»Wenn erst was? Welcher Sturm?«

Seminara beugte sich noch weiter vor, bis sein Gesicht ganz nah an dem von Scalzi war, sein Atem roch nach billigem Gefängniswein.

»Die Wege der Revolution«, flüsterte er, »sind verschlungen und blutgetränkt.«

Scalzi lehnte sich zurück, um dem säuerlichen Gestank zu entgehen.

»Der Träumer sind Sie, Seminara.«

»Das habe ich ihm auch gesagt, daß er einen Fehler gemacht hat«, sagte Olimpia, »er hätte ihn eine Weile reden lassen und nicht sofort angreifen sollen. Mit solchen Typen muß man diplomatisch umgehen.«

Barbarini nickte und lächelte ihr zu. In dem Büro war es drückend heiß, trotz des offenen Fensters, vor dem sich das rote Licht des Sonnenuntergangs wie eine Kupferglasur auf die Reben der Laube legte.

»Du hättest natürlich sofort gewußt, wie er anzupacken ist«, brummte Scalzi, »schließlich bist du bis vor kurzem noch selber mit solchen Leuten wie Seminara herumgezogen, um auf den Straßen Unruhe zu stiften ...«

»Ich war aber viel jünger.«

Olimpia schlug die Beine übereinander und präsentierte sie in ihrer ganzen Länge bis zum Saum des sehr kurzen Rocks. Ein Ausdruck trat in ihre Augen, der Scalzi nostalgisch erschien.

»Olimpia hat recht. Du hättest mehr auf ihn eingehen sollen«, sagte Barbarini hinter seiner Zigarrenwolke. »Vielleicht hätten wir dann jetzt die eine oder andere Information aus erster Hand.«

18

Schwärmer

Auf dem Weg in sein Zimmer kam Filippeschi an der offenen Tür zu Terzanis Raum vorbei: der Freund saß vor einem dicken Buch, das von einer Art grauem Täfelchen offengehalten wurde.

»Terzani«, fragte Filippeschi entsetzt, »was machst du denn da?«

Terzani wandte nur mühsam die Augen von dem Buch ab und blickte ihn abwesend an. Der Raum war dick verqualmt.

»Ciao.«

»Ciao? Und das bei geschlossenem Fenster!« Filippeschi riß das Fenster auf. »Man kommt sich hier drin ja vor wie in einer Gaskammer!«

»Nein«, sagte Terzani mit tonloser Stimme, »mach es bitte wieder zu, der Straßenlärm stört mich.«

»Aber bist du denn verrückt geworden? Du hast schon heute morgen in genau derselben Position hier gesessen! Das muß man sich mal vorstellen, jetzt ist es neun Uhr abends, zwölf Stunden! Willst du krank werden?«

»In drei Tagen habe ich Prüfung, in Baukonstruktion«, ertönte Terzanis traurige Stimme.

»Hör sich das einer an! Er hat Prüfung! Du bist wahrscheinlich der einzige in ganz Italien, der sich wegen einer Prüfung den Arsch aufreißt. Und dann noch Baukonstruktion! Vor einer Woche war ich bei einer Prüfung mit drei Farbigen von der Elfenbeinküste und einem Italiener. Von den drei Afrikanern hat kein einziger auch nur ein Wort Italienisch herausgebracht. Ihr einheimischer Kommilitone hat sozusagen ein Kollektivexamen abgelegt. Er hat ein paar Dummheiten verkündet – 24 Punkte für alle. Wußtest du nicht, daß die Studentenvertretung bei den Dozenten die politische Notengebung durchgesetzt hat?«

Terzani schob seine Brille mit den Flaschenböden auf die Stirn und rieb sich die Augen.

»Mich interessiert Baukonstruktion aber, die verschiedenen Materialien und alles. Weißt du zum Beispiel, was das hier ist?« Er hob die graue Tafel von dem Buch hoch.

»Fang nicht wieder mit deinem scheiß Gequatsche an!« bellte Filippeschi. »Du stehst jetzt sofort auf.«

»Es ist Eternit.« Terzani rührte sich nicht. »In der Nachkriegszeit hielt man das mal für das Baumaterial der Zukunft. Leider ist sein Grundstoff Asbest.«

»Asbest, alles klar. Na und?«

»Asbest ist krebserregend. Würdest du als Architekt das Dach eines Hauses mit Eternit bauen?«

»Hast du denn keinen Hunger? Es ist schon neun. In einer halben Stunde macht die Mensa zu.«

»Wenn ich es recht bedenke, habe ich schon Hunger.« Terzani reckte die Glieder. »Gib mir noch zehn Minuten, dann komm ich mit.«

»Nein. Wir gehen jetzt gleich!«

»Nur noch die eine Seite ...«

»Die machen zu, kapierst du das endlich?«

»Dann gehen wir halt in eine Trattoria was essen, ich lade dich ein. Heute ist Freitag. Ich habe von einem Lokal gehört, ›Il Portichetto‹, die sind billig und sollen einen hervorragenden *baccalà alla livornese* haben.«

»Abgesehen davon, daß das ein ganz übler Laden ist, auch ›Le Mosche‹ genannt, ist er sowieso geschlossen.«

»Freitags geschlossen?«

»Nicht nur freitags, die haben immer zu. Dichtgemacht, Rolläden runter, nie mehr Livorneser Stockfisch im ›Portichetto‹, nie mehr Bettys Möpse ...«

146

»Welche Betty?«

»Die Tochter vom Wirt. Das einzig wirklich Exzellente im ›Portichetto‹. Bemerkenswerte Möpse.«

Ein Funke von Interesse flackerte in Terzanis trübem Blick auf, aber seine Stimme klang noch immer müde:

»Schade. Und warum haben sie zugemacht?«

»Seit dieser Sache ist keiner mehr hingegangen, da haben sie eben zugemacht.«

»Was für einer Sache?«

Filippeschi sah den Freund ungläubig an.

»Hast du das wirklich nicht mitbekommen – bei dir muß man ja mit allem rechnen –, oder willst du mich jetzt verarschen?«

»Was für eine Sache?« wiederholte Terzani.

»Der Mord, weißt du das denn nicht? Der Mord an dem Wirt!«

»Der Wirt vom ›Portichetto‹ ist ermordet worden?« In dem zerstreuten Tonfall schwang leichte Verwunderung mit.

»Sag mal, in welcher Welt lebst du eigentlich? Seit zwei Jahren wird von nichts anderem geredet! Verdammt noch mal ... jetzt ist die Mensa zu.«

Etwas später saßen sie am Küchentisch und aßen das trokkene Hühnchen, das Terzani aus der Grillstube unten auf der Straße geholt hatte. Filippeschi, der froh war, daß ausnahmsweise er mal dem Freund etwas Neues berichten konnte, erzählte, daß der Mord an dem Wirt ein großes Rätsel sei und die Polizei noch immer im dunkeln tappe.

»Es ist noch nicht mal klar, ob sie ihn als Leiche raufgeschafft haben oder ob er erst da oben umgebracht wurde«, sagte er.

»Wo, da oben?« fragte Terzani.

»Auf dem Monte Merlato. Da, wo sie die Leiche gefunden haben.«

»Auf dem Merlato? Wo genau?«

»Nur wenige Meter von den Feenhöhlen entfernt. Die Polizei vermutet, daß die Leiche in eines der Löcher geworfen werden sollte und daß die Täter dabei von jemandem gestört wurden.«

Terzani blieb der Mund offenstehen, er schluckte, bekam den Bissen in den falschen Hals, hustete und rang nach Luft. Filippeschi lief um den Tisch herum und versetzte ihm einen Schlag zwischen die Schulterblätter. Terzani spuckte den Bissen aus.

»Alles klar?« Filippeschi hämmerte immer noch mit der Faust auf dem Rücken des Freundes herum.

»Wann?« keuchte Terzani.

»Was, wann?«

»Wann wurde die Leiche gefunden?«

»Wenn ich das noch wüßte ... Könnte 1971 gewesen sein, vielleicht.«

»Ich muß genau wissen, wann das war!« schrie Terzani. »Und zwar sofort! Verstehst du?« Er war aufgesprungen und starrte den Freund mit verstörtem Blick an.

Filippeschi war von dem dringlichen Tonfall alarmiert, wenngleich er argwöhnte, daß es sich nur um eine neue Grille seines Freundes handelte.

»Gestern habe ich einen Artikel gelesen, in dem die ganze Sache zusammengefaßt wurde, den müßte ich noch im Zimmer haben.«

»Hol ihn her!«

»Gleich, laß uns doch wenigstens noch diesen Fraß hier fertig essen ...«

»Nein! Sofort!« schrie Terzani hysterisch, »bitte, ich muß das jetzt wissen!«

Filippeschi schnaubte verständnislos, ging aber dann die Zeitung holen. Er hatte so eine Ahnung, da er Terzanis Hobby kannte und von seinen Schmetterlingsjagden auf dem Monte Merlato wußte, an denen er nie hatte teilnehmen wollen. In der Zeitung blätternd, kam er in die Küche zurück.

»Hier: Die Leiche wurde am 7. Mai 1971 gefunden ... aber der Gerichtsmediziner geht davon aus, daß sie Baluardi schon eine Woche vorher ermordet haben. Der Körper war bereits ziemlich verwest.«

Terzani riß ihm das Blatt aus der Hand und rannte in sein Zimmer.

Von der Wand blicken die Augen einer Tänzerin in indischem Gewand auf den Eintretenden herab, ein beunruhigender Blick, obwohl die Augen halb unter den rußgeschwärzten Lidern verborgen sind. Das riesige Plakat nimmt den größten Teil der Wand ein, die Dame ist eher beleibt, nicht sehr groß – jene Art rundlicher Schönheit, wie man sie in den Zwanzigern liebte. Sie stützt sich auf einen mit persischen Teppichen bedeckten Tisch und präsentiert in einer sehnsüchtigen Pose voll lasziver Versprechungen freizügig Beine und Busen. Andere Abbildungen derselben Frau schmücken den Raum, Postkarten, gerahmte Fotografien, eine davon steht auf dem Schreibtisch, halb verborgen hinter Bergen von Büchern und Zetteln. Der Schmetterlingsjäger hat die Neigung einer diebischen Elster. Das Bett treibt wie ein Floß in den Trümmern eines Schiffbruchs. Außer den mit Totenköpfen oder in anderer Weise als Monster getarnten Schmetterlingen sammelt er noch viele andere Dinge, an denen die Natur ihre Lust an Täuschungen demonstriert. Verschiedene Schuhkartons beinhalten Achate mit Vogelaugen, Wurzeln, die an Reptilien erinnern, Steine, deren Eisenkonkretionen wie Landschaften aussehen ... Die Schaukästen an den Wänden erwecken den Eindruck, als würden sie sich jeden Augenblick mit ihren Dutzenden von Schmetterlingsflügeln in die Luft erheben. Auf einer größeren Tafel sind die Nachtfalter ausgestellt, von denen jedes Exemplar mit seinem wissenschaftlichen Namen, dem Fundort und -datum bezeichnet ist.

Terzani näherte seine Brillengläser dem Schildchen mit der Aufschrift »Sphingidae Acherontia Atropos«. Es schien ihm, als blickten ihn die Augenhöhlen des Totenschädels auf dem Rücken des Schmetterlings vorwurfsvoll an. Ruckartig wandte er den Blick von der Wand ab und zur Tür hin, von wo aus Filippeschi ihn besorgt musterte.

»Darf man erfahren, was los ist? Du bist weiß wie ein Leintuch ...«

»Die Nacht zum 1. Mai 1971 ... Damals, weißt du noch, als du mich nicht begleiten wolltest? Ich habe die Mörder gesehen«, sagte Terzani.

Um vier Uhr in der Frühe entschloß sich der Leiter der Mordkommission, Dottor Amilcare Camilleri, diesen überspannten Klugscheißer laufen zu lassen. Er war zu der Überzeugung gekommen, daß, wenn es in dieser Stadt und dieser Provinz jemanden geben konnte, der – fast drei Jahre lang! – nichts von dem Mord an dem Wirt des »Portichetto« mitbekommen hatte, nichts darüber in den Zeitungen gelesen hatte, weil ihn die Tagespresse anödete ... aber doch wohl im Gespräch mit Freunden – nein, er hatte keine Freunde, nur einen ... und nicht mal zufällig durch ein Gespräch in einer Bar, das er mitangehört hatte – er ging ja nicht in Bars, er hatte zu tun, studieren, Schmetterlinge fangen, Gedichte lesen ... dann aus dem Fernsehen, verflucht noch mal! – Fernsehen? Um Gottes Willen, da verblödet man ja total! – wenn es also tatsächlich jemanden geben konnte, der so zurückgezogen lebte, daß er rein gar nichts von dem Mord an Giuliano Baluardi gehört und erst wenige Stunden zuvor davon erfahren hatte, im Gespräch mit ebenjenem einzigen Freund, den er hatte, und der im übrigen die ganze unglaubliche Geschichte bestätigte, also,

150

dann mußte es so einer wie dieser Francesco Terzani sein. Obwohl das eine oder andere Verdachtsmoment zurückblieb, ob der Typ nicht doch nur den Dummen spielte – so war es zum Beipiel äußerst merkwürdig, daß er als Student noch nie einen Fuß in den »Portichetto« gesetzt haben wollte –, die Indizien reichten nicht aus, um ihn in Sicherheitsgewahrsam zu nehmen. Während dieses anstrengenden, sechsstündigen Verhörs war es Dottor Camilleri nicht gelungen, ihn zu überführen, und je weiter die Nacht vorangeschritten war, desto lebhafter war der Bursche geworden. Was er sich nicht alles hatte anhören müssen, wenn auch nicht genau in dieser Reihenfolge: Verse von Dante Alighieri über den »Berg, der den Pisanern Luccas Anblick hindert« und über den Conte Ugolino Della Gherardesca, etwas von einem gewissen Dino Campana, auch der ein Dichter, aber ein moderner, der wohl irgendwie mit dem Verhörten verwandt war und in einer Irrenanstalt in der Nähe von Florenz ums Leben gekommen war – was auch sonst, wo sich die Spuren des Wahnsinns in der Familie eindeutig vererbt hatten! –, Ergüsse über Schmetterlinge im allgemeinen und den Totenkopfschwärmer im besonderen, dann über Baukonstruktion, am Ende noch eine Tirade auf den mittelmäßigen Mittelfeldspieler der Fiorentina und vieles andere, an das er sich schon nicht mehr erinnern konnte. Aber vor allem hatte er die ganze Zeit über den Kollegen Checcacci beruhigen müssen, der ab und zu in den Raum gekommen war, um die Fingerknöchel seiner riesigen Hände knacken zu lassen und ihm zu verstehen zu geben, er wolle sich jetzt höchstpersönlich um die Sache kümmern, bei ihm würde dieser Phrasendrescher in Nullkommanichts mit allem rausrücken. Als sie dann endlich fertig waren und er nur noch das endlose Protokoll unterschreiben lassen und einen Termin vereinbaren mußte, damit Terzani einen Blick auf die Fotos der beiden Kellner des »Portichetto« werfen könnte – die zu besorgen sich, das nannte man effiziente Polizeiarbeit, natürlich noch niemand gekümmert hatte, was letztlich auch fast überflüssig war, da Terzanis sorgfältige Beschreibung der beiden Personen, denen er auf dem Monte Merlato begegnet war, praktisch keinen Zweifel ließ –, da also war der Befragte auf der Türschwelle wie angewurzelt stehengeblieben und hatte sich mit der Hand vor die Stirn geschlagen.

»Ich hab noch was vergessen«, hatte er gesagt, »den Stuhl!«

»Was für einen Stuhl?« fragte der Kommissar.

»Ich bin über einen Stuhl ohne Beine gestolpert, in der Nähe der Stelle, wo ich die Falle mit dem Quecksilberdampf aufgestellt hatte ... Wissen Sie, wie die funktioniert?«

Dottor Camilleri wußte nicht, wie Schmetterlingsfallen funktionierten, und es interessierte ihn auch nicht die Bohne.

»Sagen Sie endlich, was mit dem Stuhl los ist, verdammt, ich hab die Schnauze voll!«

»Das war so ein Barstuhl, nur daß eben die Beine fehlten. Ist doch merkwürdig, ein Stuhl ohne Beine an einem solchen Ort, finden Sie nicht?«

Ja, das war wahrhaftig merkwürdig. Und so mußte Dottor Camilleri ihn erneut Platz nehmen lassen, den Signor Francesco Terzani, und auch noch den Bericht von dem unvollständigen Stuhl zu Protokoll nehmen.

19
Spiritistische Sitzung

An dem Haus in der Via della Madonnina sind die Fenster-
läden fest geschlossen, damit ja kein Tageslicht hereinfällt.
Im Halbdunkel der Küche sitzen die beiden Frauen am
Tisch und halten sich an den Händen. Ein dunkles Taschen-
tuch ist über die brennende Tischlampe gebreitet, um das
Licht zu dämpfen.

Emanuela unterbricht die Verbindung, legt die Hände
flach auf den Tisch und den Kopf auf die Hände. Sie atmet tief durch, seufzt.

»Ich kann ihn nicht hören«, sagt sie, »es hat keinen Sinn.«

»Versuchen wir es mit der Tasse«, schlägt Gerbina vor.

»Sinnlos, ich kann ihn nicht herbeirufen. Ich muß erst
einen Kontakt herstellen, aber dazu brauche ich einen Gegenstand.«

»Was für einen Gegenstand?«

»Etwas, das er immer bei sich trug, etwas Vertrautes.«

»Ein Hemd, ein Pullover, ginge das?«

»Um Himmels Willen! Kleider werden gewaschen, die
nutzen gar nichts.«

»Die Schlüssel vielleicht?«

»Schlüssel sind sehr gut, aber es müssen welche sein, die
nur er bei sich trug.«

»Die für die Vorratskammer vom ›Portichetto‹, die hatte
er immer in der Tasche; er wollte nicht, daß irgend jemand
außer ihm das Magazin betrat, ich weiß auch nicht, was er
da aufbewahrte.«

»Dann hatte er sie wohl bei sich, und jetzt liegen sie bei
der Polizei.«

»Nein«, sagt Gerbina. »Bevor er in jener Nacht aus dem Haus ging, hat er seine Uhr abgestreift und die Schlüssel aus der Tasche genommen. Er hat alles in die Kommodenschublade gelegt. Warum, weiß ich auch nicht.«

»An dieser Geschichte ist alles merkwürdig«, murmelt Emanuela. »Dann hol mir jetzt diese Schlüssel zur Vorratskammer.«

Gerbina geht nach nebenan in das Schlafzimmer der Eheleute, Emanuela hört, wie sie eine Schublade aufzieht. Gerbina kommt in die Küche zurück und übergibt der Magierin zwei große Schlüssel an einem Ring.

»Jetzt, wo ich darüber nachdenke«, sagt Gerbina, »wird mir bewußt, daß ich seit langem keinen Fuß mehr in die Kammer gesetzt habe, ich hatte mich so daran gewöhnt, daß er es nicht wollte, daß ich selbst nach seinem Tod nicht reingeschaut habe.«

Emanuela läßt die Schlüssel in ihrer Schürzentasche verschwinden, Gerbina streckt ihr die Hände hin.

»Versuchen wir es noch einmal?«

»Nein«, sagt die Magierin, »nicht jetzt. Morgen, oder übermorgen vielleicht. Ich muß mich zuerst an den Kontakt gewöhnen, dafür brauche ich etwas Zeit.«

20

Nach der Liebe

Betty schließt ihr Bikinioberteil, zieht das noch feuchte Höschen hoch, das verzwirbelt an ihrem Bein hängt, fährt sich mit der Hand durch die zerzausten Haare. Dann wendet sie sich Steve zu, der wieder hinter dem Lenkrad sitzt und eine Zigarette raucht. Sie waren baden, haben sich in der Sonne an dem völlig überfüllten Strand trocknen lassen und sind dann mit dem Auto zu ihrer gewohnten Stelle zwischen den Feldern gefahren, die außer ihnen keiner kennt, um sich zu lieben. Steve macht jetzt ein etwas abwesendes und gelangweiltes Gesicht, auch er muß bemerkt haben, daß es nicht besonders toll war, eine schnelle Nummer, fast wie eine Pflichtübung.

»Ich hab schon verstanden, weißt du«, sagt Betty.

»Was hast du verstanden?« fragt Steve, nachdem er mindestens eine Minute hat verstreichen lassen.

»Ich hab verstanden, daß du mich nicht mehr liebst ...«

»Aber nein.«

»Doch«, sagt Betty, »ich weiß auch, woran du gerade denkst.«

»Dann sag mir, woran ich gerade denk.« Steves Stimme klingt, als käme sie von ganz weit weg, der amerikanische Akzent verstärkt noch den Eindruck der Distanz.

»Du denkst: Was soll ich nur mit dieser Langweilerin, mit dem ganzen Ärger, den sie am Hals hat, dem Gerede ...«

»Welchem Gerede?«

»Komm schon, das weißt du genau!«

»Ich weiß nichts von irgendwelchem Gerede, und es interessiert mich auch nicht.«

»Das glaub ich dir nicht.«

»Dann glaub es halt nicht ...«

»Sie sagen, daß ich ... also, daß ich alle ranlasse ... daß ich auch diesen Mistkerl rangelassen hab ...«

»Was für einen Mistkerl?«

»Ach, guten Morgen, auch schon wach?« seufzt Betty. »Wenn du das Unschuldslamm spielst, brauch ich gar nichts mehr zu sagen.«

»Wenn ich was spiele?«

»Das Unschuldslamm. Das ist jemand, der so tut, als hätte er von nichts 'ne Ahnung, aber in Wirklichkeit alles weiß.«

Steve wirft die Kippe aus dem Fenster und betrachtet schweigend die blauen Lavendelblüten, die sich im Schirokko wiegen.

»So ist es immer, ich ...«, seufzt Betty mit tränenerstickter Stimme.

»Wie, so?«

»Auf und ab, das ganze Leben ... wie in einem Film. Weißt du noch, der Abend der ›Voci Nuove‹ damals? ›Keiner darf über mich urteilen / Auch nicht du ...‹«, summt Betty, doch dann bricht ihre Stimme. »Damals lief alles so gut, fast zu gut: Das konnte ja nicht so weitergehn. Erinnerst du dich an Mike? Du hast mit Mike geredet, nach der Show, du hast irgendwas auf amerikanisch zu ihm gesagt, weißt du noch? Was hast du ihm damals gesagt?«

»Ach, das weiß ich doch nicht mehr. Wahrscheinlich, daß du meine Freundin bist, oder so.«

»Und was hat er gesagt?«

»Was Mike gesagt hat? Willst du wissen, was Mike zu mir gesagt hat?«

»Ja, ich will's wissen.«

»Er hat gesagt, daß du die Schule zu Ende machen sollst, das hat Mike gesagt.«

»Das stimmt nicht. Das sagst du jetzt, um mich zu ärgern, aber es stimmt nicht.«

156

»Doch, es stimmt. Er hat zu mir gesagt: Okay, boy, sag deiner Freundin, daß sie fleißig in der Schule lernen soll, Arithmetik und all das Zeug, nichts mit Singen. Das hat Mike gesagt.«

»Das stimmt nicht, du lügst.«

»Wenn's dir lieber ist, okay: Es stimmt nicht.«

»Damals hattest du mich noch gern.« Betty schnieft.

»Fang jetzt bloß nicht an zu weinen«, sagt Steve.

Aber genau das tut Betty, die auf dem Rücksitz zwischen den Kleidern nach einem Taschentuch sucht, keines findet, Steves T-Shirt nimmt, das Gesicht darin vergräbt, die Stirn auf die hochgezogenen Knie gestützt, während der goldene Haarschopf in dem T-Shirt bebt.

»Ach, komm schon«, sagt Steve, »was ist denn plötzlich los mit dir?«

Betty richtet sich auf und sieht durch die Tränen ihren Freund an.

»Aber das mit der Abtreibung weißt du ...«

»Klar weiß ich das«, sagt Steve verlegen, »hast du mir doch erzählt ...«

»Und du weißt auch, daß es von dir war, das arme Ding?«

»Na ja, klar, so hast du es mir erzählt ...«

»Aber weißt du auch, was sie behaupten, diese Lästermäuler von der Via della Madonnina? Daß ich von diesem blöden Typen schwanger gewesen bin, diesem Eraldo, dem Kellner, das behaupten sie. Kannst du dir das vorstellen, Eraldo und ich? Der mit seiner Fratze, mit dem falschen Lächeln und dieser Strähne, die ihm ständig in die Stirn hängt, mir wird schon schlecht, wenn ich nur daran denke.«

»Dann denk nicht dran«, sagt Steve.

»Na toll, denk nicht dran! Mittlerweile haben sie das auch dem Richter erzählt, das mit der Abtreibung und Eraldo, der der Vater gewesen sein soll, und daß Papa es erfahren hat und sich rächen wollte, und daß wir deshalb zusammen mit den Kellnern Papa ermordet haben. Mit diesem anderen noch, Teclo, weil, sie sagen, die Mama hätte was mit ihm gehabt. Kannst du dir das vorstellen? Sie sagen ...«

Bettys Stimme bricht erneut, und sie fängt wieder an zu weinen. Steve bläst die Backen auf und läßt den Wagen an, den er von seinem Vater hat, ein Buick aus den Fünfzigern, schwarz mit verchromten Stoßstangen und so lang und breit, daß es fast ein Leichenwagen sein könnte.

»Hör mal, Betty, ich bring dich nach Hause, okay?«

»... daß wir es waren, ich und die Mama, verstehst du? Wir sollen ihn ermordet haben, das behaupten die«, schluchzt Betty.

»Ich bring dich jetzt nach Hause, ja?« sagt Steve, der immer verlegener wird.

»Glaubst du das?«

»Was?«

»Das, was ich gesagt habe, mit Eraldo und allem anderen ...«

»Aber nein ... Ich bring dich nach Hause, einverstanden?«

»Warte«, sagt Betty, »Dyck muß noch einsteigen. Wo steckt er nur?«

Die Anwesenheit des Hundes, selbst wenn er schläft, stört Steve. Deshalb hat er, nachdem er zwischen den Büschen geparkt hatte, den Hund am Halsband gepackt und ihn nach draußen geschleift.

»Warum hast du ihn überhaupt mitgebracht? Da ist er«, sagt Steve, »hinter dem Baum dort. Er schläft, wie immer ...«

»Dyck«, ruft Betty.

»Er rührt sich nicht, sieht aus wie tot.«

»Er ist krank«, sagt Betty, »und traurig. So ist er, seit Papa tot ist.«

Der Hund bewegt sich. Er verschwindet in den Büschen und taucht mit eingeklemmtem Schwanz wieder auf. Er springt durch die geöffnete Wagentür ins Auto und streckt sich auf der Rückbank aus, um dort weiterzuschlafen. Betty langt nach hinten und klaubt ihm ein paar Ackertrespen von der Schnauze.

»Armer Dyck, du bist genauso angeschmiert wie wir ...«

Betty schneuzt sich in Steves T-Shirt.

»Wollten wir nicht ins Kino gehen?«

»Das machen wie ein andermal. Besser, ich fahr dich jetzt nach Hause.«

»Es stimmt nicht, daß Mike dir gesagt hat, ich soll die Schule zu Ende machen. Sag mir die Wahrheit.«

»Na gut: Es stimmt nicht.«

»Und was hat er wirklich gesagt?«

»Daß du mal eine berühmte Sängerin wirst, das hat er gesagt. Bist du jetzt zufrieden?«

21
Gift führt zum Weibe

Professor Lanfranchi wäscht sich in dem kleinen, mit grünlichem Schimmel bedeckten Waschbecken die Hände.

»Soweit ich weiß, bist du doch raus«, sagt er. »Ich habe gehört, daß die beiden Frauen jetzt von einem Anwalt aus Florenz vertreten werden, einem gewissen Scalzi.«

Der Saal im Leichenschauhaus der Gerichtsmedizin liegt verlassen im Halbdunkel, die Deckenbeleuchtung ist ausgeschaltet. Durch das große, offenstehende Fenster weht eine Brise herein, und das Leintuch, das über eine längliche Gestalt auf dem Seziertisch gebreitet ist, bläht sich auf, als würde der Tote erleichtert aufatmen.

»Der Fall geht mich persönlich an«, sagt Barbarini.

»Wegen dieses lächerlichen Ermittlungsverfahrens gegen dich? Meinst du das?«

»Exakt.«

Der Professore trocknet sich die Hände an einem Lappen, der an der Wand hängt. Er wuchtet seinen dicken Hintern herum, nimmt einige mit Wattepfropfen verschlossene Proben von einem Wägelchen und steckt sie in seine Jackentasche unter dem Kittel. Dann schiebt er seine Brille auf die Stirn. Er hat einen so breiten Schädel, daß die Bügel über seinen Ohren abstehen und auf den Schläfen klemmen wie horizontale Fragezeichen.

»Lächerlich.«

»Es mag lächerlich sein, nur stecke ich leider mittendrin«, brummt Barbarini.

»Die Untersuchung, die dich betrifft, ist eine rein politische Angelegenheit. Sie hat mit dem Mord nichts zu tun.«

»So wie ich die Sache sehe, gibt es aber zahlreiche Be-
rührungspunkte.«

Avvocato Barbarini schweigt verlegen. Ihm ist nicht wohl
bei der Sache, die er gerade versucht. Normalerweise ver-
meidet er es, aus Freundschaften berufliche Vorteile zu ziehen. Und was ihn mit Lanfranchi verbindet, kann man
noch nicht einmal als Freundschaft bezeichnen, es ist lediglich die Beziehung von zwei Menschen, die seit Jahr-
zehnten in derselben Stadt leben, zusammen älter geworden sind und einander bei jeder Begegnung auf sichtbare
Zeichen der verstreichenden Jahre hin mustern. Barbarini
kennt Lanfranchi seit der Zeit des Faschismus, dessen Gegner sie beide waren, sie haben denselben Gefahren ins
Auge geblickt und sind doch niemals Freunde geworden,
niemals ist eine Art Zuneigung, oder auch nur Sympathie
zwischen ihnen entstanden. In den Augen des Anwalts hat
sich der Gerichtsmediziner seit damals verändert, ist geradezu krankhaft vorsichtig geworden, immer bereit, den
Karren der Wissenschaft dorthin zu ziehen, wo der Richter
ihn haben will. Lanfranchi war seinerzeit vom Untersuchungsrichter beauftragt worden, Baluardis Leiche zu
obduzieren. Vor einigen Tagen nun hat Barbarini erfahren,
daß der Richter die Exhumierung angeordnet und den Professore um neuerliche Untersuchungen an der Leiche gebeten hat. Nun ist er hier, um die eine oder andere Information über das Ergebnis dieser Untersuchung herauszubekommen. Er versucht es mit einer Provokation:

»Was kannst du schon an einem Toten gefunden haben,
der über zwei Jahre im Grab gelegen hat? Nach all der Zeit
kann an der Leiche doch alles mögliche dran sein.«

»Es ist immer wieder schön, Leuten zuzuhören, die ge-
lehrt über Dinge daherreden, von denen sie nichts verstehen«, sagt Lanfranchi. »Doch wie dem auch sei, etwas
Neues habe ich tatsächlich nicht gefunden, lediglich die Bestätigung dessen, was ich schon vor zwei Jahren festgestellt

habe. Übrigens war das Ganze nicht meine Idee, der Richter hat die Exhumierung angeordnet. Und Baluardi liegt auch keine zwei Jahre unter der Erde, er ist erst vor kurzem begraben worden, vorher hat er eineinhalb Jahre in einer unserer Kühlkammern gelegen. Ich kann dir aber sagen, daß der neue Verteidiger gut daran täte, einen gerichtsmedizinischen Sachverständigen zu Rate zu ziehen, und das möglichst bald, es eilt nämlich.«

»Ausgeschlossen«, entgegnet Barbarini, »das geht nicht. Die beiden Frauen sind ja noch gar nicht angeklagt: keine Anklage, keine Sachverständigen der Verteidigung. Außerdem besitzen die beiden nicht eine Lira. Womit sollten sie so einen Gutachter überhaupt bezahlen?«

»Die Anklage bekommen sie noch früh genug, auch das glaube ich dir sagen zu können, ohne der Realität damit mehr als ein paar Tage oder sogar nur Stunden vorzugreifen ...«

»Ich will mir lieber gar nicht erst die Frage stellen, auf welcher Grundlage das geschehen soll.« Barbarini zündet sich eine Zigarre an, um seine verzweifelte Hoffnung auf eine Indiskretion hinter dem Rauch zu verbergen. »Soweit ich weiß, lag bis zu dem Zeitpunkt, als ich das Mandat zurückgeben mußte, kein einziges ernstzunehmendes Indiz gegen die beiden vor. Abgesehen von den Gerüchten in der Via della Madonnina, die kaum als Indizien durchgehen dürften.«

Professor Lanfranchi wedelt mit der Hand, um den Rauch zu vertreiben.

»Hier drinnen ist Rauchen verboten. Du willst mich nur provozieren, damit ich etwas ausplaudere ...«

»Hier ist niemand außer dir und mir und dem armen Teufel da, und den stört die Zigarre bestimmt nicht«, stellt Barbarini fest. »Und was heißt ausplaudern, du wirst doch sowieso einen Bericht schreiben, der öffentlich einsehbar ist.«

162

»Den Bericht werde ich zu gegebener Zeit abliefern. Bis dahin verpflichtet mich das Gesetz zu absoluter Verschwiegenheit. Hör mal, in diesem Raum gibt es hochentzündliche Materialien.«

Lanfranchi schüttelt den Kopf, nimmt Barbarini die Zigarre aus der Hand und wirft sie weg. Dann faßt er den Anwalt am Arm und zieht ihn ein Stück zur Seite, wie um sich in dem menschenleeren Saal vor unerwünschten Lauschern zu schützen.

»Vor allem war da dieses Artischockenblatt, erinnerst du dich?« fragt er mit gesenkter Stimme.

»Was für eine Artischocke?«

»Da siehst du es, daß du alt wirst ... Den Autopsiebericht mußt du doch gelesen haben, damals hast du die beiden Frauen jedenfalls noch vertreten. Sag diesem Scalzi, daß er ihn aufmerksam studieren soll. Dort steht, daß ich im Magen des Toten das unverdaute Blatt einer Artischocke entdeckt habe. Zeichen dafür, daß der gute Mann erst kurz vor seinem Tod gegessen hat, was die Aussage der Signora und ihrer Tochter, er habe um zwei Uhr in der Nacht noch gelebt, als Lüge herausstellt. Das ist doch ein Indiz, nicht wahr? Außerdem hatte der Mann Einstichmale am Arm. Auch dafür habe ich bei der Exhumierung die Bestätigung gefunden. Und kürzlich sind weitere Umstände bekannt geworden, über die ich dir noch nichts sagen darf. Keine Kleinigkeit, etwas von höchster Bedeutung. Nur soviel: Die Anklage verfügt nun über ein äußerst wichtiges Beweisstück.«

»Und was soll das sein?«

»Also gut, ich verrate es dir. Wird sowieso bald in den Zeitungen stehen: Der leere Flakon eines bestimmten Arzneimittels ist in der Vorratskammer des ›Portichetto‹ aufgetaucht. Was genau zu den Einstichmalen paßt, die ich gefunden habe.«

»Die Einstiche einer Spritze an einer fast völlig verwesten Leiche ...«

»Es war natürlich nicht ganz einfach, sie zu finden, ich hatte Glück, daß die Armbeuge geschützt lag und die Haut an der Stelle noch relativ gut erhalten war. Die Einstiche waren da, sie sind immer noch da, ganz ohne Zweifel. Und ich sage dir noch etwas, dann ist aber endgültig Schluß: Gift führt zum Weibe.«

»Und, was hat Lanfranchi gesagt?« fragt Scalzi am Telefon.
»Zuerst hat er mir von der Artischocke erzählt ...«
»Welcher Artischocke?«
»Lies dir noch mal den Autopsiebericht durch. Im Magen der Leiche soll sich ein unverdautes Artischockenblatt befunden haben. Zwischen Baluardis Abendessen und seinem Tod kann daher nicht mehr als eine Stunde vergangen sein. Gerbina und Betty lügen also, was wir aber auch schon vorher wußten. Lanfranchi, der schon damals die Autopsie vorgenommen hat, sagt, er habe am Arm des Opfers den Einstich einer Spritze entdeckt. Die Exhumierung hat keine neuen Erkenntnisse gebracht, nur die Bestätigung des Einstichs, ich weiß, daß er das Gewebe auch chemisch hat analysieren lassen – ohne Ergebnis. Dafür soll aber im Polizeipräsidium jemand aufgetaucht sein, der etwas Wichtiges gesehen haben will, und die Polizei hat angeblich irgendein Medikament in der Vorratskammer vom ›Portichetto‹ gefunden. ›Gift führt zum Weibe‹, hat er mir gesagt. Verstehst du nun, worauf die hinauswollen?«

In Scalzis Kanzlei im Borgo Santa Croce hängt der Geruch nach kaltem Zigarettenrauch und billigem Kölnischwasser. Die letzte Mandantin ist gerade gegangen, eine aufgedonnerte Signora. Sie hat sich beschwert, daß es Scalzi nicht gelungen ist, ihren Papa vorläufig auf freien Fuß zu setzen, obwohl sie selbst maßgeblich daran beteiligt war, ihn ins Gefängnis zu bringen. Olimpia reißt das Fenster auf.

»Gift?« fragt sie. »Aber sind die denn verrückt geworden? Erinnerst du dich, was Massengrab uns erzählt hat?«

»Das nützt uns nichts«, brummelt Scalzi.

Scalzi weiß, daß die Aussagen des Totengräbers bei der Anhörung nicht zum Tragen kommen werden, daß sie von anderen Fakten in den Hintergrund gedrängt werden, die zwar objektiv gesehen nicht beweiskräftiger sind, durch die Autorität der sie vortragenden Person jedoch das größere Gewicht erhalten. Er hat es genau vor Augen, daß die Artischocke und der Einstich im Prozeß die entscheidende Rolle spielen werden, weil sie mit dem Anfangsverdacht übereinstimmen. Der Anwalt wird noch so energisch dagegen einwenden können, daß sich all diese Umstände auch auf hundert andere Weisen erklären lassen, man wird nicht auf ihn hören. Scalzi fühlt sich schon im voraus entwaffnet, die Schraube des Prozesses dreht sich bereits in der vorgegebenen Richtung, immer fester, nähert sich unaufhaltsam ihrem Ziel. Die Ansätze dazu fanden sich schon in den Gerüchten der Via della Madonnina, und alles, was dem Anfangsverdacht widersprach, würde gnadenlos verworfen werden.

»Warum nützt es uns nichts?« protestiert Olimpia. »Bonturo hat das Gesicht des Leichnams genau gesehen. Er hat gesagt, es sah aus wie das eines Ertrunkenen. Buti ist Totengräber von Beruf, er hat seit dreißig Jahren nur mit Toten zu tun. Baluardi ist erdrosselt worden ...«

»Kannst du dir den Totengräber vorstellen, wie er vorm Schwurgericht den Ergebnissen der Autopsie des großen Professor Uguccione Lanfranchi widerspricht?«

»Du siehst die beiden Frauen also schon vor dem Schwurgericht«, stellt Olimpia fest.

»Darauf kannst du dich verlassen. Man wird sie in Handschellen vorführen. Was unser Experte von der Gerichtsmedizin gesagt hat, ›Gift führt zum Weibe‹, war in dem Punkt leider unmißverständlich.«

Am nächsten Morgen, kaum in seinem Büro angekommen, erhält Scalzi einen Anruf von Suor Maria Celeste, der Oberin des Frauengefängnisses Santa Verdiana in Florenz. Die beiden Baluardis, Mutter und Tochter, sind bereits seit ein paar Tagen dort und wünschen ihren Anwalt zu sprechen.

22

Santa Verdiana

Im Neonlicht des Empfangs scheint das wächserne Gesicht von Suor Maria Celeste geradezu vor Heiligkeit zu strahlen. Mit sanfter Stimme hat sie wenige Worte über »die armen Dinger« geäußert, denen Scalzi entnehmen konnte, daß sie Mutter und Tochter bereits ins Herz geschlossen hat. Die Nonne ist geräuschlos ins Zimmer geschwebt und stand plötzlich neben dem Anwalt, während er sich noch in das Anmelderegister eintrug. Die Schwester Oberin darf sich nicht erklären, es ist ihr verboten zu sagen, was sie denkt, es wäre gegen die Vorschriften, wenn das Wachpersonal sich in die Prozesse einmischte, dennoch ist unschwer zu erraten, daß Suor Maria Celeste auf der Seite der beiden Frauen steht. Gerbina und Betty würden sofort kommen, sagt sie, sie wollten sich nur noch ein wenig zurechtmachen: Auch dies ein Zeichen der Sonderbehandlung, daß die Oberin die Inhaftierten beim Vornamen nennt.

»Werden Sie die beiden häufiger besuchen kommen, Avvocato? Die armen Dinger« – es ist schon das zweite Mal, daß sie sie so nennt, stellt Scalzi fest – »sind ja wie Fische auf dem Trocknen, verwirrt, fern von ihrer vertrauten Umgebung. In der entsprechenden Einrichtung ihrer Heimatstadt konnten sie nicht bleiben, weil dort andere Angeklagte desselben Prozesses inhaftiert sind.«

Scalzi folgt normalerweise dem Prinzip erfahrener Strafverteidiger, nicht die Amme der Inhaftierten zu spielen, ein Anwalt ist kein Sozialarbeiter und auch keine barmherzige Schwester. Doch genau deshalb ist die Oberin wie die weinende Muttergottes neben ihm aufgetaucht: um sein

Mitleid zu erregen und ihm zu verstehen zu geben, daß es sich hier um einen ganz besonderen Fall handelt. Scalzi schluckt das brüske »So selten wie möglich!« hinunter, mit dem er bei jeder anderen Gelegenheit diese Art der Einmischung abgewehrt hätte; ganz entgegen seiner Gewohnheit verspricht er regelmäßige Besuche.

»Ich verlasse mich auf Sie«, flüstert die Schwester, »spenden Sie ihnen Trost, Gott wird es Ihnen vergelten.«

Suor Maria Celeste begleitet Scalzi in das Gesprächszimmer – was nicht zu ihren Pflichten als Oberin gehört. Nachdem sie den Raum zusammen betreten haben, entfernt sie sich auch nicht wieder, sondern bleibt auf der anderen Seite des Tisches stehen, ihre blauen Augen fixieren Scalzi, als frage sie sich, ob der Anwalt einem so schwierigen Prozeß gewachsen sei. Die nicht mehr ganz junge Oberin des Santa Verdiana hat die Intuition und die Erfahrung eines alten Strafverteidigers. Sie ist nicht dem Staat verpflichtet. Seit über einem Jahrzehnt lebt sie im Gefängnis, um im Dienst der Nächstenliebe den Inhaftierten beizustehen. Sie weiß nichts von der *giustizia premiale*, jener Art von Gerechtigkeit, die den kooperierenden Schwerverbrecher besser behandelt als den kleinen Ganoven, noch von den verschiedenen Theorien, auf die der Staat seinen heuchlerischen Anspruch gründet, durch Haftstrafen schief gewachsene Pflanzen zurechtbiegen zu können: Als ob es irgendeinen Sinn hätte, Menschen zwischen vier Wänden einzusperren. An ihrem Gesicht zwischen Schleier und Kinnband, an ihren Händen und Handgelenken, die aus den Ärmeln hervorschauen, sieht man, daß das Gefängnis seine Spuren hinterlassen und ihr seine trüben Farben aufgeprägt hat, diesen matten Schleier wie vom Staub des endlosen Nichtstuns und der vergeblichen Sehnsüchte. Aus ihrer Schwesterntracht steigt der muffige Geruch nach Gefängnis auf, dessen ureigene Perversität in dieser speziellen Einrichtung noch dadurch verstärkt wird, daß es sich bei den Inhaftierten um Frauen handelt. Das Gefängnis ist in den Augen der Schwester Oberin – soweit Scalzi dies einigen genuschelten Bemerkungen entnehmen konnte, niemals ganzen Sätzen, immer nur Andeutungen und Gesten der Ablehnung – eine Einrichtung, die die naturgegebene Unterdrückung der Frau noch potenziert. Die Oberin hat ihm zu verstehen gegeben, ohne es explizit auszusprechen, daß ein großer Teil der Häftlinge dafür büßen muß, allzu deutlich und offen gegen die Unterordnung der Frauen rebelliert zu haben. So widersetzt sie sich in diesem zum Gefängnis umgewandelten Kloster der männlichen Strenge durch stille Auflehnung. Überall entdeckt man scheue Anzeichen dafür: die Geranien auf dem Fensterbrett des Aufnahmebüros, die Vasen mit Kakteen oder vor Lichtmangel verkümmerten Azaleen, die vereinzelt herumstehen, die Heiligenbilder an den Wänden. Kein einziger männlicher Heiliger darunter: die heilige Rita, die heilige Margherita d'Alessandria, die heilige Caterina, die heilige Teresa ... Im Raum für RICHTER UND ANWÄLTE hängt an der dem Fenster gegenüberliegenden Wand ein großes Ölgemälde der heiligen Maria Maddalena dei Pazzi, deren glühende Anhängerin die Oberin ist; den Tisch, eine Antiquität aus dem 17. Jahrhundert, hat die Oberin aus einem Keller der Gemeinde gerettet. Scalzi fühlt sich in dieser Klosteratmosphäre ein wenig wie der Hund in der Kirche, und der weibliche Einschlag wird noch dadurch verstärkt, daß das Wachpersonal ausschließlich aus Frauen besteht. Nur der alte Maresciallo in seiner verblichenen Uniform repräsentiert die Strenge der Staatsgewalt, wenn er nach den Händen der Neuankömmlinge greift, um ihre Fingerabdrücke ins Register einzutragen, das so groß ist wie ein Bettuch. Der Maresciallo bewegt sich so wenig wie möglich durch das kleine Kloster, er bleibt fast immer hier, still und ein wenig abwesend, und sehr aufrecht hinter seinem Schreibtisch sitzend.

Als die beiden Frauen ins Zimmer treten, ist die Schwester Oberin immer noch da und macht auch keine Anstalten, sich zurückzuziehen.

Gerbina, die als erste hereinkommt, betastet sich nervös: die zu einem Knoten gebundenen Haare, das Schürzenkleid, als wolle sie sich versichern, daß sie ordentlich gekämmt ist und alle Knöpfe verschlossen sind; sie braucht das Gefühl, daß die Untersuchungshaft sie äußerlich nicht ebenso mitgenommen hat wie in ihrem Innern. Auf der verblichenen Schürze hängt glänzend das goldene Oval mit der Schwarzweißfotografie ihres verstorbenen Gatten. Das Totenmedaillon wirkt tatsächlich etwas aufdringlich, wie es dort unübersehbar zwischen den schlaffen Brüsten hängt.

Betty setzt sich nicht wie ihre Mutter dem Anwalt gegenüber, sondern geht geradewegs zum Fenster und späht hinaus auf die Via dell'Agnolo. Die Gitterstäbe und das feinmaschige Metallnetz hinter den schmutzigen Scheiben hindern sie daran, die vorbeifahrenden Autos zu sehen, schnelle Schatten, die das Tageslicht verdunkeln.

»Ein einziges Chaos ist das hier drin«, brummt Betty, »schlimmer als in einem Irrenhaus.«

Mit einem Schauder in der Stimme, sei es aus Angst oder aus Belustigung, erzählt sie, daß sie und die Mutter sich eine Zelle mit einer schwachsinnigen Alten teilen, die »nichts macht außer Knoten«. Die Alte, die ihren Mann umgebracht haben soll, verknotet jedes längliche Teil, so Betty, das ihr unter die Finger kommt.

»Die verknotet selbst die Spaghetti auf ihrem Teller, können Sie sich das vorstellen, Avvocato? Und sie zerreißt Kleider, um die Streifen dann aneinanderzuknoten; mir hat sie auch schon was kaputtgemacht. Verflucht, Avvocato, was soll ich hier in diesem Käfig voller Irrer?«

Bettys schweifender Blick bleibt auf der Oberin hängen. Scalzi glaubt zu verstehen, daß der letzte Satz sich auch auf sie bezieht, nicht nur auf die alte Frau mit den Knoten.

Suor Maria Celeste reagiert mit einem strengen Blick. Aus einer unsichtbaren Tasche unter der Kutte zieht sie einen mehrmals gefalteten Zeitungsartikel hervor. Sie legt ihn vor Scalzi auf den Tisch. Der Artikel berichtet über die Festnahme von Mutter und Tochter in der vergangenen Woche. Ein großes Foto von Betty prangt auf der Seite, mit aufgerissenem Mund, die Zunge weit herausgestreckt und die Augen verdreht.

»Sagen Sie es ihr, Avvocato, sagen Sie ihr, daß dieses Verhalten nicht zu einem Mädchen paßt, das des Mordes an seinem Vater beschuldigt wird«, sagt die Schwester. »Vielleicht glaubt sie, nichts mit alldem zu tun zu haben, aber auf dem Bild ist sie zynisch und frech ...«

»Ach was«, fällt ihr Betty ins Wort, »die sind mir auf den Wecker gegangen, um sechs Uhr in der Früh! Mit ihren Kameras ... Einer ist mir zu nahe gekommen, da habe ich ihm eine Grimasse geschnitten, der hat mich genervt, was ist denn schon dabei?«

»Die Schwester hat recht«, sagt Scalzi, während er den Zeitungsausschnitt zusammenfaltet und ihn über den Tisch zurückschiebt. »Ich möchte jetzt den Haftbefehl sehen.«

Seine entschiedene Bewegung und die knappe Antwort sollen der Schwester bedeuten, daß für sie nun der Moment gekommen ist, das Zimmer zu verlassen, um die Vertraulichkeit des Gesprächs zu wahren. Aber die Oberin tritt neben Gerbina an den Tisch. Aus einer ihrer unsichtbaren Taschen zieht sie die Seiten des Haftbefehls hervor. Sie beobachtet den Anwalt, während er die Unterlagen durchgeht.

Es sollte also vorsätzlicher Mord sein, erschwert durch die Verwendung von Gift; Gerbina und Betty sind Komplizen der beiden Kellner Teclo Scarselli und Eraldo Tofanotti. Den Mord ausgeführt hat Teclo, er soll den Wirt durch eine Giftinjektion getötet haben, mit Myotenlis, in Anwesenheit von Gattin und Tochter. Alle vier Angeklagten werden der Verdunkelung und der Leichenschändung beschuldigt.

Scalzi prüft die Indizien, aufgrund derer der Haftbefehl erlassen wurde: Ein gewisser Francesco Terzani hat die zwei Kellner als die Personen identifiziert, die in der Nacht, in der Baluardi dem Gerichtsmediziner zufolge ermordet wurde, »sich abwartend in verdächtiger Nähe zu dem Ort aufhielten, an dem später die Leiche gefunden wurde«. Die enge Beziehung des Kellners Eraldo zu Tochter und Frau des Wirts wird in einem Brief Gerbinas an Eraldo dokumentiert, »aus dem eindeutig die Existenz einer amourösen Beziehung zwischen dem Kellner und der Tochter Baluardi hervorgeht«. Mutter und Tochter sollen Baluardis Reaktion gefürchtet haben, der anscheinend »krankhaft« eifersüchtig auf Betty war. Soweit das Motiv. Schließlich wurde in der Vorratskammer des »Portichetto«, versteckt hinter einem losen Stein im Mauerwerk, die Tatwaffe gefunden, ein leerer Flakon des hochgiftigen Medikaments Myotenlis.

»Was halten Sie davon, Avvocato?« fragt besorgt die Schwester. Scalzi gibt keine Antwort, er betrachtet Gerbinas eingefallenes Gesicht, als wolle er die Frage an sie weitergeben. Gerbina zieht eine Grimasse.

»Ich versteh die Welt nicht mehr. Sie sagen, daß in der Vorratskammer Gift gefunden wurde ... was soll das sein, dieses ... wie hieß es noch mal?«

»Myotenlis«, liest Scalzi. »Keine Ahnung, was das für ein Zeug ist.«

»Ich kenne es«, sagt Suor Maria Celeste, »in meiner Jugend war ich Operationsschwester. Es ist ein Kurare-Analog, ein Suxamethonium-Chlorid, also eine Art synthetisches Kurare. Man benutzt es bei der Operationsvorbereitung zur Muskelentspannung; nur, soweit ich weiß, kann man an einer Überdosis Myotenlis keineswegs sterben, es ist wesentlich schwächer als das Kurare. Aber die Frage ist doch vielmehr die: Wie ist der leere Flakon in die Vorratskammer des ›Portichetto‹ gelangt?«

»Ich habe keine Ahnung«, sagt Scalzi und wendet sich an Betty, die immer noch am Fenster steht und nach draußen zu schauen versucht.

»Könntest du bitte zu uns kommen? Ich muß dir ein paar Fragen stellen, nur dir, Betty. Hm, Schwester ... Ich will nicht unhöflich erscheinen, aber ...«

»Ich verstehe«, die Oberin erhebt sich, »ich bin schon weg!«

Auf der Türschwelle dreht sie sich noch einmal um.

»Möchten Sie einen Kaffee, Avvocato?«

Scalzi könnte gut auf einen Kaffee im Gefängnis Santa Verdiana verzichten, er hat den Verdacht, daß hier drinnen allem derselbe Geruch anhaftet wie der Schwester, dieser Gestank nach Seife, Jod und verstopften Klos. Doch ihm ist klar, daß die Höflichkeit der Oberin nur als Alibi dient, um wieder ins Zimmer kommen zu können und nichts von dem Gespräch zwischen dem Anwalt und den Frauen zu verpassen. Gerbina und Betty, soviel ist sicher, können sich auf einen laizistischen Anwalt und eine religiöse Anwältin verlassen, *avvocata nostra*, unsere Fürsprecherin, wie die Heilige Jungfrau. Es wäre folglich ein Fehler, das Angebot abzulehnen, wie es ihm sein Instinkt eingibt. Vielleicht kann Suor Maria Celeste, die auf jeden Fall zur Institution gehört, ja eine fünfte Kolonne im gegnerischen Lager sein, ein Hoffnungsschimmer, wenn auch ein schwacher, eine Hilfe, die man nicht zurückweisen darf.

»Sehr freundlich, Schwester, danke«, sagt Scalzi. Der Tonfall und das Lächeln besiegeln die Allianz.

Zweiter Teil

23

Mit Liebe

Der erste Verhandlungstag des Prozesses gegen Gerbina und Betty war auf den nächsten Tag angesetzt; für neun Uhr morgens hatten sie sich mit Barbarini verabredet, bevor das Alterchen seinen Verpflichtungen am Gericht nachgehen mußte.

Bahnhöfe und Züge flößten Olimpia immer eine nicht zu erklärende Unruhe ein. Sie begann zum Bahnsteig zu laufen, von dem der Regionalzug (der früher unpassenderweise einmal Eilzug geheißen hatte) abfahren sollte. Vom Trittbrett des Zuges aus rief sie Scalzi zu, sich zu beeilen, und beobachtete mit ironischem Lächeln, wie er seine vom vielen Sitzen eingerosteten Gelenke strapazierte.

Im Bahnhof Santa Maria Novella saßen nur wenige Leute in den alten Eisenbahnwaggons, die den Schnelltriebwagen zu Zeiten des Faschismus ähnelten. Sie waren vollgeschmiert mit Graffiti, die Anfang der siebziger Jahre nur die Außenwände der Wagen zweiter Klasse schmückten und erst in den folgenden Jahren auf allen Oberflächen ein gewohnter Anblick werden sollten. Obwohl der Regionalzug eine halbe Stunde vor dem Direktzug abfuhr, sollte er eine Dreiviertelstunde später sein Ziel erreichen.

Er hielt mit kreischenden Bremsen an jedem noch so kleinen Bahnhof. Mit Büchern beladene Schülergruppen aus den Vorstadtvierteln und den Dörfern entlang des Arno strömten in die Waggons. Die Jugendlichen schoben sich mit anmaßender Gleichgültigkeit durch die Gänge, ungeachtet ihrer dicken Rucksäcke, mit denen sie die sitzenden Fahrgäste anrempelten. In diesem Zug, der für sie eine räumliche Ausweitung des Schulgebäudes darstellte, fühlten sie sich wie zu Hause. Man kannte sich und unterhielt sich lautstark im typischen Diskothekenjargon, der vor versteckten Anspielungen strotzte und voller Anklänge an eine wundersame Science-fiction-Welt war: extraterrestrisch, Alpha-Zentauri, Explorer ... Es war Donnerstag, und der Samstagabend nicht mehr fern, die Jungen und Mädchen trafen Verabredungen, Namen von Rockbands und Sängern fielen. Sie rochen nach Schweiß, nach Schule. Der Wagen hallte von ihren rhythmisch hin und her springenden Stimmen wider, ein Vorgeschmack auf den Lärm, der in der Pause zwischen den Unterrichtsstunden die Klassenräume erfüllen würde, auch dann noch, das konnte man sich lebhaft vorstellen, wenn die Lehrer bereits anwesend waren. Es war schwierig, bei dem Chaos einen klaren Gedanken zu fassen, das langsame Tempo des Zuges zerrte an den Nerven, diese verflucht vielen Haltestellen, an denen immer noch mehr Jugendliche zustiegen, noch mehr Rucksäcke, noch mehr Turnschuhe und Plateausohlen, noch mehr lautstarke Begrüßungen. Natürlich weckten sie auch ein wenig Neid, so jung und unbeschwert, die Glücklichen. Vereinzelt wie Veilchen im Unterholz präsentierten in enge Jeans gepreßte reifere Mädchen mit spitzen Brüsten ihre grellen Halstücher und kontrollierten mit der Ernsthaftigkeit der Älteren ihr Make-up, sie wußten, wie man den Appetit weckte, und blickten um sich wie Schönheitsköniginnen, die sich den engen Raum mit schlechtgekleideten und auch ein bißchen schmutzigen Rotzbuben teilen mußten. Der größere, weniger überhebliche Teil der Mädchen aber, derbe Bauerntöchter mit flachen Hintern, pausbäckigen Gesichtern und von Akne geröteten Wangen, neckte sich vertraut mit den Jungen.

Dazwischen saßen ein paar erwachsene Männer, Fabrikarbeiter, die mit mürrischen Gesichtern nach draußen starrten. Scalzi hatte die Tasche auf seine Knie gezogen,

178

um sie vor den Tritten der Jugendlichen zu schützen, fast fühlte er sich wie einer der Pendler, wie die Arbeiter, mit denen ihn die Aussicht auf ein hartes Tagewerk verband. Olimpia beobachtete die Teenager und erfreute sich an dem Bad in der Jugend; doch mit Rücksicht auf Scalzis schlechte Laune schwieg sie.

In Empoli stiegen die Schüler aus. Ab jetzt waren die Zusteigenden etwas ältere Jungen und Mädchen, Studenten, die nicht in Rudeln, sondern einzeln auftraten. Zwei von ihnen setzten sich in die Nähe von Scalzi und Olimpia, tauschten heiße Blicke und grinsten sich an, als seien sie nicht auf dem Weg in den Hörsaal, sondern ins nächste Hotel. Das Mädchen streifte den rechten Clog ab, stützte den Fuß auf den Oberschenkel des Jungen und ließ ihn ab und zu beiläufig über seinen Schoß streifen.

»Sie-ha-ben-ihn-ge-tö-tet-mit-all-ih-rer-Lie-be ...«

Als die Schüler endlich verschwunden sind, taucht aus Scalzis düsteren Gedanken wieder der Satz empor, mit dem der Untersuchungsrichter die vom Anwalt gewünschte Unterredung beendet hat, der dümmliche Refrain eines Schlagers vom Festival in San Remo, dem die Schwellen einen Rhythmus gaben wie das Schlagzeug einer Band. Zweck der Unterredung war Scalzis Antrag auf Einschaltung eines Gutachters gewesen: Wenn die Anklageschrift von einer Injektion mit Myotenlis ausging, hielt der Verteidiger den Nachweis durch einen unabhängigen Sachverständigen für unerläßlich. Konnte man einen Menschen mit einer Dosis dieser synthetischen Verbindung überhaupt umbringen, unabhängig von ihrer Menge? Gab es Präzendenzfälle in der medizinischen Literatur? Doch der Untersuchungsrichter hatte nur herablassend gelächelt. Der Herr Anwalt habe den Kern der Anklage wohl nicht recht begriffen. Ihm entginge der alles entscheidende, zugegeben äußerst subtile Aspekt des Verfahrens, der die ganze Angelegenheit in einem anderen, klaren Licht erscheinen ließe. Sie würden kein Gutachten über den Einsatz dieses Medikaments benötigen – welches ohnehin nicht zu erbringen wäre, da die Verwesung der Leiche dafür bereits zu weit fortgeschritten war und man trotz der Exhumierung keine Spuren des Kurare-Analogs an ihr hatte nachweisen können. Statt dessen aber hatte die Anklage die Nadeleinstiche auf dem Arm des Toten gefunden sowie die leere Myotenlis-Flasche in der Vorratskammer des »Portichetto«, und sie hatte das Motiv. Mehr brauchte es gar nicht, um zu einer zügigen Verurteilung zu kommen.

Der Satz war dem Richter fast unfreiwillig herausgerutscht, aus einer eitlen Selbstgefälligkeit heraus: »Sie haben ihn getötet mit all ihrer Liebe«, hatte er gesagt.

Manche Richter, und zu ihnen gehörte Dottor Morgiacchi, hatten die Angewohnheit, Maigret zu spielen. Die Figur von Simenon ist kein Genie der logischen Schlußfolgerungen wie Sherlock Holmes. Sie hält es vielmehr mit der Apagoge, jenem Typ der syllogistischen Argumentation, der sich durch seine geringere Beweiskraft sowohl von der Induktion als auch der Deduktion unterscheidet. Eine wenig verläßliche, dafür aber um so menschlichere Methode. Zumindest glaubte der Richter, die Maigretsche Apagoge anzuwenden, vielleicht ohne zu wissen, wie sehr die literarische Figur, die ihm eventuell vor kurzem in einer Fernsehserie begegnet war, ihn beeinflußt hatte. Ganz bestimmt aber hatte er keine Ahnung von ihren epistemologischen Aspekten nach Pearce und huldigte in Wirklichkeit nur seiner eigenen Genialität. Amtspersonen wie er leiden gerne mal unter vorzeitigem intellektuellem Samenerguß, dachte Scalzi, sie haben es eilig, sich von allen störenden Zweifeln zu befreien, sie versuchen schnellstmöglich den Schutz der Gewißheit zu erlangen, denn unter der Ungewißheit leiden sie, und wie verwöhnte Kinder können sie kein Leid ertragen. Es ist nicht schwer, solche Leute zu täuschen. Sie sind leichte Beute für jeden Scharlatan, der das Spiel mit den drei Karten beherrscht, es genügt, eine gewisse Autorität an den Tag zu legen, um mit dem Spiel zu beginnen und ein Opfer vor den kleinen Tisch zu locken, damit es das ständige Wechseln, Überkreuzen und Aufeinanderlegen der drei Karten verfolgt: Das Herz-As gewinnt, Sieger ist das Herz-As, wo ist das As? (Zu Beginn des Spiels, um die Aufmerksamkeit des Publikums auf sich zu ziehen, verlangsamt der Spieler seine Bewegungen, gerade nur soviel, daß der Einfaltspinsel den Eindruck gewinnt, er könne die Position der Karte aus eigenem Vermögen erraten; doch nach dem ersten Treffer wird er sich nur noch irren, bis er alles verloren hat.)

Alle Dinge, die wir gegen die Beschuldigten in der Hand haben, so hatte der Richter gesagt, also der Myotenlis-Flakon in der Vorratskammer des »Portichetto«, die Zeugenaussage des jungen Terzani und so weiter, sind weniger Beweise als vielmehr Bestätigungen. Mit seiner unglaublichen Kombinationsgabe war der Richter, ausgehend von dem Einstichmal und der Frage nach der Art des Giftes, mit dem der Mord verübt wurde, schon viel früher zu diesem Schluß gelangt. Dann war ihm der berühmte Satz in den Sinn gekommen: »Sie haben ihn getötet mit all ihrer Liebe.« Der Kreis schloß sich, wie man es sich nicht schöner wünschen konnte. Liebe und Verbrechen. Die liebende Frau und der Mord am Ehemann. Denn daß sie ihn liebte, hatte sie mit ihrer Pilgerfahrt nach Montenero bewiesen, für die es zahlreiche Zeugen gab und auf der sie die letzten Kilometer barfuß zurückgelegt und Blumen für die Heilige Jungfrau gesammelt hatte, um sie zu bitten, daß sie »ihren Giuliano« von der Trinkerei erlöste. Eine nutzlose und peinliche Zurschaustellung auch der ovale Anhänger mit dem Bild ihres verstorbenen Mannes im Trauerrand, den Gerbina ständig auf ihrer Brust trug: der Verteidiger brauche sich gar nicht mehr bemühen, der Staatsanwalt habe sich bereits darum gekümmert, wie es ihm das Gesetz vorschrieb, auch Beweise für die Verteidigung der Angeklagten zu sammeln. Für den Ausflug nach Montenero gab es zahlreiche Zeugen, den mußte man als gegeben hinnehmen. Doch zog man den Aspekt der Zuneigung in Betracht, so erhärtete er den Verdacht sogar noch, anstatt ihn zu zerstreuen. Ich bitte Sie, Avvocato, folgen Sie meinem Syllogismus. Als These haben wir die Annahme, daß Gattin und Tochter den Mord begangen haben, als Antithese ihre Liebe, und die Synthese besteht in der Tatwaffe: ein sanftes Mittel, das betäubt, ohne Schmerzen zu bereiten, das folglich liebevoll zu nennen ist. Wie der Flakon in einem Winkel der Vorratskammer aufgetaucht war, und warum er nach all den Jahren noch immer dort stand, obwohl die Mörder ihn längst hätten verschwinden lassen können, das gehörte nicht zu den entscheidenden Fragen. Wahrscheinlich hatte die Vorsehung ihre Hand im Spiel, als gläubiger Christ wollte der Richter das Wirken einer göttlichen Gerechtigkeit nicht ausschließen. Auf jeden Fall war er gefunden worden, der Flakon. Also, was können Sie der Beweiskraft dieser Entdeckung nun noch entgegensetzen, Avvocato?

Scalzi hätte diverse Einwände vorbringen können, von der Eigentümlichkeit des Fundes einmal ganz abgesehen, aber er hatte sie lieber für sich behalten und seine Argumente für die Verhandlung aufgespart.

Von wegen liebevoll! Dieser Richter hatte möglicherweise eine göttliche Eingebung gehabt, er war aber ganz sicher nicht ausreichend informiert. Im Gegensatz zu Scalzi: Er hatte nämlich extra eine kleine Reise nach Reggio Emilia in das Büro eines Kollegen unternommen, um die Akten eines berühmt gewordenen Prozesses einzusehen. Ein Arzt war beschuldigt worden, seiner Frau eine Überdosis Kurare gespritzt und sie damit ermordet zu haben. Echtes Kurare, wohlgemerkt, nicht synthetisch hergestelltes. Myotenlis hingegen ist ein Kurare-Analog, mit einer ähnlichen, aber eben nicht derselben Wirkung, und die medizinische

Literatur kennt keine Fälle, in denen eine Überdosis Myotenlis zum Tode geführt hätte. Suor Maria Celeste hatte recht, ihre Information war Scalzi von einem befreundeten Chirurgen bestätigt worden. »Daran ist noch nie einer gestorben, soweit ich weiß«, hatte der Freund gesagt. Und selbst wenn man gleiche Wirkungsweisen unterstellen wollte, so starb man doch durch Kurare eines ganz fürchterlichen Todes. Es wirkte auf die Skelett- und Atemmuskulatur, ein sehr starkes Relaxans, das zur Entspannung der Nervenendigungen führte, denen die Muskulatur gehorchte. Die subjektiven Empfindungen nach einer Kurare-Injektion waren bekannt, denn zu der Zeit, als es noch keine effizientere Untersuchungsmethode als den menschlichen Körper selber gab und man sich bei der Diagnose auf Augen, Nase und Hände verlassen mußte, hatte ein Arzt sich zu Forschungszwecken das Kurare selbst injiziert, natürlich erst nachdem er dafür gesorgt hatte, daß ihm rechtzeitig das entsprechende Antidot gespritzt würde, und anschließend die Symptome in einem Bericht festgehalten.

Das Kurare hat eine euphorisierende Wirkung auf das zentrale Nervensystem. Es führt zu einer Bewußtseinserweiterung, der Verstand ist wacher und reagiert schneller. Doch gleichzeitig merkt der Patient, daß die Muskeln nicht mehr seinem Willen gehorchen. Sie scheinen nicht mehr zu ihm zu gehören, werden schwerfällig, leblos, den Gesetzen der Schwerkraft unterworfen. Selbst jene Muskeln versagen den Dienst, die, gesteuert vom vegetativen Nervensystem, normalerweise auch im Schlaf weiterarbeiten und deren Tätigkeit wir uns im Wachzustand gar nicht bewußt sind. Als erstes versagen die Muskeln der Augenlider. Die Schwerkraft wirkt auf die Membrane, mit denen wir uns für den Tag oder die Nacht entscheiden. Dunkelheit senkt sich herab, eine aufgezwungene Dunkelheit, gegen die man nicht ankämpfen kann. Dann verliert man die Kontrolle über die Gliedmaßen, zuerst an Fingern und Zehen, dann am Schließmuskel, und ganz allmählich steigt die Betäubung höher und ergreift das Zwerchfell und den Brustkorb. Leben ist ein einziger Willensakt. Man lebt, weil man leben will. Wenn die Wirkung des Kurare erst einmal diesen Punkt erreicht hat, fühlt der Patient, wie sich ein Käfig um ihn schließt, und all die unsichtbaren Fäden, die das Gehirn mit den einzelnen Teilen der Marionette verbinden, von einer Schere durchtrennt werden, einer nach dem anderen, bis das Gehirn völlig einsam zurückbleibt; es überlegt und fragt sich nach dem Grund, versucht verzweifelt, die Kontrolle wiederzuerlangen. Der Körper selbst schließt sich von der Welt ab, von der Luft zuallererst, man stirbt nach und nach, fühlt den Tod wie einen schweren Alkoholrausch von sich Besitz ergreifen. Der Körper ist kein Instrument mehr, sondern nur noch eine Hülle, die immer enger wird, erstarrt, sich unaufhaltsam verhärtet. Als habe man die Gewalt über sich verloren, ein von bösen Mächten aufgezwungener Selbstmord, ohne jede Möglichkeit der Auflehnung. Man kann nicht schreien, der Gesichtsausdruck ist ruhig, undurchdringlich, eine wächserne Maske, denn auch die Gesichtsmuskulatur ist entspannt, die Kommunikation mit der Außenwelt ist abgeschnitten, die Erstarrung verhindert jeden Schmerzensschrei, jeden Hilferuf. Das Gehirn sieht deutlich, was vor sich geht, versucht zu rebellieren, es bietet alle Kräfte auf, um die Atmung wieder in Gang zu setzen. Aus Sicht des Beobachters tritt der Tod schnell ein. Aus Sicht des Sterbenden dehnt sich die Zeit. Der furchtlose Arzt, der den Selbstversuch durchführte, empfand die Zeitspanne als unendlich. Von wegen liebevoll. Angenommen, dieses Myotenlis hätte wirklich eine ähnliche Wirkung, so wäre es doch ein grausamer Tod, extrem grausam, widerwärtig, die perverseste Todesart, die man sich vorstellen konnte, Tod durch Folter.

Doch die Beweisführung des Untersuchungsrichters, wenn man es denn so nennen will, geht folgendermaßen weiter: Die beiden Frauen sind schuldig, das ist der Ausgangspunkt, nicht etwa das Fazit. Aber da nun einmal auf der Hand liegt, daß es zwischen den Eheleuten so etwas wie Zuneigung gab, soll die Frau sich eine Methode des sanften Sterbens ausgedacht haben. Wie wirkt das Kurare? Entspannend, nicht wahr? Man stirbt also entspannt, ruhig, wie im Schlaf, es ist, als würde man einschlafen. So hat er sich das zurechtgelegt, der apagogische Richter, der geniale Maigret-Richter. Aber, verflucht noch mal, informier dich gefälligst! Der Syllogismus: liebende Frau – mordende Frau – liebevoller Mord, ist schlicht und einfach falsch! Wer zu diesem Schluß kommt, hat nicht die geringste Ahnung, wenngleich er mit seiner Vorliebe für wilde Spekulationen ganz auf der Linie der schlechtinformierten Geschworenen liegt. Und da sind sie auch schon – Scalzi sieht sie in seinem Groll genau vor sich –, wie immer frisch vom Schulhof, für Gelegenheiten wie diese züchtet man sie in einer Umgebung, wo das Autoritätsprinzip vorherrscht: *ipse dixit*, der Untersuchungsrichter hat gesprochen, seine Worte haben etwa das gleiche Gewicht wie die des Rektors oder des Provinzialschulrats. Die Mitteilung ist folgende: Tod durch Kurare ist gleich sanfter Tod. Und wer könnte an einem sanften Tod interessierter sein als die Frau, die in ihrem tiefsten Innern das Opfer immer noch liebt? Wie kann dieser Anwalt nur daran zweifeln? Das Autoritätsprinzip trifft sich aufs schönste mit dem Sentimentalismus einer Schullektüre à la De Amicis, der Kreis schließt sich, das Schwurgericht braucht nichts weiter als diesen klebrigen, schleimigen, süßlichen und in jeder Hinsicht abstoßenden Satz. Der Staatsanwalt wird den Vorgaben des Untersuchungsrichters folgen, und nach einem angemessenen Spannungsaufbau wird er den zu Tränen rührenden Satz abspulen, betrübt den Kopf wiegen, den Blick der Geschworenen suchen, vor allem den der weiblichen Geschworenen, die ihn voll Mitleid erwidern werden, denn er trifft mitten ins Herz der Mütter, dieser

Satz. Was hätte Gerbina letztlich auch anderes tun sollen, um ihre Tochter vor der Brutalität eines Betrunkenen zu schützen? (Mal davon abgesehen, daß der »krankhaft eifersüchtige« Trunkenbold sich höchstwahrscheinlich auch noch zu ganz anderen Vergehen hinreißen ließ ... was man mangels Beweises aber leider nicht erwähnen durfte.) Und dann hat sie es getan, o weh, Mutter und Ehefrau, aber »mit all ihrer Liebe«. Und das Ende vom Lied wird sein, daß er nicht lebenslänglich fordert, dieser Scheinheilige, trotz der zahlreichen erschwerenden Umstände, sondern den einen oder anderen Strafmilderungsgrund geltend macht, um damit den Gefühlen des Schwurgerichts vorzugreifen. Der Slogan ist wie gemacht für die Phantasie der Laienrichter. Sie zeigen immer gern Mitleid, diese Leute. Ernsthaftigkeit, Strenge, aber auch Menschlichkeit: wetten, daß sie die mildernden Umstände größtenteils anerkennen? Darin liegt die Brillanz der Hypothese. Die Geschworenen werden sich kaum die Gelegenheit entgehen lassen, ihre Großherzigkeit unter Beweis zu stellen. Die beiden angeklagten Frauen haben ihren Mann beziehungsweise Vater ermordet, aber sie haben es als Gattin und Tochter getan, ohne ihm Schmerzen zu bereiten, sondern indem sie ihn an der Hand zum Ufer des Acheron geleiteten wie die liebenden Bräute der antiken Basreliefs. Es wird wenig Sinn machen, die grausame Wirkung des Kurare zu beschreiben. Was verstand schon Gerbina davon, geschweige denn die naive Betty? Was zählt, ist die subjektive Einschätzung, also das, was man allgemein über die Wirkung von Betäubungsmitteln weiß. Sich auf die Wissenschaft zu berufen ist absolut zwecklos. Solche Leute hassen die Wissenschaft, vor allem die Lehrer unter ihnen, die normalerweise die Mehrheit der Geschworenen bilden. Denn wenn die Wissenschaft ins Spiel kommt, werden sie an die Schule erinnert, also an ihre Arbeit, und wenn sie in den Gerichtssaal kommen, wollen sie sich wie im Urlaub fühlen ...

186

Scalzi hatte sich von dem gleichmäßigen Rattern des Zuges einlullen lassen und die Augen geschlossen. Olimpia schüttelte ihn leicht am Knie.

»Träumst du? Du fletschst die Zähne, als würdest du gerade ersticken ...«

»Ist schon gut. Ich habe über die Geschworenen nachgedacht, bei denen die Hypothese von Dottor Morgiacchi einschlagen wird wie eine Bombe: Mord und Liebe. Hast du jemals die Laienrichter in einer der Prozeßpausen beobachtet, wenn sie in der Bar des Gerichtsgebäudes zusammen einen Kaffee trinken? Sie haben dann eine gewisse Ähnlichkeit mit den Schülern von eben.«

Was die Richter in Robe betraf, so machte sich Scalzi keine allzu großen Hoffnungen. Was er von Barbarini über sie erfahren hatte, hatte ihn nicht gerade ermutigt:

»Der Vorsitzende Dicagiuro ist schon etwas älter, er steht kurz vor der Pensionierung; das hier ist sein letzter wichtiger Prozeß. Er ist stur wie ein sardischer Schäfer. Wenn er sich erst einmal etwas in den Kopf gesetzt hat, kann man ihn kaum mehr umstimmen.«

»Merkwürdiger Name«, hatte Scalzi gemeint, »Sagen-Sie-ich-schwöre.«

»Das ist auch nicht sein wirklicher Name, sondern ein Spitzname. Es gibt eine Geschichte dazu, die ich dir bei Gelegenheit erzählen werde. Der beisitzende Richter tut so, als sei er Klassenbester. Was er im übrigen auch ist: Er hat an der hiesigen Universität studiert, war immer ein Streber und Einserkandidat. Er wird das Urteil formulieren, und schreiben kann er, er weiß, wie man argumentiert, er weiß es fast schon zu gut.«

Sie kamen zu spät, Barbarini war schon im Gerichtsgebäude mit einem komplizierten Prozeß beschäftigt, der ihn den ganzen Tag in Anspruch nehmen würde. So quartierten sie sich im Hotel Galileo ein.

24
Erster Verhandlungstag

Am ersten Verhandlungstag im »Fliegen-Prozeß«, wie die Zeitungen ihn getauft haben, ist der Platz vor dem Justizgebäude, auf den zahlreiche enge Straßen münden, völlig von Autos verstopft, aus denen Leute aussteigen möchten.

Das Hotel Galileo befindet sich genau gegenüber dem Haupteingang des Gerichtsgebäudes. In ihrem Zimmer mit Blick auf den Platz kann man das Läuten der Telefone hören, vorausgesetzt, der Verkehrslärm läßt einmal nach. Eine kleine Ansammlung von Leuten wartet draußen, um der Verhandlung beizuwohnen. Während Scalzi und Olimpia sich ankleiden und die auf Tisch, Bett und Boden verstreuten Prozeßakten in die Taschen packen – Scalzi hat einen guten Teil der Nacht über den Papieren gebrütet –, brandet durch das offene Fenster der Lärm der Menschen und Autos herein. In den seltenen Momenten der Ruhe ertönt pausenlos das Klingeln der Telefone.

Scalzi ist aufgeregt. Die Geräusche dort draußen kündigen einen großen Prozeß an, der von der Lokalpresse aufgebauscht wurde und von einer seiner Meinung nach übelmeinenden Öffentlichkeit mit großem Interesse verfolgt wird.

Für Olimpia ist es das erste Mal, daß sie an einer Verhandlung teilnimmt. Sie möchte zumindest am Eröffnungstag dabeisein, das Schicksal der beiden Frauen geht ihr nahe.

In dem Jahr, das seit der Festnahme bis zum Prozeßbeginn vergangen ist, hat sie Betty und Gerbina kennengelernt. Einmal hat sie die beiden in der Halle direkt hinter dem Außentor des Santa Verdiana getroffen, vor der Gefängniskapelle. Suor Maria Celeste hat diese Begegnung gebilligt: gegenseitige freundliche Begrüßung, warme Dankesworte der Inhaftierten für das aufgebrachte Interesse, während Scalzi ungeduldig darauf wartete, daß endlich die Unterredung beginnen konnte, und der Maresciallo schon vernehmlich mit den Schlüsseln an den Türrahmen schlug, um seinen Ärger über die Mißachtung der Gefängnisregeln zum Ausdruck zu bringen.

An jenem Junimorgen ein Jahr später beobachtet Olimpia neugierig, wie Scalzi die Akten einsammelt, sie nachlässig in die Tasche wirft, plötzlich wild nach einem bestimmten Gesetzestext zu suchen beginnt, selbst seine Uhr ist verschwunden, und die Robe taucht unter der Bettdecke wieder auf. Scalzi versucht mit fahrigen Händen, sich den Schlips zu binden, alles in einer tiefen und spannungsgeladenen Stille, die sie nicht zu durchbrechen wagt. Sie ist erstaunt, denn sie hat ihren Lebensgefährten noch nie so aufgeregt erlebt. Nachdem sie schnell einen Kaffee in der Hotelbar getrunken haben, treten sie auf den Platz hinaus: Scalzi mit zwei zum Bersten gefüllten Taschen, Olimpia mit einer weiteren, in der nicht weniger von diesem Papierkram steckt, wie sie es nennt.

Als sie den Verhandlungssaal betreten, sind die vorderen Bankreihen bereits vollbesetzt mit Journalisten. Auch an den etwas abseits und weiter von der Richterbank entfernt stehenden Tischen ist kein Platz mehr frei, und selbst im Zuschauerraum müssen schon viele Leute stehen. Olimpia reicht Scalzi die Tasche und sagt, sie gehe in den für das Publikum vorgesehenen Teil des Saals. Scalzi wäre es lieber, wenn sie sich direkt neben die Bank der Verteidigung setzen würde.

»Und wenn mich jemand fragt, was ich hier an deinem Tisch zu suchen habe?«

»Dann bist du meine Sekretärin ...«

»Was aber nicht stimmt«, erwidert Olimpia.

Was in der Tat nicht stimmt. Olimpia arbeitet als Sekretärin bei der FATES, der Fabbrica Accumulatori e Trasformatori Elettrici Scandiccese, einer Fabrik für Elektroteile. Diese Beschäftigung würde sie niemals aufgeben, dafür hängt sie viel zu sehr an ihrem Metallarbeiter-Tarifvertrag, sie möchte ihre bescheidene Freiheit als proletarische Arbeiterin nicht aufgeben, und nur nach Feierabend hilft sie Scalzi hin und wieder bei seinen Fällen. Für den Prozeß hat sie sich in der Fabrik einen unbezahlten Urlaubstag genommen. Scalzi ist nie ganz klar geworden, warum sie ihre wenige Freizeit nicht anders nutzt. Seiner männlichen Eitelkeit gefiele es natürlich, wenn sie es täte, um auf diese Weise mehr Zeit an seiner Seite zu verbringen, aber er vermutet, daß es eher mit Olimpias Vorliebe für die Fälle und Verwicklungen der Justiz zu tun hat. Vielleicht ist dies der Grund, weshalb sie so manche Stunde ihres Lebens, und manchmal auch das Bett, mit einem Strafverteidiger teilt.

Der wachhabende Carabiniere führt die beiden Kellner zur Anklagebank. Die plötzliche Stille im Saal verleiht den Bewegungen, mit denen er ihnen die Handschellen abnimmt, die Kette unter lautem Klirren zusammenrollt und unter der Sitzbank verschwinden läßt, den Anschein von etwas Feierlichem, Sensationellem. Während der Zeremonie hebt Teclo Scarselli einen Arm mitsamt Handschellen in die Höhe, um jemanden im Publikum zu grüßen. Scalzi erkennt ihn an seinem länglichen Gesicht. Aufmerksam betrachtet er den anderen Kellner aus dem »Portichetto«, Eraldo Tofanotti: ihn sieht er heute zum ersten Mal. Die Haarsträhne hängt ihm in die Augen, Scalzi kommen die gedungenen Bösewichter bei Manzoni, die Bravos, in den Sinn, doch er beeilt sich, diese für angejahrte Verteidiger typische Assoziation schnell wieder aus seinen Gedanken zu verbannen. Kurz danach treten Gerbina und Betty ein, nicht in Handschellen – ein Privileg der Frauen. Sie setzen sich nebeneinander in dieselbe Bank, in der auch die Kellner sitzen, ein breiter Zwischenraum trennt sie von den Mitangeklagten. Sie würdigen sich gegenseitig keines Blickes. Es scheint, als erhebe sich zwischen den vieren, den beiden Frauen etwas näher auf der Seite der Verteidigung und den anderen auf der Gegenseite, eine hohe Mauer. Gerbina hat wohl nicht mit so vielen Leuten gerechnet, sie sieht eingeschüchtert aus, mit roten Wangen, den Blick verlegen gesenkt, während ihre rechte Hand ununterbrochen mit dem Anhänger auf ihrer Brust spielt. Betty hingegen schaut in die Luft und bläst hin und wieder die Backen auf. Als die Fotografen sich vor der Bank der Angeklagten drängen und ein Blitzlichtgewitter auf sie niedergeht, fürchtet Scalzi schon, daß sie wieder die Zunge herausstrecken wird. Aber Betty schaut mit gleichgültiger Miene um sich. Beide sind sehr sorgfältig gekleidet, Betty geradezu seriös: ein Kostüm in gedecktem Hellgrau, der Rock reicht ihr bis über die Knie, weiße Strümpfe. Suor Maria Celeste hat sicher einige Mühe gehabt, sie von diesem Aufzug zu überzeugen.

Die Glocke, die den Einzug des hohen Gerichts verkündet, ertönt. Scalzi sieht sich nach Olimpia um und entdeckt sie ganz hinten links an eine Balustrade gelehnt, einen betrübten Blick starr auf die Angeklagten gerichtet.

Es drängten immer noch Leute herein. Um nicht ständig deren Atem im Nacken zu spüren, löste Olimpia sich von dem Geländer, trat an den Rand der Sitzreihen und lehnte sich mit dem Rücken an eine der Seitenwände des Saales; von hier mußte sie den Hals verrenken, um die Richterbank zu sehen, eine unbequeme Position. Die Luft war stickig und gesättigt vom Schweiß der vielen Menschen, draußen strahlte die Junisonne.

Der Staatsanwalt erhob sich sogleich von seinem Platz. Er sprach mit dem rhythmischen, melodiösen Einschlag des Neapolitaners, manchmal schien er fast zu singen. Olimpia hatte Mühe, ihm zu folgen, so sehr lenkte dieser Akzent sie ab: Wurde so etwa in Gerichtssälen gesprochen, mit dieser gezierten Musikalität? Und warum redete er soviel? Soweit sie verstanden hatte, lagen die Dinge doch ganz einfach: Der Untersuchungsrichter hatte gefordert, daß ein Gespräch zwischen Gerbina und einer anderen Person, deren namentliche Nennung der Richter sorgfältig vermied, als Beweisstück in den Prozeß aufgenommen würde. Im Laufe der mit einem Kassettenrecorder aufgezeichneten Unterhaltung sollte die Angeklagte Dinge gestanden haben, die ihre Schuld klar und deutlich belegten. Aber das Band mit dem Gespräch war dem Büro des Staatsanwalts erst vor kurzem zugegangen, und da der Untersuchungsrichter niemanden bevollmächtigt hatte, in der Intimsphäre von Gerbina Baluardi herumzuschnüffeln, rechnete der Vertreter der Anklage mit dem Einspruch der Verteidigung, die das verspätete Einreichen des Tonbands und die Verletzung der Rechte der Angeklagten bemängeln würde. Aber die Beweiskraft war, bei Gott!, derart überzeugend, daß es mit dem Streben nach Wahrheit und Gerechtigkeit nicht zu vereinbaren wäre, so wichtiges Material aufgrund einer bloßen Formalität nicht zuzulassen, bei Gott! ...

Nachdem der Redner zum zweitenmal emphatisch »bei Gott!« gerufen hatte, fühlte Olimpia Langeweile und Widerwillen in sich aufsteigen und verlor den Faden. Die Stimme des Staatsanwalts war so schrill, daß es zeitweise zu Rückkopplungen mit den Lautsprechern kam. Olimpia wurde leicht schwindelig, die Worte hallten in ihrem Kopf wider und übten eine hypnotisierende Wirkung auf sie aus; die Augenlider wurden ihr schwer.

Dann erhob sich Scalzi. Während er mit seinem toskanischen Akzent sprach, fühlte Olimpia ihren Mut sinken. Fast empfand sie Mitleid. Der Verteidiger war von der Initiative des Staatsanwalts überrascht. Er argwöhnte einen Betrug seitens der ermittelnden Polizei, äußerte den Verdacht, das Beweismaterial könnte mit illegalen Methoden beschafft worden sein. Scalzi echauffierte sich, er klang entrüstet. Dennoch entging Olimpia nicht, daß er sich schon mit einer Niederlage in diesem ersten Gefecht abgefunden hatte. Sie sah ihn im Profil, halb verdeckt von Menschen, die sich über die Absperrung beugten. Seine abgetragene Robe mit den ausgefransten Quasten – brandneu hingegen die des Staatsanwalts – rutschte ihm am Rücken hoch, wenn er die Arme ausbreitete, er gestikulierte viel zu wild, wirkte pathetisch. Fast ohne es zu merken, schob sich Olimpia an der Wand entlang immer weiter nach hinten. Schließlich sah sie nur noch Rücken vor sich. Sie drehte sich um, beschloß, der Einladung der auf den Korridor führenden Tür nicht länger zu widerstehen, und verließ den Saal.

Sie ging die Treppe hinab, der Platz vor dem Justizgebäude lag nun wieder ruhig da. Sie fühlte sich schuldig, weil sie den Saal verlassen hatte, während Corrado noch versuchte, einen Verrat abzuwehren. Doch noch nie hatte sie sich so fremd gefühlt, noch nie so stark den Wunsch verspürt, davonzulaufen. Damals, als sie selbst unter Anklage gestanden hatte und das Alterchen mit der Zigarre sie verteidigte, hatte sie sich zeitweilig sogar ganz gut amüsiert. Die aufgekratzte Stimmung unter den angeklagten Jugendlichen, die Erinnerung an den Zusammenstoß mit der Polizei auf der Straße, der Umstand, nun den gleichen Polizisten gegenüberzustehen, die sie abgeführt hatten, und unverhüllt feindselige Blicke mit ihnen zu tauschen, auch die Tatsache, daß sie als brave Bürgerstochter verkleidet war, all das hatte ihr so etwas wie ein Gefühl freudiger Erwartung gegeben, als sei der Prozeß nur der lang erwartete Epilog eines gelungenen

Kabinettstückchens. Außerdem hatte sie gewußt, daß für sie wenig auf dem Spiel stand, schlimmstenfalls eine kleine Haftstrafe auf Bewährung.

Als jedoch die beiden Kellner den Gerichtssaal betraten, hatte sie die traurige Prozedur, in der ihnen die Handschellen abgenommen wurden, das Quietschen des Schlüssels in den rostigen alten Schlössern mit einem schmerzlichen Gefühl der Schuld erduldet. Die Bewegungen, mit denen der Carabiniere die Fesseln löste, sie abstreifte, die verheddete Kette wieder in Ordnung brachte, waren ihr unerträglich langsam vorgekommen, für einen endlos langen Moment hörte man in dem Gerichtssal außer dem metallischen Klirren keinen Mucks.

Kurz darauf. die gesenkten Augen Gerbinas, Bettys Mädchenpensionatsuniform, die Blitzlichter der Fotografen. Olimpia hatte die gleiche Angst und die gleiche Scham empfunden wie die Häftlinge.

»Sieh nur, wie hochnäsig die kleine Hure tut«, hatte jemand im Zuschauerraum geraunt, und eine andere Frauenstimme hatte ergänzt: »Sieht aus, als könnte sie kein Wässerchen trüben, die kleine Lügnerin. Da, schau nur, wie eingebildet sie guckt ...«

Während Scalzis Rede fühlte Olimpia die schlechte Luft und die Ausdünstungen der Menschen fast körperlich auf sich lasten; die Feindseligkeit, die den Angeklagten entgegenschlug, ging von den einfachen Leuten aus, zumindest ihrer Kleidung nach zu urteilen. Es waren düster blickende Männer in Hemden und zu kurzen Hosen, alte Frauen in Hauskitteln und Pantoffeln, die da gekommen waren, und Olimpia vermutete, daß es sich zum größten Teil um Bewohner der Via della Madonnina handelte.

Am Fuß der Treppe holte sie tief Luft. Sie schlug den Weg in Richtung Fluß ein und erreichte die Uferstraße. Unter den Kolonnaden trat sie durch das große Tor, das zu Barbarinis Büro führte.

Das Alterchen lächelte ihr von seinem Thron hinter dem mit Stapeln von Papier beladenen Schreibtisch zu.

»Du bist es. Wolltest du nicht die Verhandlung verfolgen?«

»Zu viele Menschen«, sagte Olimpia, »zu heiß, zu viel Gerede.«

»Und wie steht's?«

»Dicke Luft. Im wörtlichen wie im übertragenen Sinn. Es läuft nicht gut, soweit ich das beurteilen kann. Der Staatsanwalt hat die Tonbandaufzeichnung von einem Gespräch Gerbinas mit einer nichtgenannten Person aus dem Ärmel gezogen.«

»Hat Scalzi die Zusammenlegung mit dem anderen Prozeß um den Anschlag in Marina gefordert?«

»Nein, zumindest nicht, solange ich da war. Ich glaube, das wird er erst tun, nachdem das Gericht über den Antrag des Staatsanwalts entschieden hat. Ich bin früher gegangen, weil ich sonst erstickt wäre.«

»Wenn die beiden Prozesse nicht zusammengelegt werden«, sagte Barbarini, »sieht die Sache wirklich schlecht aus. Scalzi hätte sofort damit herausrücken müssen, gleich zu Beginn der Verhandlung.«

»Er kam gar nicht dazu. Kaum, daß die Richter drinnen waren, ist der Staatsanwalt aufgesprungen und hat von diesem Tonband angefangen. Damit hat Corrado nicht rechnen können.«

»Dieser Dottor Corbato ist sehr geschickt«, Barbarini legte seine Zigarre im Aschenbecher ab, »ein echtes Schlachtroß. Das wird nicht einfach für Scalzi. Ich würde ihn gern unterstützen, aber ich sollte mich lieber nicht mehr dort blicken lassen. In meiner Situation sähe das aus, als wolle ich zwei Rollen in derselben Komödie spielen.«

»Ich ... nun ja ... Ich konnte einfach nicht mehr.« Olimpia schien ihr Verhalten zu bedauern. »Und ich hätte ihm ja sowieso nicht helfen können ...«

»Ich kann dich verstehen.« Barbarini lächelte nachsichtig. »Wer das nicht gewohnt ist, der ...«

»Die Leute sind so bösartig«, fuhr Olimpia fort, »die Zuschauer, meine ich. Sie sind von vornherein alle gegen Gerbina und Betty. Aber warum? Sie sind genauso arm wie die beiden Frauen, warum zeigen sie nicht wenigstens ein Minimum an Solidarität? Wenn es nach ihnen ginge, wären die zwei schon längst verurteilt. Warum?«

»So war es doch von Anfang an. Erinnerst du dich, wie sich bei ihrer Festnahme eine kleine Menschenmenge in der Via della Madonnina versammelte und viele von den Leuten den Polizisten applaudierten, als sie die beiden zum Streifenwagen führten? Ich vermute, daß die Zeitungen ihren Teil dazu beigetragen haben. Aber der Hauptgrund ist wohl, daß die Leute eine schnelle und einfache Antwort wollen; für komplexe Erklärungen, für Politik und dunkle Machenschaften haben sie keine Geduld. Ein sexueller Beweggrund hingegen leuchtet allen sofort ein. Sex ist ein wahrer Magnet. Ein fröhliches und freizügiges Mädchen, ein ›krankhaft eifersüchtiger‹ Vater, eine schwache Mutter ... Das Thema Sex ist normalerweise mit Hemmungen und Verboten belegt, um so besser gefällt es den Leuten, wenn sie in einer so ernsthaften Angelegenheit wie einem Prozeß darüber reden, wenn sie ihre Phantasie spielen lassen und sich laszive Dinge ausmalen können, mit Betrug und Verrat. Das Blut erscheint dann als göttliche Vergeltung der Sünden, als eine Art Wiedergutmachung. Natürlich spricht niemand so was offen aus, dazu fehlt ihnen der Mut, selbst den Richtern ... Willst du wissen, was sie alle für das wahre Motiv halten?«

»Die Angst vor Baluardis Reaktion auf das Techtelmechtel der Tochter. So lautet die These der Anklage.«

»Das ist die offizielle Version. Aber warum hätte Baluardi so eifersüchtig auf die Tochter sein sollen, daß er das Haus in die Luft sprengt?«

196

»Ja, warum?«

»Wegen seiner ›krankhaften Eifersucht‹ auf die Tochter. Aber was meint der Untersuchungsrichter damit? Es ist aufschlußreich, daß er das Adjektiv ›krankhaft‹ in seine Anklageschrift aufgenommen hat. Denn worin besteht das Krankhafte? Aus welchem Grund hätte der Wirt ein Blutbad anrichten sollen, sobald er sich sicher sein konnte, daß jemand seine Tochter verführt hatte? Der Hintergedanke liegt doch ganz klar auf der Hand, auch wenn das paradox klingt: Die laufend beschworenen Morddrohungen Baluardis gegen die potentiellen Verführer seines Kindes, die Angst der beiden Frauen, die sie dazu treibt, die Kellner gewissermaßen prophylaktisch mit dem Mord an dem Vater zu beauftragen, all das beruht auf der unausgesprochenen Unterstellung des Inzests. Niemand sagt das explizit, aber es steckt tief in ihren Köpfen drin: Der chronische Alkoholiker hatte etwas mit seiner Tochter.«

»Aber das ist doch nicht wahr, verdammt!« ereiferte sich Olimpia. »Wie wollen die das beweisen?«

»Überhaupt nicht. Niemand wird auch nur versuchen, eine Sache von solcher Tragweite beweisen zu wollen. Und genau das macht die Aufgabe des Verteidigers so außerordentlich schwierig. Scalzi darf das Thema auf keinen Fall ansprechen, weil er damit derjenige wäre, der den Verdacht ins Spiel gebracht hat. Wenn er es täte, um dann dagegen zu argumentieren, bekäme er zur Antwort, daß niemand, weder die Polizei und schon gar nicht das Gericht, jemals einen solchen vollkommen außerhalb der Beweislage stehenden Verdacht erhoben habe. Ausgerechnet er, der Verteidiger, hätte dann eine derartige Mutmaßung ausgesprochen. Er, den die Leute – und wenn ich Leute sage, schließe ich die Geschworenen mit ein – für den Hüter der Geheimnisse der Angeklagten halten! In der Vorstellung der Öffentlichkeit ist ein Anwalt so etwas wie ein Beichtvater. Auf diese Weise könnte sich der unterschwellige Verdacht erhärten und in den Bereich des Wahrscheinlichen rücken.«

»Mein Gott«, seufzte Olimpia, »ihr habt wirklich keinen leichten Beruf.«

»In all den Jahren, die ich das nun schon mache«, Barbarini betrachtete mit abwesendem Blick die Zimmerdecke, »habe ich oft versucht, mir vorzustellen, was die Geschworenen in der Zurückgezogenheit des Beratungszimmers bereden, wenn sie dort das Urteil ausbrüten. Ich bin überzeugt, sobald sie die Tür hinter sich geschlossen und die Laien unter ihnen ihre Jacken abgelegt haben, die professionellen Richter ihre Roben, wenn sie einen Kaffee bestellt haben und der eine oder andere sich die Zigarette angezündet hat, wenn sie müde sind von all den Reden, die sie im Verhandlungssaal anhören mußten ... Sie entspannen sich, lehnen sich zurück. Stunde um Stunde mußten sie wie versteinert zuhören, ausgeschlossen, ohne eigene Stimme, abgesehen vom Vorsitzenden. Ich glaube, daß in diesem Moment der Geist der Revanche erwacht: Jetzt sind wir dran. Dann kommt den vorgeführten Beweise gar nicht mehr die große Bedeutung zu, wie man eigentlich annehmen würde. Unser Gesetz schreibt nämlich auch vor, daß sie aus ›freier‹ Überzeugung urteilen sollen. Was aber heißt ›frei‹? Ich fürchte, daß sich eine religiöse Bedeutung dahinter verbirgt. Verstehst du, was ich meine?«

Olimpia schüttelte den Kopf, obwohl sie eine vage Ahnung hatte.

»Es fällt schwer, sich das einzugestehen, nach zwei Jahrhunderten sogenannter laizistischer Kultur. Dennoch bin ich überzeugt, daß dort, in der Abgeschlossenheit dieses Zimmers, jeder einzelne darauf wartet, vom Finger Gottes berührt zu werden. Bestimmte Dinge überdauern die Jahrhunderte. Nur ein Beispiel: Beatrice ist überzeugt davon, daß das ungesäuerte Brot aus der Jungsteinzeit stammt. Die Gerichtsbarkeit unterstand, zumindest in der Urteilsfindung, viele Jahrhunderte lang der Kirche und war beherrscht von der Vorstellung, daß der Richter die einzige und absolute Wahrheit erkennen müsse. Aber wie? Wie sollte es möglich sein, die absolute Wahrheit über etwas herauszufinden, das in der Vergangenheit geschehen war, das gar nicht mehr existierte? Also braucht man den göttlichen Blick, um den Nebel der Vergangenheit zu durchdringen. Die göttliche Erleuchtung. Darauf warten die Richter, sie wollen vom Licht der Erkenntnis erfüllt werden. In meiner Vorstellung fängt nach einer allgemeinen Phase der Entspannung irgendeiner der Geschworenen an, von den Dingen zu reden, die während der Verhandlung unausgesprochen geblieben sind, aber unterschwellig da waren. Und genau an diesem Punkt taucht das Ungesagte und Unsagbare auf. Darum geht es da drin, um die Umstände, die jenseits aller Beweise liegen. Dann kommen die Zweifel und Verdachtsmomente hoch, die genialen Eingebungen. Und indem die Richter sie hervorholen, erobern sie sich ihre Autonomie zurück, ihre Kreativität. Ich vermute, daß in diesem Prozeß die unausgesprochene inzestuöse Beziehung des Wirts im Beratungszimmer groß und schwer wie ein Fels werden wird – und dieser Fels wird Gerbina und Betty in den Abgrund reißen. Ihr Anwalt ist nicht dabei, um zu protestieren: Wovon reden Sie eigentlich? Woraus schließen Sie das? Die äußere Form ist bereits gegossen, nun fehlt den Richtern nur noch die Erleuchtung, auf Teufel komm raus, für ihr ›freies‹ Urteil, wie es das Gesetz vorschreibt.«

»Mammamia«, stöhnte Olimpia, »funktioniert das wirklich so?«

Olimpia und Barbarini waren gerade im Begriff, das Büro zu verlassen, als ein Anruf von Scalzi sie erreichte.

»Das hab ich mir gedacht, daß Olimpia bei dir ist«, sagte der Avvocato.

Sie trafen sich in einem Restaurant.

»Die Verhandlung ist auf morgen vertagt.« Scalzi wirkte müde, abgespannt. »Noch ist nichts entschieden. Morgen vormittag werde ich die Zusammenlegung der beiden Prozesse beantragen, sofort nach Verhandlungseröffnung. Morgen wird über alle Vorfragen entschieden.«

»Entschuldige, daß ich einfach gegangen bin«, sagte Olimpia. »Aber unsere Diskussion war auch sehr interessant. Barbarini hat mir eine Art Vortrag über die Geschworenen gehalten. Ich hätte nie gedacht, daß ihr es so schwer habt.«

»Ach was, Vortrag. Ein oder zwei Bemerkungen über die Geschichte des Rechts«, winkte Barbarini ab.

»Schon verstanden. Die absolute Wahrheit und die göttliche Erleuchtung, auf die die Richter warten.« Scalzi warf dem älteren Kollegen einen verständnisinnigen Blick zu. »Das ist sein Steckenpferd.«

»Ich weiß jetzt auch, warum ich es nicht mehr ausgehalten habe«, sagte Olimpia. »Im Saal hat sich nämlich ganz unbemerkt der teuflische Geruch nach Scheiterhaufen auf mich herabgesenkt wie eine Zentnerlast. Wenn man dem Alterchen glaubt, haben sie in diesem Saal eine Reise in die Vergangenheit angetreten.«

»Ich verstehe deinen Widerwillen«, stimmte Scalzi in leicht verdrießlichem Ton zu, »der Zeitsprung verursacht Schwindelgefühle. Man muß sich erst daran gewöhnen.«

25

Lya De Putti

Um sieben Uhr am Abend des darauffolgenden Tages, einem Freitag, saß Scalzi in dem kleinen, leeren Raum der Hotelbar im Halbdunkel. Er würde das Wochenende hier im Hotel verbringen und auf die Fortsetzung des Prozesses am Montag warten. Olimpia packte oben im Zimmer ihre Sachen, sie hatte genug und fuhr nach Florenz zurück. Scalzi wollte sich nach dem anstrengenden Tag etwas entspannen, und er bereute es schon, daß er hier, viel zu nah am Gerichtshof, ein Treffen vereinbart hatte, das eigentlich geheim bleiben sollte. Aber vielleicht hatte der junge Mann es sich ja auch anders überlegt, und die Verabredung kam gar nicht zustande. Denn am liebsten hätte der Avvocato alle Gedanken an den Prozeß aus seinem Kopf verbannt.

Die Verhandlung, die mit der Verlesung der beschlossenen Vorfragen begonnen hatte, war wie im Fluge vergangen: Dem Antrag des Staatsanwalts auf die Aufnahme der Tonbandaufzeichnungen als Beweismaterial in den Prozeß war stattgegeben worden, unter der Voraussetzung, daß sie durch die Zeugenaussagen der Betroffenen ergänzt würden. Scalzis Antrag auf Zusammenlegung der beiden Prozesse war abgewiesen worden.

Nachdem die beiden Kellner jede Aussage verweigert hatten, war Gerbina auf den Stuhl gegenüber dem vorsitzenden Richter geführt worden. Die Wirtin des »Portichetto« brachte kein Wort heraus, sie wurde von einem Weinkrampf geschüttelt, der sie am Sprechen hinderte. Nach einer Weile, die Scalzi wie eine Ewigkeit vorkam, forderte der

Vorsitzende sie auf, sich zusammenzureißen und zu beruhigen, da dies nun der Moment sei, »Ihre Beweggründe vor unabhängigen Richtern offenzulegen«, Richtern, die ihr gegenüber »frei von Feindseligkeit und völlig unvoreingenommen« seien. Da schienen nach der anfänglichen Sprechblockade die Worte geradezu aus ihr herauszupurzeln. Mit wirren Sätzen erzählte sie dann von ihrem Pilgerweg zum Sanktuarium von Montenero, »barfuß die letzten zehn Kilometer«, wo sie die Heilige Jungfrau um die Gnade gebeten hatte, ihren Mann von seiner Trunksucht zu befreien. »Ich war ihm gut, meinem Giuliano«, sagte sie und umklammerte dabei das berühmte Medaillon. Durch den Zuschauerraum ging ein Raunen wie in einem Fußballstadion. Spöttische Kommentare wurden laut, und der Vorsitzende hatte es nicht besonders eilig, sie wenig nachdrücklich und mit arglistigem Lächeln zurückzuweisen und den Tumult zu beenden.

»Hört nur die Betrügerin«, hatte eine Frauenstimme gerufen. Und eine andere: »Mit der Giftspritze hat sie ihn geliebt ...«

Gerbina war unter der Bösartigkeit der Leute – zwischen denen sie viele Gesichter aus der Via della Madonnina wiedererkannt haben mußte – zusammengesackt und hatte wieder zu weinen angefangen. Von da an antwortete sie nur noch einsilbig mit ja und nein. Sie schien alle Ratschläge Scalzis vergessen zu haben. Als der Ankläger sie fragte, ob sie bei der protokollierten Uhrzeit bliebe, zu der sie ihren Mann das Haus habe verlassen sehen (etwa zehn nach zwei), begann sie, anstatt zu antworten, mit gesenktem Kopf noch stärker zu weinen. Ihr Gesicht war verschlossen, und die kurzen Antworten kamen mit abweisender, arrogant klingender Stimme: das klassische Bild der überführten Schuldigen.

Betty war es dann gelungen, alles noch schlimmer zu machen. Scalzi hatte schon im Gefängnis Gelegenheit gehabt, die Impulsivität des Mädchens kennenzulernen, ganz zu schweigen von ihrer rotzigen Aggressivität. Er hatte ihr geraten, besser gesagt befohlen, nicht auf die Fragen zu antworten, sondern von ihrem Recht auf Aussageverweigerung Gebrauch zu machen. Denn abgesehen von ihrem kontraproduktiven Verhalten, das ihr nur die Antipathie der Geschworenen einbringen würde, mußte man davon ausgehen, daß der Staatsanwalt ausführlich auf der Abtreibung herumhacken würde. Aber der illegale Abbruch war nicht Gegenstand der Anklage. In ihrem Fall wäre eine Aussageverweigerung also gleich zweifach gerechtfertigt gewesen. Ihre Antworten hätten so knapp und vor allem so gelassen wie möglich ausfallen müssen. Betty hätte sagen müssen, daß sie befürchtete, eine weitere Klage angehängt zu bekommen, und daher das Recht habe, zunächst einmal über das Wie, Wann und Warum des angeblichen Schwangerschaftsabbruchs informiert zu werden, darüber, mit wessen Unterstützung er bewerkstelligt worden sein sollte und welche Beweise dafür vorlägen. Scalzi hatte versucht, ihr das während der quälenden Gespräche im Gefängnis einzubleuen. Er hatte sich sogar des Lateins bedient, um die Ernsthaftigkeit der Sache zu unterstreichen. Wer weiß, was ihn geritten hatte, einer Halbwüchsigen, die für Unterhaltungsmusik schwärmte, die Bedeutung von *nemo tenetur se detegere* erklären zu wollen: niemand muß sich selbst belasten. Schließlich, nachdem er die Unempfänglichkeit des Mädchens für juristische Grundsätze hatte erfahren müssen, waren sie Wort für Wort ihre Stellungnahmen durchgegangen. Kein leichtes Unterfangen, denn Betty weigerte sich, wie ein Papagei Sätze nachzuplappern und auswendig zu lernen wie früher die Weihnachtsgedichte bei den Nonnen in der Klosterschule. Scalzi seinerseits hatte es einige Mühe gekostet, das Ganze in die Umgangssprache zu übersetzen, um es nicht zu sehr nach Anwalt klingen zu lassen. Nachdem Betty erlebt hatte, wie man mit ihrer Mutter verfahren war, war sie voller Entrüstung nach vorn gegangen. Als der Richter sie aufforderte, sich zu setzen, machte sie sich, das Gesicht vor Scham und Wut gerötet, mit einer heftigen Armbewegung von dem Carabiniere los, der sie nach vorn geführt hatte:

»Pfoten weg!«

Und als der Vorsitzende sie fragte, ob sie gewillt sei, auf die Fragen zu antworten, schnauzte sie ihn an:

»Nein! Ich laß mich doch nicht von dieser Horde Filzläuse verarschen!« Mit einer Handbewegung deutete sie auf den Zuschauerraum, aus dem ihr eine Welle der Entrüstung entgegenschlug, die dem Aufruhr nach einem Foul im Strafraum in nichts nachstand. Da brüllte Betty aus vollem Halse:

»Verdammte Filzläuse! Blöde Affen alle zusammen!« Der Vorsitzende befahl den Carabinieri, sie aus dem Saal zu führen, zappelnd und schreiend wurde sie in eine Sicherheitszelle gesteckt, wo sie schließlich in Ohnmacht fiel. Der Vorsitzende unterbrach die Verhandlung.

Als es weiterging, hatte Scalzi gegen das ungesittete Verhalten des Publikums protestiert und den Antrag gestellt, die Verhandlung unter Ausschluß der Öffentlichkeit fortzusetzen. Die Anhörung endete zur Mittagspause mit der Verlesung der einstimmig gefällten Entscheidung, die den Antrag der Verteidigung als unbegründet abwies.

Nach der Pause wurde der erste Zeuge der Staatsanwaltschaft, Francesco Terzani, aufgerufen.

Aus der Art und Weise, wie er sich mit übereinandergeschlagenen Beinen auf dem Stuhl niederließ und sich gemütlich zurücklehnte, wurde deutlich, daß der Student vorhatte, das Gericht länger zu beschäftigen. Ohne den Aufforderungen, sich kurz zu fassen, Beachtung zu schenken, holte er weit aus und fing ganz vorn an, obwohl es nicht wirklich etwas zur Sache tat, welche Fußballthemen er mit seinem Freund erörtert hatte, wie schön und klar jene Nacht zum ersten Mai gewesen war, geradezu ideal, um Schmetterlinge zu jagen, wie steil und gefährlich der Aufstieg auf den Monte Merlato war, daß der Fiat Campagnola, den er sein eigen nannte, zwar nicht ohne war, aber doch schon leicht marode ... Endlich, nachdem der Staatsanwalt ihn mehrmals zur Eile gemahnt hatte (»Ja, ja, aber kommen Sie jetzt bitte zur Sache«), was Terzani mit dem ihm eigenen Starrsinn beantwortete (»Ich denke, es dürfte die Herren Geschworenen interessieren, warum ich mich in jener Nacht an diesem gottverlassenen Ort aufhielt, ich möchte nicht, daß der Eindruck entsteht, ich hätte dort eine Verabredung gehabt ...«), bis der Staatsanwalt es schließlich vorzog, seinem Redefluß freien Lauf zu lassen, weil alle Bemühungen, ihn zu bremsen, noch mehr Zeit erforderten, war Terzani schließlich zu der Begegnung mit dem Fiat 1100 gekommen, diesem mysteriösen Hindernis auf der Straße, dann zu den beiden Personen, die er in lebhaften Worten als völlig außer Atem und ganz geschafft von einem gerade zurückgelegten Lauf beschrieb. Die beiden seien wohl bei einer geheimen Mission gestört worden. Warum sonst hätten sie ihm mit ausgeschalteten Scheinwerfern noch ein Stück folgen sollen? Und warum sonst wären sie in geradezu halsbrecherischem Tempo die gefährliche Straße hinuntergerast, als sie merkten, daß er den Weg zu den Feenhöhlen einschlug? Dann erklärte Terzani, warum er so sicher war, daß dieses Treffen sich genau in der Nacht zum ersten Mai zugetragen hatte. Nach einer längeren Abschweifung über den Acherontia Atropos, der in Europa aufgrund der Herbizide eine echte Rarität geworden sei, und über sein geheimnisvolles und beunruhigendes Aussehen hatte er, aufgefordert diesmal vom Vorsitzenden, der offensichtlich allmählich selbst seine sprichwörtliche Geduld eines sardischen Schäfers verlor, von dem Schildchen erzählt, auf dem unzweifelhaft das Datum des Fangs notiert sei und das er sogleich konsultiert habe,

205

sobald er von dem Mord gehört hätte. Nein, Leichen habe er nicht gesehen, es sei ja eine sehr dunkle, mondlose Nacht gewesen, und das Licht seiner Taschenlampe nur schwach ... Aber etwas anderes sei ihm aufgefallen, das ihm auch hochinteressant erschiene ...

Bevor er noch mehr zu der hochinteressanten Sache sagen konnte, fragte ihn der Staatsanwalt bereits, ob er die beiden Personen, denen er auf dem Berg begegnet sei, in der Folge wiedererkannt habe. Terzani bejahte, er habe sie einerseits auf Fotos identifiziert, die man ihm zusammen mit anderen Personenfotos auf dem Polizeirevier gezeigt habe. Der Untersuchungsrichter habe ihm den Ordner der Mordkommission vorlegen lassen, der neben den Fotos der Kellner auch die von anderen Individuen enthielt, die auf die eine oder andere Weise den Angeklagten ähnelten, damit die sogenannte amerikanische Gegenüberstellung korrekt ablief. An diesem Punkt wurde die Verhandlung durch den erstmaligen Einspruch des Verteidigers von Eraldo Tofanotti unterbrochen. Der junge, vom Gericht bestellte Anwalt, Roberto Scarpati, fragte, wann die Identifizierung stattgefunden habe. Als Scarpati auf Terzanis Antwort hin einwandte, zwei Jahre seien eine zu lange Zeit, um die Gesichter zweier Unbekannter im Gedächtnis zu behalten, die man nur flüchtig und bei schlechten Lichtverhältnissen gesehen habe, erwiderte der Zeuge, nein, Signore, er habe sie durchaus nicht nur flüchtig gesehen, die beiden Herren, sondern während eines durchaus längeren Manövers, mit dem sie seinem Auto den Weg freigemacht hatten, und das bei voller Beleuchtung, weil seine Scheinwerfer aufgeblendet gewesen seien, bis einer der beiden, der größere und ältere, ihn aufgefordert habe, sie auszumachen. Außerdem habe er ein hervorragendes Personengedächtnis, noch nie habe er ein Gesicht vergessen, er erkenne sie ja auch jetzt, die beiden: da wären sie doch, dort säßen sie auf der Anklagebank. Und er wies mit dem Finger auf sie.

Nun war Tofanottis Verteidiger aufgesprungen, um gegen die grobe Rechtsverletzung vorzugehen, eine solche Identifizierung sei überhaupt nichts wert, man solle sie aus dem Protokoll streichen, sie müsse vielmehr streng nach den Regeln der Prozeßordnung ablaufen, dazu bräuchte es neben den Angeklagten weitere Personen, insgesamt mindestens sechs, und das auch erst, nachdem der Zeuge das Aussehen der betroffenen Personen beschrieben habe. Daraus entwickelte sich ein kurzer Wortwechsel, Erwiderung des Staatsanwalts und Antwort des Verteidigers; wenige Worte von Scalzi, der sich dem Einspruch des Verteidigers anschloß, mehr aus Teamgeist als aus Überzeugung; fast stumm der andere Anwalt, Pflichtverteidiger für den zweiten Kellner, Teclo Scarselli. Er war schon etwas älter, wirkte desinteressiert und abwesend, trug aber dennoch permanent eine scharfsinnige Miene zur Schau, als wolle er glauben machen, er hätte noch einen Trumpf im Ärmel. Darauf zog sich das Gericht ins Beratungszimmer zurück, um über die Sache zu entscheiden. Als die Herren nach über zwei Stunden wieder aus dem Allerheiligsten herauskamen (»Der Einspruch wird abgewiesen, fahren Sie fort.«), hatten alle begriffen, daß die Richter von der beschwerlichen Verhandlung ermüdet waren und die Beratung absichtlich so lange hinausgezogen hatten. Das bewies auch der Kellner, der mit einem Tablett Kaffee in den Raum trat und später noch einmal wiederkam, um die Tassen abzuholen und abzurechnen. Und so hatte der vorsitzende Richter, da es mittlerweile schon spät war, dem Studenten Terzani, der allem Anschein nach immer noch erzählen wollte, was ihm auf dem Monte Merlato Interessantes aufgefallen war, schließlich mit strenger Stimme das Wort verboten. Der Zeuge wurde entlassen, die Verhandlung auf den nächsten Morgen vertagt.

Gegen sechs Uhr abends hatte Scalzi den Saal verlassen und sich unter der Kolonnade rund um den Hof, auf den sich schon die Schatten herabsenkten, zum Ausgang begeben. Da hatte ihm der Zeuge Francesco Terzani, halb versteckt hinter einem der Bananenbäumchen, die das Blumenbeet in der Mitte des Hofes umgaben, bedeutet näherzukommen:

»Sie sind der Verteidiger von Gerbina und Betty, nicht wahr?« hatte der Student mit verschwörerischer Stimme gefragt, während er um sich geschaut und sich vergewissert hatte, daß niemand zuhörte. »Dürfte ich Sie einen Moment an einem ruhigen Ort sprechen?«

Also hatte Scalzi sich mit ihm in der Hotelbar verabredet.

Die Bar lag im Halbdunkel, der Barkeeper war nicht da und die anderen Tische alle unbesetzt, in den dicken Brillengläsern spiegelte sich das gedämpfte Licht der Milchglaslampen hinter dem Tresen. Der Student benahm sich wie ein Spion im feindlichen Osten.

»Heute morgen habe ich eine Weile vor dem Saal auf meine Vernehmung gewartet«, sagte Terzani. »Die Tür war nur angelehnt, so daß ich alles hören und sehen konnte. Ich hätte nicht gedacht, daß so etwas in einem Gerichtssaal möglich ist. Üble Geschichte!«

»Was meinen Sie?«

»Der Lärm, die Beleidigungen durch die Zuschauer, und die arme Betty, die das nicht aushält und in die Luft geht ... Das wird ihr nicht gerade dienlich sein, vermute ich ...«

»Allerdings nicht.«

»Solche Verhaltensweisen mögen die Richter nicht. Ich glaube, daß sowohl die Geschworenen als auch das Publikum eine feste Vorstellung vom Ablauf der Verhandlung haben. Die hegen keine Zweifel mehr, und selbst wenn ... Schauen Sie, ein Abgang wie der von Betty heute morgen wird sie doch in ihrer vorgefaßten Meinung nur noch bestärken. Erinnern Sie sich an Manzoni? ›Man fürchtete, sie könnten sich als unschuldig erweisen ...‹. Sie kennen *Die Schandsäule*? Obwohl ... in diesem Buch finde ich Manzoni nicht besonders überzeugend, Sie etwa?«

»Keine Ahnung.« Scalzi fürchtete schon, einen dieser Fanatiker vor sich zu haben, die sich von einem Prozeß begeistern ließen, als handele es sich um ein Fußballspiel, und Richtern und Anwälten mit ihren Ansichten und Ratschlägen auf die Nerven gingen. Dieser hier mußte sich zu allem Überfluß auch noch intellektuell profilieren.

»Zu katholisch, zu systemtreu«, fuhr Terzani fort. »Letztlich ist *Die Schandsäule* alles andere als eine klare Verurteilung der Folter. Manzoni beklagt lediglich, daß sie in diesem bestimmten Fall eingesetzt wurde, obwohl die Voraussetzungen nach den strengen Regeln der damaligen Zeit gar nicht gegeben waren. So gesehen ziemlich engstirnig, finden Sie nicht?«

»Würde ich nicht sagen«, Scalzi versuchte das Thema abzuwürgen, »er vertritt eben den Standpunkt des Historikers.«

»Manzoni ist keine Historiker, er ist Dichter und katholischer Moralist.«

»Hören Sie«, sagte Scalzi, »ich habe noch nicht zu Abend gegessen, und ich möchte früh ins Bett. Die Verhandlung war sehr anstrengend. Ich glaube nicht, daß Sie mich treffen wollten, um mit mir über die angeblichen Pestverbreiter im Mailand des siebzehnten Jahrhunderts zu sprechen.«

»Sie haben recht«, Terzani klang irgendwie enttäuscht. »Was ich Ihnen sagen wollte, ist etwas anderes. Also, eigentlich würde ich vor allem gern eins wissen: Was ist Ihrer Meinung nach der Grund dafür, daß die mich nicht haben ausreden lassen?«

»Sie nicht haben ausreden lassen? Sie waren über drei Stunden im Zeugenstand. Abgesehen von der Zeit, wärend der die Verhandlung zur Beratung ausgesetzt war, haben fast ununterbrochen Sie geredet.«

»Deshalb war ich doch auch dorthin bestellt, oder? Um zu erzählen, was ich gesehen habe. Die Einzelheiten sind nun mal wichtig. Irgendwo habe ich gelesen, ich weiß nicht mehr wo ... vielleicht bei Conan Doyle, könnte das sein?« Diesmal seufzte Scalzi ganz unverhohlen auf.

»Doch, doch«, fuhr Terzani unerschütterlich fort, »ich glaube, es war tatsächlich Sherlock Holmes. Oftmals wird das Puzzle erst komplett, wenn man genau das Teilchen einsetzt, das vorher nicht zum großen Ganzen zu gehören schien, das auf den ersten Blick völlig irrational erscheint oder wie irgendein beliebiger Zufall. Doch genau darin liegt dann der Schlüssel, in dieser merkwürdigen und schwer zu erklärenden Sache. Aber weil die Leute inklusive der Ermittler denkfaul sind, vergessen sie diese merkwürdige Begebenheit wieder und richten ihr Bild so ein, daß es auch ohne sie funktioniert. Bei uns zu Hause nennt man so etwas mogeln, bei Ihnen auch?«

»Vielleicht«, murmelte Scalzi müde, doch er konnte sich des Gedankens nicht erwehren, daß der Junge auf seine Weise eine gewisse Intelligenz bewies. »Aber bitte, kommen Sie zum Punkt, ich habe nicht den ganzen Abend Zeit.«

»Und genau das ist heute passiert: die Leute haben es so eingerichtet, daß eben dieses kleine Detail außen vor blieb. Ich frage mich, warum? Was glauben Sie?«

»Ich weiß nicht, wovon Sie reden.«

»Also: ich habe damals diese Falle mit der Quecksilberdampflampe aufgestellt, wenn Sie sich erinnern?«

»Ich weiß sogar noch, wie sie funktioniert, das haben Sie ja im Gerichtssaal haarklein erklärt ...«

»Sehr gut. Ich dachte also, daß es nicht ratsam sei, neben der Falle zu warten. Es war kalt da oben, und feucht obendrein; so eine Feuchtigkeit, von der man Rheuma bekommt. Deshalb bin ich zum Wagen zurückgegangen und habe mich dort etwas hingelegt.«

»Auch daran erinnere ich mich bestens«, seufzte Scalzi.

»Ich habe ein paar Stunden geschlafen, dann bin ich wieder hinaufgestiegen, um die gefangenen Schmetterlinge einzusammeln und die Fallen abzubauen. Es war noch stockdunkel. Beim Aufstieg bin ich über diesen Stuhl ohne Beine gestolpert. Das ist das Detail, das sie mich nicht erzählen lassen wollten, der Stuhl ohne Beine.«

»So ein typischer Barstuhl?«

»Sie wissen davon? Warum haben Sie mich dann nicht danach gefragt?«

»Ich wußte, daß der Stuhl da lag, aber nicht, daß Sie ihn gesehen haben.«

»Und wieso wußten Sie von dem Stuhl?« Terzani klang mißtrauisch.

»Das zu erklären würde zu weit führen. Sie meinen also einen dieser Barstühle, älteres Modell aus einem Metallgestell, das mit rotem Plastikband bespannt ist?«

»Genau!« Terzani betrachtete Scalzi halb enttäuscht, weil es ihm nicht gelungen war, ihn zu überraschen, und halb skeptisch. »Aber ohne Beine! Als ob jemand sie mit Gewalt abgerissen hätte. Das ist meines Erachtens das entscheidende Detail: die fehlenden Beine. Der Staatsanwalt hat mich unterbrochen, als ich davon erzählen wollte. Danach haben sie über diese Sache mit der Identifizierung gestritten. Mußte das denn so lange dauern? Sie sind es doch! Die zwei Kellner aus dem ›Portichetto‹, die Typen, die ich in der Nacht getroffen habe. Irrtum ausgeschlossen. Dann haben sich die Richter ins Beratungszimmer zurückgezogen, und als sie wieder herauskamen, hat der Vorsitzende mich weggeschickt. Auf Nimmerwiedersehen, und viele Grüße zu Hause. So ist der Stuhl ohne Beine ganz untergegangen.«

»Warum halten Sie das für das entscheidende Detail?«

»Ich habe lange darüber nachgedacht.« Aus Terzanis Worten sprach eine gewisse Selbstzufriedenheit. »Nachdem ich von dem Mord erfahren hatte, natürlich. Vorher ist mir das gar nicht aufgefallen. Im übrigen war mir ja überhaupt nichts aufgefallen: der alte 1100 mitten auf der Straße, die Begegnung mit den beiden ... Wer denkt denn auch über so was nach? Wobei, klar, ein bißchen merkwürdig war das Ganze schon, nachts da oben mitten in der Wildnis ... Aber wenn man von dem Mord nichts weiß ... Es kann einem natürlich komisch vorkommen, daß ich, obwohl ich in derselben Stadt wohne, nichts davon gehört habe. Erst zwei Jahre später erfahre ich davon: Na und? Ist das etwa ein Verbrechen? Der Staatsanwalt und auch der Vorsitzende haben ein großes Gewese darum gemacht. Wie das denn möglich sei, obwohl man hier wohnt? Warum ich mich so spät überhaupt noch gemeldet habe? Aber das Gehirn ist ja nun kein Faß ohne Boden! Mich interessieren eben andere Sachen als die lokalen Verbrechen. Man muß halt aussortieren, sich seine Interessen und Gedanken genau einteilen, sich auf bestimmte Dinge konzentrieren. Ansonsten, wenn ›Gedanken sprießen über Gedanken, irrt nur fern vom Ziele‹ der Mensch ... Aber als ich dann davon erfuhr, habe ich meine Erinnerungen neu geordnet und mich informiert. Vor der Vernehmung habe ich alles über den Fall gelesen, was ich in den Zeitungen finden konnte, und ich bin noch einmal zu der Stelle hinaufgegangen, mit einer starken Taschenlampe und einem Seil. Ich bin in den ersten Abschnitt der Höhle mit der breitesten Öffnung geklettert, in der Nähe der Stelle, an der die Leiche gefunden wurde. Und da ist mir ein Licht aufgegangen. Mir ist klar geworden, wozu der Stuhl ohne Beine dienen sollte.«

»Und wozu?«

»Der Eingang der Höhle ist ziemlich eng und voller Unebenheiten: Felsvorsprünge, Gesteinsbrocken. Aber nach einigen Metern wird er breiter. Wie ein riesiger umgedrehter Trichter. Nach ungefähr zehn Metern öffnet sich der Abgrund, der wer weiß wie viele Meter in die Tiefe führt, ein paar hundert bestimmt. Wenn also jemand eine Leiche verschwinden lassen will, für immer, verstehen Sie? So, daß sie nie mehr gefunden wird! Dann muß er den Körper irgendwie durch diesen Engpaß bekommen, wo er leicht zwischen den ganzen Hindernissen steckenbleiben könnte, wenn man ihn einfach hineinwirft. Und dafür wurde der alte Barstuhl gebraucht: Den leblosen Körper bindet man in sitzender Haltung darauf fest und läßt den Stuhl an den Seilen wie eine Art Pendel in die Höhle hinab, lenkt ihn irgendwie über die Unebenheiten am Eingang bis zu dem breiteren Teil des Trichters. Und dann läßt man einfach los, und alles ist in Butter: Gott befohlen die Leiche und der hilfreiche Stuhl ... Keine Spur mehr von einem Mord. Wollen Sie wissen, warum der Stuhl keine Beine hatte? Ganz klar: die Beine wären nur ein weiteres Hindernis gewesen, mit denen sich das Pendel in den Felsvorsprüngen verheddert hätte und steckengeblieben wäre. So sah der Plan aus. Aber er hat nicht funktioniert, und ich glaube nicht, daß das nur an mir lag. Jetzt interessiert es Sie doch, nicht wahr?«

»Reden Sie weiter«, sagte Scalzi.

In Terzanis wäßrigen Augen leuchtete eine kaum wahrnehmbare Befriedigung auf.

»Als ich angefangen habe, zu hupen und aufzublenden, saßen die beiden schon in der Tinte, glaube ich, sie hatten schon gemerkt, daß ihr Plan nicht funktionierte.«

»Warum funktionierte er nicht?«

»Die Leichenstarre. Es ist praktisch unmöglich, einen Körper, bei dem die Leichenstarre bereits eingetreten ist, in eine sitzende Position zu zwingen. Da verbiegt man leichter eine Eisenstange. Das habe ich in einem gerichtsmedizinischen Handbuch gelesen. Sie hätten vielleicht den Körper selbst an den Seilen festbinden und versuchen können, ihn in die Höhle einzufädeln, steif wie einen Stockfisch. Aber hinter der ganzen Angelegenheit steckt ein sorgfältiger und kluger Kopf – hatte ja auch eine komplizierte Aufgabe –, vielleicht einer der beiden oder auch ein Dritter, unter dessen Fuchtel sie stehen. Und dessen ausgeklügelter Plan sah eben den Stuhl vor. Ich vermute, daß derjenige, der sich das alles ausgedacht hat, den Stuhl immer vor der Nase hatte, genau diesen, dieses Stück aus einer Zeit, als der Kunststoff gerade seinen Siegeszug antrat. Ich muß fast lachen, wenn ich mir die Anstrengungen der beiden Kellner vorstelle, um die Leiche des Wirts sitzend auf diesen Stuhl zu zwingen. Baluardis Beerdigung muß von allerhand Flüchen begleitet gewesen sein! Und in der Zwischenzeit habe ich wie wild gehupt und die Bergflanke mit den Scheinwerfern angeleuchtet ... Irgendwann haben sie einfach aufgegeben und sind zu ihrem Auto geflohen. Wenn die Sache so gelaufen ist – und da bin ich mir ziemlich sicher –, kann man weitere Schlüsse daraus ziehen. Wollen Sie sie hören? Oder möchten Sie lieber Abendessen gehen?«

»Ich werde nicht zu Abend essen«, sagte Scalzi, weil ihm just in diesem Augenblick siedendheiß eingefallen war, daß er etwas Wichtiges vergessen hatte, »ich muß heute doch noch nach Florenz zurück, und zwar schnellstens. Reden Sie weiter.«

»Erste Schlußfolgerung: Wenn die Totenstarre schon eingetreten war, war Baluardi zu diesem Zeitpunkt seit mindestens zwei Stunden tot. Das geht aus dem Handbuch hervor. Der *rigor mortis* läßt erst nach vier Stunden wieder nach, und es war zwei Uhr, als ich auf dem Merlato ankam, die Todesstunde muß also um Mitternacht gewesen sein. Was mit den Befunden des Gerichtsmediziners übereinstimmt. Ungünstig, was? Aus Sicht Ihrer Mandantinnen, meine ich, die ja gesagt haben, daß der Wirt erst nach zwei Uhr das Haus verlassen hat. Es sei denn ...«

Terzani lächelte wie jemand, der noch eine Überraschung bereithält, und massierte sich mit den Fingerspitzen der linken Hand ausgiebig eine seiner Geheimratsecken, die beide ziemlich ausgeprägt waren und auf frühzeitige Kahlheit schließen ließen.

»Nein, das sage ich Ihnen lieber nicht, es wäre voreilig. Ich bin mir noch nicht ganz sicher. Das muß ich noch überprüfen. Übrigens: Sie haben nicht zufällig die Schlüssel zur Wohnung der Baluardis?«

»Die Schlüssel? Die Schlüssel zur Wohnung?«

Scalzi spürte ein merkwürdiges Gefühl im Magen, als stiege ihm etwas Schwerverdauliches die Speiseröhre hinauf. Seit Stunden schon, den ganzen Nachmittag über, und jetzt wieder, als er sich endlich entspannen wollte, damit die Reden des Prozeßtages ihn nicht bis in den Schlaf verfolgten, kurz, Scalzi war der Stimme Terzanis überdrüssig, und auch seiner toskanischen Aussprache ohne die florentinischen Aspirationen dafür aber mit den trägen Zischlauten romagnolischer Färbung. Die Müdigkeit, Terzanis aufdringlicher Akzent, der leicht modrige Geruch des Hotels ließen seinen Kopf schwer werden und machten ihn so schläfrig, als träumte er bereits. Müdigkeit und Phantasie versetzten ihn in eine Art Wachtraum, in dem der Student in einem von Platanen umgebenen Haus mitten in den Bergen wohnte, in mystischer Einsamkeit auf der Spitze eines Hügels gelegen, an dessen Fuß sich ein offenes Tal erstreckte. Frauen mit traurigen und abwesenden Augen bewirtschafteten das Haus in einem ewigen Halbschatten.

»Ich müßte mal in die Wohnung in der Via della Madonnina«, erklärte Terzani.

»Sie wollen in die Wohnung in der Via della Madonnina? Soll das ein Witz sein? Was wollen Sie da?«

»Das kann ich Ihnen nicht sagen ... Ich erkläre es Ihnen später, wenn sich meine Vermutung bestätigt hat ...«

»Wer hat Sie eigentlich darum gebeten, überhaupt etwas zu unternehmen? Ihre Ideen sind brillant, das will ich gar nicht bestreiten, auch einige Ihrer Schlüsse, ziemlich logisch, obwohl ich persönlich nicht sehe, wozu sie gut sein sollen. Aber eine gerichtliche Untersuchung funktioniert nach ganz eigenen Regeln. Und Außenstehenden ist es nicht erlaubt, wie ein Elefant im Porzellanladen darin herumzutrampeln.«

In dem Anwalt regte sich langsam ein Verdacht. Wer war dieser Terzani, und warum interessierte er sich so sehr für den Mord an dem Wirt? Ein seltenes, mehr noch, einzigartiges Verhalten für einen Prozeßzeugen. Normalerweise konnten Zeugen es kaum erwarten, sich wieder von dem Stuhl zu erheben und zu ihren eigenen Angelegenheiten zurückzukehren, sich selbst bedauernd, daß sie überhaupt da hineingerutscht waren. Sobald sie ausgesagt haben, möchten sie so schnell wie möglich alles vergessen, und sind nicht im mindesten erfreut darüber, eine so zentrale Rolle gespielt und die Ermittlungen womöglich in die richtige Richtung gelenkt zu haben. Nicht nur, daß letzteres auch auf Terzani zutraf – ohne ihn würden die Untersuchungen noch immer im Sumpf der Gerüchte und haltlosen Verdächtigungen herumdümpeln –, er beschäftigte sich sogar nach der Verhandlung noch mit dem Fall und schien ganz wild darauf zu sein, in den Gerichtssaal zurückzukehren, um nicht nur zu berichten, was ihm auf der Seele brannte, sondern auch, was es vielleicht noch zu entdecken gab. Es war nicht auszuschließen, daß es sich um einen Provokateur handelte, um einen Intriganten, der darauf angesetzt war, den Verteidiger der beiden Frauen aufs Glatteis zu führen, oder, schlimmer noch, zu irgendwelchen illegalen Handlungen zu verleiten.

Scalzi beschloß, ihm zu verstehen zu geben, daß er nicht von vorgestern war. Aus verschiedenen Gründen bot der Prozeß einen äußerst fruchtbaren Boden für Betrügereien, aus dem ein dichtes Gestrüpp aus Irrwegen erwachsen konnte. Vielleicht würde der Signor Terzani so freundlich sein, erst einmal eine einfache Frage zu beantworten und dabei bitte auf alle literarischen Zitate und Abschweifungen zu verzichten: Aus welchem Grund interessierte ihn das Ganze so sehr? Welchen Zusammenhang gab es da?

Vielleicht einen politischen? Kannte er etwa einen gewissen Dichter? Signor Michelangelo Bertini? Kannte er den? Terzani sprang auf wie von der Tarantel gestochen: Michelangelo Bertini ein Dichter? Der Herr Anwalt beliebte wohl zu scherzen! In einer Buchhandlung war ihm zufällig ein Bändchen von diesem Bertini in die Hände gefallen – Gedichte gehörten zu seinen Leidenschaften –, in dem er geblättert hatte ... Der und ein Dichter? Dieser rhetorische Müll voll abgenutzter Gemeinplätze sollte Poesie sein? Er haßte solche Schreiberlinge, es sollte per Gesetz verboten werden – unter Androhung des Prangers, einer vergleichsweise milden Strafe, weniger hart als die Haft zumindest –, daß solche Möchtegern-Dichter wie Bertini Papier und Bleistift benutzten. Und was die Politik betraf, von der hielt er sich lieber fern, vor allem in diesen bewegten Zeiten, in denen alle, besonders die jungen Leute, glaubten, eine Patentlösung zur Rettung der Welt zu kennen. Nein, nein, er beschäftigte sich mit seinen Schmetterlingen, und er liebte die wahre Dichtkunst: Dante, vor allem, die provenzalischen Dichter, den Dolce Stil Nuovo, Leopardi, auch Pascoli ... Die chinesische Anthologie und die *Cantos* von Ezra Pound ... Und ins Kino ging er auch gerne ... Scalzi mußte ihn unterbrechen, sonst wäre er wer weiß wo gelandet. Er wiederholte seine Frage: Was faszinierte eine unbefleckte Seele, wie er sie zu sein schien, so sehr an einem Verbrechen?

Terzani wirkte verlegen. Zum ersten Mal, seit Scalzi ihn getroffen hatte, verharrte er fast eine Minute in Schweigen, wobei er sich die Geheimratsecken rieb (dieses Mal alle beide mit beiden Händen). Schließlich sagte er:

»Es hat einen persönlichen Grund.«

»Also, dann erzählen Sie ihn mir«, ermunterte ihn Scalzi, »ich bin sehr gespannt.«

»Wissen Sie, wer Lya De Putti war?«

Scalzi hatte den Namen noch nie gehört.

Terzani kam wieder in Schwung. Es handelte sich um eine ungarische Schauspielerin, erklärte er, eine große Diva des Stummfilms der zwanziger Jahre. Sie trat im tragischen, aber geistig ungeheuer lebendigen Berlin der Nachkriegszeit auf, in der anregenden Atmosphäre des Expressionismus; später emigrierte sie nach Hollywood, wo sie wenig Glück hatte, sie drehte nur drei Filme, und als dann der Tonfilm aufkam, geriet sie in Vergessenheit. Sie starb nur wenig später an einem Hühnerknöchelchen, das ihr in der Kehle steckenblieb. Im übrigen war Lyas Leben voll solcher Schicksalsschläge, ein außergewöhnliches, unglückliches und bizarres Leben. Es hieß, sie habe, als sie noch in Europa lebte – Lya De Putti war nicht ihr wahrer Name, eigentlich hieß sie Amalia –, an ihrer eigenen Beerdigung teilgenommen ...

An diesem Punkt der Geschichte, die nicht gerade kurz zu werden versprach, betrat Olimpia mit ihrem Köfferchen die Bar, um sich von Scalzi zu verabschieden.

»Warte«, sagte Scalzi, »ich komme mit dir.«

»Du willst nach Florenz zurück?« fragte Olimpia erstaunt. »Hattest du nicht gesagt, daß du lieber hier die Verhandlung am Montag abwarten würdest?«

»Ich muß noch etwas in Florenz erledigen. Ich erkläre es dir später.«

Dann wandte er sich wieder an Terzani:

»Vielleicht könnten Sie sich etwas kürzer fassen, wenn es geht«, er wies auf den Koffer neben Olimpia, »wir müssen bald aufbrechen.«

»Sie haben mich nach dem Grund gefragt, warum ich an dem Fall interessiert bin«, erwiderte Terzani.

»Das stimmt, und ich würde auch gern erfahren, was diese De Putti damit zu tun hat, allerdings in der Kurzfassung.«

»Habe ich was Wichtiges verpaßt?« fragte Olimpia. »Wer ist De Putti?«

»Woher soll ich das wissen?« Scalzi zuckte mit den Schultern. »Dieser Herr hier ist Zeuge im Prozeß, er war fast den ganzen Tag im Zeugenstand. Jetzt erzählt er gerade von dieser Dame, die an einem Hühnerknochen erstickt ist, wie es scheint.«

»Wirklich?« Olimpia riß die Augen auf. »Solche Unglücke passieren doch öfter, als man denkt.«

»In einem Restaurant in New York«, präzisierte Terzani, der froh war, auf Olimpias Einmischung hin etwas ausführlicher werden zu können. »Sie hatte Hollywood verlassen und lebte in New York, wo sie die Geliebte eines Bonzen geworden war, irgend so eines Krösus, der einen seiner Wolkenkratzer nach sich benannt hat, wie hieß der noch gleich? Fällt mir jetzt gerade nicht ein ... Aber um auf die Beerdigung zurückzukommen: Als die De Putti noch in Ungarn lebte, war ihr Mann dagegen, daß sie Schauspielerin wurde, er jagte sie aus dem Haus und hielt sie von ihren Töchtern fern, und um diese glauben zu machen, daß ihre Mutter tot sei, inszenierte er eine Beerdigung mit schwarzen Pferden und Leichenwagen und allem Drum und Dran. Der Sarg kam, natürlich leer, in das Familiengrab. Und angeblich nahm Lya versteckt an dieser Beerdigung teil, um ein letztes Mal ihre Töchter zu sehen.«

»Das stelle sich mal einer vor«, ereiferte sich Olimpia, »wie fies Männer sein können! Und hat sie ihre Töchter später wiedergesehen?«

»Jetzt misch du dich nicht auch noch ein, ich bitte dich«, sagte Scalzi leise, »diese De Putti ist schon lange tot, seit den zwanziger Jahren ...«

»Ihr ganzes Leben nicht mehr«, antwortete Terzani, »und sie haben erst später, nach dem Tod des Vaters, erfahren, daß ihre Mutter nicht tot war, sondern lebte und eine berühmte Schauspielerin geworden war. Aber da war Lya schon nach Amerika ausgewandert, und damals war es anders als heute, die Entfernung zwischen den Kontinenten ...«

»Entschuldigen Sie die Unterbrechung«, Scalzi griff nun mit kaum verhaltener Wut ein, »beantworten Sie jetzt endlich meine Frage.«

Terzani hielt wieder inne und sah Olimpia an, die lächelte.

»Aber es ist interessant«, sagte Olimpia, »laß ihn doch erzählen, Corrado.«

»Den Teufel werd ich tun!« fuhr Scalzi auf. »Du hattest ja noch nicht das Vergnügen mit dem jungen Herrn.«

»Also ...« Terzani war rot geworden und sah Scalzi aus seinen von den Brillengläsern stark vergrößerten Augen verlegen an. »Glauben Sie, daß ein Mann sich von einer Frau angezogen fühlen kann, die seit einem halben Jahrhundert tot ist?«

Scalzi stand auf.

»Olimpia, laß uns gehen. Ich habe etwas Dringendes in Florenz zu erledigen.«

»Aber natürlich ist das möglich!« Olimpia schenkte Terzani erneut ein freundliches Lächeln. »Sei still, Corrado. Ist Ihnen das etwa passiert?«

»Oh, ja! Die Frauen ... wissen Sie, Signora –«

»Olimpia.«

»Wissen Sie, Signora Olimpia, die Frauen von heute gefallen mir nicht.« Terzani musterte Olimpia kritisch, als wolle er sich vergewissern, daß er es hier nicht mit einer Ausnahme zu tun hatte. »Zu maskulin, den Männern zu ähnlich. Die Frau meiner Träume ist mollig, nicht groß, eher klein, mit verträumten Augen und einem vollen, kleinen, herzförmigen Mund. Die Krallen versteckt sie wie eine Katze. Die ›Kokotte‹ von Guido Gozzano, das ›böse Fräulein‹, kennen Sie das Gedicht? Eben so wie Lya De Putti. Eine Art Schönheit, die leider nicht mehr modern ist. So stelle ich sie mir vor. Aber was heißt vorstellen ... Meine Traumfrau *ist* die große Lya De Putti. Ich habe nur einen Film mit ihr gesehen, in ziemlich schlechter Qualität, sehr dunkel ... Seitdem sammle ich Bilder von ihr: Fotografien, Postkarten, in meinem Zimmer habe ich ein riesiges Poster von ihr aufgehängt. Und dann begegnet sie mir plötzlich auf einem Bild im Lokalteil der Zeitung wieder. In einer nicht sehr schicklichen Pose, als sie dem Fotografen gerade die Zunge herausstreckt. Und heute morgen habe ich sie wiedergesehen, in Fleisch und Blut: sehr viel jünger, natürlich, aber ansonsten genau wie sie. Ich bin sicher, daß sie eine Reinkarnation ist.«

»Wer?« fragte Scalzi erschöpft.

»Verstehen Sie denn nicht? Betty, Elisabetta Baluardi. Sie ist Lya De Putti: die gleiche Stirn, die gleichen Augen, die gleiche etwas knubbelige Nase, die breiten Nasenlöcher ... Und der Bubikopf, wie man damals sagte! Obwohl Betty blonde Haare hat und Lya braune. Verstehen Sie jetzt, warum? Seitdem ich das Foto in der Zeitung gesehen habe, denke ich nur noch an sie. Ich möchte ihr helfen, Avvocato. Ich bin sicher, daß sie unschuldig ist.«

26

... BITTE ...

Spät am Abend, auf dem Weg nach Florenz, versuchte Scalzi, alles an Geschwindigkeit aus dem R4 herauszuholen. Olimpia hatte ihm schweren Herzens das Steuer ihres Wagens überlassen, weil die Zeit drängte. Bei jedem Überholmanöver befürchtete sie das Schlimmste. Doch immerhin war diesmal die Fahrt durch den Tunnel nicht ganz so abenteuerlich, weil schwache und weit voneinander entfernte Lichter ihn ein kleines bißchen erleuchteten.

»›BITTE ...‹«, murmelte Scalzi, »immerhin sind sie höflich.«

»Und worum werden wir gebeten?«

»Keine Ahnung. Nach ›HÖHERER GEWALT‹ kommt ›DER TUNNEL‹ und dann ›BITTE‹: mehr konnte ich wieder nicht erkennen.«

»Ich verstehe immer noch nicht, warum du es plötzlich so eilig hast, nach Florenz zurückzukehren«, meinte Olimpia.

»Der Stuhl ohne Beine ... wie konnte ich den nur vergessen?«

Als er und Olimpia die Abhänge des Merlato erklommen hatten, war ihm dieses Detail keineswegs nebensächlich erschienen, immerhin hatte er ja sogar etwas von der Sitzfläche des Stuhls abgekratzt und Evelina übergeben, der Freundin des Richters Lembi, die es in den Laboren der Specola analysieren lassen sollte. Aber dann war der Experte nicht dagewesen, auf Reisen durch Schwarzafrika mit der Museumsbelegschaft. Anschließend war auch Evelina abgereist, und immer wenn Scalzi nach ihr gefragt hatte, war ihm gesagt worden, sie sei noch nicht zurück. Er hatte die Angelegenheit keineswegs vergessen, in einem dunklen Winkel seines Gedächtnisses war sie stets irgendwie präsent gewesen wie etwas, das noch zu Ende geführt werden mußte, aber immer wieder von anderen, dringenden Aufgaben in den Hintergrund gedrängt wurde: den Besuchen im Gefängnis, dem Studium der Akten. Und am Ende ... war ihm das Ganze schließlich doch entfallen: der verfluchte Stuhl, Evelina, die Analyse. Er hatte sich von den ermittelnden Beamten anstecken lassen, die dem Stuhl keinerlei Beachtung schenkten. Polizei und Richter schienen ihn sogar gänzlich aus dem Fall ausgeklammert zu haben, denn der Fund wurde nirgends erwähnt, es wurden keine diesbezüglichen Fragen gestellt, weder den Angeklagten noch den Zeugen. Und doch hatte Terzani im Vorfeld der Verhandlung bei seiner Aussage, in der er sich auch nicht gerade kurz gefaßt hatte, dem Leiter der Mordkommission, Dottor Camilleri, davon erzählt, und aus dessen Bericht ging hervor, daß die Polizei den Stuhl auch an ebenjener Stelle gefunden hatte, in der Nähe des Gebüschs, aus dem Olimpia und er ihn herausgezogen hatten. In den Akten gab es ein Protokoll der sichergestellten Gegenstände mit der groben Beschreibung der Objekte und Fundorte, unterschrieben von allen, die bei der Sicherstellung anwesend waren. Dabei war es dann geblieben. Bis der Student aufgetaucht war und ihm, dem Verteidiger, diesen Floh ins Ohr gesetzt hatte. Warum hatte der Staatsanwalt den Zeugen genau in dem Moment unterbrochen, in dem er zu Sprechen ansetzte? Für Terzani stand fest, und Scalzi teilte seine Meinung, daß der Fünfziger-Jahre-Stuhl aus Metall und Kunststoff nicht ins Bild der Anklage paßte. Vielleicht kannte der Staatsanwalt den Grund für die Unstimmigkeit, und Scalzi seinerseits kannte nur zu gut die Methoden, mit denen alles aus dem von der Anklage entworfenen Bild herausgefiltert wurde, was nicht mit der vorgegebenen Linie übereinstimmte. Was genau das für ein unpassendes Detail sein mochte, wußte der Anwalt nicht, aber die Analyse der schwärzlichen Substanz würde bestimmt weiteren Aufschluß geben. Wahrscheinlich klebte an der Sitzfläche des Stuhls etwas Außergewöhnliches, zum Beispiel Blut. Aber wessen Blut? Wer sollte sich verletzt haben? Nach Aussage des Gerichtsmediziners hatte Baluardis Körper keine Verletzung aufgewiesen, die hätte bluten können. Scalzi mußte unbedingt die Analyseergebnisse bekommen. Wenn er beweisen könnte, daß es sich wirklich um Blut handelte, würde die Situation schlagartig anders aussehen: Baluardi hätte sich gewehrt und dabei den Angreifer verletzt, es hätte also ein Kampf stattgefunden. Die tödliche Injektion, die sich der Wirt laut Anklage aus freien Stücken hatte setzen lassen, weil er sie für ein harmloses Medikament hielt, würde so zu einer reinen Spekulation werden, widerlegt von objektiven Fakten.

»Gar nicht so dumm, der Junge«, sagte Olimpia.

»Unerträglich, aber nützlich«, bestätigte Scalzi.

»Ich finde ihn ganz nett«, meinte Olimpia. »Aber wo lebt der bloß? Verliebt sich in Betty, weil sie ihn an eine Stummfilmdiva erinnert! Wenn Betty das wüßte! Zum totlachen ... Ich habe mich auch mal in eine Romanfigur von Salgari verliebt, allerdings war ich damals zwölf! Richtig heftig verliebt, wie ich es später nie mehr erlebt habe; ich habe nachts von ihm geträumt, wie von jemandem, dem ich mal in Wirklichkeit begegnen würde. Ach ja, die Macht der Literatur!«

27
Gelage

Am Samstag nachmittag, nachdem er vergeblich versucht hatte, Evelina telefonisch zu erreichen, eilte Scalzi durch die fast menschenleeren Räume des Museo della Specola in der Via Romana, ohne den ausgestopften Tieren in den Schaukästen und den Meisterwerken der Wachsbildnerei in der anatomischen Abteilung auch nur einen Blick zu schenken. Von der Sekretärin des Zoologischen Instituts erfuhr er dann zu seiner Überraschung, daß die Dottoressa Evelina Ciuffolotti nicht mehr dort arbeitete, sondern bereits vor sechs Monaten gekündigt hatte.

Der träge Rhythmus der Gerichtsprozesse, dachte Scalzi – wer da drin steckte, hatte immer den Eindruck, daß die Welt sich ebenso langsam drehte wie sie, aber in der Zwischenzeit ging das Leben im normalen Tempo weiter, die Dinge und die Menschen veränderten sich. Scalzis Bild von Evelina war leicht angestaubt, er stellte sich die Freundin des Richters als eine etwas makabre Person vor, die ihr halbes Leben in diesem Leichenschauhaus für tote Tiere verbrachte. Er war sich so sicher gewesen, daß sie ihn dort im Labor der Taxidermie erwarten würde, mit ihrer lauernden Schlange Guendalina, die chemische Analyse der Probe griffbereit in der Schublade, dem ehrwürdigen Herrn Anwalt zur ständigen Verfügung, während dieser schon fast vergessen hatte, daß er sie überhaupt mit der Untersuchung betraut hatte. Die Sekretärin des Instituts wußte leider weder, wo sie wohnte, noch, wo sie jetzt arbeitete, falls dieses merkwürdige Mädchen überhaupt eine neue Arbeitsstelle gefunden hatte.

Richter Lembi wirkte am Telefon distanziert, geradezu irritiert. Evelina? Die hatte er schon seit mindestens zwei Monaten nicht mehr gesehen. Ja, nun, es war vorbei zwischen ihnen. Dann wechselte der Richter plötzlich den Ton, so als sei ihm Scalzis Anruf eine willkommene Gelegenheit, endlich mal seine Meinung bezüglich dieser Angelegenheit loszuwerden. Das wäre auf Dauer sowieso nicht gutgegangen: der Altersunterschied und vor allem ihr Hang zum politischen Extremismus. Er war ja beileibe nicht bigott, aber in seiner Position durfte er nicht riskieren, sie plötzlich in Handschellen vor sich zu haben. Sie hatte regelmäßig dubiose Personen getroffen und sich nicht im geringsten um seine guten Ratschläge geschert. Im Gegenteil, je deutlicher er ihr geraten hatte, bestimmte Freundschaften doch lieber langsam einschlafen zu lassen, um so schwieriger wurde es, sie zu treffen, immer öfter hatte sie geheimnisvolle Zusammenkünfte, Erledigungen zu machen, unternahm Reisen wer weiß wohin. Und fragen durfte man sie schon gar nicht, nach Einzelheiten etwa: »Richter, was soll das? Nimmst du jetzt den Bullen die Arbeit ab?« Ihre Freunde waren noch jünger als sie, anarchistische Individualisten, Leute mit wirren Ideen, die bereits ein Jahrhundert alt, aber durch eine grenzenlose Megalomanie bis zur Unkenntlichkeit verschleiert waren. Hatten sie überhaupt die leiseste Ahnung, mit wem sie es zu tun hatten? Gegen wen sie sich da zum Kampf rüsteten – bisher natürlich nur im übertragenen Sinne, aber letztlich, wer wußte schon, was die heimlich ausbrüteten –, wer »die Macht« war, die sie bekämpfen wollten, und über welche Mittel sie verfügte? Machten sie sich davon überhaupt eine Vorstellung? Der Richter Lembi senkte seine Stimme zu einem Flüstern. Dieses Attentat auf die Hochspannungsmasten in den Hügeln des Chianti, erinnerte sich der Avvocato noch daran? Ein kleiner Zwischenfall, von Anfang an zum Scheitern verurteilt, doch immerhin hatte die Polizei den Sprengstoff bereits an Ort und Stelle zurechtgelegt gefunden, ein kleiner Funke hätte genügt, um eine Katastrophe auszulösen. War es denn ein Zufall, daß das Mädchen genau in jenen Tagen verschwunden war? War es ein Zufall, daß sie einen Monat zuvor beim Institut der Specola gekündigt hatte? Mit der Abfindung hatte Evelina sich eine Tierhandlung gekauft, soviel wußte der Richter noch: in der Via Guelfa, die Hausnummer kannte er nicht, aber in der Straße gäbe es wohl keine andere Tierhandlung.

Die Geräusche eines Miniaturdschungels waren bereits auf dem Bürgersteig zu hören. Eine bis an die Decke des Ladens reichende Voliere beherbergte eine Reihe exotischer Vögel: Kolibris, Papageien, alle zwitscherten und sangen. Eine javanesische Schwarzdrossel, die in einem Käfig nahe beim Eingang stand, ahmte den Motorenlärm draußen fast perfekt nach. In einem Terrarium im Fenster lag ein knorriger Ast in einer Art Sand- und Steinwüste en miniature. Um ihn herumgewickelt schlief die Boa Constrictor Guendalina, die gehörig gewachsen war, seitdem sie sich zwischen dem Plunder im taxidermischen Labor der Specola herumgeschlängelt hatte. Doch obwohl sie jetzt größer war, bewegungslos und von einem kleinen Scheinwerfer zu Werbezwecken angestrahlt, wirkte sie irgendwie unecht und nicht mehr bedrohlich. Im Hintergrund des spärlich erleuchteten Geschäfts saß an einem Schreibtisch, der mit allen möglichen Schachteln und Dosen mit Hunde- und Katzenfutter vollgestellt war, Evelina; die Füße auf den Tisch gelegt, zeigte sie ihre langen Beine, rauchte eine Zigarette und blinzelte hinter der kleinen Brille in das Gegenlicht in Richtung Eingang. Kaum war der Besucher eingetreten, tauchte unter dem Tisch der weiße Schatten von Tiburzi auf, dem maremmanischen Schäferhund, einem so treuen Gefährten, daß er niemals von der Seite seines Frauchens wich. Schwanzwedelnd kam er langsam heran und berührte mit seiner breiten schwarzen Schnauze Scalzis Knie; obwohl sie sich nur wenige Male begegnet waren, hatte er ihn wiedererkannt.

»Hierher, Tiburzi!«

Evelina fuhr sich mit gespreizten Fingern durch die Haare, nahm einen tiefen Zug an der Camel und schob ihre Brille auf die Stirn.

»Sieh mal einer an! Der Avvocato Scalzi! Ich wette, Seine Exzellenz hat dir gesteckt, wo ich zu finden bin. Wir sind nicht mehr zusammen, wußtest du das?«

Sie deutete vage auf den Laden.

»Tiere, immer nur Tiere, je besser ich die Menschen kennenlerne, und so weiter ... Jedenfalls eine Steigerung: sie sind zwar eingesperrt, die armen Teufel, aber immerhin lebendig.«

Als sie die Beine vom Tisch zog, erhaschte Scalzi einen kurzen Blick auf das Weiß ihres Slips und die langen, kräftigen Schenkel unter dem dünnen Sommerkleid. Er spürte ein leichtes Kribbeln in der Magengegend. Evelinas im Licht des Aquariums bläulich schimmernde Haut schien seidig weich wie die einer Schlange. Das Mädchen schob mit dem Fuß eine kleine Sitzbank in Scalzis Richtung. Sie sah jünger aus als bei ihrer letzten Begegnung, hatte einen wacheren Blick, immer noch die Frau der alten Schule, aber kecker, provozierender und mit einem stärkeren florentinischen Einschlag in der Sprache. In dem ihr eigenen spöttischen Tonfall wurde sie ohne Übergang vertraulich, als sei er ein alter Freund. Dabei waren sie niemals befreundet gewesen. Sie hatten sich hie und da mal getroffen, als sie noch als Begleiterin des Dottor Lembi aufgetreten war, zu einer Zeit, als Scalzi, von der Intuition des Dottor Lembi auf die richtige Fährte gebracht, eine Reihe von Morden aufgeklärt hatte, deren Urheber ein paranoider Fälscher gewesen war. Damals hatte Scalzi gewisse Verhaltensweisen Evelinas als Einladung interpretiert, sein Glück bei ihr zu versuchen. Und er hätte sicher den einen oder anderen Gedanken daran verschwendet und über die Schmach, die er dem Richter damit zugefügt hätte, hinweggesehen – denn die Taxidermistin der Specola war eine äußerst attraktive Frau –, wenn nicht gerade damals, im tiefsten Winter von Scalzis Liebesleben, das wunderbare Licht Olimpias am Horizont erschienen wäre. Und Olimpia konnte Richter nicht ausstehen, sie fand die gemeinsamen Abendessen, während derer die beiden männlichen Elemente des Vierergrüppchens ununterbrochen über die Justiz lästerten wie alte Klatschbasen, langweilig und fad. Vielleicht war ihr auch das eine oder andere Augenzwinkern Evelinas nicht entgangen. So waren die gemeinsamen Unternehmungen, drei oder vier Abendessen, ab und zu ein Kinobesuch oder eine kulturelle Veranstaltung – denn Richter und Anwalt teilten auch die Leidenschaft für bildende Kunst –, schließlich eingeschlafen. Scalzi hatte Evelina erst wiedergesehen, als er sie mit der Analyse der schwarzen Substanz beauftragte, die er an dem Stuhl auf dem Merlato gefunden hatte.

Jetzt schien es, als könne die Besitzerin einer Tierhandlung sich keinen besseren Gesprächspartner als Scalzi vorstellen, um ihm ihr Liebesleid zu klagen – was man so Leid nannte. Wie hatte sie sich nur jemals auf einen Typen mit solch einem grauenhaften Beruf einlassen können? Einer, der Leute einlochte. Denn letztlich machen Strafrichter doch nichts anderes, hab ich recht? Einen, den sie zudem in der Rolle der Angeklagten kennengelernt hatte, nur einen Schritt davon entfernt, selbst hinter Gittern zu landen. Er war anders als die anderen Wölfe gewesen, ein Einzelgänger, immer ein wenig abseits vom Rudel, ein seltenes Tier, zugegeben, mit ziemlich verträglicher Einstellung dafür, daß er so einen schmutzigen Beruf ausübte, aber letztendlich auch er eins von diesen Viechern, oh, ja!, die man am besten nicht näher als einen Kilometer an sich heranließ, und sie war auch noch mit ihm ins Bett gegangen ... kaum auszudenken! Der Herr Richter hatte es zu Beginn der Beziehung ganz schlau angefangen, hatte sich maskiert, den lockeren Typen gespielt, sehr überzeugend, hatte sogar auf den Schlips verzichtet. Und warum die ganze sinnlose Anstrengung? Na, da braucht's nicht viel, um das zu kapieren. Menschen wie der Dottor Lembi, die von morgens bis abends im Büro hocken, immer nur Polizisten und Carabinieri um sich, der professionelle Anstrich, der gewahrt werden muß, usw., die kommen ja nie mal an fröhlichere Orte, wo man sich vergnügen kann, weil die ja nicht ganz sauber riechen. Daher sehen solche einsamen Staatstypen auch nicht viele von diesen Dingerchen hier.

Evelina hatte Daumen und Zeigefinger vor der Brust zu einem Kreis geschlossen.

»Und ohne mich brüsten zu wollen, aber wer Gelegenheit hatte, meins zu probieren, sagt, es sei Gold wert.« (Die Geste, obwohl ziemlich vulgär, hatte bei Scalzi ein erneutes Kribbeln im Magen ausgelöst.)

Aber der Dottor Lembi hatte seiner Natur zu sehr zuwidergehandelt, hatte sich zu weit vorausgewagt. Schließlich, rattatam!, hatte die Schizophrenie der Situation zur Explosion geführt. Die Angst hatte das Szepter übernommen. Tja, er hatte Schiß bekommen, treffender konnte man es kaum sagen. Schiß davor, sich zu sehr einzulassen, aber vor allem, in irgendwelche heiklen Geschichten verwickelt zu werden. Heutzutage kann man den Fluß nicht mehr überqueren, ohne nasse Knie zu bekommen, schlimmer noch, jeden Moment kann eine Sturzwelle über einen hereinbrechen. Von wegen nur die Knie! Es bestand die Gefahr, sich eine ganze glänzende Karriere zu versauen. Und so fing die Fragerei an. Was wollte denn der junge Mann in den lumpigen Klamotten, mit dem sie in der Bar in der Nähe der Specola so geheimnistuerisch getuschelt hat? Und der andere da, mit dem Rauschebart wie ein Weihnachtsmann, der sie regelmäßig im Labor besuchte und ihr all diese Bücher brachte, wer war das? Die Bücher nämlich machten Seine Exzellenz mißtrauisch: *Il cavaliere errante*, die *Ausgewählten Schriften* von Pietro Gori, *Von den Aufständen zur roten Woche* ... Schwere Kost, seiner Einschätzung nach, völlig veraltet, unverdauliche Prosa ... Und wo war sie am Sonntag hingegangen? Und vergangene Woche, wo hatte sie sich am Wochenende herumgetrieben? Es genügte schon, daß die Polizei irgendwo etwas Merkwürdiges fand ... So was wie Knallfrösche unter Hochspannungsmasten, du erinnerst dich, Scalzi? Was für einen Mist die Zeitungen darüber geschrieben haben! Die anarchistische Bedrohung ... Demokratie in Gefahr ... Der Anarcho-Faschismus ... Die Zentrale der Umstürzler. Aber der Herr Richter hat das alles geglaubt! Er wollte noch nicht einmal einsehen, daß es sich um eine hinterhältige Provokation gehandelt hatte, eine Rechtfertigung für Hunderte von Hausdurchsuchungen, die über die Stadt hereinbrachen, für die Handschellen, die sich um die Gelenke von einem Dutzend Jugendlicher schlossen. Nein! So etwas macht der Staat doch nicht! Schande über den, der so was denkt. Na ja, und an diesem Punkt hatte sie nicht mehr anders gekonnt, als ihm all das, was sie bis dahin für sich behalten hatte, entgegenzuschleudern. Eine fürchterliche Szene, Scalzi hätte mal sein Gesicht sehen müssen ...

Eine Schande, rein professionell gesehen, daß sie immer noch so großzügig ihre Beine zeigte; und ab und an, wenn sie sich über den Tisch beugte, um zerstreut etwas hin und her zu räumen, ließ der Ausschnitt ihres Kleides die kleinen Mädchenbrüste sehen, die einen BH völlig überflüssig machten, zu klein sogar für das berühmte Champagnerglas. Scalzi hatte über der vorgetragenen Seifenoper und allem übrigen das eigentliche Anliegen seines Besuches fast vergessen. Als er damit anfing, schien Evelina im ersten Augenblick aus allen Wolken zu fallen, auch sie hatte es völlig vergessen. Welche Substanz? Was für eine Analyse? Sie erinnerte sich nur mühsam: Ach ja, sie hatte da mal Guido so ein schwarzes Zeug gegeben, dem kleinen Guido, dem Chemiker am Institut, er hatte die Analyse vornehmen wollen. Aber nein, der hatte das bestimmt nicht vergessen, nicht Guido, der war so gewissenhaft und wohlerzogen, wenn der etwas versprach, dann konnte man sich darauf verlassen. Sie würde ihn selbstverständlich anrufen, am besten sofort. Sie durchforstete einen Stapel Zettel, die von einem Gummi zusammengehalten wurden und in einem Buch mit abgegriffenem Einband lagen, das Tagebuch des einsamen Mädchens; dann wählte sie eine Nummer. Lange hielt sie sich schweigend den Hörer ans Ohr. Vor zwei Uhr nachts kam Guido selten nach Hause. Er machte manchmal so lustige Touren, der kleine Guido, die unbeschwerte Jugend, vergnügte sich bis frühmorgens, darauf konnte man wetten, Kind reicher Eltern, das er nun mal war. Evelina hängte den Hörer ein und bot Scalzis Blick das übliche kleine Schauspiel: Beine übereinanderschlagen, nach vorne beugen, um das Telefon wegzustellen, Brille nach oben schieben, lächeln.

»Weißt du, Avvocato, was mir an Seiner Exzellenz am meisten fehlt? Die Gelage. Ich meine: teure Restaurants, alte Jahrgänge. Er verstand es wirklich, ausgelassene Feiern zu organisieren, der Dottor Lembi, egal, was es kostete. Wie sieht's denn in der Richtung bei dir aus, Scalzi? Warum lädst du mich nicht mal zum Abendessen ein? An einen netten, kühlen Ort außerhalb der Stadt. Wir könnten gemeinsam die Zeit totschlagen, bis wir Guido erreichen. Dann bin ich wenigstens sicher, daß ich es nicht vergesse.«

Sie lächelte in einer Art, die keine Ablehnung zuließ. Während sie gemeinsam hinausgingen, streifte Scalzi etwas am Kopf. Ein aschgrauer Papagei flog krächzend durch den Raum, landete unter dem Dach, stürzte sich dann wieder herab, und Scalzi fühlte erneut, wie die Krallen sich in seine Haare gruben.

»Loreto, laß das!« tadelte ihn Evelina. »Er ist eifersüchtig, verstehst du? Auf Tiburzi, der uns ins Restaurant begleitet, während er selbst hierbleiben und auf das Geschäft aufpassen muß. Und auf dich ist er natürlich auch eifersüchtig ... Stimmt's, Loreto?«

Am nächsten Mittag, einem Sonntag, die Turmuhr der Basilica di Santa Croce schlug mit strengen Schlägen zwölf Uhr, stand Olimpia am Kopfende des Bettes, in dem Scalzi immer noch schlief, im arabischen Zimmer, wie Olimpia es wegen des Durcheinanders, des Zigarettengestanks, der Bücher auf dem Boden und der Prozeßakten nannte, die aus dem angrenzenden Arbeitszimmer herüberschwappten.

»Spät geworden gestern, was?«

Verstimmt, lauernd. Mehr noch, stinksauer unter dem aufgesetzt mitfühlenden Ton. Scalzi grummelte eine Art Zustimmung.

»Kennt man ja, manche beruflichen Verpflichtungen halten sich eben nicht an Arbeitszeiten. Ich habe bis zwei Uhr bei dir angerufen, es war keiner da.«

»Was wolltest du?«

»Nichts. Nur wissen, wie es gelaufen ist. Ob du fündig geworden bis ... Reine Neugier, Besorgnis, wie sich die gerichtlichen Dinge entwickeln, sozusagen. Und, hast du die Analyse?«

Während Scalzi sich ein wenig schwankend zum Bad tastete, denn im Zimmer war es dunkel, er hatte seine Motorik nicht ganz unter Kontrolle, und sein Kopf schmerzte fürchterlich nach dem nächtlichen Gelage, verneinte er, bisher noch keine Analyse, aber er hatte telefonisch einen Chemiker erreicht, der ihm versprochen hatte, in der kommenden Woche eine Antwort zu liefern. Er hatte ihn erst um drei Uhr in der Nacht erreicht.

Olimpia folgte ihm ins Bad, wo er schon unter der Dusche stand.

»Und was hast du solange gemacht, bis drei?«

»Was ich gemacht habe? Ich habe zu Abend gegessen, in einem Restaurant ...«

»Allein?«

»Nein, mit diesem Mädchen, Evelina.«

Olimpia streckte eine Hand in die Duschkabine und drehte das heiße Wasser voll auf.

»Au!« Scalzi sprang unter der Dusche hervor und schüttelte sich wie ein nasser Hund.

»Du bist mit ihr ins Bett gegangen, sag mir die Wahrheit!«

Der Anwalt leugnete alles halbwegs glaubwürdig in der Hoffnung, sich nicht zu verraten. Ein bißchen Feiern, eine kleine Extraportion Spaß, sozusagen vom Himmel gesandt, das brauchte man ab und zu, um die Tristesse eines so undankbaren Jobs zu ertragen. Er hatte Evelina noch vor Augen, verführerisch, beschwipst, nackt, ohne Brille, wie sie sich auf das hohe Himmelbett warf, in dem mittelalterlich eingerichteten Zimmer eines höchst kostspieligen Hotels in Fiesole, von der Rechnung im Restaurant ganz zu schweigen.

28

Dicagiuro

Barbarini hat Scalzi erzählt, wie der Vorsitzende zu seinem Spitznamen kam. Es war der Prozeß um einen Mord, dem eine Fehde zweier benachbarter Bauernfamilien zugrunde lag, spannungsgeladen und mit einer Unzahl von Zeugen. Eine äußerst schleppende Verhandlung. Dann tritt einer der letzten Zeugen vor, ein Landwirt. Halbtot vor Langeweile, hat der vorsitzende Richter bereits seit geraumer Zeit aufgehört, die Schwurformel auf verständliche Weise vorzusprechen, und gibt statt dessen ein undeutliches Gemurmel von sich, in dem nur einzelne Worte zu unterscheiden sind; erst am Ende erhebt er die Stimme und fordert mit überdeutlich artikulierten Silben sein Gegenüber zum Schwur auf: »*Di-cca-giu-rro* – sagen Sie, ich schwöre!«, wobei sein sardischer Akzent die Konsonanten noch verstärkt. Der Mann vom Lande schüttelt den Kopf: »Nein, Herr Vorsitzender, ich bin aus Buti.« »Di-cca-giu-rro«, insistiert der Vorsitzende. Der Zeuge wirft dem Publikum einen gequälten Blick zu, knetet seine Finger: »Nein, Herr Vorsitzender, ich bin nicht aus Cagiurro, *di Cagiurro, no*, ich komme aus Buti.« – »Di-cca-giu-rro! Di-cca-giu-rro! Di-cca-giu-rro!« ruft der Vorsitzende wütend. Um Zeit zu gewinnen, schneuzt sich der Zeuge erst einmal. Dann faßt er Mut, hebt Kopf und Stimme, fest entschlossen, die Ehre des Heimatdorfes zu verteidigen, in völliger Unkenntnis der Verse Carduccis (»Brutto borgo è Buti: a valle / Fra le rocce grige e ignude / Il Riomagno brontolando / Va di Bientina in palude ...«*) – und auch wenn er sie kennen

* Ein häßlicher Ort ist Buti: Im Tal, zwischen Felsen grau und nackt, strömt der Riomagno zu den Sümpfen Bientinas ...

würde, brächte ihn das kaum aus der Ruhe: »Ich weiß ja nicht mal, wo das sein soll, dieser Ort da von Ihnen! Ich bin jedenfalls in Buti geboren und aufgewachsen! Oder wollen Sie das besser wissen als ich?« – »Di-cca-giu-rro!« wiederholt Dottor Manca und schlägt sich dabei mit der Faust gegen die Stirn. »Nein!« ereifert sich der Bauer. »Ich wohne in Buti, ich hab mein Stück Land in Buti! Nichts mit Cagiurro!« Barbarini zufolge zog sich die Situation einige Zeit hin: allgemeines Gelächter im Saal, ein Geschworener erstickt fast vor Lachen, der Carabiniere versteht nicht, was los ist, und ruft den Zeugen zur Ordnung, indem er ihn an den Schultern packt und schüttelt, der Zeuge wehrt sich ... »Dabei hatte der Mann aus Buti vollkommen recht«, schloß das Alterchen seine Anekdote, »soweit ich weiß, gibt es in ganz Italien keinen Ort namens Cagiurro.«

Nach der Unterbrechung am Wochenende wirken die Richter frisch und ausgeruht. Ihre Blicke sind ungetrübt, frei von Wissensdurst. Sie sind zufrieden mit dem, was sie bereits geleistet haben. Den Antrag auf Zusammenlegung haben sie abgewiesen und damit verhindert, sich auch noch mit der Sache in Marina, dieser mysteriösen Explosion in einer Metzgerei, beschäftigen zu müssen, wie der Verteidiger es wollte. Sollen sich doch zu gegebener Zeit andere Richter damit herumärgern. Von den vier Angeklagten, die sich, abgesehen von den Ausfällen des Mädchens, ruhig verhalten, sind keine bösen Überraschungen zu erwarten. Eine wunderbar mechanische Verhandlung, wie der Staatsanwalt in seinem Einspruch gegen Scalzis Antrag es genannt hat, deren Lösung zum Großteil in den Gutachten liegt, vor allem in jenem forensischen über die Todesursache. Jetzt bleiben also nur noch die Sachverständigen und Zeugen zu befragen, in aller Ruhe und in der Hoffnung, daß sie sich kürzer fassen werden als der junge Mann, der den letzten Verhandlungstag komplett in Anspruch genommen hat.

Das zufriedene Gesicht des Dottor Manca erinnert an einen jener alten Männer, die auf Dorfplätzen in der Sonne sitzen und auf das Mittagessen warten. Bequem ruht der Vorsitzende in seinem Richterstuhl, den Rücken entspannt angelehnt, den Kragen der Robe etwas gelockert wegen der Hitze, die im Vergleich zum restlichen Körper verhältnismäßig großen Hände ragen, über dem Bauch verschränkt, aus den Ärmeln der Toga hervor. Auch die geschnitzte Justitia an der Richterbank unter ihm kreuzt ihre großen Hände auf dem Heft eines Schwertes. Die Waage sucht man in der Abbildung vergeblich: der Künstler, um die Wahrheit zu sagen kein Meister seines Fachs, hat sie schlichtweg vergessen, die Waage. Scalzi beobachtet einen kurzen Wortwechsel, Zeichen der Zustimmung, ein kleines Lächeln zwischen einer Laienrichterin, der hübschesten von den drei Frauen, die die eine Hälfte der Geschworenen ausmachen, und dem Vertreter der Anklage: einem gutaussehenden Mann, sehr elegant. Scalzi erstarrt, als er bemerkt oder zumindest zu bemerken glaubt, daß eine gewisse gegenseitige Anziehung zwischen den beiden existiert. Er sucht sein ungutes Gefühl zu verdrängen, wahrscheinlich ist er wieder mal hypersensibel, der typische Anfall von Paranoia, der ihn immer zu Beginn einer Verhandlung überkommt, wenn er versucht, anhand kaum wahrnehmbarer nonverbaler Zeichen herauszufinden, was wohl in den Köpfen der Richter vorgeht. Eine nutzlose und ermüdende Übung, ein zweckloser Versuch, der zu nichts führt als zu einem Mangel an Konzentration.

Professor Lanfranchi wartet, bis der Lärm des Düsenjets verhallt ist, der in geringer Höhe den Justizpalast überfliegt, welcher erbaut wurde, als der städtische Flughafen noch aus einer einzigen, für waghalsige Amateursportler konstruierten Piste bestand und von dem Soldaten- und Fliegerdichter D'Annunzio frequentiert wurde, der sommers an der Küste der Versilia Urlaub zu machen pflegte. Die Pause gibt dem Wissenschaftler die Gelegenheit, sich demonstrativ und zugunsten des Gerichts seine wohlerzogene Verwunderung über Scalzis erste Frage anmerken zu lassen.

»Greif ihn sofort an«, hatte Barbarini empfohlen, »keine vorsichtig herantastenden Fragen, kein Fairplay, mach ihm von Anfang an klar, daß du ihn für einen verknöcherten Alten hältst. Leg den Finger direkt auf die Wunde. Vielleicht hast du Glück und er regt sich auf. Wenn er sich aus der Ruhe bringen läßt, fängt er an zu stottern und sagt, ohne nachzudenken, alle möglichen Dummheiten. Deshalb mußt du ihn unbedingt wütend machen.«

»Professore«, fragt Scalzi daher ohne Umschweife, »als Sie die Leiche das erste Mal untersuchten, war sie da bereits in einem solchen Zustand der Verwesung, daß sich die Haut an den Händen abzulösen begann?«

»An den Händen, ja. Nicht an den Armen.«

»Die Arme waren unversehrt?«

»Na ja, sagen wir verhältnismäßig gut erhalten ...«

»Im Protokoll des Leichenbeschauers steht etwas von Verletzungen an Haut und Gewebe. Was genau ist darunter zu verstehen?«

»Steht alles drin, Sie müssen nur weiterlesen.«

»Hier ist die Rede von Tierbissen. Welcher Art von Tieren?«

»Mäuse, nehme ich an.«

»Auch an den Extremitäten, wie ich sehe, stimmt das?«

»Auch an den Extremitäten, ja.«

»Und die vielen punktförmigen Male, woher stammen die?«

»Von Insekten, wahrscheinlich.«

»Also Insektenstiche, meinen Sie?«

»Ich meine, von Insekten verursacht. Als wir die Leiche fanden, nisteten dort schon die Larven der Fleischfliege. Die Larve zerstört natürlich das Gewebe.«

»Und diese Male waren am ganzen Körper?«

»An fast allen Körperzonen, bis auf die geschützt liegenden Teile.«

»Zum Beispiel?«

»Zum Beispiel die Armbeugen. Da er die Arme angewinkelt hatte, war die Haut an diesen Stellen noch unversehrt.«

»Einen Augenblick, Professore. Was heißt das, angewinkelt? Aus den beiliegenden Fotos und dem Protokoll geht hervor, daß der Körper in der Position eines Brustschwimmers gefunden wurde, beide Arme halb von sich gestreckt.«

Professor Lanfranchi klappt die Mappe auf, die er auf den Knien hält. Er schiebt seine Brille hoch und hält sich ein Foto dicht vor die Augen.

»Ich habe die Leiche nur auf meinem Seziertisch im Labor gesehen, vor Ort war mein Assistent. Ich bin aus dem Alter raus, wo man in den Bergen herumkraxelt. Doch bitte, sehen Sie hier, Avvocato?«

Er deutet auf das Foto: »Der rechte Arm ist fast ausgestreckt. Aber der linke ist stärker angewinkelt, sehen Sie? Die Armbeuge ist geschlossen. Das Einstichmal der Spritze habe ich am linken Arm gefunden.«

»Entschuldigen Sie, Professore. Vielleicht liegt uns nicht dasselbe Bild vor. Auf dem, das ich sehe, befinden sich beide Arme in der gleichen Position.«

»Worauf wollen Sie hinaus, Avvocato? Daß ich nach vierzig Jahren Berufserfahrung nicht in der Lage bin, das Foto eines Leichnams zu deuten?«

(Es ist soweit, er fängt an, sich zu ärgern. Er pocht auf seine Erfahrung und sein Ansehen. Das ist der Augenblick für den Ausfall.)

»Professore, verzeihen Sie mir. Das hier ist keine Frage der Erfahrung, sondern der Augen. Schauen Sie sich bitte das Foto ganz genau an.«

Doch Lanfranchi versucht mit einer schnellen und fahrigen Bewegung, das Bild in die Mappe zurückzulegen, Zettel fallen auf den Boden, und während er sich herunterbeugt, um sie aufzusammeln und wieder einzuordnen, redet er weiter:

»Wenn ich sage, daß das, was auf dem Arm zu sehen ist, der Ei-einstich einer Spritze ist, da-dann ist da-das auch der Ei-Einstich einer Spritze! Vi-i-itale Rea-a-aktion. Ich we-werde doch wohl noch in der La-la-lage sein, eine Vi-i-itale Rea-a-aktion von einem Mäusebi-biß *post mortem* zu unterscheiden!«

»Das bestreite ich gar nicht, Professore. Und genau deswegen möchte ich Sie bitten, den Geschworenen zu erklären, worin sich das Mal am linken Arm von den anderen Malen der Mäuse und Fleischfliegen, die über den ganzen Körper verstreut sind, unterscheidet.«

»Aber das habe ich doch bereits erklärt! Das steht a-alles in meinem Gutachten.«

»Nein, Professore, es tut mir leid, aber Ihr Bericht enthält diesbezüglich keine differenzierten Angaben. Bitte klären Sie uns über diesen Punkt auf.«

»D-der Ei-einstich li-li-liegt ge-ge-nau in der A-a-rmbeuge. A-a-a-llein die Einstichst-stelle spricht fü-ü-r si-sich. Das ist doch ga-a-anz offensi-sichtlich!«

»Professor Lanfranchi, sagen Sie mir bitte, warum die Leiche an dieser Stelle nicht auch von einem Insekt gebissen worden sein kann.«

»I-i-ich unterri-i-richte Ge-ge-gerichtsme-medizin an der Universität seit neu-neunze-e-ehnhun-dert ...«, geifert Professor Lanfranchi mit hochrotem Kopf.

Der Staatsanwalt erhebt sich von seiner Bank, nachdem er fast zu lange gewartet hat, um seinem Zeugen zu Hilfe zu kommen: »Ich gestehe der Verteidigung gern so viel Spielraum zu, wie sie braucht«, setzt er mit ruhiger und tiefer Stimme an, »aber im Moment versucht der Herr Anwalt, den Zeugen unglaubwürdig zu machen ...«

240

Bis zu jenem Moment hat Scalzi den Gutachter im Sitzen vernommen, seinerseits ruhig und entspannt. Nun aber springt er auf: »Was tun Sie? Sie gestehen mir Spielraum zu? Soviel ich brauche? Würden Sie mir bitte zugestehen, meine Arbeit als Verteidiger zu tun? Ich brauche Ihre Erlaubnis nicht, haben Sie das vergessen? Den Spielraum nehme ich mir schon selbst! Den gesteht mir nämlich das Gesetz zu, nicht irgendein Staatsanwalt! In der Verhandlung ist der Staatsanwalt nur eine Partei von zweien, und ich brauche ganz gewiß niemandes Zustimmung ...«

Auch der Staatsanwalt erhebt die Stimme: »Vorsitzender! Hier wird versucht ...«

»Es ist der Herr Sachverständige, der hier versucht, einen Anschlag auf den gesunden Menschenverstand zu verüben. Er glaubt, daß wir völlig unkritisch seine These übernehmen. Er glaubt, daß wir das Einstichmal einer Injektion akzeptieren, an einer Leiche, die von Insektenbissen zerstört ist, an der die Haut sich sogar schon abzulösen beginnt. Auf Nachfragen reagiert er ablehnend, weigert sich, sie zu beantworten. Er beruft sich auf seine Karriere, um nicht antworten zu müssen! Aber hier steht nicht das persönliche Ansehen des Professore auf dem Spiel, sondern das Leben der beiden Angeklagten, die ich verteidige!«

Der vorsitzende Richter nimmt die Hände von seinem Bauch und legt sie flach auf den Tisch, er sieht aus, als wäre er gerade aus einem Schläfchen erwacht.

»Wo liegt das Problem?« fragt er mit gutmütigem Lächeln.

»Das Problem besteht darin, Herr Vorsitzender, daß der Gutachter nicht auf meine Fragen antwortet, sondern ihnen ausweicht. Wenn er irgendein beliebiger Zeuge wäre, und nicht ein angesehener Gerichtsmediziner, würde ich sagen, daß er etwas zu verbergen hat, der Professore.«

»Mal sehen«, meint der Vorsitzende. »Welche Frage beantwortet der Gutachter nicht? Was möchten Sie denn von ihm wissen, Avvocato Scalzi?«

Scalzi pumpt die Lungen voll Luft und atmet langsam aus, darauf bedacht, nicht aufzustöhnen. Wo war der Dottor Bachisio Manca nur die ganze Zeit? In welchen Überlegungen ist sich sein scharfer Verstand ergangen?

»Ich möchte wissen, aufgrund welcher objektiv nachvollziehbarer Fakten der Gutachter annimmt, daß ein gewisses Mal am Arm der Leiche von einer Injektion herrührt, die man Baluardi gesetzt hat, als er noch lebte.«

»Das heißt, Sie ziehen den Einstich der Spritze in Zweifel?«

»Genau das ist meine Absicht. Ich möchte dem Gericht vor Augen führen, wie wenig Sicherheit über diesen als sicher dargestellten Beweis besteht.«

»Ich verstehe«, seufzt der Vorsitzende. »Also, von jetzt an stelle ich die Fragen. Ich habe den Eindruck, daß sonst eine große Verwirrung entsteht. Es gibt also einen Toten, stimmt das, Avvocato Scalzi? Und wir sind uns auch darüber einig, wie ich meine, daß er keines natürlichen Todes gestorben ist. Denn warum sonst würden wir diesen kleinen Prozeß hier durchführen? Wie also soll der arme Baluardi auf den Monte Merlato gekommen sein? Warum soll ihn jemand dort hinauftransportiert haben? Und wenn ihn jemand umgebracht hat, muß das ja auf irgendeine Art geschehen sein, nicht wahr? Wenn es keine Giftinjektion war, wie ist er dann ermordet worden? Mal sehen: Professore, Sie haben am Arm des Ermordeten das frische Einstichmal von einer Spritze festgestellt?«

»Ja, Herr Vorsitzender«, antwortet der Professore. Er hat sich wieder beruhigt und aufgehört zu stottern.

»Sehr gut. Die unmittelbare Todesursache wäre welche?«

»Erstickung, Signor Presidente, etwas hat das Opfer am Atmen gehindert.«

»Eindeutig. Eine gewisse chemische Zusammensetzung, das Suxamethonium-Chlorid, im Handel auch unter dem Namen Myotenlis bekannt, kann eine Erstickung bewirken?«

»In großen Mengen verabreicht, ja. Es ist ein Kurare-Analog, es wirkt ähnlich wie das Kurare.«

»Perfekt. Auf welche Art wird Myotenlis verabreicht?«

»Man benutzt es in der Anästhesie. Es wird intravenös injiziert.«

»Das bedeutet mit Spritzen, die man normalerweise in die Armvenen setzt?«

»Jawohl.«

»Danke, Professor Lanfranchi. Ich für meinen Teil brauche keine weiteren Erklärungen. Bestehen noch Fragen seitens der Verteidigung?«

Den restlichen Vormittag bombardiert Scalzi den Gutachter mit Fragen, die der Vorsitzende nach dem Zwischenfall auf seine spezielle Art übersetzt. Scalzi versucht mit allen Mitteln, Lanfranchi ein Wort zu entlocken, ein einziges Wort würde ihm genügen, das die These bestätigte, daß Baluardi auch auf andere Art und Weise ermordet worden sein könnte. Aber Lanfranchi überspringt, gedeckt von dem Vorsitzenden, der immer weniger bereit ist, die hohe Kunst des Zweifelns anzuwenden, alle Hindernisse. Das aufgedunsene Gesicht, die dicken Lippen und hervorquellenden Augen, die in allen gerichtsmedizinischen Abhandlungen als Symptome der *suffocation*, des gewaltsamen Verschließens der oberen Atemwege, beschrieben werden? Ein Effekt des Zersetzungsprozesses, erklärt der Professore. Die verrutschte Zahnprothese? Der Tote wurde mit dem Gesicht nach unten aufgefunden, er war zu Boden geworfen worden, dabei kann sich die Prothese sehr leicht gelöst haben. Die verdrehte Nase? Idem. Scalzi wird klar, daß er seine Munition an dieser Front zu früh verschossen hat. Das Injektionsmal ist das Axiom, auf dem der Prozeß basiert. Er weiß sehr gut, wie dieser Mechanismus funktioniert, über allem steht das Dogma, das Dogma wird nicht hinterfragt, ebensowenig, wie man die unbefleckte Empfängnis in Zweifel zieht.

Am Nachmittag dann der Überraschungsschlag. Der Staatsanwalt beantragt, ein Dokument einbringen zu dürfen, das er selbst erst seit wenigen Tagen kennt, ein Informant hat die Polizei darauf aufmerksam gemacht, daß im Haus der Baluardis etwas zu finden sei, das für die Ermittlung relevant sein könnte. Die Polizei hat daraufhin die Wohnung noch einmal von oben bis unten durchsucht. In einer Kommodenschublade in Gerbinas Zimmer ist eine Tafel zum Vorschein gekommen, zweimal gefaltet, darauf, in zwei konzentrischen Kreisen angeordnet, die Zahlen von eins bis zehn und die Buchstaben des Alphabets. Aber auf der Rückseite der Tafel ist mit der Hand eine Landkarte skizziert, erkennbar als Wegbeschreibung zum Monte Merlato und von da aus zu den Feenhöhlen. Das Gericht akzeptiert das Dokument. Scalzi beantragt eine Unterbrechung, um sich mit seinen Mandantinnen zu besprechen. Der Vorsitzende vertagt die Verhandlung auf den nächsten Morgen.

Der an den Verhandlungssaal angrenzende Flur, von dem die Sicherheitszellen abgehen, ist fensterlos und düster und riecht nach verbrauchter Luft. Während Scalzi Gerbina und Betty befragt, ziehen sich die Carabinieri diskret in den hinteren Teil des Flurs zurück und reden unter sich, sie wollen die angeklagten Frauen möglichst bald ins Gefängnis zurückbringen und ihren Dienst beenden, aber sie lassen es sich nicht anmerken. Aus dem mittlerweile menschenleeren Saal hört man nur noch die Besen der Putzfrauen.

»Sie hat mir gesagt, wie ich die Karte zeichnen soll, nach einer Sitzung«, sagt Gerbina betroffen.

»Wer, sie? Nach welcher Sitzung?«

»Die Magierin. Nach einer spiritistischen Sitzung. Giuliano hat den Weg in sein Grab nicht gefunden, darum mußte ich ihm den Weg zeigen.«

Olimpia hat recht gehabt, denkt Scalzi.

Am Abend muß Scalzi im Hause Barbarini die offensive Dialektik Beatrices über sich ergehen lassen. Die Frau des Alterchens hat vom Zuschauerraum aus die Verhandlung verfolgt. Sie nimmt leidenschaftlichen Anteil an dem Prozeß, genau wie Olimpia und Suor Celeste hat sie sich der Sache der beiden Frauen angenommen und kämpft für sie mit der Verve des frisch geworbenen Mitglieds einer Geheimorganisation.

»Du hast einen Fehler gemacht«, sagt Beatrice, »und ich kann dir auch genau sagen, an welcher Stelle.«

Scalzi steht dem Angriff völlig allein gegenüber, Olimpia ist diesmal in Florenz geblieben, und Barbarini zieht versunken an seiner Zigarre und läßt mit dem Rauch seine Gedanken schweifen. Der einzige, der ein wenig Solidarität demonstriert, ist das gelbe Hündchen. Es hat den Kopf auf Scalzis Bein gelegt und läßt sich mit halbgeschlossenen Augen den Kopf kraulen.

»Die Vernehmung des Gutachters lief bestens, du hattest diesen Esel von Lanfranchi schon fast soweit«, fährt die Professoressa fort. »Bis Dottor Corbato mit seinem Satz rausgerückt ist, von wegen, er gestehe dir alle Freiheit zu, usw. Da hast du die Kontrolle verloren. Bis dahin funktionierte die allmähliche Demontage des Bildes, auf dem die Anklage beruht. Und ohne daß es jemand gemerkt hätte, glaube ich. Der Vorsitzende jedenfalls nicht, der war mit seinen Gedanken woanders, völlig versunken, und auch die anderen nicht; denen wäre es erst später aufgefallen, im Protokoll. Nur der Staatsanwalt hat es sofort mitbekommen, und deshalb hat er für Ablenkung gesorgt, er hat dich absichtlich provoziert, und du bist prompt darauf reingefallen. Denn erst nach deinem übertriebenen Aufbegehren in der Rolle des gleichberechtigten Verteidigers hat der Vorsitzende dich gefragt: Aber worin genau bestehen denn Ihre Zweifel? Du hast es ihm gesagt, und er hat schnell gegengelenkt. So hat Manca dir den Löffel aus der Hand genommen, mit dem du im

Topf gerührt hast, um das Fett an die Oberfläche zu bringen. Du hast dich selbst ausgetrickst, Corrado.«

»Beatrice hat recht«, brummt Barbarini, »ich hatte dich gewarnt, daß Corbato ein echtes Schlachtroß in Sachen Verhandlungsführung ist. Ein Meister, wenn es darum geht, einen Zwischenfall zu provozieren, sobald die Dinge für die Anklage schlecht laufen. Du hättest unbeirrt deinen Weg verfolgen sollen.«

Scalzi antwortet nicht, er läßt die Kritik schweigend über sich ergehen, wieder einmal hat er für seine Impulsivität büßen müssen.

»Was sagt Gerbina zu der Karte?«

»Emanuela war es, die sie angewiesen hat, sie zu zeichnen. Sie hat sie überredet, auf den Merlato zu gehen und dort Kerzen aufzustellen, um Baluardis Seele den Weg ins Grab zu weisen. Die Wachsreste, die Olimpia rund um die Höhlenöffnungen gefunden hat, stammten von den Kerzen, die Gerbina aufgestellt hat. Die Magierin spitzelt für die Polizei. Sie ist die vertrauliche Quelle. Ich wette, daß sie auch bei dem Fund des Myotenlisflakons ihre Hände im Spiel hatte. Aber ich glaube, daß Emanuela nicht nur für die Polizei arbeitet, sondern noch ganz andere Auftraggeber hat.«

»Das vermute ich auch«, nickt Barbarini zustimmend. »Dann muß man die Spur der Explosion in Marina weiterverfolgen. Du mußt irgendwie eine Gelegenheit finden, diesen Umstand in die Verhandlung einzubringen. Eine andere Chance hast du nicht.«

29

Die Uhr von Marbelli

Am Dienstag ist keine Verhandlung, Dottor Corbato muß anderen Amtspflichten nachgehen und hat daher um Vertagung auf Mittwoch gebeten. Scalzi hat bis neun geschlafen, dann Evelina angerufen. Der Gesang der Vögel erschwerte die Unterhaltung ein wenig, im Hintergrund hörte man Tiburzi aufgeregt bellen. Evelina hat Guido erreicht. Auch ihm war das Ganze völlig entfallen. Dabei hatte er die Analyse bereits durchgeführt, er hat das Ergebnis allerdings nicht mehr im Kopf, aber irgendwo zwischen seinen Papieren müssen die Unterlagen noch sein. Er hat versprochen, sie möglichst bald vorbeizubringen. Scalzi sagt Evelina, daß er, wenn die Substanz sich als Blut herausstellen sollte, die Unterlagen unverzüglich brauche. Wenn es aber nur irgendwelcher Schmutz sei, könne man das Ganze in den Müll werfen. Aber gewiß doch: zu Befehl, Avvocato! Evelina ist bereit, wenn nötig auch direkt in den Verhandlungssaal zu kommen.

In der kleinen Hotelbar nimmt der Anwalt gerade einen Kaffee und eine staubtrockene Brioche zu sich, als Terzani auftaucht. Scalzi hat den ganzen Tag vor sich. Sein Pflichtgefühl verlangt, daß er ihn an dem kleinen Tisch oben im Zimmer verbringt, über die Prozeßakten gebeugt. Aber ein Anfall von Trägheit hat ihn gepackt, macht ihn völlig indifferent dem Fall gegenüber. Der Meinungsaustausch mit dem Ehepaar Barbarini war nicht gerade ermutigend, das Telefongespräch mit Evelina am Morgen ebensowenig. Scalzi drückt das schlechte Gewissen, ein kleines Teufelchen mit zwei Hörnern: auf der einen Seite seine Impulsivität, die ihm die Frau des Alterchens zum Vorwurf gemacht hat, auf der anderen die Tatsache, daß er der Versuchung nicht widerstanden und berufliches Engagement mit etwas anderem vermengt hat, etwas Angenehmem, gewiß, das aber gleichzeitig völlig unnötig war und voll potentieller Komplikationen steckt. Am Telefon schwang in der Stimme der Tierhändlerin so manche Andeutung mit. Als sie ihm anbot, vorbeizukommen, und nach der Adresse seines Hotels fragte, ließ sie durchblicken, daß der Befund der Analyse doch für beide ein willkommener Anlaß sei, eine gute Gelegenheit für ein weiteres kleines Gelage, wenngleich Scalzi auf den Mangel an nicht von Touristen überlaufenen Restaurants in der Stadt hinwies.

So ist er fast erleichtert, als Terzani mit seiner etwas weltfremden Aura in der Hotelbar auftaucht, eine unvorhergesehene Abwechslung, ein Grund, abzuschalten und ein Stündchen den exzentrischen Gedankengängen des Studenten zu lauschen. Der setzt sich an den Tisch, läßt sich Kaffee bringen, nimmt einen Schluck und verzieht das Gesicht.

»Womit machen die den, Ihrer Meinung nach?«

»Keine Ahnung.«

»Jedenfalls nicht mit Kaffee.«

»Wahrscheinlich nicht.«

Terzani stellt die halbvolle Tasse ab.

»Ist nicht so gut gelaufen gestern, wie?«

»Nicht wirklich gut, nein.«

»Wenn es so weitergeht, sieht Betty alt aus.«

»Und ihre Mutter.«

»Ihre Mutter auch, ja. Aber, nur nebenbei, wer garantiert überhaupt, daß die beiden im Einvernehmen miteinander gehandelt haben?«

»Die Anklage behauptet, daß die Tochter das größere Interesse an Baluardis Tod hatte. Die Abtreibung soll Betty organisiert haben, weil sie angeblich mehr Angst vor dem Wirt hatte. Baluardi sei ›krankhaft‹ eifersüchtig auf die

Tochter gewesen, nicht auf seine Frau. Sie verstehen, was die Anklage mit diesem ›krankhaft‹ impliziert?«

»Daß Baluardi mehr als nur väterliche Zuneigung für Betty empfand, das soll es wohl heißen, stimmt's?«

»Genau.«

»Die müßten Sie doch zerschlagen können, diese These. Oder gibt es irgendwelche Beweise?«

»Keine, das ist ja das Problem. Es ist weitaus schwieriger, sich gegen Schatten zu verteidigen als gegen Anklagepunkte, denen zumindest ein Minimum an konkreten Fakten zugrunde liegt.«

»Nehmen Sie es mir übel, wenn ich Ihnen etwas sage?«

»Kommt ganz drauf an.«

»Sie versuchen, das Fundament zu zerschlagen, auf dem die Anklage steht, nämlich die Tatwaffe, mit dem der Mord verübt wurde. Damit bin ich einverstanden, nur daß ich glaube, daß Bettys Verteidigung offensiver sein könnte und auch an anderen Fronten aktiv werden müßte.«

Scalzi wünscht jetzt, der Student würde verschwinden. Er hatte gehofft, ein wenig Abstand von den quälenden Gedanken an den Fall zu gewinnen, und hätte sich liebend gern weitere Details der wunderlichen Liebesgeschichte mit dieser Stummfilmdiva angehört. Aber Terzani wirkt ernst und ganz auf den Prozeß konzentriert. Gestern hat Scalzi ihn im Publikum gesehen, wie er sich kein Wort entgehen ließ.

»Zum Beispiel?«

»Zum Beispiel bei der vorgeblichen Lüge der Frauen über die Uhrzeit, zu der der Wirt das Haus verließ. Ist ihnen aufgefallen, daß keine der beiden eine Armbanduhr trägt?«

»Habe ich nicht drauf geachtet.«

»Das ist aber wichtig. Vielleicht haben sie beide keine, oder sie haben sie ins Leihhaus gebracht. Bei ärmeren Leuten landen solche Dinge häufiger mal dort. Ich habe sie auf jeden Fall während der Verhandlung beobachtet, keine hat eine Uhr am Handgelenk. Höchstwahrscheinlich hatten sie in der Mordnacht auch keine.«

»Das ist richtig«, stimmt Scalzi zu, »beim Verhör haben beide angegeben, die Zeit auf einer Uhr auf der gegenüberliegenden Straßenseite gesehen zu haben.«

»Das haben sie wirklich gesagt?« triumphiert Terzani. »Ich hätte drauf wetten können! Meinen Sie die Uhr auf dem Firmenschild des Uhrmacherladens?«

»Ja.«

»Und von wo aus haben sie die Uhrzeit gesehen? Doch vom Fenster aus, nicht wahr?«

»Als sie aus dem Fenster schauten, ja.«

»Dann hören Sie zu: Die beiden Frauen lügen nicht, wenn sie sagen, daß Baluardi nach zwei Uhr das Haus verlassen hat.«

»Vielleicht nicht. Aber in einem Prozeß zählen nur Beweise. Die Schlußfolgerung, die Lanfranchi aus dem unverdauten Artischockenblatt im Magen des Toten gezogen hat, ist stichhaltig. Andere Schlußfolgerungen von ihm, auch die mit dem Einstichmal, gehen aus der Angleichung an die These der Anklage hervor. Aber diese nicht, an der Artischocke ist leider was dran. Das Stadium der Verdauung ist eine der besten Methoden, die Todesstunde zu bestimmen.«

»Ich habe auch nicht gesagt, daß Baluardi wirklich um zwei Uhr weggegangen ist. Ich habe gesagt, daß Mutter und Tochter nicht lügen. Und das ist es doch, was sie in diese schwierige Lage gebracht hat, nicht wahr? Die angeblich wissentliche Lüge. Etwas zu sagen und gleichzeitig zu wissen, daß es nicht die Wahrheit ist.«

»Sie haben gesagt, daß sie auf die Uhr gesehen haben.«

»Natürlich, sie haben auf die Uhr gesehen, ich behaupte ja nichts anderes. Aber welche Uhr? Ohne über ihre Aussage informiert zu sein, habe ich vermutet, daß sie aus dem Fenster auf die Straße geschaut haben.«

Terzani breitet auf dem Tisch eine Papierserviette aus und zeichnet mit einem Stift, den er aus seiner Tasche gezogen hat, einen Kreis darauf.

»Am ersten Verhandlungstag, bevor ich mich mit Ihnen in der Bar getroffen habe, habe ich in der Verhandlungspause einen Spaziergang durch die Via della Madonnina gemacht. Nur so, um mich abzulenken. Aber nein, das stimmt nicht ganz: vielleicht wollte ich ein bißchen die Atmosphäre des Ortes schnuppern. Wie Maigret, verstehen Sie? Er streunt ziellos in der Gegend herum, wo das Verbrechen begangen wurde, betritt ein Bistro, bestellt einen Calvados, nimmt die Gerüche wahr, beobachtet die Gäste, die Leute, die vorübergehen, lauscht den Unterhaltungen. Er verwandelt sich in eine Art Schwamm, mit seinem dicken Mantel, die Pfeife im Mund, er saugt alles in sich auf. Obwohl es in der Via della Madonnina nicht viel aufzusaugen gibt. Ein Loch, wo die Sonne kaum hinkommt, eine Gasse mit Häusern rechts und links, von denen der Putz blättert, schief in den Angeln hängende Fensterläden, sie erinnert ein bißchen an Neapel, nur ohne die Fröhlichkeit einer neapolitanischen Gasse, im Gegenteil, die Via della Madonnina ist düster, eng und bedrückend. Es gibt weder Bars noch Geschäfte, keine Ladenschilder über den Türen bis auf zwei: das vom ›Portichetto‹, dessen Eingang verriegelt ist, und das vom Uhrmacher, mit der Uhr über der Tür, eine Eisenkonstruktion über dem Eingang. Also, um es kurz zu machen ...«

»Ich bitte darum«, brummt Scalzi.

»Langweile ich Sie vielleicht?«

»Reden Sie weiter.«

Terzani zeichnet die Zeiger einer Uhr auf die Serviette.

»Ich stehe also vor dem Haus der Familie Baluardi, betrachte die verschlossenen Jalousien, denke an Betty, wie sie in dieser lichtlosen Straße immer trauriger wurde, jeden Tag denselben kurzen Weg, etwa dreißig Meter bis zum ›Portichetto‹ ...«

»Jetzt übertreiben Sie mal nicht. Auch wenn sie nicht das glänzende Leben Ihrer Diva hatte, so hatte sie doch sehr wohl Gelegenheit, hie und da mal Luft zu schnappen, unsere Betty, und das in ihrem zarten Alter. Das wird zumindest behauptet.«

»Als ich zufällig zu der Uhr hinaufschaue, trifft mich fast der Schlag: verdammt, schon so spät, zehn nach vier! Aber wie ist das möglich? Der Vorsitzende hatte die Verhandlung um halb zwei geschlossen, ich habe ganz offensichtlich getrödelt. Ich schaue auf meine Uhr: neun Minuten vor zwei. Dann wird mir alles klar. Ein Strahl der fast im Zenit stehenden Sonne fällt in die Via della Madonnina und auf das Zifferblatt der Uhr. Die Enden der Zeiger reichen beide über den Mittelpunkt des Zifferblatts hinaus, in die andere Hälfte. Die längeren Seiten zeigen die Minuten und die Stunden an. Die Zeigerstümpfe auf der anderen Seite weisen auf die entgegengesetzten Punkte des Zifferblatts. So, sehen Sie?«

Terzani deutet auf seine Zeichnung. Mit schnellen Zügen streicht er zwei der Zeigerhälften durch.

»Ich hatte Glück, daß die Sonne genau in den zwanzig Minuten zum Vorschein kam, als ich mich in der Straße aufhielt. Ihr Widerschein auf der linken Seite des Zifferblatts machte den kürzeren Teil des Stundenzeigers wie auch den längeren des Minutenzeigers unsichtbar. Auf diese Weise wurde aus zehn vor zwei auf der Uhr zehn nach vier.

»Baluardi hat das Haus aber nachts verlassen.«

»Das weiß ich auch, daß er das Haus nachts verlassen hat. Aber die Uhr ist nicht erleuchtet. Der kleine Uhrmacher in der Via della Madonnina hat wahrlich nicht das Geld, um das Zifferblatt in der Nacht zu beleuchten, er denkt, die Straßenlaterne genügt. Die hängt nämlich genau auf seiner Höhe in der Straßenmitte; ihr Licht könnte also für jemanden, der aus dem gegenüberliegenden Fenster schaut, den längeren Teil des Minutenzeigers verschwinden lassen, genau wie die Sonne, als ich da war. Zumindest glaube ich, daß das möglich ist. Würde sich doch lohnen, das mal nachzuprüfen, oder?«

Scalzi betrachtet die Zeichnung und lacht skeptisch.

»In einem Strafprozeß zählen Annahmen wenig. Vor allem dann, wenn sie von der Verteidigung ausgesprochen werden.«

»Dann lassen Sie uns hingehen! Deshalb habe ich Sie gefragt, ob Sie den Schlüssel zu der Wohnung haben. Wir gehen hin, natürlich in der Nacht, machen ein Foto, und schon ist der Verteidiger in der Lage, ein Indiz, das die Angeklagten belastet, zu widerlegen.«

»Ich habe die Schlüssel aber nicht.«

»Und wer hat sie?«

»Gerbina, nehme ich an, wenn die Polizei sie ihr nach der Hausdurchsuchung zurückgegeben hat. Dann befinden sich die Schlüssel in der Gefängnisaufnahme, zusammen mit der restlichen persönlichen Habe.«

Scalzi vermutet, daß Terzani Einzelkind ist, von klein auf daran gewöhnt, immer alles zu bekommen. Die Frauen des Hauses nur dazu da, ihn zu umsorgen. Jene Frauen in dem alten Haus in den Bergen aus seinem Tagtraum der vergangenen Woche. Einer wie Terzani läßt nicht locker. Und dann ist da noch dieses Schuldgefühl. Er muß etwas unternehmen, der Anwalt, muß die Stille des Hotels verlassen und ins Gefängnis zu einer unvorhergesehenen Unterredung gehen, muß Gerbinas Mißtrauen besiegen: Die Schlüssel zu der Wohnung? Um was zu tun? Aus dem Zimmerfenster zu schauen? Was gibt's da schon zu sehen? Die Uhr? Die Uhr vom Marbelli? Der Blick seiner Mandantin ist mehr als perplex, geradezu terrorisiert. Das soll der Anwalt sein, der sie verteidigt? Ein Verrückter mit solchen abstrusen Ideen? Also muß man ihr alles haarklein erklären, zum Glück ist Betty etwas schneller von Begriff als ihre Mutter und versteht das Problem. Dann muß man den Antrag stellen. Im Gefängnis funktioniert alles über Anträge, für die alltäglichsten Dinge muß man einen Antrag stellen, für ein zusätzliches Stück Seife, für Zahnpasta, Damenbinden ... Und erst recht für die Schlüssel zu einer Wohnung, in der ein Mordopfer gewohnt hat. Dazu muß man mit dem Anstaltsleiter sprechen. Auch ihm muß alles erklärt werden, aber mit gewissen Einschränkungen: Diese Einrichtung hat viele Arme und noch mehr Ohren, und Scalzi möchte verhindern, daß der Staatsanwalt von seiner kleinen Ermittlung erfährt, noch bevor er sie durchgeführt hat. Eine Ermittlung? Welche Art von Ermittlung? Vertraulich? Aus Gründen der Verteidigung? Dann muß der Richter zunächst ...

Etwas von Terzanis Hartnäckigkeit muß sich auf Scalzi übertragen haben, denn schließlich bekommt er die berühmten Schlüssel.

»Sehen Sie nur«, sagt Terzani aufgeregt, »sehen Sie, hier!«

Das Zimmer liegt im Dunkel, die beiden wollen kein Aufsehen erregen. Seite an Seite lugen sie durch die halbgeöffneten Klappläden. Das Fenster vom Schlafzimmer der Eheleute Baluardi geht genau auf den geschlossenen Rollladen des Uhrengeschäfts. »Marbelli« steht darüber geschrieben. Neben dem Namenszug hängt die Uhr. Auf dem an sich dunklen Zifferblatt liegt ein Widerschein. Das Licht der Straßenlaterne läßt den Minutenzeiger verschwinden. Auf den ersten Blick liest man zehn vor zwei. Um zu merken, daß es in Wirklichkeit sechzehn Minuten vor Mitternacht ist, muß man schon sehr genau hinsehen und den trügerischen Effekt der Laterne kennen.

»Du hast recht«, sagt Scalzi, der Terzani seit einigen Stunden duzt.

Der Student hat einen Fotoapparat mitgebracht, eine Nikon, und einen sehr lichtempfindlichen Film. Er macht einige Bilder.

254

Die Räume der Wohnung liegen einer über dem anderen, vom Erdgeschoß bis unters Dach wie in einem Turm, das Elternschlafzimmer befindet sich im ersten Stockwerk. Von der Eingangstür gelangt man direkt auf eine schmale, steile Treppe. Die beiden zucken zusammen, als jemand die Haustür öffnet, schwere Schritte kommen die Stufen herauf. Die Wand neben dem Fenster wird fast gänzlich von einem Kleiderschrank eingenommen, einem großen, glänzenden Mahagoniimitat mit eingefaßten Spiegeln an den Türen. In den Spiegeln und den Messingverzierungen bricht sich das Licht der Straßenlaterne. Neben dem Schrank bleibt nur eine kleine Ecke frei, Terzani packt Scalzi am Arm und zieht ihn dorthin, beide drücken sich in den Winkel zwischen der Seitenwand des Möbels und der Mauer. Ein Schnaufen ist an der Tür zu hören, sie wird geöffnet, eine Person erscheint im Raum. Der Strahl einer Taschenlampe flackert durch das Zimmer. Er irrt umher, und im Widerschein des Spiegels sieht man eine dicke Frau, schon etwas älter, mit einer großen Masse hochgesteckter Haare; Scalzi glaubt Emanuela Torrini zu erkennen, die Magierin.

Die Frau geht zum Bett, zieht die Schubladen der zwei kleinen Nachttische auf und kippt deren Inhalt auf die Bettdecke. Sie wühlt darin herum und beleuchtet mit der Taschenlampe einige Zettel. Dann kommt sie näher, reißt plötzlich eine Schranktür auf, so daß sie die beiden dahinter verbirgt. Jetzt wühlt die Frau im Schrank. Unter leisem Knarren schwingt die Tür langsam zurück und gibt das Sichtfeld um einen Spalt zwischen Tür und Mauer wieder frei. Scalzi beobachtet, wie die Frau Männersachen herausnimmt und auf das Bett wirft. Schon fertig, die Garderobe des armen Baluardi war nicht gerade umfangreich. Sie legt die Taschenlampe auf einen der Nachttische, so daß sie den Kleiderberg anstrahlt. Jedes Kleidungsstück hält sie einzeln hoch, Jacken und Hosen. Sie durchsucht die Taschen.

Sie setzt sich aufs Bett und sieht sich einige der Zettel im Lichtstrahl genauer an. Der Schein fällt auf ihr Gesicht, während sie versunken ein Dokument betrachtet. Sie ist es tatsächlich, die Magierin. Durch die Via della Madonnina fährt unter Aufheulen ein Motorroller. Emanuela geht zum Fenster und schließt die Läden, sie ist Scalzi so nahe, daß er ihren Geruch wahrnimmt, ein Gemisch aus trockenem Stroh und Frisierwasser. Die Magierin greift wieder nach ihrer Taschenlampe und verläßt den Raum, Scalzi und Terzani hören ihre Schritte auf der Treppe, die nach oben führt.

»Gehen wir?« flüstert Scalzi.

»Nein.« Terzani ist erregt, er scheint sich zu amüsieren. »Suchen wir uns lieber ein besseres Versteck.« Er läßt sich auf alle viere nieder und kriecht unter das Bett, wo er sich umdreht:

»Kommen Sie, Avvocato, hier ist genug Platz.«

»Nicht mal im Traum.«

Scalzi setzt sich auf das Bett neben den Kleiderhaufen und zündet sich eine Zigarette an.

»Komm raus da unten, das ist doch lächerlich.«

Über ihnen bewegen sich die Schritte der Magierin hierhin und dorthin, sie hören, wie sie Schubladen aufreißt, Sachen auf den Boden wirft, etwas aus Ton geht zu Bruch, eine Tür wird zugeschlagen. Die schweren Schritte der Frau kommen die Treppe herunter. Terzanis Kopf verschwindet unter dem Bett. Die Magierin erscheint wieder auf der Schwelle, vorsichtig – vielleicht hat sie ein Geräusch gehört – läßt sie die Taschenlampe kreisen. Das Licht fällt auf Scalzis Füße, fährt an seinen Beinen hoch und bleibt auf dem Gesicht hängen. Scalzi bläst den Rauch seiner Zigarette in den Lichtstrahl. Schlagartig geht die Lampe aus. Die Magierin weicht zurück, erreicht tastend die Treppe, ihre Absätze hämmern wie wild die Steinstufen hinab, die Haustür schlägt zu. Scalzi tritt ans Fenster, stützt die Ellbogen auf das Fensterbrett und beobachtet, wie sie eilig die Straße hinabtrippelt; nur einmal dreht sie sich um und sieht ihn am Fenster.

Terzani kommt unter dem Bett hervor. Sein dürrer Körper ist mit Wollmäusen übersät, selbst seine Brille ist staubig.

»Du siehst aus wie eine Hühnerstange«, kommentiert Scalzi.

»Wer ist diese Frau?« Terzani klopft sich mit der Linken den Staub ab, mit der Rechten hält er etwas umfaßt.

»Eine Zauberin, eine Seherin, aber eher im Sinne von einer, die alles mitbekommt. Sie spitzelt für die Polizei, soweit ich verstanden habe. Im ›Portichetto-Prozeß‹ ist sie eine Art Deus ex machina. Ich wüßte gern, was sie gesucht hat.«

»Das hier vielleicht?« Terzani reicht Scalzi eine abgenutzte, ausgebeulte Brieftasche. »Die habe ich unter dem Bett gefunden. Vielleicht ist sie runtergefallen, als die Frau die Kleider aufs Bett geworfen hat.«

Scalzi macht das Licht an, nimmt die Brieftasche und klappt sie auf. Hinter einer Folie ein Foto in Postkartenformat. Zwei junge Leute, ein Mann und eine Frau, stehen nebeneinander. Ihre Schultern berühren sich, und sie halten sich an den Händen. Der junge Mann ist sehr dünn, größer als sie, die klein und rundlich ist, alle beide sind ärmlich gekleidet, sie mit einem Pullover und einem langen, großkarierten Rock, er mit einer zu engen Jacke, einem Hemd, dessen Kragen über das Revers der Jacke geschlagen ist, über dem Arm hält er einen Trenchcoat. Es ist kalt, wie man an den hochgezogenen Schultern der jungen Frau und ihrem etwas gezwungenen Lächeln ablesen kann. Im Hintergrund der Strand von Viareggio, die niedrigen Bauten an der Promenade, ein stürmisches Meer, die Umrisse der Apuanischen Alpen. Der Körper des Jungen beugt sich zu dem des Mädchens hinüber, als wolle er sie vor dem

Wind schützen, der an dem winterlichen Strand wahrscheinlich kräftig bläst. Sie sieht ihn mit fröstelndem Lächeln an, voll Zärtlichkeit.

»Wenn die Richter dieses Bild hier sehen könnten, würden sie sie freisprechen, arme Gerbina«, brummt Scalzi. »Aber ich glaube nicht, daß die Magierin Familienfotos gesucht hat.«

Geld befindet sich keins in der Brieftasche. Offene Rechnungen über Strom und Telefon. Scalzi zieht ein zusammengefaltetes Blatt Papier mit einem großen braunen Fleck hervor.

»Was ist das?« fragt Terzani.

»Ein Frachtbrief. Der Beleg über eine Lkw-Ladung. Zwanzig Stück Vieh, weiße Kälber, Herkunftsland Schweiz. Bestimmungsort ist die Provinz Livorno; die Adresse eines Hofes.«

»Was hat Baluardi damit zu tun? Er war doch Wirt und kein Viehzüchter.«

»Vielleicht hat er doch etwas damit zu tun. Baluardi war nämlich auch Schlachter, und bestimmt nicht nur zum Zeitvertreib.«

30

Via della Madonnina

In der darauffolgenden Woche werden weitere Zeugen vernommen – bis auf einen äußern sich alle im Sinne der Anklage. Ein Gast des »Portichetto« will gehört haben, wie Baluardi gebrüllt hat, er werde das Haus in die Luft jagen, wenn er herausfinde, daß das, was man sich von Betty erzählte, stimme. Sissignore, gebrüllt. In der ganzen Straße konnte man es hören. Wen angebrüllt? Seine Frau, Gerbina. Sie waren in der Küche, allein. Wenn er herausfinde, daß stimme, was er glaube, werde der Wirt einen gewissen anderen »pfählen«. In welchem Sinne pfählen? hakt der Staatsanwalt nach. Im Sinne von Pfahl, einen Pfahl hineinrammen ... Ich weiß nicht, ob ich sagen kann, wo. Aber er sprach sozusagen bildlich, vermutet der Zeuge. Und wen meinte er damit? Der Zeuge glaubt, er meinte einen der Kellner.

Eine Hausfrau aus der Via della Madonnina betritt den Zeugenstand, artig herausgeputzt und mit einem merkwürdigen, geflochtenen Chenille-Hütchen auf dem Kopf, das mit Margeriten und Kirschen bestickt ist. Der Vorsitzende bittet sie, es abzusetzen. Sie wirkt zerknirscht, knetet beim Sprechen den kleinen Hut auf ihrem Schoß, ohne jemals die Augen zur Richterbank zu heben. Alle in der Via della Madonnina haben damit gerechnet, daß bald was Schlimmes geschehen würde. Baluardi war kreuzeifersüchtig auf seine Tochter ... Und gewalttätig war er auch, wie alle in der Familie, die fackelten nicht lang. Ist ja allgemein bekannt, daß die Baluardis eine alte Frau ermordet haben. Ein alte Frau ermordet? Ja, wirklich! Ihre eigene Verwandte, die bei ihnen lebte und an deren Erbschaft sie ranwollten. Sie haben sie erschossen, die arme Alte, ein Schuß aus dem Revolver in den Mund. Dann haben sie, um die Stelle im Nacken zu verbergen, wo die Kugel wieder herausgekommen war, die Haare zu einem Knoten gesteckt. Sie behaupteten, sie hätte einen Schlaganfall gehabt. Aber wer soll das gewesen sein? Und wann? Tja, wann: Das ist schon ein paar Jahre her, aber die Geschichte kennt jeder. Davon spricht man heute noch. Wer den Mord begangen hat? Das weiß sie nicht, und selbst wenn sie es wüßte, würde sie es nicht sagen, sie ist ja auch gar nicht sicher, sie war ja schließlich nicht dabei, damals.

Scalzi interveniert: Herr Vorsitzender, müssen wir uns wirklich dieses Gerede anhören? Müssen wir uns mit dem albernen Geschwätz und den Gerüchten beschäftigen, die in solchen Vierteln kursieren? Der Vorsitzende stimmt unter herablassendem Lächeln zu: Aber Sie wissen doch selbst, Avvocato, es kommt nur darauf an, die Spreu vom Weizen zu trennen. Lassen wir also die ermordete Alte mal beiseite. Kehren wir zu unserem eigentlichen Thema zurück. Was für ein schlimmes Ereignis befürchteten denn die braven Bürger der Via della Madonnina? Das Haus! Daß er das Haus in die Luft sprengt! Wie damals, als ein Bauer aus Eifersucht den Stall in Brand setzte und die Flammen auf das Wohnhaus übergriffen und alle darin umkamen! Alle! Wir hatten Angst um unser Leben, jaja! Mein Haus steht quasi neben dem der Baluardis, alles alte Gebäude, die nur durch ein Wunder noch nicht eingestürzt sind. Jetzt stellen Sie sich mal eine ordentliche Ladung Dynamit vor ... Was für Dynamit? Wer hatte denn Dynamit? Na, die natürlich! Die haben ja über nichts anderes geredet, immer bis drei Uhr morgens, dieses Gaunerpack, das sich immer im »Portichetto« verbarrikadierte. »Dynamit! Mutter Dynamit!«* So haben sie immer gebrüllt, die

* *Dinamite! Madre dinamite!* war ein Schlachtruf der italienischen Anarchisten. Er drückt aus, daß man sich der Gewalt verschreibt, um politische Ziele zu erreichen.

260

liefen schreiend auf die Straße und sangen unanständige Lieder, sturzbesoffen waren die, Mörderpack, gottloses Volk ohne Anstand und Familie. Und das Mädchen, da, das junge Ding, immer mittendrin. Ihr könne man das ja nicht vorwerfen, nein, die Zeugin hat es vielmehr mit dem, der eigentlich auf sie hätte aufpassen sollen und statt dessen die Zügel hat schleifen lassen. Man weiß ja, wie das geht, früher oder später passiert dann halt was. Und es ist passiert, oder besser, es war gerade dabei zu passieren ... Die Zeugin formt die Hände vor dem Bauch zu einer Muschel und läßt sie langsam größer werden.

An diesem Punkt mischt sich Betty in die Verhandlung ein: Will denn niemand der bekloppten Alten das Maul stopfen? Signorina! Beleidigen Sie nicht die Zeugin! ereifert sich der Präsident. Von wegen Zeugin! Die ist viel zu dumm, um irgendwas zu bezeugen, das wissen doch alle! Scalzi mischt sich ein: Man muß die Angeklagte verstehen, sollen das die Zeugen der Staatsanwaltschaft sein? Solche Ammenmärchen sollen als Beweis in einem Mordprozeß dienen? Einspruch seitens des Dottor Corbato: Der Verteidiger soll auf seinem Platz bleiben und seine Fragen stellen, wenn die Reihe an ihm ist, anstatt die Angeklagte Elisabetta Baluardi noch zu weiteren Ausfälligkeiten zu ermuntern. Der Vorsitzende droht Betty mit einem Saalverweis. Das Publikum ist auf der Seite der Zeugin: Unruhe, Beschimpfung der Angeklagten.

Dann tritt ein wichtiger Zeuge auf, dessen Aussage im Ermittlungsverfahren einer der Dreh- und Angelpunkte der Anklage ist, und ein bleiernes Schweigen legt sich über den Saal. Scalzi hatte gehofft, es würde sich um einen Säufer handeln, einen der alkoholisierten Stammgäste des »Portichetto«. Der Mann macht jedoch einen seriösen Eindruck, ist mit Sorgfalt gekleidet, Jackett und Krawatte, Brille, graue Haare. Gelassen beantwortet er die Fragen, legt sogar eine gewisse sprachliche Gewandtheit an den Tag. Wie er sich so sicher sein könne, daß es der Abend des 1. Mai war? Weil eben am 1. Mai die Frau des Zeugen aus dem Krankenhaus entlassen wurde, wo sie zwei Monate wegen einer schweren Erkrankung gelegen hatte, das sind Tage, die man nicht so schnell vergißt. Zwei Monate, in denen er jeden Tag im »Portichetto« zu Abend essen mußte, außer am wöchentlichen Ruhetag natürlich. Ja, er hatte oft zugesehen, etwa alle drei Tage, wie der Wirt des »Portichetto« sich eine Spritze in die Vene setzen ließ von einem der Kellner, dem älteren der beiden. Der Angeklagte, der da ganz rechts sitzt? Sissignore, genau der, Teclo Scarselli. Blieb der Zeuge lange in dem Lokal? Sissignore, bis geschlossen wurde, er hielt sich abends nicht gern allein in der Wohnung auf. Außerdem waren die Abende im »Portichetto« recht angenehm, zumindest anfänglich: es wurde gemeinsam gesungen, das Mädchen sang auch, nun ja, vielleicht wurde zuviel getrunken, aber es herrschte Heiterkeit, eine gesellige Atmosphäre. Im letzten Monat jedoch waren die Dinge anders geworden. Inwiefern? Der Wirt hatte sich irgendwie verändert, war düster und schlechter Laune. Keine nächtlichen Feste mehr: um zwölf ging der Rolladen runter, und alle ab nach Hause. Stritt Giuliano Baluardi sich mit jemandem? Ja, leider, ab einem gewissen Zeitpunkt waren Streitereien an der Tagesordnung, vor allem im letzten Monat. Mit wem stritt er? Vor allem mit seiner Frau, der Signora Gerbina. Aber auch mit einem der Kellner, dem jüngeren. Und war der Zeuge auch am Abend des 1. Mai bis zum Schluß geblieben? Nicht ganz, er war etwas früher nach Hause gegangen. Ja, er hatte auf einem der Tische den kleinen Topf gesehen, in dem die Spritze bereitstand, die Wirtin, Signora Gerbina, hatte das dampfende Gerät aus der Küche hereingetragen.

»Und Sie«, fragt der Staatsanwalt, »waren der letzte Gast, der den ›Portichetto‹ verließ?«

»Als ich ging, waren nur noch Signora Gerbina, Signorina Betty, die beiden Kellner und Giuliano Baluardi da.«

»Sind Sie sicher?«

»Ganz sicher.«

Scalzi macht einige Versuche, die Sicherheit des Zeugen bezüglich des letzten Punktes zu erschüttern. Hätte sich denn nicht zum Beispiel, von ihm unbemerkt, eine weitere Person in der Küche aufhalten können? Nein. Er erinnert sich genau, der seriöse Zeuge, daß die Küche schon dunkel war. Wenn da noch jemand gewesen sein sollte, also nein, in diesem dunklen Loch ohne Luft ...

Nun läßt sich ein älterer Arbeiter auf dem Zeugenstuhl nieder, der an besagtem Abend gemeinsam mit Giuliano Baluardi, Gerbina und Betty den »Portichetto« verlassen haben will. Der Vorsitzende mustert ihn mit vernichtendem Blick, hebt, während er die Schwurformel vorliest, nach jedem Satz die Augen von seinem Blatt, betont jede Silbe einzeln. Dann läßt er ihn den Text direkt vom Blatt ablesen. *Dica giuro*, sagen Sie, ich schwöre. Der Zeuge wiederholt den Schwur. Sie haben also jetzt geschworen, die Wahrheit zu sagen, nichts als die Wahrheit: Sie sind sich der Bedeutung dieses Schwurs bewußt? Sissignore, der Zeuge ist sich dessen bewußt. Scalzi hat aber schon gemerkt, daß er sich nicht besonders geschickt anstellt, der Signor Manfredi. Mit zögernden Schritten ist er in den Zeugenstand getreten. Er ist ein paarmal gestolpert, wußte nicht, wohin er sich wenden sollte, ein Carabiniere mußte ihn schließlich zum Stuhl führen. Und er sieht aus wie ein waschechter Trinker. Gerötetes Gesicht, wäßrige Augen, ein ewig vergnügtes Grinsen um den Mund.

»Sie haben bei der Vernehmung ausgesagt, gegen Mitternacht gemeinsam mit den Eheleuten Baluardi, Betty und den beiden Kellnern den ›Portichetto‹ verlassen zu haben.«

»Das habe ich gesagt, weil es die Wahrheit ist.«

»Das sollen sie ja auch tun, hier vor Gericht«, bekräftigt

der Vorsitzende, »die Wahrheit sagen. Sie sind sich dessen sicher, was Sie gesagt haben?«

Der Zeuge ist sich ganz sicher. Zum Teufel, wo doch gerade er es war, der Gerbina geholfen hat, den Rolladen herunterzulassen. Er erinnert sich noch gut, daß Giuliano einen Arm um die Schulter seiner Tochter gelegt hatte, die Familie schien ein Herz und eine Seele. Warum können Sie sich so genau erinnern, daß sich das an diesem bestimmten Abend abspielte? An diesem Punkt schnappt er nach Luft, der Signor Manfredi. Welcher Abend? Dann denkt er noch einmal nach, lächelt: Es war der Abend, an dem Giuliano verschwand, wir waren Freunde, das habe ich nicht vergessen.

Falsche Antwort. Einer der gravierendsten Fehler von Gattin und Tochter war nämlich gewesen, das Verschwinden ihres Angehörigen nicht sofort anzuzeigen. Gerbina hatte das damit erklärt, daß sie von den unsauberen Geschäften des Ehemanns wußte: Sie wäre Gefahr gelaufen, ihn zu verraten, wenn sie sein Verschwinden angezeigt hätte, das in Verbindung mit den illegalen Aktivitäten stehen konnte. Gewiß ist eins: Daß der Wirt nach jener Nacht nicht mehr nach Hause zurückgekehrt war, erfuhr die Öffentlichkeit erst eine Woche später, als seine Leiche schon auf dem Monte Merlato gefunden worden war.

»Also hätte sich«, fällt der Staatsanwalt ein, »diese idyllische Szene, die Sie da beschreiben – Vater und Tochter in Liebe verbunden, und so weiter – auch an jedem anderen Abend abspielen können?«

»Nein.«

»Warum nicht?«

»Lachen Sie nicht!« maßregelt der vorsitzende Richter den Zeugen erzürnt.

»Ich lache gar nicht«, lächelt Manfredi.

»Sie lachen wohl! Hören Sie sofort damit auf!«

»Warum also nicht?« beharrt der Staatsanwalt.

»Weil es der Vorabend des 1. Mai war!«

»Und was war an diesem Abend so besonders?«

»Es war der Vorabend des Tags der Arbeit, das war es!«

»Erinnern Sie sich noch, was Sie vergangenes Jahr am Vorabend des Tags der Arbeit gemacht haben?«

»Was ich wann gemacht habe?«

»Am Vorabend des 1. Mai vergangenen Jahres, was haben Sie da gemacht?«

»Ich? Aber entschuldigen Sie mal, was geht Sie das an?« Das Lächeln wird breiter, der Zeuge reißt den Mund auf, als kriege er keine Luft, er fährt sich mit der Hand über die Lippen, um seine Züge in die Gewalt zu bekommen, aber mittlerweile ist das Lachen auf dem Gesicht eingefroren.

»Die Injektion! Haben Sie gesehen, wie der Kellner Baluardi eine Spritze gesetzt hat?« donnert der Vorsitzende.

Nein, beziehungsweise vielleicht. Manfredi erinnert sich an keine Spritze, woran er sich aber bestens erinnert ist, daß Baluardi den »Portichetto« auf seinen eigenen Beinen verlassen hat, es ging ihm gut, und Gerbina und Betty waren bei ihm, nachdem Gerbina den Rolladen heruntergelassen hatte und er selbst ihr geholfen hatte, der Stange den richtigen Ruck zu geben, um ihn herunterzuziehen, während Baluardi dabeistand und zusah, einen Arm um die Schultern der Tochter gelegt ...

»Jetzt reicht's!« Der Vorsitzende geht in die Luft. »Sie haben das erbauliche Bild bereits beschrieben! Seien Sie bloß vorsichtig. Noch ist Zeit, die Aussage zu ändern. Es gibt eine Sicherheitszelle ganz in der Nähe, direkt neben dem Saal ...«

Und genau dort landet Signor Manfredi, während das Gericht eine Pause macht: in der Sicherheitszelle. Um nachzudenken, so die Mahnung des vorsitzenden Richters. Als er wieder herauskommt, lächelt er nicht mehr, die stickige und stinkende Luft in der Sicherheitszelle hat sein Erinnerungsvermögen beeinträchtigt, er ist sich nicht mehr ganz sicher: er weiß es nicht mehr, es ist soviel Zeit vergangen ...

»Sie können gehen«, schließt der Vorsitzende, »auf eigenen Beinen, fürs erste. Wir wollen sehen, was der Staatsanwalt zu tun gedenkt.«

»Ich beantrage, daß die Zeugenaussage in mein Büro weitergeleitet wird«, sagt ernst Dottor Corbato.

Scalzi beobachtet, wie der einzige Zeuge, der gegen die Anklage ausgesagt hat, sich entfernt. Er selbst hat keine Fragen gestellt in dem Wissen, daß die Richter den Zeugen für eine unglaubwürdige und beeinflußte Quelle halten. Bevor er den Saal verläßt, dreht Manfredi sich zur Anklagebank um und macht eine grüßende Geste zu Gerbina hin. Sie antwortet mit einem traurigen Lächeln und hebt ihrerseits die Hand. Er zuckt mit den Schultern und spreizt die Hände in Hüfthöhe, wie um zu sagen: Ich habe getan, was ich konnte ... Auch Gerbina zuckt mit den Schultern: Es kommt, wie es kommen muß, es ist nicht deine Schuld ... Den Richtern entgeht keine Einzelheit dieser kleinen pantomimischen Darbietung. Auf diese Art, denkt Scalzi resigniert, wird auch der letzte Geschworene seine Meinung ändern, genau wie der Zeuge, den die Kur in der Zelle eines Besseren belehrt hat – falls überhaupt noch einer bereit war zu glauben, daß Baluardi an jenem Abend tatsächlich auf eigenen Füßen und in Begleitung der Angeklagten nach Hause gegangen ist.

Der Uhrmacher Marbelli, ein kleiner, gebeugter und ziemlich verschüchterter Mann, der wie ein Fisch auf dem Trockenen wirkt zwischen all den Bosheiten und Eifersüchteleien, die die Leute in der Via della Madonnina umtreiben, wird vom Staatsanwalt aufgerufen, um zu bestätigen, daß die Uhr an seinem Geschäft genau geht, Qualitätsarbeit eben, das fehlte uns noch, wenn die Reklameuhr neben dem Schild eines Uhrmacherladens zwei Stunden zu spät ginge!

266

Scalzi legt einige Fotos vor, auf denen die »Örtlichkeiten« abgebildet sind. Als er sich daraufhin an den Uhrmacher wendet, bemerkt er den verwunderten Blick des Staatsanwalts: Dieser Verteidiger scheint wirklich niemals aufzugeben! Wie kann er nur glauben, aus dem Uhrmacher etwas Verwendbares herauszubekommen? Als Scalzi seine erste Frage stellt, herrscht Unaufmerksamkeit im Saal. Nein, das Zifferblatt der Uhr leuchtet nicht. Wovon wird es in der Nacht angestrahlt? Von der Straßenlaterne, lautet die Antwort. Scalzi bittet den Gerichtsdiener, dem Zeugen die kürzlich entstandenen Bilder zu zeigen, die er gemeinsam mit Terzani aus dem Fenster der Wohnung der Baluardis aufgenommen hat. Ja, das ist die Uhr. Ja, Avvocato, wenn man von diesen Bildern ausgeht, kann der Widerschein der Laterne die Uhrzeit verfälschen, man könnte glauben, es sei zwei Uhr durch, während es in Wirklichkeit kurz vor Mitternacht ist. Scalzi bedankt sich. Er ist fertig, diese letzte Erklärung genügt der Verteidigung.

Der Vorsitzende war mit den Gedanken woanders, erst die alarmierte Frage des Dottor Corbato weckt ihn auf.

»Was ist das für eine Geschichte? Welche Fotos?«

»Aufnahmen, die ich kürzlich gemacht habe«, erklärt Scalzi, »und zwar gegen Mitternacht aus dem Fenster vom Schlafzimmer des Ehepaars Baluardi.«

Der Vorsitzende betrachtet die Fotos. Er hat sie bisher keines Blickes gewürdigt, sondern mit einer gleichgültigen Geste über den Tisch von sich weggeschoben. Der Staatsanwalt kommt an die Richterbank heran, auch er sieht sich die Bilder an, die nun von einem Geschworene zum nächsten wandern. Staatsanwalt und vorsitzender Richter reden leise miteinander. Der Vertreter der Anklage scheint beunruhigt, doch der Vorsitzende schüttelt den Kopf und lacht leise mit dem schlauen Ausdruck dessen, der den Trick eines mittelmäßigen Taschenspielers durchschaut hat.

»Und wer hat sie gemacht, diese schönen Fotografien?«

»Ich«, sagt Scalzi. Es ist nicht nötig, Terzani mit ins Spiel zu bringen, das Gericht hat schon genug unter ihm gelitten.

»Ah ja, und wo?«

»Aus dem Fenster des Zimmers der Eheleute Baluardi. Sie zeigen genau den Bildausschnitt, den man sieht, wenn man von dort auf die Straße hinuntersieht.«

»Und der Signor Marbelli, was sagt der dazu? Sieht man so seine Uhr, wenn man nachts aus dem Fenster seiner Nachbarn schaut?«

»Keine Ahnung«, sagt der Uhrmacher, »ich bin nie in dem Haus gewesen.«

»Haben Sie gehört, Avvocato?« Der Vorsitzende grinst: Der Verteidiger hat versucht, einen Treffer zu landen, aber einem alten Fuchs wie ihm kann man nicht mit so billigen Tricks kommen, da braucht es schon mehr! Er tauscht einen Blick des Einverständnisses mit Dottor Corbato.

»Gut, Avvocato, die Fotos werden zu den Akten genommen. Aber, wenn ich mal meine für das Gericht selbstverständlich völlig unmaßgebliche Meinung äußern darf, so haben sie keinerlei Beweiskraft. Wer kann schon sagen, daß die Reflexe wirklich von der Straßenlaterne herrühren, und nicht etwa vom Blitz des Fotoapparates?«

»Ich kann das sagen! Ich habe sie doch gemacht! Und zwar ohne Blitz!« Scalzi schlägt den empörten Ton des zu Unrecht der Lüge Bezichtigten an, doch er bereut es schon, sich selbst in eine Sackgasse manövriert zu haben. Jetzt kann er den Beweis auch nicht mehr bekräftigen, indem er Terzani aufruft. Als er sich umdreht, sieht er ihn mit enttäuschtem Gesichtsausdruck im Publikum sitzen.

»Der verteidigende Anwalt kann nicht als Zeuge auftreten, nicht wahr?« Der Vorsitzende bohrt mit dem Messer in der Wunde. »Das ist ihm gesetzlich untersagt, nicht wahr? Sehr gut. Dennoch weiß das Gericht Ihren persönlichen Einsatz zu schätzen. Es wird den Umstand zu gegebener Zeit berücksichtigen. Der Zeuge ist entlassen.«

Im Verlauf der Woche treten weitere Zeugen auf, ein buntes Gruselkabinett, das der Staatsanwalt da versammelt hat, die Crème de la crème der Via della Madonnina. Meist sind es Frauen, die sich kaum voneinander unterscheiden, ältlich, dicklich, untersetzt, eingefallene Gesichter, herzlose Augen. Der Kehrreim ist immer derselbe: Giuliano schreit Gerbina an. Betta ist schwanger, so heißt es. Das Pulverfaß steht kurz vor der Explosion, Giuliano wird ein Blutbad anrichten, das wissen alle außer dem Hund Dyck, und alle halten das für absolut möglich, da der Wirt verrückt ist vor Eifersucht. Giuliano Baluardi war, was die Tochter betraf, geradezu besessen vor Eifersucht ... Und viel zu weich: Es war ja nicht unbedingt das beste Mittel, ihre Unschuld zu retten, indem er sie bis in die frühen Morgenstunden in seiner Kneipe hocken ließ, mit all den Betrunkenen und ihren obszönen Liedern. Bis das Mädchen dann schwanger war und der Wirt plötzlich sein Verhalten änderte. Von lasziv, wie er früher mal war ... Was soll das heißen, lasziv? fragt der Vorsitzende überrascht die zweite Zeugin, die diesen Ausdruck verwendet. Sissignore: lasziv, nachlässig halt, insofern, daß er sie alles machen ließ, was sie wollte. Vom lasziven Vater zum strengen Bewacher, der sie auf einmal am liebsten im Haus einsperren wollte wie eine Nonne. Aber das Mädchen wehrte sich, natürlich, sie war ja anderes gewöhnt. Dann kommt die Drohung, das Haus in die Luft zu jagen. Eine andere Zeugin betont den vertrauten Umgang des Wirts mit explosivem Material, aufgrund seiner Vergangenheit als Steinbrecher ...

Die Leute aus der Via della Madonnina sind sich einig. Als Scalzi damals seine zukünftigen Mandantinnen in der Trattoria besucht hat, und dann noch einmal in jener Nacht mit Terzani, hat er das mittelalterliche Gäßchen gesehen, das mit der Zeit alles Malerische verloren hat und nur noch ein verfallendes Elendsviertel ist mit heruntergekommenen Häusern, eins neben dem anderen, eine Pilzkultur jener farblosen Art, die an feuchten, schmutzigen Orten gedeiht. Die Stimmen der Leute, das Geschrei der Kinder, der Motorenlärm, all das steigt tagsüber an den engen Mauern hoch und scheint sich daran festzusetzen wie Geckos. Nachts sind alle Bewohner da, dicht aneinandergedrängt: die Ehefrau, der genervte Mann, man hört die Anfälle des Fixers, das Aufstoßen der Betrunkenen, das Geschrei der Neugeborenen, die Spülbecken, die Klospülung – da genügt schon das Brummen eines Motorrollers, um den Schlaf zu stören, ach was, es genügt, daß ein Löffel zu Boden fällt. Und wenn der wenige Meter entfernte Fluß Wasser führt – unsichtbar, weil die Straße horizontal zum Flußlauf verläuft und die etwas freundlicheren Häuser der Uferstraße ihr die nackte Rückseite zuwenden –, steigt ein ranziger Geruch auf, den die Strömung von den Gerbereien herabträgt. Im Sommer, wenn der Fluß eher spärlich fließt, weht keine frische Brise den Gestank der toten Katzen aus der Gasse heraus, er frißt sich in die zum Trocknen aufgehängte Wäsche und bleibt an allem kleben. Eingesperrt in einem Loch sind die Bewohner der Via della Madonnina, arm wie Kirchenmäuse, aber tragen doch die Nasen so hoch wie die Nachkommen alter Adelsgeschlechter und halten sich durch Groll und Neid am Leben. Und hier in diesem Saal, im Angesicht des hölzernen Schwerts der ebenso hölzernen Justitia, lassen sie ihrer Wut freien Lauf. Dagegen kann man nicht viel ausrichten, Scalzi hat es aufgegeben, Fragen zu stellen, mit den Fingern klopft er leise den Rhythmus des Totenmarschs dieses Prozesses auf die Tischplatte.

Schließlich bleibt nur noch die Anhörung der Signora Emanuela Torrini, der Magierin, die auf der Zeugenliste des Staatsanwalts natürlich nicht fehlt; aber sie ist unpäßlich, sie hat Fieber. Einige weniger wichtige Zeugen werden noch gehört, Polizisten, die die Untersuchung vorgenommen haben und lediglich die in den Akten befindlichen Berichte bestätigen. Überdies ist Freitag, das Wochenende steht vor der Tür, das Gericht ist müde. Der Vorsitzende vertagt die Verhandlung auf den kommenden Montag.

31

Il Botro

Im Anschluß an die Verhandlung am Freitag hatte Scalzi sich mit Terzani über den Mord in Marina unterhalten, über die geheime Schlachterei und die Dinge, die ihm Ivan Del Rio enthüllt hatte. Der Student war sofort darauf angesprungen, hatte Scalzi aufgeregt um das Papier gebeten, das sie in der Brieftasche des ermordeten Wirts gefunden hatten. Er wollte die Adresse ausfindig machen, die in dem Frachtbrief angegeben war. Scalzi hatte sich ein wenig gesträubt, ihm aber dann das Dokument gegeben unter der Bedingung, daß Terzani nichts anderes unternähme, als den Ort ausfindig zu machen.

Am Sonntag morgen um neun lag er noch in süßem Schlummer, als er einen Anruf von der Rezeption bekam. Ein junger Mann erwarte ihn in der Hotelhalle. Terzani, schoß es ihm durch den Kopf. Er war es tatsächlich, mit einer schwarzen Sonnenbrille auf der Nase und einer Art Borsalino auf dem Kopf, ebenfalls schwarz, ziemlich unpassend für den strahlenden Sommertag. Er nahm ihn nicht einmal ab, als er Scalzi mit einer Tasse Kaffee beim Frühstück Gesellschaft leistete. Noch früher am Morgen war der Avvocato durch einen Anruf von Evelina aus dem Schlaf gerissen worden, die mit leiser, sinnlicher und geheimnistuerischer Stimme verkündete, nun endlich das Ergebnis der Analyse zu haben. Blut? Ja, Blut, aber ... Die junge Frau wollte ihn lieber persönlich sprechen, sie würde mit Guido, dem Chemiker, zu ihm kommen, der sie mit seinem Auto zu Scalzi begleiten wollte. Sie vereinbarten ein Treffen im Hotel um acht Uhr am Abend.

Terzani hatte nach viel sinnloser Herumkurverei endlich die Adresse auf dem Frachtbrief ausfindig gemacht. Es handelte sich um ein Landgut, das zu einer herrschaftlichen Villa an den Hängen des Poggio Pelato gehörte, einer kahlen Hügelkette, die die Küstengegend bei Castiglioncello beherrscht. Das Gehöft und das Herrenhaus erinnerten an den Hof des Polen auf dem Monte Merlato, so einsam, wie sie da am Ufer eines Flusses lagen, der im Sommer austrocknete. Auf der seltsam aufgeworfenen Böschung entlang dem tief eingegrabenen, gewundenen Flußlauf, erstreckten sich die einzigen etwas grünen Flächen der Gegend. Haus und Gehöft waren vor der vorbeiführenden Straße durch ein dichtes Gamandergestrüpp verdeckt. Terzani hatte seinen Campagnola im Schutz einer steinigen Erhebung am Straßenrand abgestellt und war in das Wäldchen vorgedrungen. Fast den ganzen Tag hatte er dort auf der Lauer gelegen. Er hatte einen alten Bauern mit einem roten Karren zurückkehren sehen, der von Maremma-Ochsen gezogen wurde, ein Bild wie aus einer anderen Zeit, das Gemälde eines Giovanni Fattori. Der Bauer hatte die Ochsen in den Stall geführt und war dann ins Haus gegangen. Am Nachmittag schließlich hatte vor dem Herrenhaus eine Limousine gehalten, mit abgedunkelten Scheiben, der Student erkannte weder die Marke noch das Modell, aber sie sah luxuriös und neu aus. Drei Personen waren ausgestiegen: zwei jüngere, eine Frau und ein Mann, und ein etwas älterer Mann. Sie waren an der Tür von einer dicken Frau mit einem vollen Kranz grauer Haare empfangen worden. Es mochte Einbildung sein, aber Terzani meinte, die Magierin wiederzuerkennen, die er in der Wohnung der Baluardis gesehen hatte. Die Entfernung und der Umstand, daß die Frau sich im Schatten des Hausflurs hielt, erlaubten ihm keine sichere Identifizierung, doch sein Herz hatte einen Schlag lang ausgesetzt, als er die untersetzte Figur im Hauseingang erblickte in genau der glei-

chen Art, in der die Seherin auf der Schwelle des Schlaf-
zimmers bei den Baluardis erschienen war. Die Frau be-
grüßte die Ankömmlinge mit großem Respekt und ver-
beugte sich mit dienstbarem Lächeln, der ältere Mann gab
ihr die Hand und küßte sie auf die Wange. Die Villa
machte den herrschaftlichen Eindruck alter toskanischer
Landsitze, ein schlichter, rechteckiger, Bau, die Mauern in
sattem Ocker getüncht, mit grünen Fensterläden und einer
Laube vor dem Eingang. Dennoch hatte sie etwas Geheimnisvolles an sich, alle ihre Fenster und Türen waren verriegelt trotz der Wärme, als sei sie unbewohnt und verlassen.
Neben dem Herrenhaus und nur durch einen kleinen Abstand von ihm getrennt bemerkte Terzani ein langes, fla-
ches Gebäude, das auf den ersten Blick wie eine Lagerhalle
oder ein Stall wirkte und ebenfalls von einer hohen Umzäunung geschützt war, deren Gittertor wie die schwere
Tür des Gebäudes hermetisch abgeriegelt war.

Nachdem er bis Sonnenuntergang auf seinem Posten gelegen hatte, ohne daß jemand das Haus verlassen oder
auch nur ein Fenster geöffnet hätte, fand er einen knappen
Kilometer entfernt, bei einer kleinen Häusergruppe am
Rand der Straße, einen Lebensmittelladen; er bestellte sich
ein Panino, weil er einen Riesenhunger hatte. Als Immobi-
lienmakler getarnt, versuchte er etwas über den Hof herauszufinden. Die Ladenbesitzerin antwortete unwillig, so
als frage er nach Dingen, die ihn nichts angingen. Die Gebäude samt zwanzig Hektar dazugehörigen Landes seien
im Besitz eines sehr reichen Ausländers, der sich aber nur
selten blicken lasse. Ein alter Bauer und seine Frau küm-
merten sich um die Felder, dem Wunsch des Besitzers ge-
mäß wurde ausschließlich biologischer Anbau betrieben,
mit traditionellen Gerätschaften. Der Bauer konnte nicht
mit dem Traktor umgehen, dafür aber mit dem ochsenge-
zogenen Pflug, er verwendete nur organische Düngemittel,
keine Chemie. Sehr viel war so nicht aus dem Boden raus-

274

zuholen, gerade genug zum Leben für ihn und seine Frau. Andererseits war er schon ziemlich alt, und ein Großteil des Ackerlandes lag brach. Terzani tat, als sei er erfreut über das Geschäft, das ihm unter diesen Umständen eventuell in Aussicht stand, und fragte, ob der Wagen, der am Nachmittag gekommen sei, dem Eigentümer gehörte. Die Frau antwortete, sie wisse nichts von einem Wagen, was Terzani merkwürdig vorkam, weil die Luxuskarosse genau an ihrem Geschäft vorbeigefahren sein mußte und die Straße zudem wenig befahren war, da sie außer zu den wenigen Häusen und dem Hof nirgendwohin führte. Widerwillig und nur, weil der Student nicht locker ließ, fügte die Ladenbesitzerin hinzu, daß auf jeden Fall ziemlich viele Autos zum »Botro« führen, tagsüber und auch nachts, mit Leuten aus der Stadt, die manchmal sehr lange blieben. Terzani wollte daraufhin wissen, ob denn auch Lastwagen vorbeiführen. Aber die Antwort auf diese Frage blieb sie ihm schuldig, sie drehte sich wortlos um und verschwand nach hinten, wo sie dringend etwas zu tun zu haben schien. Terzani knabberte an seinem Sandwich und stellte ihr, als sie zurückkam, dieselbe Frage noch einmal. Die Art und Weise, wie sie die Antwort zwischen den Zähnen hindurchzischte, gab ihm eindeutig zu verstehen, daß sie diese lästige Unterhaltung hiermit für beendet hielt: Ja, auch Lastwagen. Was die geladen hätten? fragte Terzani weiter, vielleicht Tiere? Die Frau erwiderte, die Lkw kämen gut verriegelt hier vorbei, wie solle sie wissen, was die geladen hätten, falls sie überhaupt etwas transportierten. Von da an hatte er keinen Ton mehr aus ihr herausbekommen.

Terzani schloß seinen Bericht mit den Worten, er habe den Campagnola vor dem Hotel geparkt. Wenn der Avvocato sich das alles selbst einmal ansehen wolle, so gebe es keinen passenderen Augenblick für einen kleinen Ausflug ins malerische Hinterland von Castiglioncello, das Wetter solle so strahlend schön bleiben, und den ganzen Weg über habe man einen wunderschönen Blick auf das Meer und die Pinien. Sobald man die kurvenreiche Straße hinauf zum Gipfel des Poggio Pelato einschlage, habe man den dichten sommerlichen Ausflugsverkehr hinter sich, und dann komme es einem so vor, als sei man ins neunzehnte Jahrhundert zurückversetzt, als diese Hügel noch ein beliebtes Ziel der Macchiaioli waren, die für ihre Pleinair-Malerei hierher kamen. Der vielseitige Terzani, überzeugt davon, daß Scalzi sich nur ungern von dem sonntäglichen Müßiggang abbringen lassen würde, hätte wohl noch eine ganze Weile die großartige Landschaft gepriesen und dabei noch so manche weitschweifige Erläuterung über die toskanische Künstlergruppe der Macchiaioli abgegeben. Doch hatte Scalzi nichts weniger im Sinn, als sich den ganzen Tag im Hotel einzuschließen und über den Prozeßakten zu brüten, den traurigen Anblick des Justizgebäudes immer vor Augen, auf dessen heller, streng rechteckiger Fassade sich die Julisonne brach und das in seinem für die Epoche des Faschismus typischen Rationalismus schon fast nostalgisch wirkte. Daher schnitt er Terzani das Wort ab, und wandte sich zum Gehen.

Vor dem Herrenhaus stand kein Auto mehr. Die Besucher vom Vortag waren offensichtlich wieder abgereist. Die Villa sah unbewohnt aus. Scalzi entschied sich zu klingeln.

»Was sagen wir, wenn jemand da ist?« fragte Terzani.

»Daß wir uns verirrt haben. Wir fragen nach dem Weg zur Via Aurelia.«

»Und wenn uns die Magierin öffnet?«

»Wenn uns die Magierin öffnet, sind wir gekommen, um festzustellen, was sie hier zu suchen hat. Das sollte doch wohl Grund genug für einen Ausflug sein.«

Scalzi ließ die Klingel am Tor laut schellen. Sie warteten ein paar Minuten. Terzani zog sein Hemd aus und warf es auf die Mauer, die das Anwesen umgab, um zu verhindern, daß er sich an den in der Sonne glitzernden Glassplittern verletzte. Er zog sich hoch, setzte sich rittlings auf die Mauer und verschwand auf der anderen Seite. Scalzi hatte bereits einige Zigaretten geraucht, als Terzanis Kopf wieder zum Vorschein kam. Beim Hinunterspringen ergriff er sein Hemd, fuhr mit einer Hand hinein und entdeckte einen Schnitt im Stoff.

»Adieu, liebes Hemd«, sagte er. Er blutete am Arm, wo die Haut aufgerissen war.

»Und?«

»Keiner da. Da kommt nicht mal eine Maus rein. Das Haus ist verriegelt und verrammelt wie ein Tresor.«

»Hast du Lust, einen Blick auf das Nebengebäude zu werfen?« fragte Scalzi.

»Zu Befehl«, nickte Terzani. Er zog sich den Hut tiefer in die Stirn.

»Was hast du nur mit dem Hut vor?« fragte Scalzi lächelnd.

»Tarnung«, antwortete Terzani ernst. »Wenn wir plötzlich jemandem begegnen, möchte ich lieber nicht erkannt werden.«

»Mit diesem winterlichen Hut mitten im Juli fällst du auf wie ein bunter Hund. Hast du das in einem Krimi gelesen, mit dem Hut und der schwarzen Brille?«

»Ich lese keine Krimis.«

»Paß auf, daß sich darunter keine Grillen festsetzen.«

Das Geschrei der Zikaden haftete wie Kreide auf der azurblauen Tafel des klaren Himmels. Am Horizont verfärbte das Meer sich allmählich violett.

Terzani kletterte über die Umzäunung des niedrigen Nebengebäudes, Scalzi sah, wie er durch ein Fensterchen neben der Eingangstür lugte dann kam er ans Tor zurück.

»Kommen Sie rüber, das müssen Sie sich selbst anschauen.«

Scalzi atmete tief durch, als er am Zaun hinaufschaute,

der ziemlich hoch war. Terzani saß schon rittlings darauf und streckte ihm die Hand entgegen. Mit Hilfe des Jungen schaffte er es schließlich nach oben. Auf der anderen Seite sprang er hinunter und landete auf den Knien. Er blieb eine Weile in der Hocke und schnaufte heftig wegen der Gelenkschmerzen.

»Ein bißchen Gymnastik würde Ihnen auch nicht schaden«, stellte Terzani fest.

Das Fensterchen, das mit dicken Gitterstäben geschützt war, starrte vor Dreck, so daß das weitläufige Innere in einem bräunlichen Nebel versank. Durch das Tor, das so groß war wie das eines Stalls, drang der schwere Geruch von getrocknetem Blut. Als seine Augen sich an die Dunkelheit gewöhnt hatten, erkannte Scalzi den Schlachthof. Fleischerhaken hingen von der Decke herab, der Boden war mit breiten schwarzen, eingetrockneten Pfützen übersät, unter den beiden Enden eines niedrigen Tisches, auch er mit Flecken übersät, stand eine Emaillewanne, die zur Hälfte mit einer geronnenen dunklen Substanz gefüllt war.

»Da drauf werden den Kälbern die Köpfe abgeschlagen«, sagte Terzani und wies auf den niedrigen Tisch.

»Woher weißt du das?«

»Hab ich mal in einer Dokumentation gesehen.«

Das Bauernhaus befand sich einen Kilometer von dem ehemaligen Stallgebäude entfernt und war wie dieses am Ufer des Flusses gelegen, doch außerhalb des schattigen Wäldchens. Ein alter Mann saß neben der Tür in der Sonne, die Rückenlehne des Stuhls an die Hauswand gestützt, und rauchte eine Zigarre.

»Salve«, begann Scalzi.

»Salve. Wen sucht ihr?«

»Verkaufen Sie Wein oder Öl?«

»Habt ihr Weinstöcke hier gesehen, oder Olivenbäume?«

»Nein.«

»Also?« Der Alte lachte in sich hinein. »Ich bau Getreide an, Kartoffeln, ein paar Kräuter. Was soll ich anderes machen? Bin nicht mehr der Jüngste. Das ist kein Boden für Trauben hier, und für Oliven auch nicht.«

»Wie kommt man von hier zur Aurelia?« fragte Terzani.

»Wie soll man schon hinkommen? Ihr fahrt zurück in die Richtung, aus der ihr gekommen seid, zehn, zwanzig Kilometer, dann seid ihr auf der Aurelia. Wie kann man sich da verirren? Es gibt nur die eine Straße.« Er lachte erneut und zeigte seinen zahnlosen Mund, vielleicht nahm er ihnen nicht ab, daß sie sich verfahren hatten.

Der Alte kippte seinen Stuhl nach vorn und stand auf. Der Campagnola stand am Rand der engen Straße, mit der Front zum Poggio Pelato.

»Ihr könnt dahinten wenden, bei der Zypresse.« Er zeigte auf eine Zypresse mit weit ausladender Krone.

»Vielen Dank«, sagte Terzani, ohne den Blick von dem Stuhl zu wenden, auf dem der Alte gesessen hatte.

Scalzi fuhr mit den Fingern über die Armlehne aus rostigem Metall, die mit einem gelben Plastikband bespannt war. An den Lehnen teilten sich die Röhren, die Plastikbespannung schien bereits an mehreren Stellen geflickt zu sein, aber das Blumenmuster an der Rückenlehne war noch deutlich zu erkennen.

»Gefällt er Ihnen?« fragte der Alte lächelnd. »Möchten Sie ihn kaufen, statt des Weins? Ich hatte mal zwei davon, noch einen in Rot, auf dem hat immer meine Frau gesessen, aber den haben sie mir gestohlen.«

»Gestohlen?«

»Gewiß, der stand früher immer hier, und jetzt ist er nicht mehr da. Hier treibt sich viel übles Pack herum. Die klauen einfach alles.«

»Jetzt gibt es keinen Zweifel mehr«, sagte Terzani auf der Rückfahrt in die Stadt, »wer ihn umgebracht hat.«

»Sieht ganz so aus.«

»Sie müssen jetzt nur noch das, was wir entdeckt haben, in den Prozeß einbringen.«

»Leichter gesagt als getan ...«

»Aber jetzt haben wir doch endlich die Beweise!«

»Was für Beweise?«

»Den Stuhl! Und ein neues Motiv, das nichts mit Betty und ihren Liebschaften zu tun hat!«

»Vergiß nicht die Uhr von Marbelli«, mahnte Scalzi. »Im Prozeß fungiert sie als belastendes Indiz, das ich nicht entkräften konnte. Und das, obwohl ich unsere Entdeckung im Prozeß verwenden konnte, weil die Uhr existent ist.«

»Ist der Stuhl ohne Beine etwa nicht existent?«

»Nein.«

»Was soll das heißen? Nach allem, was Dottor Camilleri erklärt hat, haben die ihn doch gefunden und bewahren ihn auf!«

»Aber sie halten ihn nicht für relevant.«

»Halten ihn nicht für relevant – inwiefern?«

»Sie betrachten ihn nicht als ein Objekt, das etwas mit dem Verbrechen zu tun hat.«

»Dann erheben Sie sich eben morgen und sagen ihnen, was Sache ist.«

»Das ist nicht so einfach.«

»Warum?«

»Weil deren Ziel nicht ist, zu verstehen, sondern zu bestrafen. Und welche Personen bestraft werden sollen, das steht schon lange fest. Diese Verhandlung funktioniert anders als die, die man immer in Filmen sieht, anders als Prozesse, wie sie in Amerika geführt werden. Das hier ist ein ritueller Prozeß. Eine Art Zeremonie, die dazu dient, die Strafe plausibel zu machen. An diesem Punkt jedes einzelne Element auf ein anderes Motiv, auf andere mögliche Täter zurückführen und damit alles noch einmal von vorn aufrollen zu wollen, das ist ein fast aussichtsloses Unterfangen.«

Terzani schüttelte noch nicht sehr überzeugt den Kopf. Nach einem Blick in den Rückspiegel erhöhte er die Geschwindigkeit.

»Warum rast du so?«

»Diese Schüssel auf Rädern hinter uns geht mir auf die Nerven, die drängelt schon eine ganze Weile da hinten rum; und wenn ich langsamer fahre und mich ganz rechts halte, will der Typ plötzlich nicht mehr überholen.«

Hinter ihnen ertönte lautes Gehupe. Terzani drückte das Gaspedal bis zum Anschlag durch.

»Fahr lieber langsam«, sagte Scalzi. »Das ist die Straße, auf der sie den Verfolgungsthriller *Sorpasso* gedreht haben. Der Film endet mit einem spektakulären Sturz über die Klippen von Calafuria ...«

Terzani bremste heftig. Die Bremsen des Wagens hinter ihnen, eines Citroën DS, quietschten. Beide Autos kamen dicht hintereinander zum Stehen, nur eine Handbreit von einem Auffahrunfall entfernt.

»Denen werd ich's zeigen«, schnaubte Terzani wutentbrannt und stieß die Wagentür auf. Der Citroën senkte sich mit einem gedämpften, seufzerähnlichen Pfeifen langsam ab. Scalzi stieg ebenfalls aus.

»Ihr sucht doch nicht etwa Streit?« fragte Evelina lächelnd und sah, über die Beine des Fahrers gebeugt, zu ihnen hoch. Der Fahrer wischte sich mit einem Taschentuch über die Stirn.

»Gehen wir doch alle irgendwo was trinken«, schlug Evelina vor.

Die Bar des Nachtclubs »Ciukeba« im Pinienhain von Castiglioncello war um diese Zeit fast leer. Die Kellner deckten die Tische für den Abend, ein einsamer Gast saß mit einem Drink am Tresen, aß Knabberzeug und würfelte mit dem Barkeeper. Sie ließen sich im hinteren Teil des Raums nieder. Durch die auf die Klippen hinausführende Eingangstür sah man, wie der Himmel über dem Meer sich allmählich von gold nach rot verfärbte. Evelina erzählte, daß sie den Campagnola kurz vor Castiglioncello eingeholt hätten.

»Ich hab dich an deinem Quadratschädel erkannt«, sagte sie zu Scalzi. Von Florenz aus hatte Guido die Straße über Volterra eingeschlagen, da er in Cecina einen Freund treffen wollte.

Den Zettel, den der Chemiker auf dem Tisch ausbreitete, nachdem er ihre Gläser zu Seite geschoben hatte, war vollgeschrieben mit technischen Fachbegriffen und Zahlen.

»Also, ist es nun Blut?« fragte Scalzi.

»Blut schon, aber von einem Ochsen«, antwortete Guido.

»Wenn das kein Beweis ist!« Triumphierend schwenkte Terzani das Papier.

32

Die Magierin

Zu Beginn des Verhandlungstages werden die Polizeibeamten vernommen, die die Leiche von Baluardi auf dem Merlato geborgen haben. Scalzi ist mit seinen Gedanken woanders. Evelina hat gestern abend alle zum Essen in ein Restaurant auf den Klippen von Calafuria genötigt, ein ziemlich teurer Spaß, der natürlich von ihm bezahlt wurde – das war das mindeste, was er zur Begleichung seiner Schuld tun konnte.

Und dann hatte er miterleben müssen, wie das Mädchen den Chemiker verführte, eine Vorstellung, die sie ihm zuliebe gab, kaum daß sie begriffen hatte, daß er auf diesem Ohr taub war. Evelina schien förmlich zu strahlen, aber irgendwie übertrieben und unecht. Guido war geschmeichelt, wenngleich ein bißchen verlegen: heiße Blicke, unzweideutiges Lächeln und dann, im richtigen Moment, als sich alle Hemmungen verflüchtigten – sechs Flaschen Vernaccia aus San Gimignano, zu viert! –, Hand in Hand aus dem Restaurant, ein langer Kuß auf den Mund, bevor sie ins Auto stiegen; schließlich die Frage nach einem Doppelzimmer an der Rezeption des Hotels, mit spöttischem Seitenblick auf Scalzi, der um seine Zimmerschlüssel bat: Ich komme auch ohne dich klar, du Schlafmütze, jetzt ärgere dich ruhig schwarz!

Scalzi ärgert sich noch während der Verhandlung, auch wenn ihm nicht ganz klar ist, worüber. Er selbst hat ihr doch zu verstehen gegeben, daß ihre gemeinsame Nacht nur eine einmalige Episode war, die ohne Folge bleiben würde. Und nun? Woher rührt diese Unzufriedenheit des betrogenen Liebhabers? Vielleicht aus dem Umstand, daß ihm der »Betrug« so genüßlich unter die Nase gerieben wurde? Aber was für ein Betrug denn? Guido ist ein eleganter junger Mann, lässig, sportlich, ein Tennis-As, gut betucht und bereit, mit vornehmer Nonchalance jede Gelegenheit wahrzunehmen, die sich bietet – ganz anders als Scalzi, der um einiges älter ist, weniger attraktiv, gewohnt, anzuziehen, was ihm gerade unterkommt und was seine nicht eben üppigen finanziellen Ressourcen zulassen: kein Wunder, daß Evelina ihm einen Typen wie Guido vorzieht. Der seinerseits während des Abendessens so getan hat, als interessiere ihn der Prozeß brennend, und Fragen stellte, die Scalzi mit aller beruflichen Würde beantwortete, darum bemüht, die Distanz zu betonen, die zwischen dem reichen jungen Lebemann und ihm lag, der sich sein Brot in mühevoller Arbeit verdienen mußte, indem er hinter finsteren, abstoßenden Geschichten her war. Das wohlerzogene, ironisches Lächeln des Tennisspielers ließ erkennen, daß er sehr wohl wußte, daß er beneidet wurde und daß der Ältere nur zu gerne mit ihm getauscht hätte. Den Anwalt zwang sein Beruf, stets in jenem Grenzgebiet zu leben, in dem allen Ereignissen etwas Tragisches anhaftete, immer auf der Hut und mit allen Sinnen auf die dunklen Seiten des Lebens konzentriert zu sein, die ein Großteil der Privilegierten – wie er selbst es letztlich auch war! – zu ignorieren gelernt hatte. Aber wie überdrüssig war er dessen schließlich geworden! Ach, wenn er doch nur zurückkönnte, einen anderen Beruf wählen könnte: Anwalt für Wirtschaftsrecht, Zivilrecht, Eherecht, Finanzrecht ... Das große Geld in greifbarer Nähe, verflucht noch mal! Nicht immer nur die Scherereien der Armen und Häßlichen am Hals zu haben, die doch nie zu ihrem Recht kommen, die kleinen Leute ...

Aber vielleicht rührt das Unbehagen auch daher, daß Olimpia ihm die kalte Schulter zeigt und seit seinem kleinen Ausflug mit Evelina durch Abwesenheit glänzt. Olimpia pflegt mit ihrem Lebensgefährten einen eher nüchternen Umgang, der sich jedoch schnell in größere Teilnahme verwandeln kann, in Momenten der Intimität und bei Gelegenheiten, wie zum Beispiel diesem Prozeß gegen die beiden Frauen, in denen die Last der Sorgen und Verpflichtungen den Anwalt bedrückt. Und ebenso kann sie, wie nach der kleinen Episode mit der Reptilienhändlerin, eifersüchtig werden wie ein Schimpansenweibchen. Diesmal kommt ihm ihre schlechte Laune jedoch übertrieben vor, als wolle sie einer Trennung das Feld bereiten.

Und warum sollte Olimpia auch mit ihm zusammenbleiben? Was hat er ihr schon zu bieten, die sehr viel jünger ist als er, unterhaltsam, schön, intelligent, unabhängig? Ihr gemeinsames Leben ist auch nicht gerade glanzvoll zu nennen: einmal in der Woche ins Kino, ab und zu ein Essen bei Freunden, Gedankenaustausch über Bücher, die sie sich gegenseitig leihen, hin und wieder eine kleine Reise ... Und dann noch der Sex, auch nicht gerade überwältigend, das Alter macht sich allmählich bemerkbar. »Für ihn brauchst du keinen freien Kopf«, sagt man in Neapel, aber in Wahrheit geht die Libido während aufreibender Prozesse häufig flöten. Diese Prozesse! Ganze Nächte am Schreibtisch, den Kopf im Papierkram vergraben, wie Olimpia sagt, all die Protokolle und Unterlagen, die verblichenen Fotokopien, die einem die Augen ruinieren, Texte, die abgefaßt sind in einem ausgesprochenen Amtschinesisch, wo niemand seinen Kaffee trinkt, sondern ihn »zu sich nimmt«, wo niemand einfach irgendwo hingeht, sondern sich dorthin »begibt«, eine schwerfällige, sperrige Sprache, unerträglich und nur noch übertroffen von den Urteilsverkündungen, vor allem wenn der Richter sich für einen großen Literaten hält und hochtrabende Ergüsse abläßt. So daß einem schon von vornherein der Stil versaut wäre, denkt Scalzi manchmal, wenn man auf die Idee käme, Geschichten darüber zu schreiben. Ein völlig unrealistisches Projekt überdies, das immer wieder aufgeschoben wird, da die wahren Fälle stets viel präsenter sind, diese Blutsauger, die ihn belagern und ihn einnehmen und für nichts anderes mehr Raum lassen. Bei diesem Prozeß hat Olimpia, wie schon früher manchmal, Feuer gefangen, sie scheint vom selben Floh gebissen zu sein wie er. Aber stimmt das auch? Hat sie am Ende nicht einfach nur gute Miene zum bösen Spiel gemacht? Von wegen Eifersucht, von wegen Betrug ... Die Geschichte mit Evelina ist bloß eine Ausrede. Sie war höchstens der Tropfen, der das Faß zum Überlaufen gebracht hat ...

Scalzi bemerkt die Magierin erst, als sie schon auf dem Zeugenstuhl sitzt und dem Staatsanwalt Rede und Antwort steht. Im Publikum hat jemand einen Hustenanfall. Scalzi dreht sich um und sieht Terzani, der mit wilden Gesten auf Emanuela Torrini deutet: Das ist sie, die Frau, die auf der Türschwelle des »Botro« stand, sie ist es wirklich!

Der Staatsanwalt kommt auf den Brief an den »lieben Eraldo« zu sprechen. Das ist korrekt, Signore, sie war es, die diesen Brief der Polizei ausgehändigt hat, Gerbina hatte ihn ihr gegeben, damit sie ihn in den Postkasten warf, aber sie hat ihn geöffnet und gelesen, weniger aus Neugierde, sondern weil sie als Freundin des Verstorbenen Klarheit über seinen Tod haben wollte. Korrekt, Signore, Dottor Camilleri hat sie bei dieser Gelegenheit, als sie ihm den Brief übergab, um eine Zusammenarbeit gebeten. Korrekt, Signore, sie hat sich mit Gerbina unterhalten. Korrekt, Signore, sie hat diese Unterhaltung aufgenommen, mit einem kleinen Recorder, den sie in der Handtasche versteckt hatte. Jawohl, Signore, das, was Sie mir da zeigen, ist das Band mit der Aufzeichnung.

Dottor Corbato wiederholt seinen Antrag, den Geschworenen das Band vorspielen zu dürfen. Der Vorsitzende läßt einen Techniker rufen. Schon bei den ersten Sätzen schlägt sich Gerbina die Hand vor den Mund, um einen Ausruf zu unterdrücken, ihr Gesicht ist rot angelaufen und geschwollen von zurückgehaltenen Tränen.

»Die erste Stimme«, teilt der Staatsanwalt mit, »ist die der Angeklagten Gerbina Baluardi, die zweite die der Emanuela Torrini.«

(Man hört das Geräusch von Fingern, die auf eine harte Fläche klopfen.)

Stimme 1: *Erklär mir nur eins: wovor solltest du Angst haben?*

Stimme 2: *... Jetzt hör mir mal zu! Will das denn nicht in deinen Kopf hinein? Sie wissen alle über die Abtreibung Bescheid! Jolanda hat alles erzählt. Und ich hab dir die Adresse von Jolanda gegeben, deshalb häng ich mit drin!*

1: *Das kann nicht sein, daß Jolanda was gesagt hat, sie weiß doch, daß sie dann selbst dran ist.*

2: *Aber wenn ich dir doch sage, daß dein Telefon ...*

1: *Ach was, woher willst du das denn wissen?*

2: *... abgehört wurde. Als ihr, du und Betty, mit dem Taxi zu Jolanda gefahren seid ...*

1: *Es besteht überhaupt kein Grund zur Sorge. Jolanda ist eine Prostituierte, eine Hure, ihr glaubt doch eh keiner. Verstehst du? Mach dir keine Sorgen ...*

2: *Ich mach mir aber Sorgen, und wie! Wenn ich dich heute morgen nicht getroffen hätte, hätt ich beim Anwalt angerufen, den wirst du wirklich brauchen ... Das ist eine Sache, die man nicht auf die leichte Schulter nehmen darf, da hilft alles nichts!*

1: *Beim Anwalt war Betta doch längst, da hab ich sie selbst hingeschickt.*

2: *Zu Barbarini?*

1: *Ja.*

2: *Guter Mann!*

1: *Betta hat zum Anwalt gesagt, daß sie alles allein gemacht hat. Daß sie selbst Jolandas Adresse herausgefunden hat. Und daß Jolanda getan hat, was zu tun war, und alles in den Fluß geworfen hat ... Also, selbst wenn's zum Schlimmsten kommt: Ich und du, wir haben nichts mit der Sache zu tun.*

2: Aber die wissen doch längst alles!

1: Der Anwalt hat zu Betta gesagt: Wenn sie dich in die Enge treiben und dir am Schluß sogar noch einen Beweis unterschieben, dann sagst du einfach: Ja, ich hab es wegmachen lassen, ich war schwanger von Stivi. Dann kommt Stivi und sagt: Sie war schwanger von mir.

2: Aber sie wissen längst Bescheid! Sie haben die Beweise schon vorliegen! Alle! Jedes Wort, das ihr gesprochen habt, wann ihr wohin gegangen seid! Und wenn sie das nachprüfen, stoßen sie auch auf die andere Sache ...

1: Welche andere Sache?

2: Ach, komm schon! Jetzt hör mir ...

1: Verflucht noch mal, sie war von Stivi schwanger! Außerdem kann Betta auch sagen, daß Jolanda gar nichts gemacht hat. Daß bei dem schlimmen Unglück mit ihrem Papa alles von selbst weggegangen ist. Und dann ...

2: Du weißt, wenn ihr mich in die Sache hineinzieht, verrät Teclo alles. Teclo ist wie mein eigener Sohn. Aus Rache, verstehst du? Wenn ich in Schwierigkeiten gerate, landet ihr alle im Knast!

1: Wirklich ein braver Junge, dein Teclo! Paß nur immer schön auf dein Söhnchen auf ...

2: Ich hab einen Druck auf dem Magen, daß ich es bald nicht mehr aushalte!

1: Einen Druck? Was denn für einen Druck?

2: Ich fühl mich sterbenselend!

1: Dann sag es halt: Ich hab ihr die Adresse von Jolanda besorgt. Sag es ruhig! Du machst doch sowieso immer, was du willst!

2: Und dann? Dann geh ich ins Gefängnis. Aber wenn ich im Knast lande, sag ich alles, was ich weiß, darauf kannst du dich verlassen.

288

1: *Sag ruhig, was du weißt. Mir ist es doch egal, ob du im Knast landest!*

2: *Pah!*

1: *Mich interessiert das alles nicht, Emanuela. Ist mir ganz egal, ob du in den Kahn wanderst! Hauptsache, Betty kommt nicht ins Gefängnis, weil, sie ist noch so jung, siebzehn, nicht mal volljährig. Und deshalb gehen, wenn überhaupt, nur ich und du in den Knast.*

2: *Da haben wir's! So reißt du mich nämlich mit rein!*

1: *Jetzt hör mal, du redest doch die ganze Zeit davon ...*

2: *Aber mit dem Mord habe ich nichts zu tun, das weißt du, ich hatte keine Ahnung davon!*

1: *Wer hat denn was von dem Mord gesagt?*

2: *Ach, komm, ihr habt doch immer davon geredet, daß, wenn das mit der Abtreibung rauskommt, ihr mich mit in die Mordgeschichte reinzieht.*

1: *Wer soll das gesagt haben? Ach, verflucht noch mal, verflucht! Hör mal zu, Emanuela, du bist doch ... Wenn ich geahnt hätte, daß du so bist, hätte ich dir überhaupt nichts erzählt! Du bist nämlich gar keine erwachsene Frau, du bist ein dummes kleines Ding!*

2: *Wär auch besser gewesen, du hätt'st mir nichts gesagt!*

1: *Das wär wahrscheinlich besser gewesen, ja.*

(Geräusche einer Tür, die geöffnet wird, leichte Schritte, ein oder zwei Stimmen flüstern leise miteinander, unverständlich. Geräusch eines Gegenstandes, der verschoben wird. Dann Stille. Die Aufnahme bricht ab.)

»Worauf spielte die Signora Baluardi an, als sie sagte: Ich hätte dir lieber nichts erzählen sollen?« Der vorsitzende Richter stellt seine Frage in sorglosem Tonfall, als hätte sie überhaupt keine Bedeutung.

»Korrekt ist, daß sie den Tod ihres Gatten meinte, Herr Vorsitzender«, antwortet Emanuela Torrini.

»Sie hatte Ihnen davon erzählt?«

»Ja.«

»Was genau hat sie Ihnen erzählt?«

»Sie hatte Angst, daß die Seele ihres Mannes ihr etwas übelnehmen könnte ... wegen der Art, wie er gestorben war, nämlich.«

»Und Signora Baluardi wußte, wie ihr Mann gestorben war?«

»Ja, das wußte sie.«

»Nämlich? Signora, lassen Sie sich doch nicht jedes Wort aus der Nase ziehen! Wie ist Signor Baluardi gestorben?«

»Er wurde vergiftet. Mit einer Giftspritze.«

»Das hatte Ihnen Gerbina anvertraut?«

»Ja.«

Gerbina springt auf. »Lügnerin!«, kreischt sie. »Die lügt wie gedruckt! Verflucht soll sie sein! Das ist überhaupt nicht wahr! Nichts davon ist wahr! Bringt dieses Weib zum Schweigen!«

Auch Betty schreit. Die Leute aus der Via della Madonnina werden laut. Zwei wachhabende Carabinieri versuchen, Gerbina und ihre Tochter wieder auf die Anklagebank zu drücken, aber die beiden reißen sich los und schreien weiter. Der Präsident läutet heftig seine Glocke und befiehlt der Wache, die Angeklagten hinauszubringen. Während die Carabinieri Mutter und Tochter in die Sicherheitszellen schleppen, wird der Tumult im Saal stärker, die Zuschauer schreien den Frauen Beleidigungen hinterher. Der Vorsitzende erhebt sich und verläßt den Saal, die Geschworenen folgen ihm.

Als das Gericht wieder hereinkommt, hat Scalzi sich bereits erhoben:

»Herr Vorsitzender! So können wir unmöglich weitermachen! Ich fordere Sie auf, dem Publikum etwas mehr Zurückhaltung aufzuerlegen! Das hier ist ja kein fairer Prozeß mehr, sondern eine öffentliche Hinrichtung!«

290

»Avvocato«, erwidert der Vorsitzende kalt, »es ist meine Aufgabe, für Ordnung im Saal zu sorgen. Laut Gesetz gehört das zu meinen Pflichten.«

»Genau dazu fordere ich Sie ja auf: für Ordnung zu sorgen, anstatt den Prozeß unter anhaltendem Geschrei und Beleidigungen zu führen!«

»Ich brauche Ihre Aufforderung nicht, Avvocato. Es waren Ihre Mandantinnen, die mit den Beleidigungen begonnen haben, wenn ich mich nicht irre. Und das an die Adresse einer Zeugin! Wenn Sie nun Ihrerseits die Signora Torrini befragen wollen, nehmen Sie wieder Platz, Avvocato. Oder Sie stellen einen Antrag auf Befangenheit, dann werden wir sehen, was das Oberste Gericht dazu sagt. Also, wollen Sie fortfahren?«

Scalzi weiß, daß ein Antrag auf Verlegung der Verhandlung vor ein anderes Gericht wegen des Verdachts auf Befangenheit mit Sicherheit zurückgewiesen würde.

»Ich fahre mit der Vernehmung fort, aber ich weise Sie darauf hin, Herr Vorsitzender, daß ich beim nächsten Tumult das Verteidigungsmandat niederlegen und den Saal verlassen werde. Ich habe nicht vor, einer Lynchjustiz beizuwohnen.«

»Passen Sie auf, was Sie sagen, Avvocato!«

»Ich weiß genau, was ich sage, Herr Vorsitzender, es ist mein Beruf, jedes meiner Worte auf die Goldwaage zu legen, bevor ich es ausspreche.«

»Sie sind sich bewußt, daß Ihr unvorsichtiger Satz zu Protokoll genommen wurde? Sie haben ihn auch gehört, Herr Staatsanwalt?«

Dottor Corbato nickt. »Ich hab ihn gehört, ich hab ihn gehört ... Mein Büro wird sich darum kümmern ...«

»Tun Sie, was Sie für richtig halten, Herr Staatsanwalt«, sagt Scalzi mit harter Stimme, »ich nehme nichts zurück.«

Dann wendet er sich an die Magierin.

»Signora Torrini, es ist nicht das erste Mal, daß Sie als Zeugin in einem Prozeß auftreten, nicht wahr?«

Die Magierin antwortet nicht. Mit weit aufgerissenen Augen starrt sie perplex auf den vorsitzenden Richter, als könne er ihr sagen, was sie auf die Frage antworten soll.

»Nun?« fragt der Vorsitzende. »Der Herr Anwalt mag ein bißchen zu neugierig sein, aber antworten Sie ruhig, Signora.«

Scalzi stellt befriedigt fest, daß sein erster Schuß ins Schwarze getroffen hat. Nicht umsonst ist er mit durchgetretenem Gaspedal in das Verhör eingestiegen. Ohne den Eröffnungsschlag wäre die Frage nicht zugelassen worden. Es ist ihm gelungen, Dicagiuro den Wind aus den Segeln zu nehmen, das war das Risiko wert, ein Verfahren wegen Beamtenbeleidigung angehängt zu bekommen.

»Also, korrekt ist ... Ich erinnere mich nicht mehr so genau ...«, stottert die Magierin.

»Denken Sie nach, Signora. Der Prozeß um die ›teuflischen Geliebten‹, wie er genannt wurde, sagt Ihnen das etwas? Vor dem Gericht in Lucca, erinnern Sie sich?«

»Also, korrekt ist ... das ist so viele Jahre her ...«

»Genaugenommen ist es nur drei Jahre her, Signora. In jener Verhandlung haben Sie ausgesagt, daß der Angeklagte Tassini und seine Geliebte, Signora Serragli, Sie in Ihrer Funktion als Magierin aufsuchten, damit Sie den Ehemann der Signora Serragli mit einem Fluch belegten, der ihn umbringen sollte. Das haben Sie vor dem Gericht damals ausgesagt, ist es nicht so?«

»Ich glaube ... also ...«

»Danach haben Sie ausgesagt, Tassini habe Sie wissen lassen, daß kein Fluch mehr vonnöten sei, weil er selbst sich um die Angelegenheit gekümmert und jemanden bezahlt habe, der das erledigen würde. Ist auch das richtig?«

»Also, korrekt ist, daß ich in jenem Prozeß als Zeugin auftrat, ja.«

»So daß es nicht das erste Mal ist, daß man Ihnen einen Mord anvertraut. Damals sogar noch bevor überhaupt etwas geschehen war. Kommt Ihnen das nicht ein bißchen merkwürdig vor, Signora? Sind Sie vielleicht die Vorläuferin einer weiblichen Priesterschaft? Was sind Sie, eine Priesterin im Amt der permanenten Beichtabnahme?«

»Also, korrekt ist, wissen Sie, in meinem Beruf ...«

»Nebenbei, was wäre korrekterweise eigentlich Ihr Beruf, Signora? Erklären Sie mir das bitte, weil ich es noch nicht so recht begriffen habe. Ich bin kein Experte in Sachen Schamanismus. Sie belegen also Menschen mit Flüchen, Signora? Sie haben den bösen Blick?«

»Nein, niemals! Ich beschäftige mich nicht mit schwarzer Magie! Wenn schon, dann erlöse ich die Menschen von Flüchen, indem ich den bösen Mächte die Kraft nehme.«

»So? Und weshalb haben die ›teuflischen Geliebten‹ Sie dann aufgesucht? Doch zurück zu uns: Sagen Sie mir bitte, Signora, ob auch Gerbina Baluardi zu Ihnen als der Magierin gekommen ist? Oder waren Sie es, die auf sie zugegangen ist? Versuchen Sie bitte, dem Gericht zu erklären, warum ein Mensch, der einen anderen umgebracht hat, oder hat umbringen lassen, was dasselbe ist, Ihnen gestehen sollte, daß er an dem Mord beteiligt war. Es wird doch einen Grund dafür geben, nehme ich an. Die Vertraulichkeit wird durch irgend etwas eingeleitet worden sein. Durch was?«

»Also, korrekt ist, daß Gerbina mir gesagt hat, sie hätte Angst, weil ihr Mann so unruhig wäre ...«

»Unruhig wegen was?«

»Das habe ich ihn auch gefragt.«

»Wen?«

»Giuliano Baluardi.«

»Ach, wirklich? Sie haben mit Signor Baluardi gesprochen? Und was hat er gesagt?«

»Daß er unruhig sei, weil er in seinem Grab keinen Frieden finden könne.«

»Nur damit ich das richtig verstehe, Signora Torrini: Wollen Sie damit sagen, daß Sie mit dem toten Signor Baluardi gesprochen haben?«

»Mit seiner Seele, ja.«

»Lassen Sie uns das kurz zusammenfassen, wenn es Ihnen nichts ausmacht. Ich sagte ja bereits, daß ich mich in solchen Sachen nicht sonderlich gut auskenne. Also, Gerbina hat Sie nach dem Tod ihres Mannes um, sagen wir mal, professionellen Beistand gebeten, weil der Ehemann so unruhig war. Ist es so?«

»Ja.«

»Und wer hatte Gerbina gesagt, daß ihr Mann unruhig war? Woher wußte sie das?«

»Nun, das hatte ich ihr natürlich gesagt, wer sonst?«

»Natürlich! Sie sind es, die mit den Toten spricht! Natürlich. Daher waren Sie es also auch, die als erste zu Gerbina ging und sagte: ›Hör mal, die Seele deines Mannes ist unruhig.‹ Ist das richtig?«

»Ja.«

»Sehr gut. Und Sie, Signora, haben auch, wie ich mir denken kann, der Dame vorgeschlagen, etwas für seine Beruhigung zu tun, ist es so?«

»Das ist ja wohl das mindeste, was man für jemanden tun kann, der eines gewaltsamen Todes gestorben ist.«

»Natürlich! Die Seele des Toten findet bei all der Gewalt keine Ruhe, man muß ihr Frieden geben. Das weiß sogar ich. Aber ganz konkret, was haben Sie Signora Baluardi vorgeschlagen zu tun?«

»Ich habe ihr geraten, ihm den Weg zu zeigen.«

»Sehr gut. Herr Vorsitzender, sagen Sie bitte dem Gerichtsdiener, er möge der Zeugin das Beweisstück mit der Karte vorlegen? Danke.«

Der vorsitzende Richter sieht leicht gelangweilt aus, blättert lustlos in seinen Akten, findet die Tafel mit den Buchstaben und Zahlen auf der Vorderseite und der kleinen

Karte vom Monte Merlato auf der Rückseite, er reicht sie dem Gerichtsdiener, der sie Emanuela Torrini vorlegt.

»Darf ich mich der Zeugin nähern?« fragt Scalzi.

»Nur zu.«

Scalzi öffnet vor den Augen der Magierin die Tafel und weist auf die Zahlen- und Buchstabenkreise, die auf ihr eingezeichnet sind.

»Sagen Sie mir bitte, Signora, ist das, wie soll ich sagen, ihr Handwerkszeug?«

»Also, das ist die Tafel für die Befragungen mit der Espressotasse.«

»Und diese Buchstaben und Zahlen haben Sie geschrieben? Das ist Ihre Handschrift?«

»Ja.«

»Sehr gut. Werfen wir nun einen Blick auf die Rückseite. Diese Bezeichnungen: ›Bar della Cave‹, ›Merlato‹, ›Feenhöhlen‹, haben Sie die auch geschrieben?«

»Nein. Das war Gerbina.«

»Gerbina? Gerbina Baluardi?«

»Ja, genau.«

Das schlaffe Gesicht der Magierin spannt sich zu einem bösen Grinsen. Ihre runden Augen fixieren Scalzi, sie zieht die Nase hoch, die groß und breit ist und aufgesetzt wirkt wie bei einem Clown, und atmet zufrieden auf. Scalzi nickt, tut so, als sei er widerlegt, kehrt ihr den Rücken und wendet sich der Bank der Verteidigung zu, blättert ein wenig in den Akten, zögert. Die heisere Stimme der Magierin hallt durch den Raum:

»Das hat Gerbina geschrieben!«

»Ach ja?« Scalzi dreht sich zu ihr um. »Und woher wissen Sie das so genau?«

»Woher ich was weiß?«

»Daß das Geschriebene aus der Hand der Signora Baluardi stammt, woher wissen Sie das?«

»Also, ich ...«

»Vielleicht waren Sie ja dabei, als Gerbina sich diese Notizen gemacht hat?«

»Genau, ich war dabei!«

»Sie waren dabei. Die Zeichnung und die Notizen wurden also bei der Gelegenheit angefertigt, als Sie Gerbina rieten, ihrem Mann den Weg zu seinem Grab zu zeigen, ist es so?«

»Ja.«

»Wozu dienten die Karte und die Namen?«

»Wie, wozu?«

»Schauen Sie sich die Karte genauer an, Signora. Sehen Sie diese fünf Kreuzchen? Sehen Sie die?«

»Ich sehe sie, ja.«

»Was bedeuten die Kreuzchen, eins davon genau in dem Kreis, neben dem das Wort ›Feenhöhle‹ steht?«

»Das weiß ich nicht mehr ...«

»Dann werde ich Ihrem Gedächtnis auf die Sprünge helfen«, sagt Scalzi mit erhobener Stimme. »Sie zeigen die Stellen an, wo Gerbina auf Ihre Anweisung hin die Kerzen aufstellen sollte; die Kerzen, die der Seele des Verstorbenen den Weg in eines dieser Löcher auf dem Merlato wiesen, wo er nämlich enden sollte, ist es nicht so? In einem Loch! Obwohl es kein weiter Weg mehr war, nur wenige Meter von dem Punkt entfernt, wo die Leiche liegengelassen wurde, aber so sind sie nun mal, die Toten: blind, nicht wahr, sie brauchen Licht. Ist es so?«

»Also ...«

»Die Zeichnung des Pfades von der Bar delle Cave zum Merlato, wer hat die angefertigt?«

»Die Zeichnung habe ich gemacht.«

»Sehr gut! Und wozu?«

»Um ihr den Weg zu zeigen, Gerbina!«

»Um ihr den Weg auf den Berg zu erklären, den Gerbina nämlich nicht kannte. Und den Sie hingegen sehr gut kennen, weil Sie in dieser Gegend aufgewachsen sind, nicht wahr? Sie haben Ihre Kindheit auf dem Merlato verbracht, ist es nicht so? Stimmt es, oder stimmt es nicht, daß Sie die Tochter des Pächters sind, der das Anwesen des Polen versorgte?«

»Was hat mein armer Vater mit alldem zu tun?«

»Haben Sie Ihre Kindheit auf dem Merlato verbracht, ja oder nein?«

»Ja.«

»Dann haben Sie Gerbina auch diese Namen diktiert, die sie auf die Karte schreiben sollte, ist es nicht so?«

»Ich mußte ihr doch den Weg erklären ...«

»Und danach haben Sie die Tafel im Hause der Baluardis vergessen?«

»Also, korrekt ist, daß ich sie dagelassen habe, um ...«

»Und prompt, welch ein Zufall, findet die Polizei sie mit sicherer Hand in einer Kommodenschublade. Nun sagen Sie mir doch bitte eins, Signora Torrini, und ich erinnere Sie, daß Sie unter Eid stehen: Es war nicht das einzige Mal, daß Sie Gerbina etwas diktiert haben, nicht wahr? Sie haben ihr auch den Brief ›Mein lieber Eraldo‹ diktiert, ist es nicht so?«

Die Magierin stammelt mit Mühe eine Verneinung. Dann befragt Scalzi sie über das Myotenlis, das in der Vorratskammer des »Portichetto« gefunden wurde. Es gelingt ihm, ihr die Aussage zu entlocken, sie habe die Schlüssel zur Vorratskammer von Gerbina erhalten. Aber dann verweigert die Zeugin jegliche weitere Aussage, nein und nochmals nein. Dennoch bemerkt Scalzi, als er seinen Blick über die Reihen der Geschworenen gleiten läßt, verblüffte Gesichter. Er will sie nicht länger vor Augen haben, die alte Gaunerin. Wenn er noch ein einziges »Also, korrekt ist« hören muß, denkt er, rutscht ihm die Hand aus. Das Gesicht der Torrini, vorher schlaff und matt, hat plötzlich spitzere Züge angenommen, als habe sie hohes Fieber, die Haare haben sich aus dem Dutt gelöst und stehen von ihrem Schädel ab, kleben an den Schläfen, ein eisengrauer Schopf wie das zottige Fell eines Tieres. Die Augen sind nicht länger rund, sondern unter den Lidern zu Schlitzen verengt, unpersönlich, gemein, die Augen eines Wildschweins. Dieser Geruch nach Stall und geschnittenem Gras, den Scalzi überdeutlich wahrgenommen hat, als er sich ihr näherte, um ihr die Karte zu erklären, ist ekelerregend. Es ist derselbe Geruch, den sie im Hause Baluardi verbreitet hatte. Sollte sie vielleicht wirklich eine Hexe sein? Würde sie sich gleich in eine Katze verwandeln und mit einem geschmeidigen Sprung aus dem Saal verschwinden?

Als er das Verhör beendet, ist Scalzi schweißgebadet. Selbst ein Kind mit der Intelligenz und dem Wissen eines Grundschülers dürfte mittlerweile begriffen haben, daß es sich bei dieser Frau um eine Agentin handelt, die voll und ganz im Dienste der Ermittler steht. Nichts hat er ausgelassen. Den Brief »Mein lieber Eraldo« hat die Magierin diktiert. Die Vertraulichkeiten auf der Kassette betrafen nicht den Mord, sondern Elisabettas Abtreibung; die Torrini hatte sich seinerzeit angeboten, eine Engelmacherin zu finden. Es gibt auch den starken Verdacht, daß sie selbst den Flakon mit dem Myotenlis in die Vorratskammer gestellt hat. Und schließlich hat die Magierin, seitdem klar ist, wie gut sie sich auf dem Merlato auskennt, den Eindruck hinterlassen, daß sie fast zu viele Dinge weiß, um nicht an dem Mord beteiligt gewesen zu sein.

Während Scalzi noch in Robe auf seinem Platz sitzt und tief atmet – die Verhandlung ist auf morgen vertagt worden, die Richter haben den Saal bereits verlassen, Journalisten und Zuschauer drängen sich an den Ausgängen –, kommt Terzani mit erstauntem und ehrfürchtigem Gesichtsausdruck auf ihn zu:

»Mannomann!«

»Mannomann, was?«

»Mannomann, was für ein Anwalt!«

Terzani übermittelt ihm die Einladung der Signora Barbarini, die bis vor einer Minute im Saal war: Alle zum Abendessen zu ihr nach Hause, keine große Sache, ein paar Kleinigkeiten. Die Signora möchte den Erfolg feiern und hat auch den Studenten eingeladen. Terzani ist geschmeichelt.

Im Hause Barbarini trifft Scalzi zu seiner Überraschung auf Olimpia, die neben dem Alterchen sitzt. Der gelbe Hund hat seinen Kopf auf ihren Schoß gelegt und läßt sich mit genußvoll geschlossenen Augen den Nacken kraulen.

»Du hier?« fragt Scalzi.

»Ich habe sie eingeladen«, ertönt Beatrices Stimme aus der Küche, wo sie mit Töpfen hantiert. »Heute morgen habe ich sie angerufen und zu unserer fröhlichen Tafel gebeten.«

»Es macht dir doch nichts aus, oder?« Olimpia lächelt schief.

»Mir etwas ausmachen? Warum sollte es das?«

»Ich weiß nicht ... Vielleicht wäre dir die Anwesenheit einer anderen weiblichen Person lieber?«

»Olimpia, wollen wir das jetzt sein lassen, ja?« flüstert Scalzi.

Olimpia geht in die Küche, um Beatrice zu helfen. Scalzi hört, wie sie sich mit gedämpften Stimmen unterhalten, als wären sie alte Freundinnen.

Bei Tisch wird der Sieg des Anwalts über die Magierin gefeiert. Terzani und Beatrice wetteifern in Lobpreisungen des Bezwingers der bösen Mächte. Olimpia lächelt und betrachtet Scalzi verstohlen und leicht ironisch, aber man sieht, daß auch sie zufrieden ist. Der Student und die Professoressa übertreiben, sie beweihräuchern, glorifizieren ihn. Die Torrini ist eine Hexe, darüber gibt es laut Terzani gar keinen Zweifel: der hypnotische Blick, die katzenhaften

Bewegungen, die teuflische Verschlagenheit. Beatrice untermauert die Sache noch mit historischen und ethnologischen Begründungen. Mit einer Frau wie der Torrini kehre der Schamanismus aus den dunklen Tiefen der Vergangenheit wieder zurück, der sich in einigen abgelegenen Winkeln auf dem Land bis in die heutige Zeit gehalten habe, die *alte Religion*, die nicht einmal die Römer mit ihrer Übermacht hätten ausrotten können. Scalzi sei eine wahre Geisteraustreibung gelungen.

»Ein meisterhafter Schachzug war auch, an den Prozeß der Teuflischen Geliebten zu erinnern«, säuselt Beatrice, »das hat sofort eingeschlagen, damit hat er ihr gezeigt, daß er alles über sie weiß ...«

»Ist sie denn wirklich die Tochter vom Pächter des Polen?« fragt Terzani.

»Darüber hat mich Barbarini informiert«, meint Scalzi – Ehre, wem Ehre gebührte.

Das Alterchen nickt zustimmend.

»Und wie hat das Gericht reagiert?«

»Oh!« jubelt Beatrice. »Verblüfft, verlegen allesamt, jede Gewißheit hat sich in Luft aufgelöst, sie haben gemerkt, daß sie in eine Falle gegangen sind und auf der Spur der Magierin direkt in einen Justizirrtum geschlittert wären!«

»Da wäre ich mal nicht so sicher.« Scalzi hat den beisitzenden Richter beobachtet, den Klassenbesten, wie er eifrig mit dem Vorsitzenden tuschelte, gerade als die Zeugin zu wanken begann. Keiner von beiden hatte Interesse am Debakel der Magierin gezeigt.

Im Hotelzimmer angekommen, fragt Scalzi Olimpia:

»Sag mal, warum bist du eigentlich mit mir zusammen?«

Olimpia beschäftigt sich ausführlich mit einem widerspenstigen Häkchen, das sie nicht aufbekommt, und antwortet erst nach einer ganzen Weile:

»Vielleicht, weil du mir wie eine Figur aus einem ameri-

kanischen Film vorkommst, einem dieser alten Schwarz-
Weiß-Filme aus der Nachkriegszeit. Von Frank Capra zum
Beispiel, weißt du? *Ist das Leben nicht schön?*, so was in der
Art. Du bist so naiv, daß du einem leid tun kannst. Du
träumst vom Unmöglichen, davon, die beiden Frauen frei-
zubekommen, zum Beispiel. Wenn ich nicht bei dir wäre,
um dich ab und zu mit einem kleinen Klaps zu wecken ...«

»Dann bist du mir also nicht mehr böse?«

»Im Augenblick nicht.«

33

Spontane Aussage

Scalzi hat mit einem Paukenschlag am Ende der Sitzunmg gerechnet, der auch pünktlich eintrifft. Eraldo Tofanotti hat beschlossen, eine Erklärung abzugeben. Dem Auftritt des Kellners geht eine kleine Rede seines Pflichtverteidigers voraus. Roberto Scarpati ist ein großer, dünner Mann mit ausgemergeltem Gesicht und Pferdegebiß, der bis jetzt jeder einzelnen Anhörung beigewohnt hat, obwohl er nicht dafür bezahlt wird; der Prozeß ist für ihn eine Gelegenheit, sich bekannt zu machen, in den Zeitungen genannt zu werden und Lorbeeren zu sammeln. Sein Gesicht ist kreidebleich vor Aufregung, er spricht mit zitternder, aber feierlicher Stimme:

»Herr Vorsitzender, hohe Herren des Gerichts, im Laufe der gestrigen Verhandlung wurde indirekt der Verdacht einer gewichtigen Einmischung der im Prozeß Ermittelnden angedeutet ...«

»Indirekt? Angedeutet?« brummt Scalzi mit lauter Stimme, damit alle es verstehen können. »Selbst die Stühle im Saal haben begriffen, daß die Zeugin beeinflußt war.«

»Es ist mir ein großes Anliegen, mich von solchen Methoden zu distanzieren«, fährt Scarpati fort. »Es ist nicht meine Art, Werkzeuge der Justiz unglaubwürdig zu machen, mit der Absicht, Beweismaterial in den Verdacht der Ungültigkeit zu bringen. Mein Mandant war von dem rauhen Ton erschüttert, der das gestrige Verhör bestimmt hat. Daher hat er meinen Rat abgelehnt, auf alle Fragen beider Parteien zu antworten, da er fürchtet, einem ähnlich scharfen Angriff ausgesetzt zu werden, wie ihn die betagte, kranke und daher gegen derartige Anfechtungen wehrlose Zeugin gestern über sich ergehen lassen mußte.«

»Krank? Wieso denn krank?« mischt sich Scalzi erneut ein.

Jetzt schicken sie also einen Verteidiger, um die Sache wieder ins Lot zu bringen, sie sind gerissen und unberechenbar: Wenn der Staatsanwalt die Attacke gefahren hätte, denkt Scalzi, wäre es mir eine Freude gewesen, ihm in gleicher Manier zu antworten, aber der wirkt schon seit einigen Tagen etwas abwesend, wie losgelöst von der Verhandlung. Und schon naht die Rettung in Form dieses kleinen Arschkriechers von Anwalt, der sich auf den Treppen des Justizgebäudes die Sohlen abläuft, um im Tausch gegen kleine Dienste wie diesen hier berufliche Vorteile zu erhaschen.

»Und dennoch hat sich mein Mandant Eraldo Tofanotti nun, obschon er grundsätzlich von seinem Recht Gebrauch machen wird, die Beantwortung von Fragen welcher Seite auch immer abzulehnen, bereit gefunden, spontan eine Aussage zu machen, deren Inhalt sich meiner Kenntnis entzieht.«

Alles erstunken und erlogen, dieser verfluchte Hurensohn, denkt Scalzi, ich wette, daß er gestern die Besuchszeit im Gefängnis überschritten hat, um diesem Dummkopf Eraldo alles einzubleuen.

Der Vorsitzende fordert den »lieben Eraldo« auf, in den Zeugenstand zu treten. Tofanotti spricht ohne zu stocken, nimmt sich kaum Zeit, Luft zu holen, er kann es gar nicht erwarten, die Kröte endlich auszuspucken.

An jenem Abend ging er früh zu Bett, weil er todmüde war. Er bewohnte ein Zimmer zur Untermiete in einer Seitenstraße der Via della Madonnina, wenige Schritte vom »Portichetto« entfernt. Er teilte sich das Zimmer mit dem anderen Kellner, Teclo Scarselli. Jener war es, der ihn so zwischen 23.30 Uhr und Mitternacht weckte. Er drängte ihn, sich eilig anzuziehen und mit ihm zum »Portichetto« zu kommen. Dort sah er im vorderen Raum der Trattoria, gleich beim Eingang, Giuliano Baluardi auf einen Liegestuhl gebettet. Er atmete nicht, wahrscheinlich war er bereits tot. Teclo gab ihm die Schlüssel von Baluardis altem Fiat 1100 und befahl ihm, das Auto unten am Fluß abzuholen, wo es geparkt war, und es so nahe wie möglich an die Tür der Trattoria heranzufahren. Teclo hat keinen Führerschein, daher konnte er das Auto nicht fahren. Als der Wagen vor der Tür stand, befahl Teclo ihm, auszusteigen und zusammen mit ihm den Körper von Baluardi auf den Rücksitz des Fiat zu packen. Er tat, was von ihm verlangt wurde, weil er sich vor Scarselli fürchtete. Teclo sagte ihm, er solle die Straße den Berg hinauf nehmen. Sie fuhren also auf den Merlato. Sie stellten den Wagen in dem Engpaß beim Hof des Polen ab, sie luden Baluardis Leiche aus und schleppten ihn zu den Feenhöhlen. Als sie gerade eine Höhle erreicht hatten, sahen sie Scheinwerfer aufleuchten und hörten das Gehupe des Schmetterlingsjägers. Sie ließen die Leiche, wo sie war, und rannten zu ihrem Auto zurück. Teclo wollte eigentlich warten, bis der Schmetterlingsjäger wieder weg wäre, um dann die Leiche in die Höhle zu werfen, aber der Schmetterlingsjäger verschwand nicht, im Gegenteil, er schlug den Pfad zu den Feenhöhlen ein. Sie fürchteten, er könne die Leiche entdecken, und flohen. Er habe keine Ahnung, wie Baluardi gestorben sei. Er habe ihn erst gesehen, als er schon tot war. Er sei gezwungen worden, den Leichnam wegzuschaffen und zu verstecken, und das wär's.

»Ähm.« Der Pflichtverteidiger räuspert sich hörbar. Eraldo dreht sich zu ihm um und sieht ihn an, wobei ihm die Haarsträhne die Sicht behindert.

»Sind Sie fertig mit Ihrer Erklärung?« fragt der Verteidiger.

»Ja«, nickt Eraldo.

»Gut«, sagt der vorsitzende Richter, »Sie können Ihren Platz wieder einnehmen.«

Eraldo wird von einem Carabiniere zur Anklagebank zurückgeführt. Als er am Tisch der Verteidigung vorbeigeht, sieht Scarpati ihn kopfschüttelnd an. Ein fragender Ausdruck tritt auf Eraldos Gesicht. Scarpati breitet die Arme aus und schüttelt weiter den Kopf.

Eraldo hat sich noch einmal erhoben. Jetzt kommt der Paukenschlag, denkt Scalzi, ganz offensichtlich hat er etwas vergessen.

»Einen Moment noch!«

»Bitte?«

»Mir ist noch etwas eingefallen, ich weiß nicht, ob es wichtig ist ...«

»Sagen Sie alles, was Sie wissen«, ermahnt ihn väterlich der Vorsitzende. »Möchten Sie wieder nach vorn kommen?«

»Nicht nötig, es ist sowieso nur eine kleine Sache. Als ich mit dem Auto in die Via della Madonnina zurückkam, und danach, als wir die Leiche auf den Rücksitz geladen haben, hab ich die beiden Frauen gesehen, die durch die Fensterläden schauten.«

»Welche beiden Frauen?«

»Betty und Gerbina: sie haben uns durch die halbgeöffneten Fensterläden zugeschaut.«

Tofanotti kann es sich nicht verkneifen, sich zum anderen Ende der Bank umzudrehen. Die beiden angeklagten Frauen schauen ihn wie versteinert an; auf dem Saal liegt bleierne Stille. Eraldos Blick bleibt an Betty hängen. Das Mädchen hat ihre übliche verächtliche Haltung abgelegt und sitzt mit den Ellbogen auf die Knie gestützt da, den Kopf in den Händen vergraben. Sie wirkt noch jünger: ein Kind, das unerwartet eine Ohrfeige bekommen hat. Tofanotti atmet tief aus, als müsse er seinen Körper von einer Last befreien, schiebt sich die Haarsträhne zurück, und der Blick, den er seinem Verteidiger zuwendet, erscheint Scalzi herausfordernd. Mit leiser Stimme und ohne zu stocken fügt er hinzu:

»Und noch etwas, aber vielleicht hat das nichts mit alldem zu tun. Als ich losging, um Baluardis Wagen zu holen, habe ich auf der Straße am Fluß eine Limousine gesehen. Mit mehreren Menschen drin, drei, glaube ich. Als ich näher kam, ist sie mit hoher Geschwindigkeit davongefahren.«

34

Das Spezialgefängnis

Der Prozeß neigt sich seinem Ende zu. Scalzi hat noch einen Polizeibeamten vernommen und dabei zwei Umstände hervorgehoben. Auf einem Sitz des Fiat 1100, dem Beifahrersitz laut Aussage des Beamten, hat man Spuren organischer Materie gefunden. Auf der Fußmatte, auch im vorderen Teil, hatte die bernsteinfarbene Zigarettenspitze des Wirts gelegen. Baluardi rauchte nur mit Zigarettenspitze.

Dann wurde ein Mitarbeiter Lanfranchis vernommen, der die Flecken auf dem Wagensitz analysiert hatte. Der Gerichtsmediziner war überzeugt, daß es sich um Erbrochenes, gemischt mit einer chemischen Substanz, handelte, deren Zusammensetzung nicht ganz klar war; die winzige Menge, die sichergestellt wurde, ließ keine eindeutige Diagnose zu. Und was die organische Substanz betraf: »Wahrscheinlich *vomitus agonicus*«, stellte der Assistent Lanfranchis fest.

Vomitus agonicus, Erbrechen im Todeskampf, bedeutete, daß sich das Opfer auf der Schwelle zum Tod befand, aber noch lebte. Wäre die Zigarettenspitze der Leiche aus der Tasche gefallen, während man sie auf die Rückbank lud, hätte man den Gegenstand auf den hinteren Fußmatten gefunden, da in diesen Autos der vordere und der hintere Wagenteil deutlich voneinander getrennt waren.

Scalzi zufolge wiesen beide Umstände, zusammen betrachtet, eindeutig darauf hin, daß Baluardi sich noch lebend auf den vorderen Autositz gesetzt hatte. Er mußte eine Zigarette geraucht haben und dann eingeschlafen sein; im Schlaf war ihm die Spitze aus dem Mund gefallen. Betty bestätigte spontan diesen Ablauf: Ihr Vater hatte die Gewohnheit, im Auto ein wenig vor sich hin zu dösen, wenn er zu aufgewühlt war, um sich schlafen zu legen. Bei ihren Worten machten die Richter gelangweilte oder skeptische Gesichter, als versuche das Mädchen ein billiges Ablenkungsmanöver.

Am Ende der Anhörung trat Barbarini zu Scalzi an den Tisch der Verteidigung. Man hatte Seminara in das Spezialgefängnis auf der Insel P. überführt, von dort ließ er durch einen gewissen Diotallevi, einen Mandanten Barbarinis, ausrichten, daß er Scalzi erneut zu seinem Verteidiger bestimmt habe. Er bat mit großer Dringlichkeit um eine Unterredung.

»Mit Seminara hab ich abgeschlossen, von dem will ich nichts mehr wissen«, sagte Scalzi.

»Ich an deiner Stelle würde hinfahren, um mit ihm zu reden.«

Barbarini setzte sich neben Scalzi und hielt ihm die Überschriften einiger Tageszeitungen hin. Die Presse maß der Aussage Tofanottis große Bedeutung bei. Eine Zeitung bezeichnete die Erklärung des Kellners sogar als »Grabstein der beiden Frauen«.

»Jetzt bleibt dir nichts anderes übrig, als das Kapitel mit dem Attentat in Marina aufzuschlagen«, sagte Barbarini mit Nachdruck. »Es führt kein Weg mehr daran vorbei. Wenn du willst, fahren wir zusammen auf die Insel. Morgen ist keine Verhandlung. Ich spreche zuerst mit meinem Mandanten und höre mir an, woher der Wind weht. In seinem Brief an mich deutet Diotallevi an, daß Seminara ihm einige Dinge anvertraut hat, die nicht nur den Anschlag von Marina betreffen, sondern auch den Mord an dem Wirt.«

Die Insel beherbergt eines der berüchtigtsten Spezial-
gefängnisse aus dem »Ring der Gemsen«. Dieser Ausdruck
kommt aus der ebenso phantasievollen wie obskuren Gefängnissprache und bezieht sich auf eine Reihe auf natür-
liche Weise isolierter Gefängnisse auf der italienischen
Halbinsel, in denen politischer, mafiöser und anderer orga-
nisierter Kriminalität angeklagte Verbrecher inhaftiert sind.
Die Geschichten, die man sich von diesem Gefängnis erzählt, strafen die Einschätzung eines deutschen Philosophen
Lügen, der meinte, der zivilisatorische Entwicklungsstand
eines Landes ließe sich an seinen Gefängnissen ablesen. In-
haftierte und Wachhabende scheinen hier wilde Tiere un-
terschiedlicher Arten zu sein, immer bereit, aufeinander los-
zugehen. Zu fünft, zu sechst oder sogar zu acht belegen die
Häftlinge Zellen, die nicht breiter als ein Schrank und eigentlich für höchstens zwei Personen vorgesehen sind. Sie
haben nicht genügend Wasser zum Trinken, geschweige
denn, um sich zu waschen. Das Wachpersonal, hauptsäch-
lich Sarden, lebt in der gleichen vergifteten Atmosphäre von
Promiskuität und Entbehrung wie die Häftlinge. Letztlich
fühlen sie sich eingesperrter als jene, die sie bewachen sollen. Die einzige Art, sich von ihnen abzusetzen, besteht
darin, die Wärterrolle besonders hervorzukehren. Die Verwaltung der Gefängnisinsel bewacht nicht, sondern bestraft
auf brutalste Art und Weise, die Beamten lassen den gröb-
sten Sadismus walten, zu dem sie fähig sind. Das kleinste
Vergehen wird mit Isolationshaft von mindestens drei Tagen
geahndet. Die entsprechende Zelle heißt »Pulverkammer«,
weil in ihr früher, als das Gefängnis noch eine Festung war,
die Pulvervorräte gelagert wurden. Sie befindet sich unter
dem Meeresspiegel; die Feuchtigkeit sollte einst das Risiko
von unbeabsichtigten Explosionen mindern. Schon manch
einer, der längere Zeit in der Pulverkammer verbringen
mußte, verließ sie mit einer Gesichtslähmung infolge der
Feuchtigkeit und des Sauerstoffmangels.

Scalzi sitzt in dem dunklen Flur und wartet, bis er an der Reihe ist, neben ihm der Wachhabende, der Barbarinis Unterredung beaufsichtigt. Durch das in die Tür eingelassene Sichtfenster erkennt er vage den Anwalt im Gespräch mit seinem Mandanten. Das Alterchen wendet sich zur Tür, kneift die Augen zusammen und sucht durch das Glas Scalzis Blick, aber der Korridor liegt fast im Dunkel, und die Scheibe starrt vor Dreck. Beide Männer rauchen Zigarre; als Auftakt zum Gespräch hat Barbarini eine Toscano aus der Schachtel gezogen, sie durchgebrochen und seinem Gegenüber die eine Hälfte angeboten. Kurz darauf war der kleine Raum völlig verqualmt. Mittlerweile – die beiden haben eine zweite Zigarre geraucht, die Unterredung dauert bereits über eine halbe Stunde – kann Scalzi schon nicht mehr Barbarinis Gesichtsausdruck erkennen. Endlich erheben sich die beiden, Barbarini reicht seinem Mandanten die Hand.

Die Wache öffnet die Tür, und eine Rauchwolke quillt heraus.

»Danke, Diotallevi«, sagt Barbarini, »auch im Namen meines Kollegen.«

»Ganz zu Ihren Diensten, Avvocato.«

»Also dann, bis bald. Über Ihren Prozeß reden wir ein andermal.«

»Wenn ich Glück habe, bin ich ruiniert ...« Diotallevi lacht bitter.

Während der Häftling und der Wachbeamte vor dem Eingang der Abteilung warten, daß auf der anderen Seite das Gittertor geöffnet wird, zieht Barbarini Scalzi beiseite. Seminara wüßte eine ganze Menge über den Mord an Baluardi und die Bombe in Marina, und er wäre bereit auszupacken. Die Berichte über den Prozeß der beiden Frauen hätten ihn geärgert, aber die Aussage Tofanottis habe ihn geradezu wütend gemacht. Vielleicht aus einer Art erwachendem Unrechtsbewußtsein, vielleicht aber auch aus Angst vor etwas anderem. Diotallevi vermutete letzteres.

»Jetzt ist es an dir«, schließt Barbarini, »pack ihn von der richtigen Seite an. Vielleicht gelingt es dir, ihn zu einer schriftlichen Aussage zu bewegen.«

Seminara kommt mit schlurfenden Schritten heran. Der Wärter, der ihn den Gang entlangführt, drängt ihn zur Eile und flattert nervös mit der Hand an seiner Hüfte herum. Im städtischen Gefängnis vermochte der ehemalige Angestellte noch eine gewisse Form zu wahren und sich die Aura des Revolutionärs zu erhalten. Jetzt sieht er aus wie ein gerupftes Huhn, kränklich, er hat Augen wie ein erschöpfter Lockvogel, der in einen Käfig mit Finken geraten ist. Allein bei seinem Anblick kann man sich schon vorstellen, wie hart das Regime in diesem Gefängnis ist. Der ungepflegte Bart ist lange nicht mehr geschnitten worden. Seminara sieht zehn Jahre älter aus. Die Hosen drohen ihm fast auf die abgewetzten Hausschuhe zu fallen, aus denen seine schmutzigen, ungeschnittenen Zehennägel hervorschauen. Der schläfrige Gesichtsausdruck läßt ahnen, auf welche Weise er hier zu überleben versucht, nämlich so abwesend wie möglich.

Kaum hat er sich gesetzt, greift er auch schon mit zorniger Bewegung und zitternder Hand nach einer Zigarette aus dem Päckchen, das der Avvocato auf den Tisch gelegt hat. Er zündet sie an und versucht, sich unter Kontrolle zu bringen.

»Ich will wissen, ob Sie mich schnell aus diesem Loch herausholen können.«

»Ich kann es versuchen.«

»Nein!« Seminara fletscht die Zähne. »Sie müssen es mir versprechen! Und zwar vorher! Sonst sage ich keinen Ton.«

Alles Bluff! Und darum ist Scalzi bis ans Ende der Welt

gefahren. Sein Magen ist nach der Überfahrt auf bewegter See noch immer in Aufruhr.

»Haben Sie mich deshalb zu sich gerufen? Weil Sie verlegt werden wollen?«

»Ich will hier weg! Und zwar sofort! Verstehen Sie? Ich weiß nicht, ob Sie das begreifen, aber mein Leben ist in Gefahr!«

Bis dahin hat Scalzi den unangenehmen Geruch dem Gefängnis zugeschrieben, aber bei der Bewegung, mit der Seminara sich über den Tisch beugt, um die Dringlichkeit seiner Bitte zu verdeutlichen, verstärkt sich der säuerlich-kloakige Gestank. Er ist es, der so stinkt; Scalzi weicht in seinem Stuhl etwas zurück. Seminara kommt noch näher heran, streckt den Kopf über den Tisch und zischt:

»Ihre Arme sind lang; sie haben viel Geld, das dorthin gelangt, wo sie es haben wollen. In Freiheit war ich eine Gefahr für sie. Aber selbst hier drinnen begraben, stelle ich noch immer ein Risiko für sie dar.«

»Sie wissen doch, was Sie tun können.«

»Was denn?«

»Ich sage das jetzt nicht als Ihr Verteidiger, sondern in Ihrem eigenen Interesse. Eine andere Möglichkeit gibt es nicht. Sie müssen aus Ihrem Versteck hervorkommen, alle Karten auf den Tisch legen. Je früher, desto besser.«

»Vorher müssen Sie mir die Verlegung garantieren.«

»Die kann ich Ihnen erst garantieren, wenn Sie geredet haben.«

»Nein, vorher!«

»Ich werde sehen, was ich tun kann. Wirklich, mehr kann ich nicht versprechen.«

Seminara nimmt einen tiefen Zug und läßt den Kopf auf die Brust sinken. Im Gefängnis ist es merkwürdig still, bis auf das ferne Knattern eines Hubschraubers – hier drinnen erscheint es unmöglich, daß es den blankgefegten Himmel eines stürmischen Tages oder das blaue Meer mit seinen weißen Schaumkronen überhaupt gibt –, das Geräusch klingt wie die Flügel eines riesigen Insekts, die gegen eine Fensterscheibe schlagen. Es riecht abgestanden nach dem kalten Rauch der Toscano. Scalzi würde gern rauchen, aber er fürchtet, daß ihm das Panino dann wieder hochkommt, das er auf der Fähre unvorsichtigerweise in sich hineingeschlungen hat.

Auf dem Deck der Fähre, die sie zum Festland zurückbringt, sind sie ungestört. Vorher, während sie durch die Sicherheitszonen geschleust wurden, und anschließend in dem Transporter, der sie in dem kleinen Hafen abgesetzt hat, waren sie immer in Hörweite von ein oder zwei Wärtern oder Familienangehörigen von Häftlingen.

»Und?« fragt Barbarini.

»Also, erstens habe ich das hier bekommen.«

Scalzi zieht aus seiner Jackentasche einen mehrfach gefalteten Zettel, den er während der unwürdigen Leibesvisitation am Ausgang in der geschlossenen Hand verborgen hat.

Barbarini liest mit lauter Stimme vor:

»*An den hochverehrten Herrn Vorsitzenden des Schwurgerichts* ... und so weiter und so weiter. *Der Unterzeichnende* ... und so weiter ... *bittet, zur Anhörung vor das Hohe Gericht geladen zu werden, da er einige wichtige Enthüllungen bezüglich des Mordes an Giuliano Baluardi zu machen hat. Hochachtungsvoll* ... und so weiter. Ist das alles?«

»Persönlich hat er mir einiges mehr gesagt.«

»Erzähl schon, spann mich nicht so auf die Folter. Was hast du denn? Geht's dir nicht gut?«

Eigentlich müßte Scalzi ganz zufrieden sein. Doch vielleicht liegt es am Schaukeln des Bootes – das Meer ist noch immer aufgewühlt – oder auch am verfluchten Laster des Alterchens – Barbarinis Zigarre sät rotglühende Asche in den Wind –, jedenfalls hat er noch immer dieses unangenehme

Gefühl in der Magengegend. Aber nein, er ist nicht see-krank, es ist vielmehr das Gespräch mit Seminara, das ein ungutes Gefühl in ihm zurückgelassen hat.

Seminara hatte zögernd begonnen, etwas über einen Stuhl ohne Beine zu faseln. Schon wieder dieser Stuhl, das unselige Ding. Das Rätsel schien einfach nicht ohne dieses surreale Element aufzugehen. Einige Tage, bevor die Lei-che des Wirts entdeckt wurde, als Baluardi aber schon ver-schwunden war, war Seminara im »Portichetto« Zeuge ei-ner Szene zwischen den beiden Kellnern und Michelangelo Bertini, dem Dichter geworden. Ja, Avvocato, genau dem! Bertini sei seit jenem Tag nicht mehr in der Trattoria gese-hen worden. Der Dichter war ganz außer sich und machte den Kellnern Vorwürfe, beschimpfte sie, weil die beiden Tunten auf dem Berg einen Stuhl ohne Beine zurückgelas-sen hätten. Seminaras Augen blitzten belustigt auf. Ja, Tun-ten: die Kellner sind schwul, sie schlafen miteinander, wuß-ten Sie das nicht, Avvocato Scalzi? Eraldo hat den unterle-genen Part, Teclo ist der Dominierende, der sagt, wo's langgeht. Später erst hatte sich Seminara dann die Sache zusammengereimt, indem er zwei und zwei zusammen-zählte, was für eine Szene: die beiden Arschficker mit dem steifen Leichnam von Baluardi auf den Armen, daneben der halbierte Stuhl, und über allem dräuend die Gefahr des herannahenden Schmetterlingsjägers. Den zur Zeit des Streits in der Trattoria allerdings noch niemand kannte und von dessen Leidenschaft für nächtliche Schmetter-lingsjagden niemand wußte. Das Szenario erinnerte fast an eines dieser Wortspiele der Surrealisten, wissen Sie, Avvo-cato? Nein? Die Spieler tauschen gefaltete Zettel unterein-ander aus, auf die sie einige beliebige Wörter geschrieben haben, jeder fügt ein Adjektiv oder ein Verb hinzu, und am Ende ergibt sich eine Art Satz. Wenn es sich um so ein Spiel gehandelt hätte, wäre am Ende vielleicht dieser Satz dabei herausgekommen: ›Der Schmetterlingsjäger bevorzugt den für die Leiche der Tunten nutzlosen Stuhl ohne Beine.‹«

»Erzählen Sie mir von Bertini.« Scalzi versuchte Ordnung in das Chaos zu bringen. «Ich hatte Sie schon das vorige Mal nach ihm gefragt, nach dem Dichter, erinnern Sie sich?«

Von wegen Dichter! Eines Tages war er aufgetaucht, um die fröhlichen Abende im »Portichetto« auf ein anderes Niveau zu heben: Wein und Gesang, Wein und Anarchie, Wein und Revolution, Wein und bewaffneter Kampf ... Mit der Ankunft Bertinis wurde alles weniger ausgelassen, dafür nachdenklicher und auch konkreter.

Ivan Del Rio hatte also recht gehabt, der Journalist hatte die Lage richtig eingeschätzt. Die angeblich umstürzlerische Gruppierung, die mit geheimen Schlachtungen das große Geld machte – Seminaras Erzählung bestätigte das. Der Zweck heiligte die Mittel ... Oder besser: das eigentliche Ziel waren die Mittel, der Zweck war nur ein Köder, mit dem man Gimpel wie Seminara lockte. Der wurde ein paarmal als Gast in einer ihrer Villen empfangen. Kein x-beliebiger Ort, da trafen sich nur die Ranghöheren, der Beamte hatte sogar einen prominenten Flüchtigen kennengelernt, der sich dort versteckt hielt. Als Seminara den Weg beschrieb, die Villa und den Schlachthof – von denen es noch einige mehr gab, die meisten davon in Marina –, erkannte Scalzi unzweifelhaft das Anwesen auf dem Poggio Pelato wieder. Kopf der Organisation sollte ein Typ aus dem Norden sein, nach dessen Namen man lieber nicht fragte. Der »versilische Barde« war Chef der Toskana. Was den Mord an dem Wirt betraf ... Hier zögerte Seminara.

Scalzi unterbricht seinen Bericht. Während neben ihm Barbarini mit angehaltenem Atem lauscht, überlegt er, was wohl wirklich hinter der Entscheidung des Kommunalbeamten steckt, auszusagen. Die Entdeckung, daß seine Ideale verraten wurden? Der Ärger über das Eingeständnis, daß er sich von Menschen hatte ausnutzen lassen, die ihre schmutzigen Geschäfte unter dem Deckmantel des politischen Kampfes abwickelten? Was der ehemalige Beamte dann unter massivem Druck endlich über den Mord an dem Wirt erzählte, wenn auch unter dem Vorbehalt bloßer Mutmaßungen, erschien Scalzi zu reich an Details, als daß es sich ausschließlich um zufällig aufgeschnappte Indiskretionen handeln konnte. Ihm fiel die »spontane« Aussage des Kellners Tofanotti ein, die in ihrem letzten Teil vielleicht wirklich spontan gewesen war: die Limousine, die sich mit hoher Geschwindigkeit von dem Ort entfernte, wo der Fiat 1100 geparkt war. Vielleicht hatte ja auch Seminara in dem Auto gesessen. Und Seminara hat sich entschlossen zu reden, weil er fürchtet, in den Mord verwickelt zu werden. Damit hofft er, dem Schlag zuvorzukommen.

»Was ist?« fragt Barbarini. »Warum redest du nicht weiter?«

»Ich traue Seminara nicht. Ich will nicht von ihm abhängig sein.«

»Was hat er über den Mord an dem Wirt gesagt?«

»Es soll die Bande von diesem Dichter gewesen sein, angeblich hat Bertini den Mord bis in alle Einzelheiten geplant.«

Die erste Aktion hatten sie mit der Bombe in der Metzgerei von Marina gestartet – natürlich nicht Seminara selbst, er berichtete nur, was er aus zweiter Hand erfahren hatte, er selbst hatte mit den beiden Verbrechen nicht das geringste zu tun. Der Metzger hatte versäumt, eine ausstehende Schuld zu begleichen, weshalb sie ihm einen Denkzettel verpassen wollten, bei dem eigentlich niemand verletzt werden sollte. Der Mord an Baluardi wiederum war die Folge dieses Anschlags, der durch den unvorhergesehenen, rein zufälligen Tod eines Passanten eine dramatische Wendung genommen hatte. Seminara behauptete, die Eliminierung des Wirts sei für das Überleben der Gruppe notwendig gewesen, gleichzeitig aber auch eine Art Generalprobe für zukünftige, größere Unternehmungen. »Und an diesem Punkt«, Seminara grinste hämisch, »kommen die Liebschaften von Goldschöpfchen ins Spiel.« Baluardi – der ja, wenn auch permanent betrunken, keineswegs von gestern war – erfuhr, daß seine Tochter schwanger war. Er stellte Betty zur Rede, da er mit der angehenden Diva auf vertrauterem Fuße stand als die Mutter. Betty beichtete ihm den Namen des Verführers. »Dreimal dürfen Sie raten, Avvocato, wer es war. Der Casanova heißt Michelangelo Bertini, sie ist ganz offensichtlich dem Reiz der Poesie erlegen, während der Dichter das Nützliche mit dem Angenehmen verband.« Baluardi ging in die Luft, drohte, alles, was er wußte, zu erzählen. Was nicht wenig war, da er von Anfang an dabeigewesen war, schon als kleiner Schlachtergehilfe. Er kannte nicht nur den Namen des Bombenlegers, sondern wußte auch von den Schiebereien und dem Netz der verdeckten Schlachthöfe, wußte, woher und von wem die Tiere stammten, die größtenteils mit Östrogenen aufgeblasen waren und an Brucellose litten, an Rinder-TBC, oder gelähmt und geschwächt waren von einer merkwürdigen Hirnerkrankung. Baluardi kannte die Komplizen an den Grenzen, er hatte Informationen über gefälschte Stempel und Schmiergelder, die den Transit erst möglich machten.

Scalzi hatte große Mühe, Einzelheiten aus Seminara herauszubekommen: Was hatten die Kellner mit dem Mord an dem Wirt zu schaffen? Denn daß sie eingeweiht waren, daran bestand kein Zweifel, da sie die Leiche auf den Berg geschafft hatten.

Bertini war der Theoretiker, der Stratege, der immer so tat, als habe er alles bis ins Detail durchdacht. Er hatte ein paar Artikel über die Methoden der israelischen Geheimdienste gelesen. Die oberste Regel, um keine Spuren zu hinterlassen, lautete, daß jeder einzelne innerhalb der

Gruppe mit größter Sorgfalt den ihm zugedachten Auftrag ausführen mußte, ohne den Plan als ganzen zu kennen. Ein Spinnennetz scheinbar unwichtiger Handlungen, winziger Versatzstücke, aus denen sich das Gesamtbild Teil um Teil zusammensetzt und die ohne das Wissen der einzelnen Ausführenden ineinandergreifen. Ein paar Helfershelfer beschaffen alles, was für die Operation benötigt wird, und halten es, wenn es gebraucht wird, zu einer bestimmten Zeit an einem bestimmten Ort bereit: Einer besorgt zum Beispiel einen »sauberen« Wagen, der also weder geklaut noch polizeibekannt ist, jemand anders fährt ihn an einen vorgegebenen Ort, und so weiter. In diesem Fall, soweit Seminara es überblicken konnte, lief bis zur Ankunft auf dem Berg alles genau nach Plan. Teclo Scarselli, der bereits seit einigen Tagen auf der Lauer liegt, wartet darauf, daß Baluardi das Bett verläßt und sich in seinem Auto schlafen legt. Dann ruft er von einer Telefonzelle die nächste Truppe herbei. Ein zweites Auto hält neben dem 1100. Der operative Kern tritt in Aktion, dem »sauberen« Auto entsteigt ein Spezialist, den keiner je zuvor gesehen hat, ein Typ, der wohl noch nicht einmal Italienisch spricht. Der Mann erledigt seinen Auftrag wahrscheinlich mit bloßen Händen, drückt Baluardi die Luft ab, nachdem er ihn wohl mit Chloroform betäubt hat, um Gegenwehr zu vermeiden – wobei Seminara sich in diesem Punkt nicht ganz sicher ist, schließlich war er nicht dabei ... Er hat nur im Anschluß an die Szene in der Trattoria die eine oder andere Andeutung von den beiden Kellnern aufgeschnappt ... Das Auto mit dem Scharfrichter fährt spornstreichs wieder davon. Nun tritt die Aufräumtruppe in Aktion: wiederum die beiden Kellner, von denen der zweite, Eraldo, den Auftrag hat, das Auto mit der Leiche zu fahren. Aber auf dem Berg, in der Nähe der Höhle, geraten die Dinge ins Stocken. Erster Fehler: die Wahl Tofanottis, der eher der Typ der ungeschickten und feigen Tunte ist. Eraldo verfährt sich, er findet den Feldweg nicht, der auf den Berg führt, und kurvt über eine Stunde sinnlos umher. Zeit genug, daß bei der Leiche die Totenstarre eintritt, woraus der zweite Fehler erwächst: Die beiden verlieren zuviel Zeit mit dem Versuch, den stocksteifen Körper auf dem Stuhl ohne Beine zu befestigen. Da ist er wieder, der Stuhl ohne Beine, der typische Fehler eines Perfektionisten, passend zum pedantischen Gemüt des Dichterstrategen. Warum ist Bertini so außer sich geraten, als er hörte, daß der Stuhl noch auf dem Berg liegt? Tja, hier kann Seminara nur spekulieren, aber Scalzi ist sich sicher, daß er ins Schwarze trifft. Den Stuhl haben sie von dem auf dem Poggio Pelato gelegenen Hof mitgehen lassen, es ist ein altes und darum leicht zu identifizierendes Stück. Und schlimmer noch: die Beine haben sie ihm im Schlachthof abgeschlagen, wobei er in eine Lache aus Rinderblut gefallen ist. An der dritten Komplikation ist niemand schuld, hier hat der Zufall ihnen einen Streich gespielt. In dem Moment, als die Kellner versuchen, das Pendel aus Stuhl und Leichnam zusammenzubauen, erreicht der Schmetterlingsjäger den Berg. An diesem Punkt gibt das Schweizer Uhrwerk endgültig seinen Geist auf. Tagelang bevölkern Polizisten den Ort, an dem die Leiche gefunden wurde. Niemand wagt sich in die Nähe, um den Stuhl wegzuschaffen, selbst die Magierin – sie ist Teil der Bande, wird als Wächterin der Villa auf dem Poggio Pelato bezahlt – versucht es vergeblich, indem sie die Frau des Toten bewegen will, auf den Berg zu gehen und das verräterische Ding aus der Schußlinie zu holen.

Aber was glaubt er, wie es diesen Typen gelungen ist, die weinseligen Anarchisten des »Portichetto« für ihre rechtslastigen Zwecke zu mißbrauchen? Dazu kann Scalzi Seminara nur Andeutungen entlocken: die große rhetorische Überzeugungskraft Bertinis – er vergleicht ihn mit einer antiken Sirene –, die angeblich gemeinsamen revolutionären Ziele. Doch aus der auffälligen Zurückhaltung Seminaras schließt Scalzi, daß darüber hinaus auch Geld im Spiel war, mit dem allen gehörig der Mund wäßrig gemacht wurde, auch dem ehemaligen Kommunalbeamten. Von den beiden Kellnern gehörte Teclo Scarselli ohnehin schon seit geraumer Zeit der Gesellschaft an, und Eraldo Tofanotti war in seinem Schlepptau dazugestoßen. Baluardi als Sprengstoffexperte und Künstler des *noccatoio* hatte sich von den reichen finanziellen Mitteln verlocken lassen, über die Bertinis Gruppe verfügte. Er wußte, daß er nicht mehr lange zu leben hatte, und träumte davon, seiner Familie genug Geld zu hinterlassen, damit sie aus dem Loch in der Via della Madonnina ausziehen konnte.

»Verflucht noch mal«, schnauft Barbarini, »das ist aber alles ganz schön verwickelt!«

»Genau. Und Seminara wird sich gehörig anstrengen müssen, um die Richter zu überzeugen, daß die Dinge wirklich so abgelaufen sind. Was aber garantiert der Fall ist. Es paßt alles zusammen, ich selbst war, ohne die Informationen des Beamten, mit Olimpias und Terzanis Hilfe zum gleichen Ergebnis gekommen. Betty hätte mir eine echte Unterstützung sein können, aber das Mädchen ist wahrscheinlich immer noch ein bißchen in den Dichter verliebt; sie muß etwas geahnt haben, sie ist ja nicht dumm, unsere kleine San-Remo-Anwärterin, aber sie hat nicht damit herausgerückt. Warum? Es gibt keine andere Erklärung dafür als die Liebe. Leider ähnelt diese Geschichte auch sonst in vielem einem Groschenroman ...«

Am Tag darauf liegt einer der Laienrichter mit Fieber im Bett, der Vorsitzende eröffnet die Verhandlung lediglich, um sie auf die kommende Woche zu verschieben.

Zwei weitere Tage vergehen. Scalzi, inzwischen wieder in seinem Büro in Florenz, erfährt von Barbarini, daß in dem Gefängnis auf der Insel eine Revolte ausgebrochen ist. Die beteiligten Häftlinge haben sich in einem Flügel des Gebäudes verschanzt und einige Wärter als Geiseln genommen, sie verlangen, daß die Justizverwaltung den »infamen Bau« schließt. Anführer des Aufstands sollen politische Häftlinge sein, die sich diesmal ausnahmsweise mit einigen der Mafiabosse einig sind.

35

Die Revolte

»Ich wette, Sie sind auch dieses Mal nicht gekommen, um mit mir über meinen Prozeß vor dem Obersten Gerichtshof zu reden«, stellt Diotallevi fest, während er die halbe Toscano nimmt.

Barbarini zuckt mit den Schultern.

»Andererseits, was gibt es da schon groß zu wissen über das Oberste Gericht. Die in Rom machen doch eh', was sie wollen, nicht wahr, Avvocato?«

»Sehr richtig.«

Barbarini hatte noch einmal die Überfahrt auf sich genommen, um den alten Klienten zu besuchen und einen dringenden Auftrag zu erledigen. Scalzi hätte gern mit Seminara gesprochen, aber nach der Revolte war der Beamte in eine psychiatrische Anstalt überwiesen worden: völlige Isolation, der Gefängnisdirektor hatte sich am Telefon sogar geweigert, Scalzi den Namen des Krankenhauses oder auch nur der Stadt zu nennen. Deshalb hatte Scalzi Barbarini angerufen:

»Ich bitte dich, Giovanni, geh zu Diotallevi und laß dir von ihm erzählen, was mit Seminara passiert ist. Ich habe eine böse Vorahnung ...«

Das Inselgefängnis wies alle Zeichen der Zerstörung auf. Im Gang vor dem Raum RICHTER UND ANWÄLTE, der mit kaputtem Mobiliar zugestellt war, Resten der von den revoltierenden Häftlingen errichteten Barrikade, lief man über einen Teppich aus Glassplittern, die Gittertür lag, aus den Angeln gerissen, auf dem Boden, der Beamte, der ihn begleitete, sah heruntergekommen aus, er war unrasiert und hatte einen verstörten Blick. Schwarzer Ruß auf der Mauer, an der eine Tränengaspatrone explodiert war, erinnerte an den Einsatz der Spezialtruppe der Carabinieri, die den Aufstand niedergeschlagen hatten. Und da dies der Besuchern zugängliche, also einigermaßen wieder hergerichtete Abschnitt der Anlage war, konnte Barbarini sich ausmalen, wie es in den anderen Abteilungen aussehen mußte.

Diotallevi wirkte, bis auf eine Strieme über dem linken Wangenknochen und den übergroßen Trainingsanzug, in dem er zu ertrinken schien, nicht viel anders als sonst, mit dem immer gleichen abwesenden Gesichtsausdruck. Er war ein wenig jünger als Barbarini, sein gelichtetes Haar war eher weiß als grau, und seine Gesichtshaut hatte die teigige Konsistenz dessen, der sein halbes Leben in der Sommerfrische, sprich: im Bau verbracht und sich in der übrigen Zeit auch nicht totgearbeitet hat. Ein mit allen Wassern gewaschener Florentiner aus alteingesessenem kriminellem Adel, frequentierte er seit seiner Volljährigkeit in regelmäßigem Wechsel die Gefängnisse, sein einziger fester Beruf war der des Glücksspielers, aber wenn ihm das Glück nicht hold war, betätigte er sich auch auf anderen Gebieten. Dieses Mal hatte er ein ganz großes Ding gedreht, Raubmord, und wenn das Oberste Gericht das normale Strafmaß verhängen würde, blühten ihm trotz mildernder Umstände wegen geringer Beteiligung zehn Jahre, immerhin lange genug, um erst im Pensionsalter wieder herauszukommen. Im Spezialgefängnis war er gelandet, weil er als Geschäftsführer der Spielhölle, in dem es zu dem Raubmord gekommen war, mit gewissen in den Norden abkommandierten Mafiatypen in Verbindung gestanden hatte. Diotallevi schwor Stein und Bein auf die rein zufälligen Beziehungen zu den *terroni*, diesen süditalienischen Erdfressern. Was sollte er denn tun, wenn die Sizilianer, wie im übrigen auch die Florentiner, nun mal leidenschaftliche Spieler waren? Wenn diese Leute, die rein gar nicht ausgesehen hatten, als wollten sie Ärger machen, sich gerade sein Kasino ausgesucht hatten, um bestimmte offene Rechnungen zu begleichen, was konnte er dafür?

»Sie wollen Informationen über unser Dornröschen, seien Sie ehrlich. Ich frage mich wirklich, warum manche Leute immer wieder ins Wespennest stechen müssen. Ist das hier ein Ort, um sich mit so einem Armleuchter wie Seminara abzugeben? Einem Postbeamten ...«

»Kommunalbeamter«, korrigierte Barbarini.

»Kommunalbeamter, auch gut. Du arbeitest für die Stadtverwaltung? Und bist nicht zufrieden damit? Es reicht dir nicht, dir dein Gehalt zu ergaunern, ohne einen Finger zu rühren, ein noch größerer Dieb zu sein als ich, mit dem Unterschied, daß du klauen darfst, ohne dir dabei die Finger schmutzig zu machen, und gratis noch dazu, du Glückspilz? Was mußt du nun auch noch mit TNT herumspielen? Was mußt du dich mit Leuten einlassen, im Vergleich zu denen ich ein Schneewittchen mit allen sieben Zwergen bin? Ich hab's geahnt, daß ihm etwas zustoßen würde ...«

»Was ist ihm zugestoßen?«

»Tja, Avvocato, schlimme Sache, so was hab ich noch nicht gesehen, und ich habe wahrlich schon einiges gesehen ...«

Anfangs alles wie gehabt. Anpfiff, und los. Die Mannschaft der Wärter auf der einen Seite, die der Häftlinge auf der anderen. Ein paar Schläge, ein bißchen Durcheinander, die eine oder andere Plastikbombe, eine Zellentür fliegt in die Luft, das Licht geht aus. Diotallevi hatte während seiner ehrenwerten Gefängnislaufbahn schon ein halbes Dutzend solcher Tänze miterlebt.

»Wissen Sie, Avvocato, wenn das Gröbste vorbei ist und jeder bekommen hat, was er verdient, ruht man sich bis zum Eintreffen der Carabinieri normalerweise noch ein wenig aus. Manchmal vergehen sogar ein paar Tage, bis die

Bullen endlich eingreifen. Bis dahin machen die Häftlinge ein bißchen Stimmung. Wenn sie bei der Schlacht bis zur Vorratskammer vorgedrungen sind und auf den ›Weinkeller‹ Zugriff haben, macht der Tütenwein, mit dem sie sonst knausern, als wäre er pures Gold, die Runde, und die armen Gefangenen zechen, was das Zeug hält. Ein Teil des Baus ist dann Freizone, und es ist, als wären sie nicht mehr im Knast. Die Zellenradios dröhnen mit voller Lautstärke, alles Eßbare wird in den Topf geworfen, der Wein fließt in Strömen, jemand zieht aus seinem Versteck was zum Rauchen hervor, ein bißchen weißes Pulver, ein paar Schwule tanzen nackt im Übergangstrakt ... Es wird eben gefeiert, man genießt das Leben. Ganz anders dieses Mal. Eine lausige Stimmung, schlimmer als bei einer drittklassigen Beerdigung, die Luft so dick, daß man sie schneiden kann. Die Politischen versammeln sich im Raum des Maresciallo. Langgezogene Gesichter wie Pfaffen zur Fastenzeit, sie entwerfen die Liste mit den Aufgaben des ›Kampfkomitees‹, sie schreiben und schreiben und wollen gar nicht mehr aufhören: Aufrufe, Grundsatzprogramme, Erklärungen, die an die Presse weitergeleitet werden sollen. Als würde die Presse sich auch nur einen Deut um Gefängnisse scheren! Während die ›Genossen‹ also über ihrem Quatsch brüten, bemerke ich, wie sich ein Grüppchen der Abteilung ›Küß die Hand, Euer Hochwohlgeboren‹ versammelt. Ihre erste Handlung besteht darin, die Bezüge von den Kissen abzuziehen und sie sich über die Köpfe zu stülpen. Ich kann gerade noch einen Spezialisten der Cosa Nostra unter den Kapuzenmännern erkennen; wo der in einem Gefängnis auftaucht, gibt es früher oder später auch einen Toten. Sie müssen entschuldigen, daß ich den Namen für mich behalte, Avvocato, aber ich habe nur eine Haut.«

»Ich frage dich gar nicht danach«, sagte Barbarini.

»Sie wissen ja auch, wie's läuft, leider. Also weiter, die Gruppe der Kapuzenmänner sammelt sich und macht sich auf den Weg zu der Zelle von Compariello, dem Mädchen für alles. Sie wissen, wer das war? Haben Sie es in der Zeitung gelesen?«

»Ich habe nur gelesen, daß der berühmte Compariello während der Revolte ermordet wurde, von wem, weiß man nicht.«

»Als ich sehe, daß sie Compariello geschnappt haben und ihn nach unten bringen, in die Pulverkammer, wird mir plötzlich alles klar, ich verstehe das wahre Motiv der Revolte und auch, warum sich trotz der unbewachten Zellen keiner rührt und alle so lange Gesichter machen. Auf dem Hof kursierte nämlich schon seit einigen Tagen das Gerücht, daß Compariello hochgegangen sei, daß er die Absicht habe, den Untersuchungsrichter kommen zu lassen und zu singen. Sie wissen, was singen heißt, Avvocato?«

»Reden, aussagen. Ich bin nicht von gestern, Diotallevi.«

»Richtig. Ich gehe also schnurstracks zur Zelle von Seminara und sage ihm: ›Hör mir mal zu, mein Goldschwänzchen ...‹ Denn mir war klar, daß unser Dornröschen etwas Ähnliches im Sinn hatte. Gewisse Feinheiten entgehen einem einfach nicht, wenn man an das Leben im Bau gewöhnt ist. Und was hätten Sie, Avvocato Barbarini, auch sonst auf der Insel zu tun gehabt, als sie mit diesem anderen Anwalt hier waren ... Wie hieß er noch?«

»Scalzi. Aber entschuldige, Diotallevi, du warst es doch, der mich herbestellt hat.«

»Ich? Ich soll Sie herbestellt haben? Kann mich nicht erinnern, Avvocato, kann mich wirklich nicht daran erinnern. Selbst wenn ich Sie herbestellt hätte, dann doch sicherlich für mich selbst und meinen kleinen Prozeß. Ich habe nämlich einen Prozeß vor dem Obersten Gericht, erinnern Sie sich?«

»Schon verstanden, Diotallevi. Mach weiter.«

»Sind wir uns auch wirklich einig, Avvocato? Ich habe niemanden herbestellt, klar?«

»Klar.«

»Ich rede also ganz im Vertrauen mit Seminara. Um ehrlich zu sein, er tat mir ein bißchen leid; als er auf die Insel kam, machte er sich vor Angst in die Hosen. Ich sage ihm also: Wenn du willst, bringe ich dich an einen Ort, wo du dich schön verstecken kannst, bis die ganze Sache vorbei ist. Besser, du machst dich davon, sage ich zu ihm, ist gesünder für dich, sage ich. Er zittert, sieht mich entsetzt an, ganz klein vor Angst: selbst mir vertraute er nicht. Aber wo denn? Wo? Er jammert, daß er dem anderen Anwalt schon alles erzählt habe ... wie hieß er noch?«

»Scalzi.«

»Er heult fast, als er sagt: Ich habe Scalzi gesagt, er soll mich hier rausholen ... Ihm war durchaus klar, daß Anwälte auch nicht zaubern können und bestimmte Sachen einfach ihre Zeit brauchen und daß die Verwaltung manchmal gar nicht auf die Anwälte hört. Hilf dir selbst, dann hilft dir Gott, sage ich ihm. Im Übergangstrakt gibt es ein Klo, das nicht benutzt wird, sage ich, das kennt niemand, ich zeige es dir. Dahin ziehst du dich zurück, ganz heimlich, still und leise ... Aber nichts da, er sitzt stocksteif auf seiner Pritsche, kalkweiß im Gesicht. Aber wo denn? Wo? Dabei verliert er kostbare Zeit, der Idiot. Und dann, zack, kommen sie schon, zu viert, mit ihren Kapuzen und mit Eisenstangen in den Händen. Die rammen sie uns in den Rücken: Mitkommen. Wohin? versuche ich zu fragen. Maul halten, Alter, Abmarsch! Sie bringen uns in die Pulverkammer. Da sitzt Compariello, wie eine Salami auf einen Stuhl gefesselt. ›Jetzt könnt ihr sehen, was mit denen passiert, die singen‹, sagt einer von ihnen.«

Diotallevi zog ausgiebig an der Zigarre.

»Na ja, Avvocato, Sie können es sich ja vorstellen.«

»Ich kann es mir vorstellen, aber erzähl trotzdem weiter.«

»Nun gut. Einer würgte Compariello mit einem Seil, das um seinen Hals und hinten um einen Löffel geschlungen

war. Compariello sperrte den Mund auf, um Luft zu bekommen, und ein anderer pißte ihm hinein. Dann haben
sie ihn sich über das Stehklo knien lassen. Einer hat angefangen, ihm den Hals aufzuschneiden, und zwar mit dem
Deckel einer Konservenbüchse. Als die Operation endlich
beendet war ... und das hat seine Weile gedauert, weil das
mit Blut beschmierte Blechding nicht so einfach zu hand-
haben war, er mußte sogar noch von einem anderen ab-
gelöst werden, da ist schon einige Zeit vergangen, bis sie
endlich den Kopf vom Hals abgetrennt hatten! Dann
mußte sich Seminara über das Klo knien. Mit der Zunge
aufwischen! Mach schon! Er mußte das Blut auflecken, das
Loch sauberwischen, sie hielten ihn an den Haaren gepackt und fuhren mit seinem Gesicht wie mit einer Bürste
durch den Schlamm aus Blut und was weiß ich noch. Dann
haben sie auf uns eingetreten. Auf uns beide. Auf ihn
mehr, auf mich auch, aber weniger, nur weil ich mit einem
potentiellen Verräter befreundet war.«

Diotallevi berührte mit einer Fingerspitze die Strieme
unter seinem linken Auge:

»Das hier ist gar nichts, Avvocato, Sie hätten das Gesicht
von dem andern sehen sollen. Und ganz abgesehen von
den Schlägen: der Gefängnisarzt soll nach der Untersuchung Seminaras von einem ›schweren Trauma‹ gesprochen haben. Nur so als Assoziationskette, verstehen Sie?
Dabei war er doch auch so schon ziemlich verträumt, unser
Musterbeamter ... Sie würden ihn nicht wiedererkennen!«

36

... Weiterfahrt ...

»Auf dem Schild steht, wir sollen weiterfahren, dabei sieht man die Hand vor Augen nicht. Fahr langsamer!« sagt Scalzi.

»Nur ruhig, ich mach das schon.« Olimpia fährt mit voller Geschwindigkeit durch den stockdunklen Tunnel, denn sie sind spät dran.

Vorgestern, als die Verhandlung fortgesetzt wurde, hat Scalzi den Brief mit der von Seminara unterschriebenen Bitte um Anhörung vorgelegt. Er hat den Antrag eingebracht, daß Seminara als Beklagter eines mit diesem in Zusammenhang stehenden Verbrechens angehört wird. Das Gericht hat nach über einstündiger Beratung dem Antrag zugestimmt und verfügt, daß Seminara aus seinem Krankenhaus zu der in zwei Tagen angesetzten Verhandlung gebracht wird. Außerdem hat Scalzi beantragt, daß der Stuhl ohne Beine als Beweismittel zu der Verhandlung zugelassen wird. Der Vorsitzende wandte ein, daß der auf dem Berg sichergestellte Gegenstand sich bisher nicht als für den Prozeß relevant erwiesen habe, worauf Scalzi erwiderte, daß er Seminara genau über diesen Punkt zu befragen gedenke. Daraufhin hat das Gericht auch dem zweiten Antrag zugestimmt.

»Was ist, wenn Seminara einen Rückzieher macht?« fragt Olimpia.

»Ich werde ihn mit einem nicht zu bezweifelnden Fakt zum Reden bringen«, antwortet Scalzi, »nämlich mit dem berühmten Stuhl ohne Beine. Ich werde ihn fragen, ob im ›Portichetto‹ jemals die Rede von diesem Stuhl war, und ich werde die Untersuchungsergebnisse des Chemikers von der Specola zur Sprache bringen.«

»Und wenn er die Aussage verweigert? Als Angeklagter eines verbundenen Verfahrens hat er das Recht dazu.«

»Das Recht hat er, aber in diesem Fall lasse ich meine Fragen im Protokoll festhalten. Es genügt mir, das Thema der illegalen Schlachtungen in den Prozeß einbringen zu können, damit ich Michelangelo Bertini und die übrige Bande vorladen darf. Selbst wenn meine Fragen unbeantwortet bleiben, wäre ich so in der Lage, weitere Zeugen zu vernehmen, die die Sache mit dem Stuhl genauer beschreiben können. Die Liste steht bereits fest: Terzani, der Totengräber, der Chemiker, der Bauer vom Poggio Pelato, dann Ivan Del Rio, außerdem eine gewisse Olimpia Landolfi ...«

»Ich?«

»Jawohl, du. Wer hat denn den Stuhl als erste gesehen? Ich brauche dich, um noch einmal die Magierin ins Spiel zu bringen. Wer hat die Wachsflecken auf den Felsen entdeckt? Der Stuhl ist der rote Faden, es genügt, wenn Seminaras Anwesenheit mir die Gelegenheit gibt, ein Stückchen von ihm zu packen, der Rest ergibt sich schon daraus. Und Gerbina wird eine Erklärung über den wahren Grund abgeben müssen, warum die Magierin sie auf den Merlato geschickt hat.«

»Na, dann hoffen wir mal, daß alles gutgeht ...«

Auf dem Pult des Gerichtsschreibers verdeckt ein großes, in Zeitungspapier gewickeltes und mit einem Bindfaden verschnürtes Paket dem Vorsitzenden die Sicht auf den Schreiber.

»Was soll denn das sein?« fragt Dottor Manca.

Der Beamte liest mit betont würdevoller Stimme die Aufschrift des Schildes vor, das an die Verpackung geheftet ist:

»›Barstuhl aus entsprechendem Metall, stark oxidiert

und in schlechtem Zustand, rote Plastikbespannung mit hell abgesetztem Muster in Blütenform, Typ Rose, in Korrespondenz zu Rückenlehne, Fundort: Monte Merlato, 7. Oktober 1973, auf Hinweis von Terzani, Francesco, ohne Beine.‹«

»Nun gut«, sagt der vorsitzende Richter, »dann packen Sie aus, wollen wir uns das Ding mal anschauen, ich bin gespannt, wem hier die Beine fehlen. Der Zeuge Terzani hatte auf jeden Fall noch welche, wie mir scheint.«

Die Geschworenen lachen höflich, es grinst auch der eine oder andere im Publikum, das heute nicht so zahlreich erschienen ist wie an den ersten Verhandlungstagen. Scalzi runzelt die Stirn: Ihm paßt die heitere, fast ausgelassene Stimmung überhaupt nicht, mit der der Verhandlungstag beginnt, der für ihn entscheidend sein wird.

Der Gerichtsschreiber beauftragt den Gerichtsdiener, ein Taschenmesser zu besorgen. Die Prozedur, das Paket von Papier und Packschnur zu befreien, zieht sich eine Weile hin, vor allem aufgrund der Pedanterie des Beamten der Abteilung für sichergestelltes Beweismaterial. Unter der Zeitung kommt eine Lage Packpapier zum Vorschein, ebenfalls sorgfältig mit Paketband verschnürt, dann folgt eine Schicht Plastikfolie, obwohl es sich nicht um etwas Zerbrechliches handelt, dann steht der Stuhl endlich ausgepackt da. Scalzi nähert sich dem Pult des Schreibers, um ihn genauer zu betrachten. Kein Zweifel, es handelt sich um das Stück, das er aus dem Gebüsch gezogen hat, aber die Sitzfläche ist sauber, vor kurzen abgewaschen, keine Spur mehr von der bräunlichen Substanz. Scalzi kehrt kopfschüttelnd an seinen Platz zurück.

»Avvocato, möchten Sie zu Protokoll nehmen lassen, daß das Beweisstück unversehrt und mit allen Siegeln vorgefunden wurde?« fragt der Vorsitzende.

»Nein!« Scalzi kocht vor Wut. »Ich gebe zu Protokoll, daß das Objekt manipuliert wurde.«

»Avvocato Scalzi!« Der Vorsitzende nimmt eine entspannte Haltung ein, lehnt sich in seinem Richterstuhl zurück und verschränkt die Hände über dem Bauch. »Dies ist nicht das erste Mal, daß Sie sich zu unvorsichtigen Bemerkungen hinreißen lassen. Auf welche Art wurde der Stuhl manipuliert? Wir sind uns einig, denke ich doch, daß die Beine ihm schon vor seiner Sicherstellung fehlten.«

»Er wurde abgewaschen, und zwar außergewöhnlich sorgfältig.«

»Das ist doch normal, glauben Sie nicht? Wenn ich mich nicht irre, hat der Stuhl eine unbestimmte Zeit im Freien gelegen. Da ist es nichts Besonderes, daß der Regen ihn abgewaschen hat.«

»Er wurde aber erst vor kurzem gewaschen. Auf der Sitzfläche klebte in dem feinen Plastikgeflecht eine dunkle Substanz. Regenwasser allein hätte sie niemals auflösen können. Das beweist auch die Tatsache, daß, als ich den Stuhl fand, seit dem Mord schon fast zwei Jahre vergangen waren und dennoch deutlich erkennbare Reste daran klebten. Ich erinnere mich, daß ich nur mühevoll und mit Hilfe eines kleinen Messers ein Stückchen davon ablösen konnte. Nun aber ist er gänzlich sauber, jemand muß sich mit Bürste und Seife daran zu schaffen gemacht haben.«

»Hört, hört ... Dann war es also der Avvocato Scalzi selbst, der Manipulationen an dem Stuhl vorgenommen hat. Darf ich erfahren, bei welcher Gelegenheit sich ihr Eingriff zugetragen hat, und zu welchem Zweck?«

»Als ich ihn fand, wenige Meter von der Stelle entfernt, an der die Leiche gelegen hat; ich habe eine winzige Menge der Substanz mitgenommen, um sie analysieren zu lassen.«

»Schon seit Beginn dieses Prozesses versuchen Sie, Avvocato Scalzi, dem Verfahren durch persönliche Ermittlungen eine andere Richtung zu geben. Das mit der Analyse ist neu. Ganz abgesehen davon, daß Sie die Entdeckung des Objekts für sich behalten haben. Ich wüßte nicht, daß Sie die ermittelnden Beamten über den Fund informiert hätten.«

»Ich wollte es gerade tun, als die Aussage Terzanis zu seiner Sicherstellung führte. An diesem Punkt war ein Hinweis meinerseits überflüssig. Aber wie dem auch sei, dieses Mal bin ich nicht der einzige, der den besagten Umstand bezeugen kann, es gibt einen weiteren, neutralen Zeugen.«

»Haben Sie etwa die Absicht, die Vernehmung eines neuen Zeugen zu beantragen?«

Dottor Corbato hat sich bisher nicht gerührt, auch nicht, als Scalzi den Vorwurf der Manipulation vorgebracht hat. Nun aber springt er auf und sagt mit beherrschter Stimme:

»Einspruch. Das Gericht hat schon die verspätete Einbringung des in einem anderen Zusammenhang Beschuldigten Seminara akzeptiert. Dieser Prozeß läßt zweifellos, das gebe ich gerne als erster zu, einige Fragen offen, dunkle Winkel, in die die Ermittlungen kein Licht bringen konnten. Aber wir können nicht bis in alle Ewigkeit damit fortfahren, Zeugen anzuhören, die Avvocato Scalzi im letzten Moment aus seinem Zauberhut zieht.«

»Ich kann nicht zaubern, und wie Sie sehen, habe ich auch keinen Hut. Noch nicht mal draußen trage ich Hüte, und schon gar nicht im Schwurgericht. Ihr Einspruch ist sowieso verfrüht, da ich bisher überhaupt keinen Antrag gestellt habe; das hebe ich mir für später auf, falls sich die Notwendigkeit ergibt.«

Ein Carabiniere teilt dem Vorsitzenden mit, daß der eskortierte Gefängniswagen mit Schwierigkeiten zu kämpfen habe und in frühestens drei Stunden eintreffen werde. Der vorsitzende Richter vertagt die Verhandlung auf drei Uhr am Nachmittag.

37

Psychose

In den Gerichtssaal zurückgekehrt, bemerkt Scalzi sofort, daß die Anklagebank anders aussieht als zuvor. An den beiden entgegengesetzten Enden stehen Betty und Eraldo, da die Mitte der Bank von einem Krankenpfleger in weißem Hemd eingenommen wird, und neben ihm liegt, in voller Länge ausgestreckt, unbeweglich ein Mann und scheint zu schlafen. Er hat das Gesicht zur Rückenlehne gedreht und trägt einen zerknitterten Schlafanzug mit weißen und grünen Streifen, an den Füßen rote Strümpfe, keine Schuhe. Der Mann auf der Bank hustet, seine Schultern zucken, er dreht sich mit geschlossenen Augen um, die Hände unter den Achseln verborgen. Seminaras Bart wird sichtbar, daran erkennt ihn nun auch Scalzi, denn das Gesicht des Mannes ist verunstaltet und erinnert an ein zu lange abgehangenes Stück Fleisch. Seminara rotzelt, hebt ein wenig den Kopf, spuckt in Richtung des Halbkreises vor der Richterbank aus und sinkt wieder in seine Position zurück.

Scalzi sieht Olimpia und Terzani miteinander reden und tritt an die Schranke, die den Zuschauerraum begrenzt.

»Ihr solltet gar nicht im Saal sein, ihr zwei. Falls ich euch als Zeugen aufrufe, dürft ihr die Aussage Seminaras nicht gehört haben.«

»Ist Seminara«, fragt Olimpia, »etwa der Typ mit dem zermatschten Gesicht dort auf der Anklagebank?«

»Genau das ist er leider.«

»Na, dann viel Spaß ...«

Olimpia geht zum Ausgang, gefolgt von Terzani.

Die Glocke ertönt.

»Das hohe Gericht!« verkündet der Gerichtsdiener.

Der Vorsitzende sieht nicht zur Anklagebank, sondern wendet sich dem Gerichtsschreiber auf der gegenüberliegenden Seite zu.

»Ist Signor Massimo Seminara eingetroffen?«

»Dort drüben ist er«, antwortet der Beamte und zeigt auf das Paket auf der Bank.

»Und was tut er da, der Signor Seminara, schläft er? Und wer sind Sie?«

Der Pfleger erhebt sich.

»Der Krankenpfleger, Euer Ehren, ich begleite den Patienten.«

»Nicht Euer Ehren«, gibt Dottor Bachisio Manca zurück, »Euer Ehren gehört in amerikanische Spielfilme, hier sind wir in Italien. Worauf warten Sie? Wecken Sie ihn und lassen Sie ihn nach vorn kommen.«

Der Pfleger rüttelt den Schlafenden an den Schultern, der gibt ein Grunzen von sich und dreht sich wieder zur Rückenlehne. Der Krankenpfleger beugt sich zu ihm hinunter und flüstert etwas, während er ihn heftiger schüttelt, aber Seminara läßt es widerstandslos geschehen, als sei er ein Sack Kartoffeln.

»Euer ... Signore, der Patient reagiert nicht. So ist er, seit er ins Krankenhaus eingeliefert wurde, Signore, katatonisch eben.«

»Bringt ihn her!« Dottor Manca erregt sich. »Ihr da! Die Carabinieri sollen dem Pfleger helfen, den zu Vernehmenden auf den Stuhl zu setzen. Donnerwetter noch mal! Er ist doch nicht tot ...«

Zwei Carabinieri helfen dem Krankenpfleger, Seminara aufzurichten, und schleifen ihn auf den Zeugenstuhl. Seminara kippt nach vorne, so daß der Pfleger ihn gegen die Stuhllehne drücken muß.

»Nun also«, der Vorsitzende blättert in den Akten, »Sie sind Massimo Seminara, Alter: Einunddreißig ... Einen

Moment. Der zu Verhörende muß selbst seine Personalien angeben. Also, Signor Seminara! Wachen Sie auf! Diktieren Sie dem Schreiber Ihre Personalien! Seminara! Ich rede mit Ihnen!«

Seminara fährt hoch, erhebt sich, schwankt – der Krankenpfleger stützt ihn – und deutet einen Schritt an.

»Lassen Sie ihn!« befiehlt der Vorsitzende.

Der Pfleger breitet die Arme aus. Seminara stolpert schwankend zur Richterbank. Mit einem Arm hantiert er in Gürtelhöhe unter seiner Pyjamajacke. Scalzi ist an den äußersten Rand des Tisches gerutscht und aufgestanden, um die Szene besser beobachten zu können. Er sieht Seminara von schräg vorn. Die Pyjamahosen fallen ihm auf die Füße und bedecken die roten Strümpfe. Die Jacke des Schlafanzugs ist so kurz, daß sie nicht einmal bis zu den Schenkeln reicht, Seminara hat lange, magere und behaarte Beine, auch die knochigen Pobacken sind ganz mit dunkelblonden Härchen bedeckt. Mit halbgeschlossenen Augen pinkelt er an den Richtertisch, er hält sein Gerät in der rechten Hand und lenkt den Strahl auf das hölzerne Relief der Justitia. Die Urinpfütze durchnäßt seine Strümpfe, doch er kümmert sich nicht darum.

»Ah! Oh!« kreischt der Vorsitzende. »Was machen Sie da? Fort! Schafft diesen Schmutzfink hinaus!« Er erhebt sich und eilt zur Tür, das Gericht folgt ihm angeekelt; auch die Geschworenen verlassen den Saal. Der Krankenpfleger und die Carabinieri packen Seminara, der sich nach einigem Schwanken wieder hingelegt hat, diesmal auf den Fußboden. Sie schleifen ihn zum Ausgang.

Als die kleine Gruppe am Tisch der Verteidiger vorüberkommt, fängt Scalzi einen Blick von Seminara auf, in dem er einen Hauch von Ironie zu erkennen meint. Ein mit Schrubber und Lappen bewaffneter Bediensteter beseitigt die Spuren des peinlichen Geschehens vor der Richterbank.

Der Vorsitzende hat einen Psychiater eingeschaltet und ihn mit der sofortigen Erstellung eines Gutachtens beauftragt. Dem Psychiater hat eine kurze Untersuchung gereicht: Seminara ist nicht bei sich, so lautet seine Diagnose, Katatonie wahrscheinlich reaktiven Ursprungs, wegen geistiger Umnachtung unfähig, bewußt an der Verhandlung teilzunehmen. Das Gericht hört den Befund an, während Scalzi den Zettel mit den Fragen, die er dem Zeugen stellen wollte, langsam in seine Unterlagen zurückschiebt. Der Vorsitzende hebt die Verhandlung auf. Nach der Unterbrechung soll der Angeklagte Teclo Scarselli vernommen werden.

Die Aussage Scarsellis wird von seinem Verteidiger eingeleitet. Es ist das erste Mal, daß der ältere Anwalt das Wort ergreift, bisher hat er lediglich ein etwas spitzes Lächeln zur Schau getragen. Einige wenige zögernde Worte müssen genügen, der Rechtsgelehrte hat einen Sprachfehler: Er quetscht die Silben, preßt sie durch die Nase hervor, hin und wieder stockt er, die Laute purzeln übereinander, verheddern sich zu einem Grunzen. Scalzi glaubt sich in einem immer wiederkehrenden Alptraum. Auch dieser Verteidiger hat keine Ahnung, was sein Mandant zu sagen gedenkt, noch einmal also eine spontane Aussage. Wie schon der Kellner vor ihm hat auch Scarselli nicht die Absicht, auf Fragen zu antworten. Scalzi fürchtet einen zweiten Paukenschlag. Schleppend und monoton beginnt Scarselli zu reden.

Nachdenken mußte er, und darum habe er so lange mit der Aussage gewartet. An jenem Abend habe er Baluardi die übliche Spritze gegeben, zumindest habe er angenommen, es handele sich um seine normale Medizin, um das Beruhigungsmittel Talofen. Also, eigentlich war es die Signora Gerbina, die ihm die vorbereitete Spritze gereicht hat, nachdem sie ihn in den großen Raum gerufen hatte, aus der Küche, wo er gerade am Aufräumen war. Als er merkte, daß Baluardi das Bewußtsein verlor, glaubte er zuerst, einen Fehler gemacht zu haben. Also, zum Beispiel vorher nicht die Luft aus der Spritze gepreßt zu haben, er vermutete eine Embolie. Er versuchte, den Wirt zu reanimieren, klar, bis er dann merkte, daß da nichts mehr zu machen war. Als Gerbina und Betty, die beide völlig entsetzt schienen, ihm dann sagten, er solle die Leiche in einer der Höhlen auf dem Merlato verschwinden lassen, glaubte er noch selber an Baluardis Tod schuld zu sein. Deshalb ging er zu Eraldo und weckte ihn, und zusammen luden sie den Körper in den Wagen. Von da an sei alles so gelaufen, wie Eraldo Tofanotti ausgesagt habe: Sie erreichten den Merlato, trafen den Studenten, flohen. Erst später war ihm dann eingefallen, daß die Flüssigkeit in der Spritze, die ihm die Wirtin gereicht hatte, nicht die gewohnte Farbe gehabt hatte, sie war irgendwie gelblich gewesen, während Talofen weiß ist, besser gesagt durchsichtig wie Wasser. Ende. Mehr habe er nicht zu sagen.

»Wozu brauchten Sie dabei einen Stuhl ohne Beine?« fragt Scalzi. »Woher hattet ihr ihn?«

»Was für einen Stuhl?« knurrt Scarselli und dreht sich abrupt zu Scalzi um.

»Moment!« Der Pflichtverteidiger reißt die Arme nach vorne, als wolle er seinem Mandanten den Mund verschließen. »Mein Mandant hat von Anfang an gesagt, daß er keine Fragen beantwortet! Das hat er von Anfang an gesagt! Und das ist sein gutes Recht!«

»Er hat überhaupt nichts gesagt!« erwidert Scalzi, »das haben Sie erklärt, Herr Kollege, nicht Scarselli!«

»Der Herr Anwalt hat recht«, greift der Vorsitzende ein. »Der Angeklagte hat sich nicht dazu geäußert. Das kann er jetzt nachholen. Signor Scarselli, haben Sie die Absicht, Fragen zu beantworten?«

»Nein, Signore, habe ich nicht.«

Der Kellner lächelt in Scalzis Richtung und zeigt dabei sein schadhaftes Pferdegebiß. Scalzi glaubt den Gestank von faulem Fisch zu riechen. Er sieht zu den Angeklagten hinüber: Betty zieht ratlos die Schultern hoch, und Gerbina weint in ihr Taschentuch.

38

Plädoyer

Nach Abschluß der Verhandlung sind Betty und Gerbina entgegen aller Voraussicht in der allgemeinen Wertschätzung wieder gestiegen, überraschenderweise sogar durch das Schlußwort des Staatsanwalts. Dottor Corbato forderte die Verurteilung aller vier Angeklagten, lebenslänglich für die zwei Kellner, lebenslänglich für Gerbina und zwanzig Jahre für Betty, obgleich er sich in seiner Rede sehr zurückhielt, ja nahezu betroffen wirkte. Er war der Vertreter der Anklage und gab dennoch deutlich zu verstehen, daß er, wäre er einer der Richter, für den Freispruch der Frauen stimmen würde. Das Verhalten der Kellner hatte ihn empört. Er beschuldigte sie, Steine nach den angeklagten Frauen geworfen zu haben, gezielte Würfe aus der Hinterhand. Das Motiv liege nach wie vor im dunkeln, die Untersuchung habe keine Aufklärung gebracht: Bettys Schwangerschaftsabbruch und die Drohungen Baluardis schienen ihm wenig überzeugend, und die Fakten, die das Motiv untermauern sollten, seien nicht bewiesen, wenn man von den Gerüchten der Via della Madonnina einmal absah; und selbst wenn sie es wären, würden sie immer noch keinen von den Frauen geplanten Mord erklären. Doch der Oberste Gerichtshof habe mehr als einmal betont, daß die Aufdeckung des Motivs nicht grundlegend für eine Verurteilung sei, solange andere gültige Beweise vorlägen. Und es gab Beweise verschiedener Art: der leere Myotenlisflakon im Vorratsraum des »Portichetto«, die Anstiftung der zwei Kellner zur Mittäterschaft. Letztere hätten gestanden – wenn auch weniger schwere Verbrechen als einen vorsätzlichen Mord – und Ehefrau und Tochter schwer belastet. Seine Rolle verbot es dem Dottor Corbato, seine persönliche Einschätzung vorzutragen. Zur Beschreibung Scarsellis und Tofanottis bediente sich der Staatsanwalt daher rhetorischer Formeln, bemühte sogar Dante. Die beiden Kellner hätten einen mehr als zweideutigen Eindruck auf ihn gemacht. »Ich hatte das Gefühl«, sagte er, »der tumbesten Verworfenheit gegenüberzustehen, den Gestank der Verbrechergruben aus Dantes Hölle zu atmen: ›... Leute eingetaucht im Kote, der schien geschöpft aus menschlichen Aborten.‹« Dennoch könne sich das moralische Urteil nicht über das juristische erheben, zwei Anstiftungen zur Mittäterschaft seien Beweis genug, rein formal gebe es keinen Grund, daran zu zweifeln ... Zumindest nach gegenwärtiger Aktenlage.

Am Ende der Anklagerede erhob sich Scalzi von seinem Platz und schüttelte ihm die Hand. Eine plakative und gleichzeitig ungewöhnliche Geste von gerade demjenigen, der bis zuletzt der erbittertste Gegenspieler des Staatsanwalts gewesen war; doch Scalzi wollte damit unterstreichen, daß Corbatos Rede höchst bemerkenswert war im Vergleich zu dem, was normalerweise in diesen Sälen zu hören war. Dem Vertreter der Anklage war der unangenehme Geruch, der diesem Prozeß anhaftete, nicht entgangen, und als ehrenwerter Staatsanwalt hatte er nicht darüber hinweggesehen. Mit seinem Schlußsatz: »... nach gegenwärtiger Aktenlage« hatte er durchblicken lassen, daß der Prozeß hinkte und die Suche nach der Wahrheit in Wirklichkeit einer sehr viel tiefergehenden Nachforschung bedurft hätte.

Scalzi knüpfte mit seinem Plädoyer genau an diesem Punkt an. Nicht nur, daß das Motiv nicht geklärt sei, auch die Untersuchungen über die Art, wie Baluardi ermordet wurde, seien äußerst lückenhaft. Scalzi zitierte ganze Passagen aus einer alten Verhandlung gegen einen Arzt, der angeklagt war, seine Frau mit Kurare umgebracht zu haben. Das Myotenlis habe nicht dieselbe Wirkung, und noch nie sei jemand durch Myotenlis gestorben. Baluardi lebte noch, als er in seinem Auto überfallen wurde, die Spuren des Todeskampfes und die Zigarettenspitze, die im vorderen Teil des Fiat gefunden wurden, bewiesen dies. Falls einer der Richter irgendwelche Zweifel an der Art und Weise haben sollte, wie die Zigarettenspitze auf die Fußmatte des Wagens gefallen sein könnte, möge er doch nur in den Verhandlungspausen den Staatsanwalt beobachten, auch der habe die Gewohnheit, mit Zigarettenspitze zu rauchen. An dieser Stelle lächelte Dottor Corbato, hob einen Arm, öffnete die Hand und zeigte die darin ruhende Zigarettenspitze. Da haben wir's! Vielen Dank für Ihre Loyalität, Dottor Corbato, ein anderes Verhalten habe ich auch nicht von Ihnen erwartet, sagte Scalzi. Auch der Herr Staatsanwalt lege die Zigarettenspitze nach dem Rauchen nicht etwa in die Tasche zurück, sondern bewahre sie in der rechten Hand auf, wie um in der Berührung das Vergnügen des Rauchens noch ein wenig andauern zu lassen. Und wenn ihn jemand im Halbschlaf angreifen würde und er das Bewußtsein verlöre, würde auch er die Faust öffnen, und die Spitze würde zu Boden fallen. Und genau so erging es Baluardi: Jemand überfiel ihn, als er bereits im Auto saß und schlief, er wurde in den Fiat 1100 nicht etwa hineingelegt, nein, er war schon drin. Die Kellner hatten gelogen, der Mörder erwürgte ihn im Schlaf, indem er ihm die Atemwege verschloß, die klassische *suffocation*, wie der korrekte englische Begriff der Gerichtsmedizin lautete, keine Injektion mit Myotenlis. Auch die Entdeckung des Flakons in der Vorratskammer des »Portichetto« kommentierte Scalzi mit klaren Worten: »Eine Episode nach dem billigsten Krimi-Strickmuster«, sagte er. Die Magierin sei nur ein Instrument gewesen, mit ihrer Hilfe sollten die Ermittlungen auf das Sexualmotiv gelenkt werden, um der Anklage gegen die beiden Frauen das nötige Gewicht zu verleihen. Die Magierin selbst habe sich als Heuchlerin herausgestellt, alle ihre Machenschaften seien unübersehbar nur darauf gerichtet gewesen, Betty und Gerbina mit falschen Beweisen zu belasten. Ihre plumpe Abwehr des Verdachts, sie habe sich mit Hilfe des Schlüssels, den sie sich vorher unter Anwendung eines Tricks von Gerbina hatte aushändigen lassen, Zugang zu der Kammer verschafft und den Myotenlisflakon selbst dort hineingestellt, habe wenig überzeugt, sei stockend und widersprüchlich gewesen. Bliebe die Frage, warum Emanuela Torrini sich dazu hergegeben habe, Beweise gegen Mutter und Tochter zu fälschen. Seminara hätte die Gründe aufklären können, die hinter dem physischen Tod Giuliano Baluardis steckten ebenso wie hinter dem Versuch, über seine Frau und seine Tochter den sozialen Tod zu verhängen. Wenn er in der Lage gewesen wäre, auszusagen, müßte die Verteidigung sich nicht auf eigene Erkenntnisse beschränken, die dem Gericht als Mutmaßungen erscheinen mochten. »Sie haben es selbst gesehen«, donnerte Scalzi, »an der geistig-seelischen Zerstörung dieses Mannes haben Sie ablesen können, wie eng sich das Geflecht der großen und dunklen Mächte um diesen Prozeß gelegt hat!« Dann beschrieb Scalzi die Revolte im Gefängnis auf der Insel, unter Berufung auf Zeitungsberichte, die auch den Geschworenen nicht unbekannt waren, einschließlich Seminaras Schicksals, der der Enthauptung Compariellos beiwohnen mußte und dabei einen schweren Schock erlitten hatte. »Das Gericht hat einen Fehler gemacht mit der Entscheidung, die beiden Prozesse nicht zusammenzulegen, den Tod des Wirts nicht zusammen mit dem Attentat auf die Metzgerei in Marina zu verhandeln!« stellte Scalzi fest. Dann nämlich hätte das Gericht auch das wahre Motiv für den Mord an Baluardi herausgefunden. »Dem ist jetzt nur noch dadurch abzuhelfen, daß die Frauen, die ich verteidige, freigesprochen werden und damit der Anstoß gegeben wird für weitere Ermittlungen in dieser Richtung. Die Überführung der Drahtzieher der Explosion in Marina und des Mordes an einem Passanten wird anderen Richtern erlauben, Täter und Motiv auch im Mordfall Baluardis aufzudecken.«

Als die Glocke den Eintritt des Gerichts verkündet, ist es fünf Uhr morgens. Scalzi hat um drei Uhr nachmittags sein Plädoyer beendet. Durch die Fenster unterm Dach, die eher Schlitzen gleichen – Fenster in Gerichtssälen sind fast immer sehr hoch, vielleicht um zu verhindern, daß die Richter auf der Suche nach der Wahrheit abgelenkt werden –, fällt ein helles und mildes Licht.

Scalzi betrachtet die Geschworenen, wie sie sich übermüdet und abgekämpft wieder auf ihre Plätze begeben. Sie setzen sich nicht, sondern bleiben stehen. Also sind sie zu einem Urteil gelangt, denn würden sie sich setzen, bedeutete dies laut Prozeßordnung, daß die Verhandlung erneut eröffnet wäre, um neue Beweise zu sammeln. Es hat keinen Sinn, in ihren Gesichtern zu forschen und so der Urteilsverkündung um einige Augenblicke vorzugreifen, vielleicht bringt es sogar Unglück. Aber Scalzi kann seinen Blick nicht von den Geschworenen wenden. Die Hübschere unter den drei weiblichen Geschworenen, die auf das Lächeln des Staatsanwalts reagiert hatte, hat geweint, ihre Augen sind geschwollen, die Wangen gerötet, und sie sieht aus, als würde sie jeden Moment wieder in Tränen ausbrechen. Bei der Aussage der Magierin waren ihr Zweifel gekommen; Scalzi hatte ein paarmal bemerkt, wie sie ihren Blick lange auf Gerbina und Betty ruhen ließ. Geschworene, für die das Urteil feststeht, sehen die Angeklagten nicht mehr oder nur noch flüchtig an. Jetzt weint sie, putzt sich die Nase, drückt das Taschentuch auf ihre Augen. Der beisitzende Richter hingegen, der Klassenbeste, ist zufrieden, obwohl man ihm die Müdigkeit ansieht und ihm die Haare ver-

344

schwitzt am Kopf kleben; doch er lächelt ein wenig, während er energisch seine Brille poliert. Er muß lange und hart gekämpft haben, denkt Scalzi, um die Zögernden unter den Kollegen von seiner Meinung zu überzeugen.

Der Vorsitzende blickt sich um, um sicherzugehen, daß alle Geschworenen auf ihren Plätzen sind. Dann verliest er den Urteilsspruch: Die beiden Frauen werden für schuldig befunden des vorsätzlichen Mordes, sechsundzwanzig Jahre für Gerbina, die Strafmilderungsgründe überwiegen die erschwerenden Umstände – »sie haben ihn getötet mit all ihrer Liebe«, Scalzi glaubt die Worte des Untersuchungs-richters im Saal widerhallen zu hören, elf Jahre für Betty, dieselben mildernden Umstände wie die Mutter, dazu ihre Minderjährigkeit und die unmaßgebliche Beteiligung; fünf Jahre für Scarselli, der der fahrlässigen Tötung für schul-dig befunden wird; drei Jahre für Tofanotti, der das Ver-brechen lediglich verschleiert habe.

Während sie die Stufen vor dem Justizpalast hinuntersteigen, versucht Olimpia Scalzi die prallgefüllte Tasche abzu-nehmen. Aber Scalzi zieht heftig seine Hand weg und sagt schroff:

»Spielst du jetzt meine Gepäckträgerin?« Sofort bereut er seinen barschen Ton und schaut sie zum erstenmal an, seit sie den Saal verlassen haben. Olimpia sieht mitgenommen aus, ganz bleich im fahlen Licht des frühen Morgens.

»Entschuldige, aber ich bin nicht einmal mehr müde.«

Scalzi wäre am liebsten sofort nach Florenz zurückge-kehrt, doch Barbarini und Beatrice haben ihn überzeugt, daß es gefährlich wäre, sich so früh am Morgen auf die Autobahn zu stürzen, nach einer durchwachten Nacht und der Enttäuschung des verlorenen Prozesses. Sie haben Scalzi und Olimpia ihr Schlafzimmer überlassen und sie bis zum Nachmittag nicht gestört, danach haben sie so lange insistiert, bis die beiden noch zum Abendessen blieben.

Auch Terzani sitzt mit am Tisch und trägt eine Leichen-
bittermiene zur Schau.

Während des Essens hat niemand Lust zu reden. Terzanis Augen glänzen, er hat schon das fünfte Glas Wein in
sich hineingeschüttet. Ohne Vorwarnung läßt er die Gabel
auf den Teller fallen.

»Der hat doch geblufft! Der hat doch nur so getan, der
verfluchte Feigling!«

»Wer?« fragt Barbarini.

»Dieses feige Stück von Seminara! Er hat sich aus der Sache rausgezogen, indem er so tat, als hätte er den Verstand
verloren! Ich hab ihn genau gesehen, ich hab ihn keine Se-
kunde aus den Augen gelassen, durch die angelehnte Tür
zum Zeugenraum hab ich ihn beobachtet. Einmal nämlich,
als er noch auf der Anklagebank lag, hat ein Carabiniere
aus Versehen ein wenig glühende Asche auf seine Hand fallen lassen, und da ist er zusammengezuckt und hat schnell
die Hand weggezogen. Einer, der wirklich katatonisch ist,
tut das nicht, der ist gefühllos wie ein Stein! Und daß er gerade auf die Figur der Justitia gepinkelt hat, ich hab genau
gesehen, wie er den Strahl gelenkt hat: der hat uns doch
alle für dumm verkauft! Und als er sich dann auf den Boden fallen ließ, hat er vorher schnell hingeguckt, um sich
zu vergewissern, daß er nicht etwa auf ein Hindernis fällt!
Es war alles Theater, was der Signor Seminara uns da vorgeführt hat!«

»Ich hatte dir ja gesagt«, Scalzi wendet sich an Barbarini,
»daß ich ihm nicht über den Weg traue. Ich hatte den gleichen Eindruck, denn als sie ihn an mir vorbeitrugen, hat er
mir so einen Blick zugeworfen ... .«

»Arme Betty! Arme kleine Betty!« Terzani sieht aus, als
wolle er in Tränen ausbrechen. »Was für ein infames
Schicksal! Aber welch ein Charakter! Wie mutig sie ist!«

Gerbina war nach der Verlesung des Urteils ohnmächtig
zusammengesunken, Betty hingegen hatte die Richter über

die Absperrung hinweg beschimpft. In der Stille des halbleeren Gerichtssaals hörte Scalzi sie schreien: »Ihr Aasgeier! Ihr niederträchtiges Pack!« Während ein Carabiniere versuchte, ihr den Mund zuzuhalten, tat der Vorsitzende so, als höre er nichts, wandte sich abrupt um und ging.

»Das ist es, was diesem Land fehlt!« Terzani ist in Rage, der Wein ist nicht ganz unschuldig daran, nun schreit er fast. »Es fehlt an Größe! Keiner hat mehr den Mut, um ... um ...«

»Um was zu tun, mein Lieber?« fragt Beatrice ruhig. Aber Terzani krallt beide Hände in die Tischdecke, sein Glas fällt zu Boden, zum Glück keines von denen, die die Jahrhunderte in der gläsernen Vitrine des Großherzogs überdauert haben.

»Das werdet ihr schon sehen! Ich habe viel zuviel Zeit über den Büchern verplempert und mich mit Schmetterlingen vergnügt!«

39

... NUR MIT GRÖSSTER VORSICHT, UM UNFÄLLE ZU VERMEIDEN

Sie befanden sich auf der Rückfahrt vom Hause Barbarini. Scalzi hatte dem Alterchen die gute Nachricht überbracht, daß sein Verfahren wegen Organisation einer kriminellen Vereinigung – nach über fünf Jahren! – endlich abgeschlossen war. Barbarini brauchte sich nicht länger gegen falsche Anschuldigen zur Wehr zu setzen. Scalzi lenkte den Wagen, zu dem er sich endlich durchgerungen hatte, da die Anschaffung mittlerweile unumgänglich geworden war, wenn er seine vielen Gefängnisbesuche absolvieren und die Terrorismus-Prozesse verfolgen wollte, die überall im Lande in vollem Gange waren.

Der »Fliegen-Prozeß« lag nun schon drei Jahre zurück, die Berufungsinstanz und der Oberste Gerichtshof hatten die Urteile bestätigt. Betty würde bald wieder freikommen, sie hatte im Gefängnis ein vorbildliches Verhalten an den Tag gelegt, und Suor Maria Celeste hatte dem Vollstreckungsrichter das Versprechen abgenommen, ihre baldige Freilassung auf Bewährung zu erwirken. Auch für Gerbina sah es nicht schlecht aus, was sie dem Engagement der Schwester Oberin vom Santa Verdiana verdankte. Sie hatte eine Arbeit außerhalb der Gefängnismauern gefunden, als Köchin in einem Altenheim, die Stelle hatte ihr Suor Maria Celeste besorgt. Am Abend kehrte sie in ihre Zelle zurück, die sie wie das Zimmerchen einer alleinstehenden Dame hergerichtet hatte, obwohl sie sie mit Betty teilte: Vorhänge vor den Fenstern, die die Gitter verdeckten, ein Teppich, ein Fernseher, Töpfe mit Kakteen, Regale mit bestickten Deckchen. »Im Grunde«, hatte sie zu Scalzi gesagt, »arbeite

348

ich als Köchin, wie ich es immer getan habe, nur daß ich jetzt mehr verdiene und mir keine Sorgen mehr machen muß.«

»Rase nicht so«, sagte Olimpia, »wie oft soll ich es dir noch sagen: Rase nicht so!«

Aber Scalzi war stolz auf seinen rasanten Fahrstil.

»Wenn ich dein Tempo einhalten würde, kämen wir ja nie an. Gestern habe ich von Bologna aus die kurvige Straße über den Apennin in nur drei Stunden geschafft, inklusive einer Stunde Pause in Marradi.«

»Du warst in Marradi? Du hast der armen Alten einen Besuch abgestattet und erzählst mir nichts davon?«

Scalzi hatte am Vortag einen Umweg gemacht, um die »arme Alte« zu sehen, die schon so alt war, daß sie die Reise nach Florenz in seine Kanzlei nicht mehr auf sich nehmen konnte. Er hatte ihr Nachrichten von ihrem Sohn und seinem Prozeß überbracht, die üblichen Vertröstungen. Und dennoch, zumindest wenn man ihn so sah, ging es Francesco Terzani nicht wirklich schlecht in dem Hochsicherheitsgefängnis ganz oben im Norden, umgeben von verschneiten Bergen. Der ehemalige Schmetterlingsjäger schien kräftiger als früher, er hatte seine Pedanterie und sein krankhaftes Mitteilungsbedürfnis abgelegt, ja, er war geradezu wortkarg geworden, wirkte reifer, war gebräunt, trug eine Glatze und machte viel Gymnastik, wie er sagte. Mit Gedichtbänden und, wie er es nannte, donquichottesken Abenteuerromanen hatte er abgeschlossen. Statt dessen widmete er sich nun ernsthafteren Dingen: Wirtschaft, Politik, Geschichte, Anthropologie. Er lebte ganz »den Reiz des romantischen Gefangenendaseins«, so seine Worte. Ein, zwei Mal in der Woche schrieb er Betty einen Brief. Auch Betty hatte sich verändert, wenn man Terzani glauben durfte, sie las ebenfalls viel und hatte einen Blick für die Welt jenseits der leichten Muse bekommen. Er würde wahrscheinlich noch etwas länger einsitzen als sie, das hing von der allgemeinen Lage ab und ein bißchen auch von Scalzis Geschick. Terzani war seit zwei Jahren im Gefängnis. Sie hatten ihn geschnappt, als er gerade seinen sechzehnten Betrug zum Nachteil eines Waffenhändlers verübte, ausgerüstet mit einem Waffenschein und einem Scheckheft, die beide gestohlen waren. Er hatte sich mit dem Waffenhändler in eine Diskussion über bestimmte Mängel einer Pistole der Marke Walter verstrickt, während die Ehefrau des Händlers, der die unterschiedlichen Unterschriften auf Scheck und Waffenschein verdächtig erschienen waren, im Hinterzimmer telefonisch die Polizei verständigte. Sie waren ihm schon seit längerem auf den Fersen, weil er mit seinen Betrügereien einer bewaffneten Bande, der er angehörte, Material für eine ganze Kampfeinheit verschafft hatte. Man überwältigte und entwaffnete ihn.

Er und Betty hätten eine »Kriegshochzeit« feiern können, wenn sie im Gefängnis geheiratet hätten. Eine Zeitlang hatten sie mit diesem Gedanken gespielt, sich dann aber anders entschieden: Kriegshochzeiten hielten normalerweise nicht sehr lange.

Doch seiner Mutter Trost zu spenden war nur ein Grund für Scalzi gewesen, den Abstecher nach Marradi zu machen. In Wirklichkeit war er neugierig auf die Umgebung, in der Terzani aufgewachsen war, er wollte prüfen, ob sie den Bildern seiner Tagträume entsprach. Sie entsprach ihnen voll und ganz. Eine merkwürdige Sache. Eine Art übernatürliche Vorahnung. Das Haus am Hang eines Hügels blickte über ein weites Tal. Im Garten die Platanen. Das Innere im Halbdunkel, alte, dunkle Möbel, im muffigen Wohnzimmer das Foto des verstorbenen Vaters in der Uniform eines Offiziers der Carabinieri. Die beiden Schwestern, die die Zeit der Blüte schon überschritten hatten, obwohl sie beide noch jung waren, hatten dunkle, traurige Augen. Zuvorkommend und freundlich hatten sie ihm den Kofferraum mit Konserven gefüllt: Brombeer-, Pflaumen-

und Quittenmarmelade, in Öl eingelegte Artischocken, Peperoncini und Oliven ...

»Halt«, sagte Olimpia, »fahr lieber in Richtung Autobahn. Auf dieser Straße kommen wir wieder zu dem gräßlichen Tunnel. Jedesmal denken wir zu spät dran.«

Aber Scalzi fuhr geradeaus weiter.

»Ich muß mir da mal was anschauen.«

Vor dem Schild neben dem Tunneleingang hielt er und stieg aus. Er schob die Sträucher beiseite, die die letzte Zeile verdeckten. Als er zum Wagen zurückkam, lachte Olimpia.

»Was lachst du?« meinte Scalzi. »Findest du nicht, daß dieser Satz zu der Pedanterie dieser Kleinstadt paßt, in der der Prozeß der beiden Frauen stattgefunden hat?«

»Genau. Statt den Tunnel nun endlich zu beleuchten und damit das Problem wirklich zu lösen, nach drei Jahren, immerhin ...«

»Ich kenn den Spruch schon auswendig«, sagte Scalzi. »›WENN AUFGRUND HÖHERER GEWALT DER TUNNEL NICHT BELEUCHTET IST, BITTE WEITERFAHRT NUR MIT GRÖSSTER VORSICHT, UM UNFÄLLE ZU VERMEIDEN.‹«

Inhalt

Nino Filastò
Der Irrtum des Dottore Gambassi

Ein Avvocato Scalzi Roman

Aus dem Italienischen von Julia Schade
414 Seiten
ISBN 3-7466-1601-8

»Es geht um die dunklen Machenschaften eines reichen Geschäftsmannes, der in einer prunkvollen Villa in der Toskana residiert. Auf den zweiten Blick entpuppt sich der Roman als ein kluges und boshaftes Porträt der modernen italienischen Gesellschaft. Doch vor allem ist er ein spannendes Buch, das geschickt die Darstellung politischer Gegebenheiten, menschlicher Irrungen und verrückter Abenteuer miteinander verknüpft – und das mit sehr unterhaltsamen Mitteln.«

NDR

»Und … molto italiano. Das auch all denen ins Stammbuch, die meinen, ausgerechnet die Amerikanerin Donna Leon schreibe die besten Italien-Krimis.«

WDR

Aufbau Taschenbuch Verlag

Nino Filastò
Alptraum mit Signora
Ein Avvocato Scalzi Roman

Aus dem Italienischen von Bianca Röhle
380 Seiten
ISBN 3-7466-1600-X

Auf einer Florentiner Müllkippe wird die zerstückelte
Leiche eines Transvestiten gefunden. Einige Zeit später wird ein Kunsthändler ermordet. Die beiden grausamen Morde scheinen in mysteriöser Verbindung zu
stehen. Eine entscheidende Rolle spielt offenbar ein
Kunstfälscher. Auch Rechtsanwalt Corrado Scalzi
macht dieser Fall zu schaffen. Die leicht verlotterte
Millionenerbin Angelica, eine Freundin aus alten Tagen, gerät unter dringenden Mordverdacht und sitzt
im Gefängnis.

»Ein Buch zum Sehen, ein Film zum Durchblättern.
Und durch und durch kunstvoll.«
Nürnberger Nachrichten

»Der Fall wird immer mysteriöser. Filastò malt ihn mit
düstrer Morbidezza, als einen Alptraum voller Blut und
Tücke in einem seltsam irreal abgehobenen Florenz, das
sich so auf keinem Stadtplan findet.«
Welt am Sonntag

»Krimi klassizistisch also«
Frankfurter Rundschau

Aufbau Taschenbuch Verlag

Nino Filastò
Die Nacht der
schwarzen Rosen

Ein Avvocato Scalzi Roman

Aus dem Italienischen von Barbara Neeb
352 Seiten
ISBN 3-7466-1602-6

Der Florentiner Anwalt Scalzi, »ein melancholischer Aufklärer, der sein Metier mit Würde und stiller Beharrlichkeit betreibt« (FAZ), wird erneut in einen ihm tief unsympathischen Fall hineingezogen: Die Leiche eines amerikanischen Kunsthistorikers wurde im Hafenbecken von Livorno gefunden.

»Eine willkommene Bereicherung in der Internationale der literarischen Kriminalisten.«
FAZ

Aufbau Taschenbuch Verlag

Nino Filastò
Swifts Vorschlag

Roman
Aus dem Italienischen von Christian Försch
272 Seiten
ISBN 3-7466-1603-4

In einer apokalyptisch anmutenden Megapolis des
späten 21. Jahrhunderts wird der etwas heruntergekommene Detektiv Degrado von einem alten
Mann beauftragt, dessen Nichte und ihre kleine
Tochter zu suchen. Während seiner Recherche auf
den gefährlichen Wegen zwischen der »città alta«,
der Oberstadt der Reichen und Mächtigen, und
dem unterirdischen Labyrinth der »città bassa«
gerät Degrado auf die Spur eines ungeheuerlichen
Verbrechens. Eine bitterböse Zukunftsvision!

Aufbau Taschenbuch Verlag

Polina Daschkowa
Die leichten Schritte des Wahnsinns

Roman
Aus dem Russischen von Margret Fieseler
454 Seiten. Gebunden
ISBN 3-351-02914-4

Mit mehr als 12 Millionen verkauften Büchern ist sie in Rußland ein Star: Krimi-Autorin Polina Daschkowa. Keine beschreibt das moderne Rußland so packend und treffend wie sie. Jetzt gibt die »russische Minette Walters« ihr Deutschlanddebüt: »Die leichten Schritte des Wahnsinns«, ein Thriller um einen Serienmörder und eine couragierte Heldin, spielt zwischen altem und neuem Rußland, zwischen Moskau, Sibirien und der Taiga, unter Yuppies und Junkies, Show-Biz und Ex-KGB.«

»Die Königin des russischen Kriminalromans.«

Femme

»Zwei Selbstmorde, die gar keine sind, ein fehlgeschlagenes Attentat, ein bourgeoiser Serienmörder, eine psychopathische Psychologin und, allen voran: eine Heldin mit grauen Augen, so hinreißend, wie es sich für einen solchen Roman gehört ... Spannung, falsche Fährten, Flash-Backs und Gruselschauer garantiert. Mary Higgins Clark und ihre britischen Kolleginnen sollten sich warm anziehen.«

Madame Figaro

Aufbau-Verlag

Russell Andrews
Anonymus

Roman
Aus dem Amerikanischen von Uwe Anton
und Michael Kubiak
450 Seiten. Gebunden
ISBN 3-352-00571-0

Carl Granville, ein junger erfolgloser Autor,
bekommt die Chance seines Lebens. Er soll als
Ghostwriter für ein hohes Honorar einen Best-
seller schreiben. Aus Tagebuchaufzeichnungen,
Briefen, Dokumenten, in denen die richtigen Namen und Orte geschwärzt sind, soll Granville
ein Buch machen. Granville befindet sich mitten
im Schreibprozeß, als um ihn herum ein Mord
nach dem anderen geschieht und er erkennt, daß
auch er in großer Gefahr schwebt.

»Ein temporeicher politischer Thriller in der Art
von Grishams *Die Akte*.«   *Michael Douglas*

»Was für eine aufregende Geschichte! Das ist ein
Thriller, der richtig mitreißt.«   *Susan Isaacs*

Rütten & Loening

Fred Vargas
Die schöne Diva
von Saint-Jacques

Kriminalroman
Aus dem Französischen von Tobias Scheffel
287 Seiten
ISBN 3-7466-1510-0

Ein mysteriöser Baum, der eines Morgens im Garten der Operndiva Sophia steht, wird von ihr als Bedrohung empfunden. Niemand hat ihn gepflanzt. Sie beauftragt Ihren Nachbarn Marc – einen jungen Historiker – mit der Suche nach einer Erklärung für den seltsamen Vorfall.
Wenige Tage später ist sie spurlos verschwunden. Marc beginnt, mit seinen Freunden auf eigene Faust zu recherchieren. Und je tiefer er gräbt – unter der rätselhaften Buche, in der Vergangenheit der verschwundenen Diva –, um so mehr Steine bringt er ins Rollen. Am Ende stößt er auf einen uralten Haß, der beinahe auch ihn das Leben kostet.

»Gewagt, gewollt, verrückt«   *Süddeutsche Zeitung*

»Es gibt Tote, falsche Spuren werden gelegt ... Vargas läßt sich viel Zeit für Details und Dialoge und schafft es so, die drei sympathischen Verlierer lebendig werden zu lassen, ohne daß dabei das Interesse an der Geschichte nachließe.«   *Der Tagesspiegel*

A*t*V
Aufbau Taschenbuch Verlag

Lisa Pei
Die Kandidatin

Roman
395 Seiten. Gebunden
ISBN 3-352-00573-7

Der schönste Tag ihres Lebens wird für Verena
Schirmer zum Alptraum. Fünf Minuten vor der
Trauung wird ihr Bräutigam Manuel auf dem
Standesamt verhaftet. Er soll eine Studentin getö-
tet haben. Ein absurder Vorwurf – so glaubt Ve-
rena, doch die Beweislast wird immer erdrücken-
der.
Und es taucht ein neuer Vorwurf auf: Manuel soll
an der Ermordung der Kanzlerkandidatin Norma
Noske beteiligt gewesen sein. Ein fieberhaftes Spiel
der Lügen und Intrigen setzt ein, das Lisa Pei ge-
konnt in Szene setzt. Ihr Psychothriller um ein
Land, das in Hysterie gerät, garantiert absolute
Hochspannung.

Rütten & Loening

Hanjo Lehmann
I killed Norma Jeane

Roman
498 Seiten. Gebunden
ISBN 3-352-00570-2

Eine obsessive Liebesgeschichte:
1941 verliebt sich Tom Haskins in eine Klassenkame-
radin, die 15jährige Norma Jeane Baker, die jedoch
unerreichbar ist. In der Nachkriegszeit begegnet
ihm Norma Jeane wieder – als »Marilyn Monroe«
auf den Covern der Soldatenmagazine.
Ihrem erotischen Sog kann er sich noch weniger entziehen als früher. Seine Leidenschaft scheint aus-
sichtslos.
Nach einer späteren Begegnung wird er Marilyn
zum verständnisvollen Freund. Als Marilyn nach
ihrer Scheidung von Arthur Miller in eine tiefe Krise
gerät, erfüllen sich seine Wünsche. Marilyns Selbst-
zerstörung kann aber auch seine Bewunderung nicht
aufhalten. Glück, begreift er, ist wie die Mutterspra-
che: beides lernt man als Kind oder nie.
Hanjo Lehmanns Roman zeigt nicht nur Marilyn
Monroe aus einem überraschenden Blickwinkel.
Es ist vielmehr eine einfühlsame Auseinandersetzung
mit dem Starkult, mit Männerphantasien, Schönheits-
idealen und dem Wesen der Liebe schlechthin.

Rütten & Loening

Literarische Spaziergänge mit Büchern und Autoren

Das Kundenmagazin der Aufbau-Verlagsgruppe
Kostenlos in Ihrer Buchhandlung

| Aufbau-Verlag | Rütten & Loening | Aufbau Taschenbuch Verlag | Gustav Kiepenheuer | Der >Audio< Verlag |

Oder direkt: Aufbau-Verlag, Postfach 193, 10105 Berlin
e-Mail: marketing@aufbau-verlag.de
www.aufbau-verlag.de